HADÈS
&
PERSÉPHONE

Ce livre est une fiction.
Toute référence à des événements historiques, des personnages ou des lieux réels serait utilisée de façon fictive. Les autres noms, personnages, lieux et événements sont issus de l'imagination de l'auteur, et toute ressemblance avec des personnages vivants ou ayant existé serait totalement fortuite.

Ouvrage dirigé par Bénita Rolland
Traduit par Robyn Stella Bligh
Couverture crée par Regina Wamba/ReginaWamba.com

34-36, rue La Pérouse
75116 - Paris
www.hugopublishing.fr

ISBN : 9782755696479
Dépôt légal : juillet 2022
Imprimé en France chez Corlet
N° d'impression : 22070513

NEW ROMANCE®

SCARLETT ST. CLAIR

HADÈS & PERSÉPHONE

TOME 3
A TOUCH OF MALICE

Hugo Roman

AU MEILLEUR PAPA DU MONDE ENTIER

Avant ton décès, j'ai pu te raconter toutes les choses géniales qui m'arrivaient. Nous nous parlions sur FaceTime et tu m'as souri avant de dire : « Je suis tellement fier. » Peu de temps après, tu as été testé positif au Covid. Je resterai éternellement reconnaissante de ce dernier appel. Je me souviens que tu ne te sentais pas bien et je n'ai pas voulu t'accaparer trop longtemps, mais je voulais que tu saches que je t'aimais – c'était tout le sujet de notre conversation. Tu me manques, je t'aime, encore et encore.

Le lendemain matin, tu étais en réanimation.

Quand je t'ai vu dans ce lit d'hôpital, je savais que c'étaient nos adieux. Tu souffrais, mais quand j'ai pris ta main, tu as ouvert tes superbes yeux et tu m'as souri. Quand je t'ai revu, la fois suivante, je récupérais tes cendres.

Je donnerais tout pour te reprendre dans mes bras, entendre ta voix et ton rire. Pour recevoir un message amusant, sorti de nulle part, pour frotter ton crâne chauve et m'appuyer contre ton épaule, mais je sais que tu es encore avec moi et que tu es fier. Je te dois ma persévérance ; tu as toujours cru en ce que les autres pensaient impossible.

Repose en paix.

Freddie Lee Nixon

23 décembre 1948 – 27 novembre 2020

MISE EN GARDE

Ce livre contient des scènes qui font référence au suicide, ainsi que des scènes de violence sexuelle.

Si vous, ou un membre de votre entourage, pensez au suicide, appelez le 3114.

Si vous avez survécu à une agression sexuelle ou avez besoin d'aide et de soutien après des violences sexuelles, appelez le 3919.

Surtout, ne souffrez pas en silence. Votre entourage tient à vous, vos amis et votre famille tiennent à vous. Je tiens à vous.

PREMIÈRE PARTIE

« Mon esprit me porte à parler des formes changées
en corps nouveaux. Ô dieux, vous qui êtes responsables
aussi de ces mutations, inspirez mon entreprise
et accompagnez un chant qui aille sans interruption
de la première origine du monde à nos jours. »
Ovide, *Les métamorphoses*

Chapitre I

UNE TOUCHE DE TOURMENTE

Des mains calleuses écartèrent ses jambes et remontèrent sur ses cuisses, suivies par une bouche qui effleurait sa peau. À moitié endormie, Perséphone se cambra, sentant les cordes lacérer ses poignets et ses chevilles. Confuse, elle tira sur les liens pour essayer de libérer ses mains et ses pieds, mais ils étaient trop serrés. Ne pouvant ni bouger, ni résister, ni se défendre, son cœur accéléra et son sang se précipita dans sa gorge et dans ses tempes.

– Tellement belle…

Le chuchotement effleura sa peau et Perséphone se figea.

Cette voix.

Elle connaissait cette voix.

Il y avait eu un temps où elle l'avait considérée comme la voix d'un ami, mais celui-ci s'était révélé être un ennemi.

– Pirithoos, siffla-t-elle d'un ton plein de rage, de peur et de dégoût.

C'était le demi-dieu qui l'avait harcelée et l'avait kidnappée à l'Acropole.

– Chhut, susurra-t-il, alors que sa langue froide et humide glissait sur sa peau.

Elle hurla et referma les jambes en se contorsionnant pour se protéger du toucher de cet inconnu.

– Dis-moi comment il te satisfait, chuchota-t-il dans son oreille en approchant sa main de son sexe. Je ferai mieux.

Perséphone ouvrit grand les yeux et s'assit brusquement dans le lit, à bout de souffle. Sa poitrine était comprimée et son souffle rauque, comme si elle avait traversé les Enfers en courant pour échapper à un spectre. Il fallut un moment à ses yeux pour s'adapter à la pénombre et comprendre qu'elle était dans le lit d'Hadès, les draps étaient collés à sa peau en sueur. Les flammes orange crépitaient dans la cheminée. À ses côtés se trouvait le dieu des Ténèbres, son énergie noire et électrique rendait l'atmosphère lourde et palpable.

– Tu vas bien ? demanda Hadès.

Sa voix était claire et calme et Perséphone eut envie de s'emmitoufler dans son timbre réconfortant. Elle tourna la tête vers lui, il était allongé sur le côté, son torse nu luisait à la lueur des flammes. Ses yeux noirs scintillaient et ses cheveux ébène ondulaient sur les draps comme les vagues d'un océan infini. Quelques heures plus tôt, elle les avait empoignés, le chevauchant lentement et langoureusement.

Elle déglutit, sa langue lui semblait enflée.

Ce n'était pas la première fois qu'elle faisait ce cauchemar et qu'elle trouvait Hadès en train de l'observer.

– Tu n'as pas dormi, dit-elle.

– Non, répondit-il en s'asseyant pour caresser sa joue.

Son geste déclencha un frisson qui la transperça jusqu'au fond de son âme.

– Parle-moi, dit-il d'une voix empreinte de magie, comme un sort qui l'obligeait à parler alors que les mots lui nouaient la gorge.

– J'ai encore rêvé de Pirithoos.

La main d'Hadès retomba et Perséphone reconnut l'expression sur son visage ainsi que la violence dans son regard. Elle se sentit coupable de faire surgir à nouveau cet aspect de lui-même qu'il s'efforçait tant de maîtriser.

Pirithoos hantait Hadès autant qu'elle.

– Il te fait souffrir, même dans ton sommeil, répondit Hadès en fronçant les sourcils. Je t'ai laissée tomber, ce jour-là.

– Comment tu aurais pu savoir qu'il allait m'enlever ?

– J'aurais dû.

C'était impossible, bien sûr, même si Hadès disait que c'était justement pour cela qu'il avait engagé Zofie pour la protéger. Or l'Aegis montait justement la garde devant l'Acropole quand Pirithoos l'avait kidnappée. Elle n'avait rien remarqué d'inhabituel, car Pirithoos avait quitté le bâtiment en empruntant un passage souterrain.

Perséphone frissonna en se souvenant qu'elle avait accepté l'aide du demi-dieu pour s'échapper de l'Acropole, et que pendant tout ce temps, il avait préparé son enlèvement.

Jamais plus elle n'accorderait sa confiance aveuglément.

– Tu n'es pas omniscient, Hadès, répondit Perséphone.

Les jours qui avaient suivi son enlèvement, Hadès avait été d'une humeur lugubre, au point qu'il avait voulu punir Zofie en lui retirant sa mission d'Aegis, mais Perséphone était intervenue.

Cela n'avait pas empêché l'Amazone de contester. Ce qui avait exaspéré Perséphone.

« *Cette honte est un fardeau que je dois endosser.*

– Tu n'as pas de honte à avoir. Tu faisais ton travail. Tu sembles penser que ton rôle d'Aegis est discutable. Il ne l'est pas. »

Zofie avait écarquillé les yeux en regardant tour à tour Hadès et Perséphone, incrédule, puis elle avait cédé en s'inclinant.

« *Comme tu voudras, Milady.* »

Perséphone s'était ensuite tournée vers Hadès.

« *J'aimerais le savoir, quand tu comptes virer quelqu'un qui est sous ma protection.* »

Hadès avait haussé les sourcils et contracté sa mâchoire.

« *C'est moi qui l'ai embauchée.*

– *Justement, je suis ravie que tu en parles. La prochaine fois que j'aurai besoin d'un nouvel employé, j'aimerais être consultée.*

– *Bien sûr, chérie. Comment vais-je me faire pardonner ?* »

Ils avaient passé le reste de la soirée au lit, mais même pendant qu'il lui faisait l'amour, Perséphone avait senti qu'il ruminait, tout comme elle repensait encore à cet horrible événement.

– Tu as raison, répondit Hadès. Peut-être que je devrais punir Hélios, dans ce cas.

Perséphone haussa un sourcil et le dévisagea d'un air ironique. Ce n'était pas la première fois qu'Hadès parlait du dieu du Soleil. À l'évidence, les deux dieux ne s'appréciaient pas.

– Tu crois que ça t'aiderait à te sentir mieux ?

– Non, mais ce serait amusant, répondit Hadès d'une voix menaçante.

Perséphone avait parfaitement conscience qu'Hadès avait un penchant pour la violence, et son envie de punir Hélios lui rappela la promesse qu'elle l'avait obligé à faire après qu'il l'avait sauvée de Pirithoos. « *Quand tu le tortureras, je veux me joindre à toi.* » Elle savait qu'Hadès avait été au Tartare le soir même pour se défouler sur le demi-dieu, et qu'il y était retourné plusieurs fois depuis, mais elle n'avait jamais demandé à l'accompagner.

Était-ce pour cela que Pirithoos hantait ses rêves ? Peut-être que le voir au Tartare, ensanglanté, brisé, torturé, mettrait fin à ses cauchemars.

Elle regarda à nouveau Hadès.

– Je veux le voir.

L'expression d'Hadès resta la même, mais elle crut sentir ses émotions, sa colère, sa culpabilité et son appréhension. Il ne craignait pas de la mettre face à son agresseur, mais de l'emmener au Tartare. Perséphone savait qu'il redoutait de lui montrer cet aspect de sa personne et ce qu'elle en penserait. Mais il ne lui interdirait pas d'y aller.

– Comme tu le souhaites, chérie.

***

Perséphone et Hadès se manifestèrent au Tartare, dans une pièce sans fenêtre à la lumière si blanche que c'en était douloureux. Sa vue s'ajusta et elle écarquilla les yeux en découvrant Pirithoos, ligoté sur une chaise, au milieu de la pièce. Cela faisait des semaines qu'elle n'avait pas vu le demi-dieu. Il semblait endormi, le menton sur le torse, les yeux fermés. Elle l'avait trouvé plutôt beau lorsqu'elle l'avait rencontré, mais maintenant, ses pommettes saillantes creusaient ses joues et sa peau avait un teint grisâtre.

Et puis, il y avait l'odeur.

Ce n'était pas tout à fait une odeur de décomposition, mais quelque chose d'acide et d'âcre qui lui brûla le nez.

Son estomac se souleva, puis se noua en voyant son agresseur.

– Il est mort ? chuchota-t-elle.

Elle ne voulait pas risquer de le réveiller, car elle n'était pas prête à le regarder dans les yeux. Elle avait néanmoins conscience que sa question était étrange, puisqu'ils étaient au Tartare, aux Enfers. Elle connaissait les penchants d'Hadès en matière de torture, elle savait qu'il pouvait donner la vie dans le but d'y mettre fin par le biais de punitions plus atroces les unes que les autres.

– Il respire si je le lui ordonne, répondit le dieu des Morts.

Perséphone ne répondit pas tout de suite. Elle se rapprocha et s'arrêta à quelques pas de lui. De près, il ressemblait à une statue de cire qui se serait ramollie à la chaleur, avachie, les traits déformés. Pourtant, Pirithoos était bien solide, et bien trop réel.

Avant de se rendre aux Enfers pour la première fois, Perséphone pensait que les âmes étaient des ombres, des spectres. Elle avait été étonnée de découvrir que les âmes étaient aussi tangibles que le jour de leur mort. Cela dit, cela n'avait pas toujours été le cas, il y avait eu un temps où les habitants du royaume d'Hadès avaient mené une existence fade et sans couleur.

Hadès n'avait jamais avoué ce qui l'avait fait changer d'avis ; pourquoi il avait décidé de donner aux Enfers et aux âmes des couleurs ainsi que l'illusion de la vie. Il disait souvent que les Enfers évoluaient à la manière du monde des vivants, mais Perséphone connaissait Hadès. Il avait une conscience et il regrettait ses débuts en tant que dieu des Enfers. Il avait opéré ces changements par gentillesse, pour se faire pardonner.

Malgré cela, il ne se pardonnait pas son passé, et Perséphone souffrait de le savoir.

– Est-ce que ça t'aide ? demanda-t-elle à Hadès sans savoir si elle voulait entendre la réponse. La torture ?

Elle regarda le dieu, qui n'avait pas bougé depuis qu'ils étaient apparus dans la pièce. Ses cheveux étaient lâchés, ses cornes apparentes, il était aussi beau que sombre et violent. Elle avait du mal à imaginer ce que cela lui faisait d'être ici, mais elle se rappelait son expression lorsqu'il l'avait trouvée dans l'antre de Pirithoos. Elle n'avait jamais vu sa colère se manifester de façon aussi primitive, elle ne l'avait jamais vu aussi horrifié et anéanti.

– Je ne sais pas.

– Alors, pourquoi tu le fais ?

Elle s'approcha de Pirithoos et s'arrêta derrière lui pour regarder Hadès dans les yeux.

– Pour le contrôle.

Perséphone n'avait pas toujours compris le besoin de contrôle qu'éprouvait Hadès mais, depuis qu'ils s'étaient rencontrés quelques mois plus tôt, elle s'était mise à désirer la même chose. Elle savait ce que c'était d'être prisonnier, d'être impuissant, d'être coincé entre deux choix horribles et, in fine, de prendre la mauvaise décision.

– Je veux le contrôle aussi, chuchota-t-elle.

Hadès la dévisagea un moment avant de lui tendre la main.

– Je vais t'aider à t'en emparer.

Sa voix résonna dans la pièce et réchauffa sa poitrine. Elle marcha vers lui et il l'attira dans ses bras, collant son dos contre lui.

Soudain, Pirithoos inspira et le cœur de Perséphone se mit à battre plus fort. Elle l'observa bouger. Sa tête tomba sur le côté et il cligna plusieurs fois des yeux, ensommeillé et confus.

La peur de voir ses yeux s'empara à nouveau de Perséphone et la fit trembler de tout son être. Hadès la serra plus fort pour la rassurer, comme pour lui rappeler qu'elle était en sécurité, puis il baissa la tête pour lui chuchoter à l'oreille.

– Tu te souviens du jour où je t'ai appris à invoquer ta magie ?

Il parlait du jour où il l'avait retrouvée dans son bosquet, après qu'Apollon était parti en ayant obtenu une Faveur d'Hadès ainsi que la promesse que Perséphone n'écrirait plus sur lui. Elle avait cherché du réconfort parmi les arbres et les fleurs, mais avait été déçue de ne pas réussir à ramener à la vie un parterre d'herbe séchée. Hadès était apparu et l'avait aidée à invoquer sa magie pour guérir le sol. Ses instructions l'avaient séduite et son toucher avait embrasé sa peau.

En y repensant, son corps se couvrit de chair de poule.

– Oui, susurra-t-elle.

– Ferme les yeux, lui dit-il en effleurant sa gorge de ses lèvres.

– Perséphone ? gronda la voix rauque de Pirithoos.

Elle ferma plus fort les yeux et se concentra sous la caresse d'Hadès.

– Qu'est-ce que tu ressens ? demanda-t-il.

Une de ses mains était sur son épaule, l'autre à plat sur son ventre, la maintenant contre lui d'un geste possessif.

Sa question n'était pas simple, car elle ressentait beaucoup de choses. Elle avait de la passion pour Hadès et elle était excitée. Mais pour Pirithoos, elle n'avait que de la colère et de la peur, de la tristesse et un sentiment de trahison. Tout cela formait un vortex, un abîme sombre et sans fond.

– Perséphone, s'il te plaît, insista le demi-dieu. Je… je suis désolé.

Ses paroles la frappèrent, transperçant sa poitrine.

– De la violence, déclara-t-elle en ouvrant les yeux.

– Concentre-toi dessus, dit Hadès en pressant sa main sur son ventre, saisissant son autre main dans la sienne.

Pirithoos restait avachi sur sa chaise métallique, ligoté, jauni, et les yeux qu'elle craignait tant avaient trouvé les siens, ils étaient brillants et apeurés.

Perséphone réalisa alors que leurs rôles étaient inversés, et elle eut un soupçon d'hésitation en se demandant si elle était capable de lui faire du mal. Puis Hadès parla.

– Nourris-la.

Leurs doigts s'entremêlèrent et elle sentit ses pouvoirs s'accumuler dans sa paume, une énergie qui embrasait sa peau.

– Où veux-tu lui faire mal ? demanda Hadès.

– Ce n'est pas toi, dit Pirithoos. Je te connais, je t'ai observée !

Ses oreilles se mirent à bourdonner et ses yeux la brûlèrent, ses pouvoirs faisaient jaillir en elle une chaleur qu'elle ne pouvait pas contenir.

Pirithoos lui avait laissé des cadeaux étranges, l'avait suivie, l'avait prise en photo chez elle où elle pensait être en sécurité. Il lui avait justement ôté ce sentiment de sécurité, jusque dans son sommeil.

– Il voulait se servir de sa verge comme d'une arme, dit-elle. Je veux qu'elle brûle.

– Non ! S'il te plaît, Perséphone. Perséphone !

– Alors, fais-la brûler, dit Hadès.

L'énergie qui tourbillonnait dans ses mains était électrique, elle lâcha la main d'Hadès et imagina sa magie se précipiter sur Pirithoos comme une coulée de lave.

– Ça n'est pas…

La magie de Perséphone prit racine en lui et ses propos furent interrompus. Rien ne révélait le mal qui le faisait souffrir – il n'y avait pas de flammes entre ses jambes –, mais il ressentait clairement sa magie. Il planta ses pieds dans le sol et se débattit contre les cordes qui le ligotaient, serrant les dents au point que les veines de son crâne et de son cou gonflèrent, prêtes à exploser.

Il parvint néanmoins à parler, la mâchoire crispée.

– Ce n'est pas toi.

– Je ne sais pas pour qui tu me prends, dit-elle, mais que ce soit bien clair : je suis Perséphone, future reine des Enfers, Lady de ton destin. Puisses-tu en venir à redouter ma présence !

Des gouttes de sang coulèrent de son nez et de sa bouche, sa poitrine se souleva rapidement, mais il ne put plus prononcer un mot.

– Combien de temps va-t-il rester comme ça ? demanda Perséphone en observant la façon dont Pirithoos continuait de se cambrer et de se démener contre la douleur.

Ses yeux semblèrent grossir dans leurs orbites et son front se couvrit de sueur, lui donnant un teint verdâtre.

– Jusqu'à ce qu'il meure, répondit Hadès qui observait la scène avec une expression désintéressée.

Perséphone ne grimaça pas, ne ressentit rien et ne demanda à partir que lorsque Pirithoos fut à nouveau silencieux et immobile. Elle repensa à la question qu'elle avait posée à Hadès – est-ce que ça t'aide ? Après coup, elle n'avait pas non plus de réponse, en dehors du fait qu'une part d'elle-même avait fané et que si elle pratiquait cet exercice régulièrement, le reste de son âme dépérirait aussi.

Chapitre II

UNE TOUCHE DE DEUIL

– Comment se passent les préparatifs pour le mariage ? demanda Lexa.

Elle était assise en face de Perséphone, sur un plaid blanc brodé de myosotis que lui avait offert Alma, une des âmes. La vieille dame avait approché Perséphone lors d'une de ses visites à Asphodèle.

« *J'ai quelque chose pour vous, Milady.*

– Alma, il ne fallait pas…

– C'est un cadeau que vous pouvez offrir, avait dit la femme en rougissant alors que ses cheveux argentés flottaient dans la brise. *Je sais que vous faites le deuil de votre amie, alors voilà, donnez-lui ça.* »

Perséphone avait pris le paquet et ses yeux s'étaient remplis de larmes en découvrant le plaid brodé de petites fleurs bleues.

« *Vous savez sans doute que l'on appelle aussi les myosotis "ne m'oubliez pas"*, avait expliqué Alma. *Ils symbolisent l'amour, la fidélité, le souvenir. Avec le temps, votre amie vous connaîtra à nouveau comme avant.* »

Ce soir-là, quand Perséphone était rentrée au palais, elle avait serré la couverture contre sa poitrine et avait fondu en larmes. Le lendemain, elle l'offrait à Lexa.

« *Oh, elle est superbe, Milady* », avait dit celle-ci en tenant le plaid dans ses bras, comme un bébé.

Perséphone s'était crispée en l'entendant employer son titre, elle avait froncé les sourcils et avait parlé d'une voix confuse.

« *Milady ?* »

Lexa n'avait jamais appelé Perséphone ainsi. Les deux jeunes femmes s'étaient regardées dans les yeux et Lexa avait rougi.

Lexa ne rougissait jamais.

« *Thanatos m'a dit que c'est ton titre* », avait-elle expliqué.

La déesse comprenait que les titres avaient leur utilité, mais pas entre amis.

« *Appelle-moi Perséphone.* »

Lexa avait écarquillé les yeux.

« *Je suis désolée. Je ne voulais pas te faire de peine.*

– *Tu… ce n'est pas le cas.* »

Perséphone avait voulu être convaincante, mais elle avait manqué d'aplomb. En vérité, entendre Lexa l'appeler Milady était un rappel de plus qu'elle n'était plus la même personne qu'avant, et Perséphone avait beau être patiente, ce n'était pas facile. Lexa avait le même physique et la même voix – même son rire n'avait pas changé –, mais sa personnalité était différente.

« *Et si tu tiens à employer les titres, tu devrais appeler Thanatos Lord.* »

Encore une fois, Lexa avait semblé gênée. Elle avait fui le regard de Perséphone et avait rougi de plus belle.

« *Il m'a dit… que je n'étais pas obligée.* »

Perséphone était rentrée au palais, ce jour-là, se sentant étrange et encore plus éloignée de Lexa qu'avant.

– Perséphone ? demanda Lexa.

– Hmmm ?

Perséphone fut tirée de ses pensées et croisa les grands yeux bleus de Lexa. Son visage était plus pâle ici, à la lumière des Champs Élysées, encadré par ses longs cheveux noirs. Elle était vêtue d'une longue robe cache-cœur blanche, une couleur que Perséphone ne l'avait jamais vue porter de son vivant.

– Les préparatifs du mariage, ça se passe comment ? répéta Lexa.

– Ah, répondit Perséphone en fronçant les sourcils. Je n'ai pas vraiment commencé.

Ce n'était qu'à moitié vrai. Si elle n'avait réfléchi à rien, Hécate et Yuri, elles, s'étaient déjà lancées. En toute honnêteté, l'idée de préparer son mariage sans Lexa lui était horriblement douloureuse. Si elle avait été en vie, sa meilleure amie serait tout de suite allée sur Internet pour chercher les couleurs du thème, les robes et le lieu. Elle aurait établi un plan, dressé des listes et expliqué à Perséphone les coutumes que la déesse n'avait jamais apprises de sa mère. Au lieu de ça, Lexa était assise en face de Perséphone, silencieuse et réservée, sans savoir qu'elles avaient été meilleures amies. Même si Perséphone avait voulu l'inclure dans les projets de Yuri et d'Hécate, elle ne le pouvait pas, les âmes n'avaient pas le droit de quitter les Champs Élysées tant que Thanatos ne les jugeait pas prêtes à vivre à Asphodèle.

« *Peut-être qu'on pourrait la rejoindre pour parler des préparatifs*, avait proposé Perséphone, mais Thanatos avait secoué la tête.

– *Tes visites la laissent fatiguée. Elle ne pourrait pas gérer ce genre de chose en ce moment.* »

Il avait également tenté d'apaiser son refus avec sa magie. Le dieu de la Mort était capable de calmer les âmes et les mortels par sa seule présence, apportant son réconfort face au deuil et à l'angoisse. Mais cela avait parfois l'effet inverse sur Perséphone. Elle trouvait l'influence qu'il exerçait sur ses émotions envahissante, même s'il pensait bien faire. Durant les jours qui avaient suivi la mort de Lexa, Thanatos avait employé sa magie pour soulager sa souffrance, mais elle lui avait dit d'arrêter. Même si ses intentions étaient bonnes, elle avait besoin de ressentir les choses, même la douleur.

Après avoir causé tant de souffrance à Lexa, elle avait trouvé anormal de ne pas ressentir la sienne.

– Tu n'as pas l'air très enthousiaste, remarqua Lexa.

– J'ai hâte d'être la femme d'Hadès, répondit-elle. C'est juste que… je n'avais jamais imaginé me marier. Je ne sais même pas par où commencer.

Déméter ne l'avait jamais préparée à ça, à quoi que ce soit, en fait. La déesse de la Moisson avait espéré contourner la prophétie des Moires en l'isolant du monde et d'Hadès. Quand Perséphone l'avait suppliée de la laisser sortir de l'orangerie pour intégrer le monde des vivants en se faisant passer pour une mortelle, ses seuls rêves avaient été d'obtenir son diplôme, d'avoir une carrière et de profiter de sa liberté aussi longtemps que possible.

L'amour n'avait jamais fait partie de ses projets, et encore moins le mariage.

– Hmmm, dit Lexa en se penchant légèrement en arrière, appuyée sur les mains, la tête tournée vers le ciel comme pour bronzer. Tu devrais commencer par ce qui t'excite le plus.

C'était un conseil que l'ancienne Lexa lui aurait donné.

Mais ce qui excitait le plus Perséphone, c'était d'être la femme d'Hadès. Lorsqu'elle pensait à leur avenir, son cœur lui semblait comblé, son corps était électrifié et son âme regorgeait de vie.

– Je vais y réfléchir, promit la déesse en se levant.

En parlant de mariage, on l'attendait justement au palais pour commencer les préparatifs.

– Cela dit, je suis sûre qu'Hécate et Yuri auront leurs propres idées.

– C'est possible… admit Lexa.

L'espace d'un instant, Perséphone fut incapable de quitter son regard. L'ancienne Lexa l'étudia en retour, pensive et sincère.

– … mais c'est ton mariage.

***

Perséphone quitta les Champs Élysées.

Elle aurait dû se téléporter immédiatement au palais car elle était déjà en retard, mais dès qu'elle quitta Lexa, ses yeux se remplirent de larmes. Elle s'arrêta et enfouit son visage dans ses mains. Elle avait l'impression d'avoir mal partout, que sa poitrine était vide et que ses poumons étaient en feu. Elle connaissait parfaitement ce sentiment, qui l'avait accablée dans les jours qui avaient suivi la mort de Lexa. Il jaillissait comme les cauchemars qui hantaient ses nuits, lorsqu'elle l'attendait, et lorsqu'elle ne s'y attendait pas, s'attachant à un rire, un parfum, une chanson, des mots, un lieu ou encore des photos. Et il émiettait peu à peu son cœur.

Elle n'était pas seulement accablée de tristesse, elle était également en colère. Elle était en colère que Lexa ait été blessée et que, malgré les dieux et sa propre divinité, elle n'ait pas pu déjouer les Moires. Car Perséphone avait essayé de les défier et elle avait échoué.

Son estomac se noua, rempli de culpabilité. Si elle avait su ce qui l'attendait, elle n'aurait jamais négocié avec Apollon. En voyant Lexa inconsciente dans l'Unité de soins intensifs, Perséphone avait compris ce que c'était de craindre la mort de quelqu'un. D'ailleurs, elle avait eu si peur qu'elle avait fait tout son possible pour prévenir ce qui s'était avéré inévitable.

Ses décisions avaient fait souffrir Lexa d'une façon qui ne pouvait guérir qu'avec le temps et en buvant l'eau du Léthé.

Même sans ses souvenirs, Perséphone avait espéré que l'ancienne Lexa reviendrait. À présent, elle connaissait la vérité. Le deuil impliquait de ne jamais revenir en arrière, de ne jamais recoller les morceaux. Cela signifiait que la personne qu'elle était après le décès de Lexa était celle qu'elle serait jusqu'au prochain décès.

Sa gorge se remplit soudain de bile.

Le Deuil était un dieu cruel.

En approchant du palais, elle fut accueillie par Cerbère, Typhon et Orthos, qui coururent vers elle. Les trois dobermans s'arrêtèrent à quelques pas, pleins d'énergie mais non moins obéissants. Elle s'accroupit et gratta chacun derrière les oreilles, puis sur le cou. Elle comprenait un peu mieux leurs personnalités, à présent. Des trois chiens, Cerbère était le plus sérieux et le plus dominant. Typhon était détendu tout en restant en alerte, et Orthos aimait faire l'andouille quand il ne parcourait pas les Enfers, ce qui n'arrivait presque jamais.

– Comment vont mes jolis garçons ? demanda-t-elle.

Ils la regardèrent en haletant et Orthos tapota le sol de ses pattes, comme s'il avait du mal à contenir son envie de lui lécher le visage.

– Vous avez vu Hécate et Yuri ?

Les chiens glapirent.

– Montrez-moi donc où elles sont.

Ils obéirent et partirent vers le palais d'Hadès, menaçant et si haut qu'il était visible depuis chaque endroit des Enfers. Ses pointes en obsidienne noire qui semblaient infinies disparaissaient dans le ciel gris et lumineux, symbolisant la portée, l'influence et le règne d'Hadès. Au pied du château s'étendaient les jardins de lierre vert, de roses rouges, de narcisses et de gardénias. Il y avait des saules et des arbres en fleurs. Des sentiers serpentaient entre les parterres de fleurs. Les jardins représentaient la gentillesse d'Hadès, sa capacité à changer et à s'adapter. Ils étaient sa rédemption.

La première fois que Perséphone était venue aux Enfers, elle avait été furieuse de découvrir que le royaume était aussi vert et luxuriant, à la fois à cause du contrat qui l'engageait avec le dieu des Ténèbres et aussi parce que créer la vie était censé être son pouvoir. Hadès lui avait vite montré que la beauté qu'il avait créée n'était qu'une illusion. Justement, en voyant cela, elle avait été jalouse de sa capacité à utiliser sa magie sans effort. Et même si elle apprenait un peu plus à contrôler ses pouvoirs à chaque entraînement avec Hécate et Hadès, elle restait envieuse de leur maîtrise.

« *Nous sommes des dieux anciens, ma chère*, lui avait dit Hécate. *Tu ne peux pas te comparer à nous.* »

Perséphone se répétait ses paroles chaque fois qu'elle sentait la jalousie pointer son nez, chaque fois qu'elle était frustrée par ses échecs. Elle s'améliorait, et elle maîtriserait un jour sa magie. Peut-être que, ce jour-là, les illusions qu'Hadès maintenait depuis des siècles deviendraient réelles.

Les chiens la menèrent jusqu'à la salle de bal, où elle trouva Hécate et Yuri devant une table couverte de fleurs diverses, d'échantillons de couleurs et de croquis de robes de mariée.

Hécate leva la tête en entendant les griffes de chiens sur le sol en marbre.

– Ah, te voilà.

Les dobermans coururent vers la déesse de la Sorcellerie, qui se baissa pour les caresser. Les chiens se couchèrent sous la table sagement.

– Désolée d'être en retard, dit Perséphone. J'étais avec Lexa.

– Ce n'est rien, ma chère, répondit Hécate. Yuri et moi étions en train de parler de ta fête de fiançailles.

– Ma… fête de fiançailles ?

C'était la première fois qu'elle en entendait parler.

– Je croyais qu'on allait parler du mariage.

– Oui, bien sûr, répondit Yuri. Mais on ne peut pas ne pas fêter vos fiançailles. Oh, Perséphone ! J'ai hâte que tu sois reine !

– Tu peux déjà lui attribuer le titre, dit Hécate. Hadès l'appelle déjà sa reine.

– C'est tellement excitant ! s'exclama Yuri en tapant dans ses mains. Un mariage divin ! Ça fait des années qu'il n'y en a pas eu.

– C'était qui, les derniers ? demanda Perséphone.

– Il me semble que c'était Aphrodite et Héphaïstos, répondit Hécate.

Perséphone fronça les sourcils. Il y avait toujours eu des rumeurs à propos du couple divin, la plus répandue étant que le dieu du Feu ne voulait pas de la déesse de l'Amour. Quand Perséphone en avait parlé avec Aphrodite, elle avait compris que la déesse n'était pas heureuse dans son mariage, mais elle ne savait pas pourquoi. Et quand elle avait essayé d'en apprendre plus, Aphrodite s'était refermée. D'une certaine façon, Perséphone ne pouvait pas lui en vouloir. Sa vie amoureuse et ses problèmes ne regardaient qu'elle. Pourtant, elle avait eu l'impression qu'Aphrodite était convaincue d'être seule.

Perséphone demanda à Hécate.

– Tu étais à leur mariage ?

– J'y étais, oui. C'était magnifique, en dépit des circonstances.

– Quelles circonstances ?

– C'était un mariage arrangé, expliqua Yuri. Aphrodite était une offrande à Héphaïstos.

– Une… offrande, répéta Perséphone en grimaçant.

Comment une déesse, ou n'importe quelle femme, d'ailleurs, pouvait-elle être offerte en cadeau à quelqu'un ?

– C'est ce qu'aime dire Zeus, dit Hécate, mais quand elle est née – une sirène de beauté et de tentation – plusieurs dieux ont approché Zeus pour la demander en mariage : Arès, Poséidon, et même Hermès, qui s'obstine à le nier. Zeus prend rarement une décision sans consulter son Oracle et quand il l'a interrogé au sujet d'un mariage avec un de ces dieux, l'Oracle a prédit une guerre. Donc il l'a mariée à Héphaïstos.

– Mais Aphrodite à l'air si… féroce, remarqua Perséphone en fronçant les sourcils. Pourquoi a-t-elle laissé Zeus décider qui elle épouserait ?

– Aphrodite voulait épouser Héphaïstos, dit Hécate. Et même si elle ne l'avait pas voulu, elle n'aurait pas eu le choix. Tous les mariages divins doivent être approuvés par Zeus.

– Quoi ? Pourquoi ? Je croyais qu'Héra était la déesse du Mariage.

– C'est le cas ; et Zeus l'implique, dans une certaine mesure, mais il ne lui fait pas confiance. Héra approuverait un mariage même si cela impliquait la fin de son règne de roi des dieux.

– Je ne comprends toujours pas. Pourquoi a-t-on besoin de son consentement pour se marier ?

– Une union entre dieux est différente d'une union entre mortels. Les dieux partagent leurs pouvoirs et ont des enfants. Ce sont des facteurs auxquels Zeus doit réfléchir avant d'offrir sa bénédiction.

– Les dieux partagent… les pouvoirs ?

– Oui, même si je doute que ça affecte Hadès, puisqu'il a déjà une influence sur la Terre. Mais toi, tu auras le contrôle de l'ombre, de la mort.

Perséphone frissonna à l'idée qu'elle aurait à maîtriser encore plus de magie alors qu'elle découvrait tout juste la sienne. Bien évidemment, ce ne serait pas un problème si Zeus ne consentait pas à son union avec Hadès. Pourquoi ne lui en avait-il pas parlé, d'ailleurs ?

– Est-ce qu'il est possible que Zeus refuse ? demanda-t-elle avant de se mordre la lèvre inférieure.

Et si c'était le cas, que ferait Hadès ?

« *Milady, je réduirais ce monde en cendres, pour toi.* »

Les propos d'Hadès glissèrent sur sa peau, remontant le long de sa colonne vertébrale. Hadès avait fait cette promesse, et il s'y tiendrait s'il y était forcé.

– Je ne peux pas en être certaine, admit Hécate.

Sa réponse évasive inquiéta Perséphone, déclenchant une vague d'angoisse qui lui noua l'estomac et électrifia son sang. La déesse de la Sorcellerie avait pour habitude d'être directe.

– Je suis sûre que Zeus approuvera, dit Yuri en mettant un petit coup de coude dans les côtes d'Hécate. Quelles raisons pourrait-il avoir de vous empêcher d'être heureux ?

Perséphone en connaissait une, son pouvoir. Quand elle en avait perdu le contrôle, dans la Forêt du Désespoir, et qu'elle avait utilisé la magie d'Hadès contre lui, Hécate lui avait fait part de la peur qui l'animait depuis leur rencontre : que Perséphone devienne plus puissante que n'importe quel dieu. Il lui avait alors expliqué que son pouvoir pourrait soit lui obtenir une place parmi les Olympiens, soit faire de Perséphone leur ennemie.

Yuri sembla se lasser de la conversation et décida de changer de sujet.

– Commençons par les couleurs ! dit-elle en ouvrant un énorme livre contenant des échantillons de tissu.

– Qu'est-ce que c'est ? demanda Perséphone.

– Eh bien c'est… un livre d'idées de mariage.

– Tu as trouvé ça où ?

– Je l'ai fait avec les filles, répondit Yuri.

Perséphone haussa un sourcil.

– Tu as commencé quand ?

Yuri rougit légèrement et balbutia.

– Il y a… y a… quelques mois.

– Hmmm.

Perséphone se demanda si les âmes avaient commencé à collectionner des objets pour son mariage dès le soir où elle avait failli se noyer dans le Styx, mais elle ne dit rien, écoutant plutôt Yuri qui lui montrait plusieurs associations de couleurs.

– Je pensais au vert et au lilas, dit-elle. Ça irait très bien avec le noir, et on sait tous que c'est la seule couleur qu'Hadès accepte de porter.

Perséphone gloussa.

– Est-ce que son choix de couleur t'agace, Yuri ?

– Tu veux dire son manque de couleur ? Juste une fois, j'aimerais le voir en blanc.

Hécate ricana, mais ne répondit rien.

Yuri poursuivit sa présentation, mais Perséphone ne pouvait s'empêcher de penser à Zeus et de se demander pourquoi elles préparaient un mariage avant même que l'union soit autorisée. *Peut-être que ton mariage a été approuvé*, se dit-elle. *Peut-être qu'Hadès a consulté Zeus avant de te demander en mariage.* Ça expliquerait pourquoi elle n'avait jamais entendu parler de cette tradition ô combien archaïque.

Néanmoins, elle ne manquerait pas de lui poser la question plus tard… et elle resterait angoissée tant qu'elle n'aurait pas entendu sa réponse.

Perséphone approuva les couleurs, et Yuri passa à la robe de mariée.

– J'ai demandé à Alma d'esquisser quelques croquis, dit-elle.

Perséphone parcourut les pages. Chaque robe était brodée de pierres et de perles, et de plusieurs couches de tulle. Elle n'avait peut-être jamais rêvé de son mariage, mais elle savait que ces robes n'étaient pas pour elle.

– Qu'est-ce que tu en penses ?

– Ces robes sont sublimes, répondit-elle.

– Tu ne les aimes pas, dit Yuri en fronçant les sourcils.

– Ce n'est pas ça…

– Si, c'est ça, déclara Hécate.

Perséphone écarquilla les yeux.

– C'est juste que… je crois que j'aimerais quelque chose de plus… simple.

– Mais… tu vas être reine, répondit Yuri.

– Mais je reste Perséphone. Et j'aimerais être Perséphone aussi longtemps que possible.

Yuri ouvrit la bouche pour la contredire, mais Hécate intervint.

– Je comprends, ma chère. Et si c'était moi qui m'occupais de ta robe ? Et puis, ce n'est pas comme si c'était ta seule occasion de mettre une robe de princesse, déclara la déesse de la Sorcellerie en regardant Yuri d'un air entendu.

Perséphone fronça les sourcils.

– Comment ça ?

– Oh, ma chère, ce n'est que le premier mariage. Tu en auras un second, peut-être même un troisième.

Perséphone se sentit pâlir.

– Un… troisième ?

Encore une chose qu'elle ne savait pas.

– Il y en aura un aux Enfers, un dans le monde des vivants et un à Olympe.

– Pourquoi à Olympe ?

– C'est une tradition.

– Une tradition, répéta Perséphone.

Tout comme c'était une tradition pour Zeus de sanctionner les mariages. Une question lui vint alors à l'esprit : si Zeus n'approuvait pas le leur, est-ce que cela signifiait qu'il n'approuvait pas leur relation ? Est-ce qu'il essaierait de les séparer, comme sa mère ?

– Je ne suis pas déterminée à suivre la tradition, dit Perséphone en fronçant les sourcils.

– Tu as de la chance, parce qu'Hadès ne l'est pas non plus.

Elles restèrent encore un moment, à parler des fleurs et du lieu. Yuri préférait les gardénias et les hortensias, Perséphone penchait pour des anémones et des narcisses. Yuri aimait la salle de bal pour la cérémonie et Perséphone aimait l'idée qu'elle ait lieu dans les jardins, peut-être sous la glycine du jardin d'Hadès.

Perséphone vit Hécate sourire.

– Quoi ?

– Oh, rien. C'est juste que… tu as beau dire l'inverse, tu sembles savoir précisément ce que tu veux pour tes noces.

Perséphone sourit timidement.

– J'ai juste choisi ce qui me fait penser à Hadès et moi.

Après leur réunion, Perséphone se retira dans les bains, où elle barbota pendant près d'une heure dans l'eau chaude parfumée à la lavande. Elle était épuisée – une fatigue qui la pénétrait jusqu'à la moelle, le résultat de l'angoisse quasi permanente et de la culpabilité accablante que son corps endurait depuis des semaines. Bien sûr, le fait qu'elle avait encore rêvé de Pirithoos n'arrangeait rien. Même après qu'elle et Hadès étaient rentrés du Tartare, elle n'avait pas réussi à dormir. Allongée à côté du dieu des Morts, les yeux grands ouverts, elle avait repensé à la torture qu'elle avait infligée au demi-dieu en se demandant ce que ses actes disaient d'elle. Soudain, les paroles de sa mère lui revinrent à l'esprit.

« *Même toi, tu ne peux échapper à la corruption, ma fille. C'est ce qui vient avec le pouvoir.* »

Était-elle un monstre ? Ou simplement un autre dieu ?

Perséphone sortit des bains et retourna à la chambre d'Hadès, leur chambre, se rappela-t-elle. Elle avait prévu de se changer et de dîner avec les âmes en attendant de parler à Hadès de Zeus, mais quand elle vit le lit, son corps lui parut soudain trop lourd et sa seule envie fut de se reposer. Elle se laissa tomber sur les draps de soie, confortable, légère, en sécurité.

Quand elle ouvrit les yeux, il faisait nuit. La chambre n'était éclairée que par le feu, dont les flammes dansaient sur les murs en face d'elle. Elle s'assit dans le lit et vit Hadès près de la cheminée. Il se tourna vers elle, nu, les muscles rougeoyants à la lumière du feu, ses épaules massives, ses abdos carrés, ses cuisses musclées. Elle admira toutes les parties de son corps, depuis ses yeux scintillants jusqu'à sa verge enflée.

Il sirotait son whiskey.

– Tu es réveillée, dit-il d'une voix douce avant de vider son verre, qu'il posa sur la table avant de s'approcher du lit.

Il s'assit à côté d'elle et prit son visage dans ses mains pour l'embrasser. Puis il recula, caressa sa bouche avec son pouce.

– Comment s'est passée ta journée ?

Elle mordit sa lèvre inférieure avant de répondre.

– Difficile.

Hadès fronça les sourcils.

– Et la tienne ?

– Idem, admit-il en retirant sa main de son visage. Allonge-toi avec moi.

– Tu n'as pas besoin de me le demander, chuchota-t-elle.

Il ouvrit plus grand son peignoir, révélant un sein, qu'il dévora des yeux. Le tissu soyeux glissa sur ses épaules et ses bras, tombant sur sa taille. Hadès baissa la tête et prit un téton dans sa bouche pour le titiller avec sa langue. Perséphone plongea ses doigts dans ses cheveux, maintenant sa tête en place, savourant la sensation de sa bouche sur son corps. Il prit son temps et elle devint de plus en plus excitée, guidant bientôt la main d'Hadès entre ses cuisses, sur son sexe brûlant qu'elle avait tant envie de sentir comblé.

Hadès obéit, écartant ses lèvres, et quand il plongea ses doigts en elle, elle soupira en gémissant, un son qu'Hadès captura d'un baiser. Longtemps, Perséphone tint le poignet d'Hadès pendant qu'il la pénétrait, crochetant ses doigts pour atteindre toutes les parties de son sexe. Puis elle le lâcha pour s'emparer de sa verge et quand ses doigts touchèrent sa peau soyeuse, Hadès poussa un grognement, rompant le baiser et retirant ses doigts de son sexe.

Perséphone rouspéta et essaya de lui reprendre la main.

– Tu ne me penses pas capable de te donner du plaisir ? demanda-t-il.

– Si, au bout d'un moment.

– Oh, chérie. Ça sonne comme un défi.

Il allongea Perséphone sur le côté, dos à lui, glissant un bras sous sa nuque ; de son autre main, il empoigna ses seins avant de la promener sur son ventre puis entre ses jambes. Il écarta ses cuisses et passa une jambe par-dessus sa hanche pour l'ouvrir davantage. Il titilla son clitoris avant de replonger entre ses lèvres. Perséphone inspira brusquement et se cambra contre lui, sentant son érection contre ses fesses. Elle appuya sa tête dans le creux de son épaule, ouvrant plus grand les cuisses pour l'inviter à la pénétrer plus profondément, et Hadès s'empara de sa bouche dans un baiser sauvage et possessif.

Le souffle de Perséphone accéléra et elle voulut planter ses talons dans le matelas, mais ils glissèrent sur les draps de soie – elle se sentait euphorique et vivante, mais elle désirait plus, pourtant, son premier orgasme coulait en elle.

– C'est du plaisir ? demanda Hadès

Elle n'eut pas le temps de répondre. Cela dit, même s'il lui en avait laissé le temps, elle ne se pensait pas capable de parler entre deux inspirations rauques, avec le gland d'Hadès qui effleurait son sexe. Elle retint son souffle quand il la pénétra et se cambra, appuyant ses omoplates contre son torse. Quand il fut entièrement en elle, il l'embrassa sur l'épaule avant de la mordiller tout en continuant de titiller son clitoris. Elle gémit la bouche ouverte, un son qui semblait provenir de ses entrailles.

– C'est du plaisir ? demanda-t-il à nouveau.

Il entama ses va-et-vient avec un rythme lent qui lui permettait de sentir le moindre relief de sa verge qui s'enfonçait profondément en elle. Chaque coup de bassin lui coupait le souffle.

– C'est du plaisir ? répéta-t-il.

Elle tourna la tête vers lui et lui empoigna la nuque.

– C'est de l'extase.

Leurs bouches fondirent l'une sur l'autre dans un baiser féroce et ils cessèrent de parler. On n'entendit plus que leurs gémissements, leurs souffles rauques et leurs corps frappant l'un contre l'autre. Ils devinrent bouillants et Perséphone sentit leurs transpirations se mélanger. Hadès accéléra, maintenant d'une main la jambe de Perséphone par-dessus la sienne tandis que l'autre saisissait sa gorge, tenant tendrement sa mâchoire entre ses doigts, et il la garda ainsi jusqu'à ce qu'ils jouissent tous les deux.

Hadès laissa alors sa tête tomber dans le creux de son cou, où il déposa de petits baisers.

– Tu vas bien ? demanda-t-il.

– Oui, chuchota-t-elle.

Elle allait mieux que bien. Le sexe avec Hadès était toujours au-delà de ses attentes, et chaque fois qu'elle pensait qu'ils avaient atteint leur potentiel maximal et se disait que ça ne pouvait pas être meilleur, il lui prouvait le contraire. Cela avait été la même chose cette fois, et elle se surprit à se demander combien le dieu des Morts était expérimenté en la matière et pourquoi il se retenait encore.

Hadès se retira et Perséphone se tourna pour être face à lui. Elle étudia son visage brillant de sueur, il semblait fatigué et heureux.

– Est-ce que Zeus a approuvé notre mariage ?

Hadès se figea, comme si son cœur avait cessé de battre et qu'il ne respirait plus. Elle ne sut pourquoi il réagissait ainsi – peut-être avait-il oublié de lui en parler ou bien venait-il de réaliser qu'il ne s'en tirerait pas sans rien dire. Il finit néanmoins par se détendre, mais une tension étrange s'installa entre eux, ce n'était pas de la colère, mais ce n'était pas non plus l'euphorie qui les animait habituellement après le sexe.

– Il est au courant de nos fiançailles, dit-il.

– Ce n'est pas ce que je t'ai demandé.

Elle connaissait suffisamment Hadès à présent pour savoir qu'il ne disait jamais plus que ce qui était nécessaire. Il la dévisagea un moment avant de répondre.

– Il ne me le refusera pas.

– Mais il n'a pas donné sa bénédiction ?

Elle voulait l'entendre le dire, même si elle connaissait déjà la réponse.

– Non.

Ce fut à son tour de le dévisager, mais Hadès resta silencieux.

– Tu allais me le dire quand ?

– Je ne sais pas, admit-il avant de marquer une pause. Quand je n'aurais plus eu le choix.

Perséphone fut surprise par sa réponse.

– C'est ce que je constate, siffla-t-elle.

– J'espérais m'en passer, dit-il.

– Te passer de me le dire ?

– Non, me passer du consentement de Zeus. Il en fait toujours tout un spectacle.

– Comment ça ?

– Il nous convoquera à Olympe pour une fête et un festin de fiançailles, et il mettra des jours à annoncer sa décision. Je n'ai aucune envie de m'y rendre ni de t'obliger à endurer cette souffrance.

– Et quand aura lieu cette fête ? chuchota-t-elle.

– Dans quelques semaines, je présume.

Perséphone regarda le plafond, dont les couleurs se mélangèrent car ses yeux se remplissaient de larmes. Elle ne comprenait pas pourquoi cela l'affectait autant, peut-être parce qu'elle avait peur ou parce qu'elle était fatiguée.

– Pourquoi tu ne voulais pas me le dire ? S'il y a un risque qu'on ne puisse pas être ensemble, j'ai le droit de le savoir.

– Perséphone, chuchota Hadès en se redressant sur un coude pour essuyer ses larmes. Personne ne pourra nous séparer : ni les Moires, ni ta mère, ni Zeus.

– Tu parles comme si tu en étais certain, mais même toi, tu refuses de défier les Moires.

– Oh mais chérie, je te l'ai déjà dit, je réduirais ce monde en cendres, pour toi.

Elle déglutit en étudiant son visage.

– Peut-être que c'est ce que je crains le plus.

Il la dévisagea longuement en caressant tendrement sa joue, puis il l'embrassa sur tout son corps avant de se délecter à nouveau de sa chair. Quand il se releva, Perséphone n'avait plus que le nom d'Hadès à la bouche.

***

Plus tard, quand elle se réveilla, Hadès revenait dans leur chambre, entièrement habillé. Elle fronça les sourcils et s'assit dans le lit, encore endormie.

– Qu'est-ce qui ne va pas ?

Le dieu grimaça, le regard froid et sévère.

– Adonis est mort. Il a été assassiné.

Elle cligna des yeux, stupéfaite.

Perséphone n'aimait pas Adonis. Il avait volé son article et l'avait publié sans sa permission, il l'avait touchée bien qu'elle lui ait dit non et il avait menacé de révéler sa relation avec Hadès au monde entier si elle ne le faisait pas réembaucher au *New Athens News*. Il méritait d'être puni, mais pas assassiné.

Hadès traversa la pièce pour se servir un verre.

– Adonis ? Tué ? Comment ?

– D'une façon atroce. On l'a trouvé dans une ruelle, près de La Rose.

Perséphone eut du mal à réfléchir. La dernière fois qu'elle avait vu Adonis, c'était dans le Jardin des dieux. Elle avait transformé ses bras en branches et il avait rampé à ses pieds, la suppliant de le ramener à son état normal. Elle avait accepté, à la seule condition qu'il ne touche plus jamais une femme sans son consentement.

Elle ne l'avait pas revu depuis.

– Est-ce qu'il est arrivé ici… aux Enfers ?

– Oui, répondit Hadès en vidant son whiskey avant de s'en servir un autre.

– Tu peux lui demander ce qui s'est passé ?

– Non. Il est… aux Champs Élysées.

Perséphone en déduisit que sa mort avait été suffisamment traumatisante pour qu'il soit forcé de l'oublier.

Elle observa Hadès qui vidait son verre. Il ne buvait ainsi que lorsqu'il était nerveux, et elle s'inquiéta de le voir dans un tel état après la mort d'un homme qu'il avait un jour traité de parasite.

À l'évidence, ce qu'il avait vu le perturbait.

– Est-ce que tu penses qu'il a été tué parce qu'il avait la Faveur d'Aphrodite ?

Ce n'était pas inhabituel. Au cours de l'histoire, beaucoup de mortels avaient été tués pour cette même raison, et Adonis avait adoré se vanter de sa relation avec la déesse de l'Amour.

– C'est probable. Mais je ne sais pas si c'était par jalousie ou par haine des dieux.

Son estomac se noua.

– Tu veux dire qu'il a été tué par quelqu'un qui voulait se venger d'Aphrodite ?

– Je crois qu'il a été tué par plusieurs personnes, répondit Hadès. Et qu'elles détestaient tout ce qui est divin.

Chapitre III

AGRESSION

Le lendemain matin, en se rendant au Coffee House, Perséphone ne pouvait s'empêcher de repenser aux paroles d'Hadès. Elle n'avait pas réussi à lui tirer davantage d'informations au sujet de la mort d'Adonis, il avait seulement précisé qu'il pensait que le meurtre avait été prémédité, et Perséphone craignait à présent qu'il y ait d'autres attaques.

Malgré sa mort soudaine, les journaux n'en firent aucune mention. Elle supposa que c'était grâce à l'implication d'Hadès dans l'enquête, mais elle pensa aussi qu'il voulait cacher au public – et à Perséphone – ce qu'il avait vu.

Elle fronça les sourcils. Elle comprenait qu'Hadès veuille la protéger, mais si des gens attaquaient les mortels qui avaient une Faveur divine ou quiconque étant associé à un dieu, elle avait besoin de le savoir. Si le monde ne savait pas qu'elle était une déesse, sa relation avec Hadès pouvait la mettre, elle et ses amis, en danger.

Perséphone s'installa dans un coin discret du café pour attendre Hélène et Leucé. Depuis qu'elle avait lancé son blog et son journal en ligne, *Le Porte-Parole*, quelques semaines auparavant, les trois femmes se réunissaient toutes les semaines, et comme elles n'avaient pas de bureau, elles choisissaient divers lieux de Nouvelle Athènes, le Coffee House étant l'un de leurs préférés. Ses deux collègues étaient en retard, sans doute à cause de la météo, puisque la ville faisait face à une vague de froid.

C'était un euphémisme.

Les températures étaient glaciales et, depuis une semaine, il neigeait. Au début, les flocons fondaient dès qu'ils touchaient le sol, mais aujourd'hui, ils s'étaient mis à tapisser les routes et les trottoirs. Les météorologues appelaient ça la tempête du siècle. C'était la seule info qui rivalisait avec l'annonce des fiançailles de Perséphone et d'Hadès. Aujourd'hui, elle découvrit que deux sujets partageaient la une de tous les journaux, du *New Athens News* au *Delphi Divine* :

Le dieu des Morts épousera la journaliste mortelle

et

Une tempête hivernale évince le soleil estival

Un troisième titre noua l'estomac de Perséphone. C'était un article d'opinion dans le *Grecian Times*, un journal national concurrent du *New Athens News*.

La météo d'hiver est une punition divine

À l'évidence, l'auteur de l'article n'était pas fan des dieux. Sans doute était-il un Impie.

Dans un monde gouverné par les dieux, rien n'est laissé au hasard. La question reste donc de savoir à quel dieu appartient la colère que nous affrontons, et quelle en est la cause ? Encore un mortel qui a prétendu être plus beau qu'un être divin ? Ou un mortel qui a rejeté leurs avances ?

Ce n'était ni l'une ni l'autre de ces raisons ; c'était une véritable bataille entre Hadès et Perséphone, et sa mère, Déméter, la déesse des Moissons.

Perséphone n'était pas surprise qu'ils en arrivent là. Déméter avait tout fait pour séparer Perséphone et Hadès. Cela avait commencé à sa naissance quand elle l'avait enfermée dans une orangerie. Déméter avait menti à Perséphone au sujet des dieux et de leurs motivations ; surtout au sujet d'Hadès, qu'elle détestait pour la simple et bonne raison que les Moires avaient tissé le destin de sa fille avec celui du dieu des Morts. Quand Perséphone se remémorait l'époque où elle vivait sous le règne strict de sa mère, elle se sentait physiquement malade. Elle n'avait jamais été sa fille mais sa prisonnière et, en fin de compte, tout cela n'avait servi rien. Mais quand Perséphone avait rencontré Hadès, sa vie avait basculé, tout était devenu possible, et le seul pari qu'elle avait été prête à prendre était celui de son cœur.

– Ton latte, Perséphone, dit Ariana, l'une des baristas.

Perséphone connaissait désormais tout le monde au Coffee House, parce qu'elle était célèbre mais aussi parce qu'elle venait très régulièrement.

– Merci, Ariana.

La barista était étudiante en épidémiologie à l'Université d'Hygie. C'était un domaine complexe, étant donné que certains virus étaient créés par les dieux et ne pouvaient être guéris que si ces derniers le décidaient.

– Je voulais juste te féliciter pour tes fiançailles. Tu dois être très excitée.

Perséphone sourit. Elle avait du mal à accepter les félicitations étant donné la tempête qui faisait rage dehors. Elle ne pouvait s'empêcher de penser que si les mortels connaissaient la véritable raison de cette météo capricieuse, ils seraient bien moins ravis de l'annonce de son mariage.

– Je le suis, merci, répondit-elle néanmoins.

– Vous avez choisi une date ?

– Non, pas encore.

– Tu penses que vous allez vous marier ici ? Je veux dire, dans le monde des vivants ?

Perséphone prit une grande inspiration. La question de la jeune femme n'aurait pas dû la frustrer, elle se montrait simplement enthousiaste. Toutefois, cela ne faisait que l'angoisser davantage.

– Tu sais, on n'en a même pas parlé. On est tous les deux très occupés.

– Bien sûr, dit la serveuse. Bon, je te laisse travailler.

Perséphone lui sourit froidement avant de boire une gorgée de café. Elle se concentra alors sur sa tablette, ouvrant l'article qu'Hélène lui avait envoyé tard la veille pour qu'elle le relise. Elle eut du mal à déchiffrer ses sentiments en lisant l'article, mais cela ressemblait à de l'appréhension.

La vérité sur la Triade, l'organisme de mortels activistes

Dans les années qui suivirent la Grande Descente, les mortels furent tourmentés par la présence des dieux sur Terre. Ainsi, de nombreux groupes se constituèrent pour s'opposer à leur influence. Aujourd'hui encore, certains s'identifient à l'idéologie des Impies, ces mortels qui ne prient pas et ne vénèrent pas les dieux, qui ne cherchent pas à être graciés par eux et qui, finalement, préfèrent éviter tout ce qui a trait au Divin. Certains Impies préfèrent rester passifs dans la lutte contre les dieux.

D'autres en revanche, adoptent un rôle plus actif et ont ainsi choisi de rejoindre la Triade.

« Les dieux ont un monopole sur tout – de l'industrie de la restauration à celle du vêtement, et même les mines. Il est impossible pour les mortels de rivaliser, dit un membre anonyme de l'organisation. Quelle est l'utilité de l'argent pour un dieu ? Ce n'est pas comme s'ils avaient besoin de survivre dans notre monde. »

Perséphone avait déjà entendu cet argument et, si elle ne pouvait parler pour les autres dieux, elle n'avait aucun mal à défendre Hadès. Le dieu des Morts était le plus riche des Olympiens, mais ses contributions aux œuvres de charité avaient un impact réel sur le monde mortel.

Hélène poursuivait :

La Triade défend trois droits mortels : l'équité, le libre arbitre et la liberté. Son objectif est simple : empêcher l'influence des dieux sur la vie de tous les jours. L'organisation dit avoir une nouvelle direction qui encourage une approche plus pacifique de la résistance aux dieux, contrairement à leurs actions passées où ils avaient utilisé des bombes lors de rassemblements publics et dans les entreprises gérées par des dieux.

Aucune preuve ne suggérait que la Triade avait été derrière de récentes attaques. D'ailleurs, la seule chose à laquelle l'organisme avait été lié au cours des cinq dernières années était une manifestation contre les Jeux panhelléniques dans les rues de Nouvelle Athènes. Les jeux avaient beau être considérés comme un événement culturel important pour les Grecs, la Triade détestait que des dieux choisissent des héros et les mettent en compétition les uns contre les autres. Cela conduisait inévitablement les athlètes à leur fin et, si Perséphone était d'accord sur le fait que se battre jusqu'à la mort était archaïque, elle reconnaissait qu'il en allait du choix du mortel.

Dieux, elle commençait à parler comme Hadès.

Elle poursuivit sa lecture.

Malgré leur déclaration pacifiste, l'année dernière, 593 attaques présumées ont été recensées contre des mortels ayant un lien avec un dieu. Les responsables de l'organisation déclarent poursuivre leur nouvelle mission en mettant en place sa renaissance. L'augmentation du nombre de victimes est passée inaperçue aux yeux des dieux ainsi que des mortels, écartée par l'actualité d'un mariage, d'une tempête hivernale et par la nouvelle collection automne-hiver d'Aphrodite.

Peut-être les dieux ne voient-ils pas la Triade comme une menace ? Toutefois, étant donné le passé, sont-ils dignes de confiance ? Nous l'avons déjà dit, ce ne sont pas eux qui souffrent lorsque de prétendus groupes d'activistes décident de passer à l'acte. Les victimes seront des témoins innocents et, dans un monde où les mortels sont plus nombreux que les dieux, devons-nous vraiment espérer une aide des Divins ?

Cette dernière phrase laissa un goût amer dans la bouche de Perséphone, surtout au lendemain de la mort d'Adonis. Pourtant, malgré les faits mis en lumière par Hélène dans son article, Perséphone avait besoin de plus. Elle voulait interroger les dirigeants de la Triade : avaient-ils reconnu leur responsabilité dans ces 593 agressions ? Sinon, comptaient-ils désapprouver les actions solitaires ? Quels étaient leurs projets pour l'avenir ?

Perséphone était tellement concentrée sur ses notes qu'elle ne remarqua pas la personne qui s'approchait d'elle et sursauta quand on lui adressa la parole.

– Vous êtes Perséphone Rosi ?

Elle leva brusquement la tête et croisa les grands yeux marron d'une jeune femme aux sourcils arqués. Elle avait un visage en forme de cœur et d'épais cheveux bruns. Elle portait un manteau noir avec un col en fourrure et elle tenait un gobelet de café fumant entre ses mains.

Perséphone lui sourit avant de répondre.

– C'est moi, oui.

Elle s'attendait à ce que la femme lui demande une photo ou un autographe, mais au lieu de ça, elle retira le couvercle de son gobelet et en versa le contenu brûlant sur les cuisses de Perséphone. La déesse se leva d'un bond et le Coffee House devint soudain silencieux.

Perséphone resta paralysée, rendue muette par la douleur et la magie qui vibrait dans ses veines et qui désespérait de la défendre.

Ayant accompli sa mission, la femme tourna les talons, mais elle se retrouva face à Zofie, l'Aegis de Perséphone.

L'Amazone était sublime, grande, la peau mate, avec de longs cheveux bruns tressés qui lui arrivaient presque aux fesses. Quand Perséphone l'avait rencontrée, elle portait une armure en or. Mais elles avaient fait un saut à la boutique d'Aphrodite et l'Aegis en était ressortie avec une garde-robe moderne. Aujourd'hui, elle portait un jean et un pull noirs, le seul élément qui détonnait était son épée. D'ailleurs, elle la tenait dans les mains et esquissait un mouvement circulaire avec pour couper la tête de la jeune femme.

La salle entière se mit à hurler.

– Zofie ! cria Perséphone.

L'Amazone arrêta la lame à quelques millimètres du cou de l'agresseur. L'Aegis regarda Perséphone dans les yeux, l'air frustrée, comme si elle ne comprenait pas pourquoi elle ne pouvait pas aller au bout de son geste.

– Oui, Milady ?

– Range ton épée, ordonna Perséphone.

– Mais…

– Tout de suite, siffla-t-elle, la mâchoire crispée.

La dernière chose dont Perséphone avait besoin, c'était que Zofie fasse couler le sang en son nom. L'incident allait déjà faire la une des infos, puisque les clients du café prenaient des photos et filmaient la scène. Elle se promit d'en informer Ilias afin qu'il puisse bloquer la réaction des médias.

L'Amazone grommela dans sa barbe et rangea son épée. La jeune femme retrouva alors son assurance et se tourna à nouveau vers Perséphone.

– *Lemming*, siffla-t-elle avec un regard plus haineux que Menthé ou même sa mère n'avaient jamais exprimé.

Puis elle tourna les talons et sortit du café, faisant tinter la clochette au-dessus de la porte.

– Tu n'as qu'un mot à dire, Milady, et je l'achève dans la ruelle, dit Zofie.

– Mais non. C'est bien la dernière chose qu'il nous faut : un meurtre sur les bras.

– Ce n'est pas un meurtre, rétorqua-t-elle. C'est de la vengeance.

– Tout va bien, Zofie.

Perséphone rassembla ses affaires, consciente qu'on la regardait toujours. Elle aurait adoré contrôler la foudre, comme Zeus, car elle aurait foudroyé tous les objets connectés de la salle, histoire de leur apprendre à se mêler de leurs affaires.

– Mais… elle t'a fait mal ! argua Zofie. Lord Hadès sera déçu de moi.

– Tu as fait ton travail, Zofie.

– Si j'avais fait mon travail, tu ne serais pas blessée.

– Tu es venue dès que possible, dit Perséphone. Et je ne suis pas blessée. Je vais bien.

Elle mentait, bien sûr. Surtout pour protéger Zofie. Si elle savait à quel point Perséphone avait mal, l'Amazone essaierait à coup sûr de démissionner.

Qui aurait pensé à se servir d'un café comme d'une arme ? pensa Perséphone. Quelle trahison.

– Pourquoi elle t'a attaquée ?

Perséphone fronça les sourcils ; elle n'en savait rien.

Lemming, avait dit la femme. Une autre façon de la traiter de mouton de Panurge, de suiveuse. Elle connaissait l'expression, mais on ne l'avait jamais insultée de cette façon.

– Je ne sais pas, soupira-t-elle en regardant Zofie dans les yeux. Appelle Ilias et raconte-lui ce qui s'est passé. Peut-être qu'il peut bloquer les médias.

– Bien sûr, Milady. Tu vas où ?

– Trouver Hadès.

Elle voulait évaluer la brûlure sur ses cuisses, aussi.

– La dernière fois que quelqu'un a essayé de me tuer, il l'a torturé.

Elle remit son manteau et écrivit à Leucé et Hélène pour leur dire que leur réunion était annulée et qu'elle les verrait le soir.

– On se retrouve chez Sybil ? demanda-t-elle à l'Amazone.

– Oui, pour la crémaillère, dit-elle avant de froncer les sourcils. J'apporte du bois ?

Perséphone éclata de rire.

– Non, Zofie. Apporte… du vin, ou à manger.

Perséphone ne savait pas grand-chose de l'enfance de Zofie, mais à l'évidence, l'île d'où elle venait n'avait pas évolué avec la société moderne. Quand elle avait demandé à Hécate de lui expliquer pourquoi, la déesse avait répondu :

« *C'est ainsi que le veut Arès.*

– Qu'il veut… quoi ?

– Les Amazones sont ses enfants, et elles sont élevées pour la guerre, pas pour la société. Il les garde séquestrées sur l'île de Terme pour qu'elles ne connaissent rien d'autre que la bataille. »

Après avoir appris cela, Perséphone s'était demandé comment Zofie avait rencontré Hadès et comment elle était devenue son Aegis.

Elle se concentra à nouveau sur l'Amazone.

– Si tu n'as pas d'idée, écris à Sybil et demande-lui quoi apporter. Elle t'aidera.

Quand elle sortit dans la rue, un vent glacial la saisit, gelant sa peau à l'endroit où ses vêtements étaient mouillés. Elle descendit la rue trempée par la neige fondue, et tourna à l'angle d'une ruelle qu'elle longea jusqu'à être hors de vue des passants, puis elle se téléporta aux Enfers.

Elle apparut dans la chambre, s'attendant à ce qu'Hadès y soit déjà, frustré, prêt à inspecter ses blessures, mais il n'était pas là. Elle posa son sac et enleva son manteau avant de retirer son legging en faux cuir. Elle sentait encore des picotements là où le café l'avait brûlée mais, heureusement, ce n'était pas très grave. Ses cuisses étaient rouges et gonflées, avec quelques petites cloques ici et là. *Peut-être que de l'eau froide arrangera ça*, pensa-t-elle.

Elle finit de se déshabiller et s'apprêtait à se rendre dans la salle de bains quand elle vit Hadès.

Elle sursauta et posa sa main sur son cœur, sur son sein nu. Le dieu l'étudiait, le regard brillant, élégamment vêtu d'un de ses costumes sur-mesure. Ses cheveux étaient lissés et attachés en un chignon parfait sur la nuque, dont pas une mèche ne dépassait. Il était rasé de près. Impeccable et envoûtant, et sa présence lui coupa le souffle.

– Hadès, tu m'as fait peur.

Il baissa les yeux sur ses seins et sourit avant de lui tendre la main.

– Tu aurais dû te douter que je viendrais dès que tu serais déshabillée. C'est un sixième sens.

Il baissa la tête pour déposer un minuscule baiser sur ses phalanges, mais quand il posa les yeux plus bas, il fronça les sourcils. Il lâcha sa main pour poser sa paume froide sur sa cuisse et elle frissonna.

– Qu'est-ce que c'est ? siffla-t-il.

Apparemment, il n'avait pas encore eu vent de ce qui s'était passé.

– Une femme a versé son café sur ma cuisse, répondit Perséphone.

– *Versé ?*

– Si tu me demandes si c'était intentionnel, la réponse est oui.

Un éclair de colère traversa son regard, le même qu'elle avait vu la veille quand il lui avait annoncé la mort d'Adonis. Quelques secondes passèrent, puis il s'agenouilla devant elle. Une vague de magie explosa dans ses mains et pénétra sa peau, jusqu'à ce qu'elle ne sente plus le picotement des brûlures. Après l'avoir guérie, Hadès resta à genoux, promenant ses mains derrière ses jambes.

– Vas-tu me dire qui était cette femme ? demanda-t-il en effleurant l'intérieur de sa cuisse.

– Non, répondit-elle en retenant sa respiration.

– Et… je ne peux pas te convaincre de me le dire ?

– Tu pourrais peut-être, chuchota-t-elle en posant ses mains sur ses épaules. Mais je ne connais pas son nom, donc ça ne servirait à rien.

– Rien de ce que je fais n'est jamais en vain.

Il serra plus fort ses jambes et plongea entre ses cuisses pour prendre son clitoris dans sa bouche. Perséphone cria et empoigna ses cheveux.

– Hadès…

– Ne me dis pas d'arrêter, gronda-t-il.

– Tu as trente minutes.

Hadès s'arrêta et leva la tête vers elle.

Dieux qu'il était beau, et tellement érotique. Une bulle de chaleur explosa dans son bas-ventre et liquéfia ses entrailles. Elle mouillait déjà tellement pour lui que lorsqu'il remettrait sa bouche sur elle, elle jouirait.

– Seulement trente ?

– Tu as besoin de plus ? le provoqua-t-elle.

Il esquissa un sourire machiavélique.

– Chérie, on sait tous les deux que je peux te faire jouir en cinq minutes mais… et si j'ai envie de prendre mon temps ?

– Plus tard, dit-elle. On a une soirée et je dois préparer des cupcakes.

Hadès fronça les sourcils.

– N'est-ce pas une habitude à la mode chez les mortels, d'être en retard ?

Perséphone haussa un sourcil.

– C'est Hermès qui t'a dit ça ?

– Il a tort ?

– Je refuse d'être en retard à la soirée de Sybil, Hadès. Si tu souhaites me donner du plaisir, tu me feras jouir dans les temps.

Hadès ricana.

– Comme tu voudras, ma chérie.

Chapitre IV

JAMAIS JE N'AI...

Perséphone apparut devant la porte de Sybil avec Hadès.

Elle frissonna de froid, mais aussi parce qu'elle repensait à l'heure qu'elle venait de passer avec le dieu des Morts, à genoux devant elle. Elle aurait dû être habituée à ses jeux coquins, mais il trouvait toujours un moyen de la surprendre. Cette fois, il lui avait procuré du plaisir alors qu'elle était debout, une jambe sur son épaule. Il l'avait lapée et titillée avec sa langue, l'avait dévorée et savourée. Elle s'était appuyée contre lui, sans pouvoir retenir le besoin de s'offrir davantage à sa bouche. Elle avait joui, poussée par un grognement qui avait jailli de la poitrine d'Hadès, tout ça en ayant suffisamment de temps pour préparer les cupcakes de Sybil.

Elle frissonna à nouveau dans le froid glacial, qui était comme des aiguilles sur sa peau. C'était une météo absurde pour un mois d'août et rien, pas même le bonheur que lui offrait l'amour d'Hadès, ne pouvait faire disparaître l'appréhension qu'elle ressentait devant cette neige qui continuait de tomber.

C'est le début d'une guerre.

C'était ce que lui avait dit Hadès le soir où il l'avait demandée en mariage, un genou à terre, une bague entre les doigts. Cela avait été l'un des plus beaux moments de sa vie, mais il avait été gâché par la magie de Déméter. Soudain, les doigts de Perséphone crépitèrent sous l'effet de ses pouvoirs qui réagissaient à l'éclair de rage qui déferlait dans ses veines.

Hadès serra plus fort sa taille.

– Tu vas bien ? demanda-t-il, sentant sans doute sa magie se réveiller.

Perséphone n'avait pas encore réussi à empêcher ses pouvoirs de réagir au gré de ses émotions.

– Perséphone ?

Elle se rendit compte qu'elle n'avait pas répondu à sa question et elle leva la tête vers lui. Son regard la réchauffa aussitôt et elle étudia sa barbe naissante en se souvenant de la sensation excitante et envoûtante qu'elle avait procurée contre sa peau.

– Je vais bien, dit-elle.

Hadès haussa un sourcil, l'air dubitatif.

– Je vais bien, insista-t-elle. Je pensais juste à ma mère.

– Ne gâche pas cette soirée en pensant à elle, ma chérie.

– Vu la météo, c'est un peu dur de l'ignorer, Hadès.

Il leva la tête vers le ciel et elle le sentit se crisper. Elle savait qu'il était aussi préoccupé qu'elle. Mais ce soir, elle voulait s'amuser. Quelque chose lui disait, en effet, qu'après cette nuit, rien ne serait plus amusant.

Elle frappa à la porte et au lieu d'être accueillis par Sybil, c'est un jeune homme blond qui leur ouvrit. Ses cheveux ondulés lui arrivaient aux épaules, il avait les yeux bleus et une barbe de trois jours. Il était beau, mais c'était un parfait inconnu.

Bizarre, pensa Perséphone. Elle était pourtant persuadée d'être à la bonne adresse.

– Euh, je crois qu'on s'est trompés de…

– Perséphone, c'est ça ? demanda l'homme.

Elle hésita à répondre et Hadès la tint plus fort contre lui.

– Perséphone !

Sybil apparut derrière l'homme, passa sous son bras et serra Perséphone contre elle.

– Je suis trop contente que tu sois là ! dit-elle d'une voix soulagée.

Elle recula et se tourna vers Hadès.

– Je suis contente que tu aies pu venir aussi, Hadès, ajouta-t-elle timidement.

Perséphone fut surprise par la réserve de son amie, qui était pourtant habituée aux dieux. Elle avait été l'Oracle d'Apollon jusqu'à peu… jusqu'à ce qu'il lui retire ses pouvoirs de prophétie parce qu'elle avait refusé de coucher avec lui. Son comportement avait suscité un article de Perséphone, mais sa décision d'écrire à propos du dieu du Soleil avait été un désastre.

Il s'était avéré qu'il était adulé par les mortels et que l'article de Perséphone avait été perçu comme de la diffamation. En plus de cela, Hadès avait été furieux, au point qu'il avait emprisonné Perséphone aux Enfers avant d'accepter un marché avec Apollon afin que celui-ci ne cherche pas à se venger d'elle.

Cette expérience avait beaucoup appris à la jeune déesse, notamment que le monde n'était pas prêt à croire la parole d'une femme en souffrance. C'était l'une des raisons pour lesquelles elle avait lancé *Le Porte-Parole*.

– J'apprécie l'invitation, répondit Hadès.

– Tu ne vas pas me présenter ? demanda l'inconnu.

Perséphone vit son amie se crisper. Cela ne dura qu'une seconde, comme si elle avait oublié que cet homme était là, et elle sourit d'un air navré.

– Perséphone, Hadès, je vous présente Ben.

– Salut, dit l'homme en leur tendant la main. Je suis le petit ami de…

– Ben est mon ami, s'empressa de dire Sybil.

– Enfin, je serai bientôt ton petit ami, insista Ben en souriant.

Sybil jeta un regard désespéré à Perséphone qui les fixa tour à tour avant de serrer la main de Ben.

– C'est un… plaisir de te rencontrer.

Ben se tourna vers Hadès, la main toujours tendue.

– Mieux vaut que tu ne me serres pas la main, mortel.

Ben écarquilla les yeux et un silence gênant s'abattit entre eux, mais Ben retrouva vite son sourire.

– Eh bien, vous entrez ? demanda-t-il.

Il s'effaça pour les laisser passer. Perséphone haussa les sourcils en regardant Hadès. Il avait la capacité de voir dans l'âme des mortels et des dieux, et Perséphone se demanda ce qu'il avait aperçu en regardant Ben, mais elle avait sa petite idée.

Serial killer.

– Quoi ? demanda Hadès.

– Tu as promis d'être sage.

– Apaiser les mortels n'est pas dans ma nature, répondit-il.

– Mais c'est dans ta nature de m'apaiser, moi.

– Hélas, tu es ma plus grande faiblesse.

L'entrée donnait sur un hall étroit qui menait à la cuisine et à un petit salon, qui était presque vide en dehors d'un canapé et d'une télévision. Si c'était loin d'être aussi opulent que le penthouse qu'elle avait partagé avec Apollon, le lieu était mignon et cosy, il rappela à Perséphone l'appartement qu'elle avait partagé avec Lexa pendant trois ans.

– Je vous sers du vin ? demanda Sybil, et Perséphone fut contente qu'on lui change les idées.

– Avec plaisir, répondit-elle, essayant de ravaler la tristesse qui avait surgi en repensant à son amie.

– Et toi, Hadès ?

– Du whisky… peu importe la marque. Pur… s'il te plaît, ajouta-t-il, comme s'il avait failli oublier d'être poli.

Perséphone grimaça, mais au moins il avait demandé gentiment.

– Pur ? demanda Ben. Les vrais amateurs de whisky ajoutent au moins de l'eau.

Le cœur de Perséphone accéléra, elle observa Hadès plonger les yeux dans ceux de Ben.

– Je préfère ajouter le sang des mortels.

– Bien sûr, Hadès, s'empressa de dire Sybil en attrapant la bouteille de whisky parmi celles qui se trouvaient sur le comptoir. Tu vas sans doute en avoir besoin, ajouta-t-elle.

– Merci, Sybil.

Il ouvrit la bouteille et se servit un verre, pendant que Sybil tendait un verre de vin à Perséphone.

– Alors, comment as-tu rencontré Ben ? demanda la déesse en prenant le verre.

Sybil s'apprêtait à répondre lorsque Ben l'interrompit.

– Aux Quatre Olives, où je travaille, dit-il. Pour moi, ça a été le coup de foudre.

Perséphone avala de travers et le vin lui brûla la gorge. Elle regarda Sybil, qui semblait mortifiée, mais elles n'eurent pas le temps de se dire quoi que ce soit, car on frappait à la porte.

– Dieux merci, dit Sybil en allant vers la porte d'un pas pressé, laissant Hadès et Perséphone avec le mortel.

– Je sais qu'elle n'est pas encore convaincue, dit Ben, mais ce n'est qu'une question de temps.

– Comment tu peux en être aussi sûr ? répondit Perséphone.

Le mortel se redressa, l'air fier.

– Je suis Oracle.

– Oh merde, marmonna Hadès.

Perséphone lui mit un coup de coude.

– Si vous voulez bien m'excuser, dit le dieu en sortant de la cuisine avec sa bouteille de whisky.

Ben s'accouda au bar.

– Je crois qu'il ne m'aime pas, dit-il.

– Qu'est-ce qui t'a donné cette impression ? demanda Perséphone.

– C'est juste un… pressentiment.

Il y eut un long silence gênant et Perséphone s'apprêtait à s'excuser pour rejoindre Hadès quand le prétendu Oracle reprit la parole.

– Tu as perdu, déclara-t-il.

– Pardon ?

– Oui, chuchota-t-il, le regard soudain vitreux et lointain. Tu as perdu, et tu perdras encore.

Perséphone contracta sa mâchoire.

– La perte d'une amie mènera à la perte de beaucoup. Et toi, tu cesseras de briller, comme une braise emportée par la nuit.

Sa colère se dissipa lentement, se transformant en dégoût quand elle reconnut ces paroles.

– Pourquoi tu cites *Léonidas* ?

Cette série télé était très populaire, c'était l'une des préférées de Lexa, elle racontait l'histoire d'un roi de Sparte et sa guerre contre les Perses. C'était un mélodrame plein d'amour, de sexe et de sang.

Ben cligna des yeux et se concentra à nouveau sur elle.

– Qu'est-ce que tu as dit ?

Perséphone leva les yeux au ciel. Elle détestait les faux prophètes. Ils étaient dangereux, parce qu'ils dénigraient la véritable pratique de la divination. Elle s'apprêtait à lui répondre quand elle fut interrompue par le cri excité d'Hermès.

– Sephy ! s'exclama-t-il en la serrant dans ses bras. Tu sens Hadès et… le sexe.

Elle repoussa le dieu de la Ruse.

– Ne sois pas grossier, Hermès !

Il gloussa et se tourna vers Ben.

– Oh, et… qui est-ce ? demanda-t-il d'une voix lourde de curiosité.

– Je te présente Ben. C'est un…

Elle n'était pas certaine de savoir comment terminer sa phrase, mais elle n'eut pas besoin de le faire parce que plus personne ne l'écoutait. Ben souriait déjà au dieu de la Ruse.

– Hermès, c'est ça ?

– Tu as entendu parler de moi ?

Perséphone leva les yeux au ciel. Hermès lui avait posé la même question quand ils s'étaient rencontrés. Elle ne lui avait jamais demandé pourquoi il faisait ça, mais elle avait l'impression que c'était pour obtenir une sorte de compliment. Après tout, *tout le monde* avait entendu parler de lui.

Elle ne fut pas surprise que ça se retourne contre lui.

– Bien sûr, répondit Ben. Tu es toujours le Messager des dieux, ou ils t'ont remplacé par les mails ?

Perséphone haussa les sourcils et se pinça les lèvres pour se retenir de rire.

Hermès le fusilla du regard.

– Toi, tu m'appelleras *Lord* Hermès désormais, déclara-t-il avant de tourner les talons. Tu peux le garder, marmonna-t-il à Sybil en lui passant devant.

Le dieu des Voleurs retrouva vite sa bonne humeur quand il vit Hadès dans le salon de Sybil.

– Bien, bien, bien, regardez qui a décidé d'assombrir la pièce !

Perséphone fut forcée d'admettre qu'Hadès n'avait pas tout à fait sa place dans l'appartement de Sybil, comme cela avait été le cas quand il était venu chez Lexa et Perséphone pour faire des biscuits. Au moins, ce soir-là, il avait essayé d'adapter sa tenue en choisissant un tee-shirt et un jogging. Aujourd'hui, il avait insisté pour passer un costard.

« *Que sont devenus les vêtements que tu avais mis chez moi ?* avait demandé Perséphone avant de partir.

– *Je les ai... jetés.* »

Elle avait écarquillé les yeux.

« *Pourquoi ?*

– *Je ne pensais pas que j'en aurais à nouveau besoin.*

– *Tu veux dire que tu pensais ne plus jamais traîner avec mes amis ?*

– *Non*, avait-il dit en étudiant son costume. *Je ne réponds pas à tes attentes habillé comme ça ?*

– *Mais si*, avait-elle répondu en gloussant. *Au contraire, tu les dépasses.* »

Il avait souri jusqu'aux oreilles et le cœur de la jeune femme s'était mis à battre si fort qu'elle avait cru qu'il allait exploser. Rien n'était plus beau qu'Hadès, quand il souriait.

On frappa à nouveau à la porte, et cette fois, c'est Hélène qui entra. Elle était vêtue d'un long manteau beige garni d'un col en fausse fourrure. Elle l'enleva et le prit sur son bras, révélant un tee-shirt à manches longues blanc, une jupe taupe et des leggings. Elle avait bouclé ses cheveux dorés, qui tombaient sur ses épaules. Elle avait apporté du vin qu'elle offrit à Sybil en l'embrassant sur la joue.

Ça faisait peu de temps que les deux femmes se connaissaient mais, comme tout le monde dans le cercle de Perséphone, elles étaient vite devenues amies.

– Cette météo ! dit Hélène. C'est presque... surnaturel.

– Oui, admit Perséphone en se sentant coupable. C'est horrible.

Sybil retourna à la porte et, cette fois, elle revint avec Leucé et Zofie. Les deux femmes étaient colocataires à présent, et Perséphone n'avait toujours pas décidé si c'était une bonne ou une mauvaise idée. Ça ne faisait pas longtemps que Leucé était revenue dans le monde des mortels après avoir passé plusieurs siècles sous la forme d'un arbre, et Zofie ne comprenait pas vraiment les humains, ayant été élevée parmi des femmes guerrières. Les deux jeunes femmes apprenaient à leur rythme, que ce soit des choses aussi simples que le fait de traverser une route et commander à manger, ou des aspects plus compliqués de la vie mortelle comme la sociabilisation et le contrôle de soi.

Leucé était une naïade, une nymphe d'eau. Elle avait des cheveux et des cils blancs et la peau tellement pâle que ses yeux bleus rayonnaient comme le soleil. Lorsque Perséphone l'avait rencontrée, la nymphe rejetait sa situation et ses traits étaient sévères et anguleux. Avec le temps, elle avait appris à la connaître et à l'accepter, malgré le fait qu'elle avait été la maîtresse d'Hadès. Mais contrairement à Menthé, Perséphone savait qu'il n'y avait plus d'affection entre les deux, c'est ce qui l'avait poussée à prendre la jeune femme sous son aile. Ce soir, elle était vêtue d'une petite robe bleu pâle qui lui donnait l'air d'une reine des glaces.

Zofie était tout sourire lorsqu'elle entra, mais son visage se décomposa quand elle découvrit Hadès dans le salon de Sybil.

– Milord ! s'exclama-t-elle en s'inclinant.

– Tu n'as pas à faire ça ici, Zofie, dit Perséphone.

– Mais… c'est le roi des Enfers.

– On est au courant, dit Hermès. Regarde-le, c'est le seul gothique de la pièce.

Hadès le fusilla du regard.

– Puisque tout le monde et là, faisons un jeu ! reprit Hermès.

– Quel jeu ? demanda Hélène. Un poker ?

– Non !

Ce fut un cri général, tous regardèrent Hadès qui leur renvoya un regard assassin.

Perséphone imaginait déjà tout ce qu'elle allait devoir faire plus tard pour lui faire oublier cette soirée.

– Et si on jouait à « Jamais je n'ai » ? proposa Hermès en se penchant pour saisir plusieurs bouteilles d'alcool. Avec des shots !

– Ok, mais je n'ai pas de verres à shot, dit Sybil.

– Dans ce cas, tout le monde choisit une bouteille.

– Oh, dieux… marmonna Perséphone.

– C'est quoi, « Jamais je n'ai » ? demanda Zofie.

– C'est exactement ce que tu penses, dit Hermès en posant les bouteilles sur la table basse. Tu fais une déclaration au sujet de quelque chose que tu n'as jamais fait, et tous ceux qui l'ont fait doivent boire.

Tout le monde se serra dans le salon. Hermès s'assit d'un côté du canapé, Ben prit l'autre, mais quand il vit Sybil s'installer par terre à côté de Perséphone, il changea d'avis et la rejoignit. La scène était gênante et Perséphone détourna les yeux vers Hadès, qu'elle trouva en train de la dévisager. Il était debout, en face d'elle, un peu à l'écart du cercle qu'ils formaient. Elle espérait qu'il ne trouverait pas une raison de ne pas jouer, elle avait envie de voir comment il allait répondre aux propositions.

Elle avait envie mais… elle le redoutait, aussi.

– Moi d'abord ! s'écria Hermès. Jamais je n'ai… couché avec Hadès.

Perséphone lui lança un regard assassin, tellement furieux qu'elle sentit sa frustration effacer le Charme qu'elle avait utilisé pour atténuer la couleur de ses iris.

– Hermès, gronda-t-elle.

– Quoi ? râla-t-il. Ce n'est pas facile pour quelqu'un de mon âge. J'ai déjà tout fait !

Leucé se racla alors la gorge et il écarquilla les yeux en réalisant ce qu'il avait fait.

– Ah, dit-il. *Aaah*.

Si Perséphone appréciait Leucé, ça ne voulait pas dire qu'elle avait envie qu'on lui rappelle son passé avec Hadès. Elle s'interdit de regarder Leucé qui buvait une gorgée de Fireball, un whisky à la cannelle.

Ben fut le suivant.

– Jamais je n'ai harcelé une ex.

Tous échangèrent des regards gênés. Est-ce que ce type essayait de prouver qu'il n'était pas tordu ?

Personne ne but.

Ce fut au tour de Sybil.

– Jamais je n'ai… eu de coup de foudre.

Elle envoyait une pique à Ben, qui ne sembla pas le remarquer, ou peut-être qu'il s'en fichait, trop confiant dans ses talents divinatoires, et il but une gorgée.

– Jamais je n'ai… eu de plan à trois, déclara ensuite Hélène.

Personne ne fut surpris de voir Hermès boire, mais Hadès but également et Perséphone se sentit pâlir. Peut-être était-ce à cause de sa façon de boire, les yeux baissés, comme s'il préférait ignorer qu'elle le regardait. Perséphone essaya tout de même d'être réaliste : Hadès ne pouvait pas s'excuser d'avoir vécu avant elle, et elle le comprenait. Après tout, elle s'attendait à ce que le dieu des Morts ait eu d'innombrables expériences sexuelles. Cependant, ça ne l'empêchait pas d'être jalouse.

Hadès leva enfin les yeux vers elle. Son regard était sombre et scintillant comme la lune. Elle connaissait cette expression. C'était autant une mise en garde qu'une prière – *je t'aime, je suis avec toi maintenant. Le reste n'a pas d'importance.*

Elle le savait, de tout son cœur. Pourtant, au fur et à mesure que le jeu avançait, Perséphone eut peu d'occasions de boire, contrairement à Hadès.

– Jamais je n'ai… mangé sur le corps nu de quelqu'un, dit Ben en regardant Sybil. Mais j'aimerais bien, ajouta-t-il.

Hadès but et Perséphone eut envie de vomir.

– Jamais je n'ai… baisé dans la cuisine, dit Hélène.

Hadès but.

– Jamais je n'ai baisé dans un lieu public, dit Sybil.

Hadès but encore.

– Jamais je n'ai simulé un orgasme, dit Hélène.

Sans savoir ce qui lui prit, Perséphone but une gorgée de vin. Elle reposa son verre sous le regard noir et inquisiteur d'Hadès. Elle sentait son énergie envelopper la sienne, exigeant son attention. Il voulait qu'elle parle, goûter sa peau, pour confirmer qu'elle avait menti.

Perséphone ne s'était pas attendue à ce qu'Hadès la confronte devant les autres.

– Si c'est le cas, je serais ravi de rectifier la situation, dit-il.

– Oh ! dit Hermès d'un ton moqueur. Y en a qui vont baiser, ce soir.

– Tais-toi, Hermès, râla Perséphone.

– Quoi ? Tu as de la chance qu'il ne t'ait pas téléportée aux Enfers au moment où tu as pris la bouteille.

Étant donné la façon dont Hadès la regardait, il n'était pas impossible qu'il le fasse, il avait beaucoup de questions à lui poser.

– Jouons à autre chose, proposa Perséphone.

– Mais j'aime bien celui-là, se plaignit Hermès. Ça commençait tout juste à être intéressant.

Elle le fusilla du regard.

– Et puis, tu sais bien qu'Hadès est en train de faire la liste de toutes les façons qu'il va te prendre ce…

– Ça suffit ! gronda Perséphone en se levant pour aller dans la salle de bains.

Elle ferma la porte et s'appuya contre le bois, fermant les yeux, inspirant profondément, essayant de se débarrasser du sentiment étrange qui l'avait envahie. Elle n'aurait su le décrire, mais c'était quelque chose de lourd et pesant.

L'atmosphère changea et elle se crispa en sentant le corps d'Hadès piéger le sien. Sa joue effleurait la sienne et son souffle chatouillait sa peau.

– Tu savais ce que ton comportement allait provoquer chez moi, dit-il d'une voix grave qui lui contracta le bas-ventre.

Tout son corps était rigide, il contenait à peine sa force.

– Quand t'ai-je laissée sur ta fin ? demanda-t-il.

Elle déglutit, consciente qu'il voulait la vérité.

– Tu ne réponds pas ?

Il posa une main sur sa gorge, sans la serrer, l'invitant simplement à le regarder.

– J'aurais sincèrement préféré ne pas apprendre tes exploits sexuels pendant un jeu, devant tous mes amis, dit Perséphone.

– Et donc tu as pensé qu'il serait mieux de révéler que je ne te satisfais pas ?

Perséphone fuit son regard. Il maintint sa main sur sa gorge et se pencha en avant, effleurant son oreille avec sa langue.

– Devrais-je effacer leurs doutes quant au fait que je peux te faire jouir ?

Il souleva sa jupe et tira sur sa culotte en dentelle.

– Hadès ! On est invités !

– Et alors ? demanda-t-il en la soulevant pour la plaquer contre la porte.

Ses gestes étaient maîtrisés tout en étant brutaux, un aperçu de la violence qui coulait dans ses veines.

– Ça ne se fait pas, de baiser dans la salle de bains de quelqu'un.

Hadès lécha d'abord sa bouche avant d'écarter ses lèvres pour y plonger sa langue, et ses protestations s'évanouirent quand il l'embrassa si fort qu'elle ne put plus respirer.

Pourquoi je l'ai provoqué ? Parce que j'avais envie de ça, pensa-t-elle. *J'en avais besoin.*

Elle avait voulu le mettre en colère pour sentir sa rage sur sa peau, jusqu'à ce qu'elle ne se souvienne plus d'un passé où elle existait sans lui.

Son sexe se contracta quand elle sentit la verge d'Hadès entre ses lèvres et, la seconde d'après, il était entièrement enfoui en elle. Perséphone pencha la tête en arrière et un gémissement guttural et éhonté lui échappa au moment où une vague de plaisir gonflait en elle.

Soudain, on frappa à la porte.

– Désolé de vous interrompre, quoi que vous fassiez, dit Hermès, mais vous devriez venir voir ça.

– Pas maintenant, gronda Hadès, appuyant sa tête dans le creux de l'épaule de Perséphone.

Il était crispé des pieds à la tête et elle savait qu'il faisait tout son possible pour se maîtriser, ce qu'elle aurait aimé justement qu'il cesse de faire.

Elle tourna la tête vers lui, effleurant le lobe de son oreille avec sa langue, et Hadès prit une longue inspiration en sifflant et en lui empoignant les fesses.

– Ok, mais premièrement, c'est impoli de baiser dans la salle de bains des autres, dit Hermès. Deuxièmement, ça concerne la météo.

Hadès grogna.

– Un instant, Hermès.

– C'est long comment, un instant ?

– Hermès ! menaça Hadès.

– D'accord, d'accord !

Hadès recula et Perséphone souffrit aussitôt de son absence.

– Merde, bougonna-t-il en rentrant sa chemise dans son pantalon.

– Je suis désolée, dit Perséphone.

– Pourquoi tu t'excuses ? demanda-t-il en fronçant les sourcils.

Elle ouvrit la bouche pour répondre – peut-être s'excusait-elle pour sa jalousie ou parce qu'ils devaient arrêter ou à cause de la tempête… elle ne le savait pas vraiment. Elle referma la bouche et Hadès se rapprocha.

– Je ne t'en veux pas, dit-il avant de l'embrasser. Mais ta mère va regretter de nous avoir interrompus.

Perséphone se demanda ce qu'il voulait dire, mais elle ne lui posa pas la question. Ils sortirent de la salle de bains et elle entendit la télévision.

« Toute la Nouvelle Grèce a été placée en alerte rouge pour tempête de glace. »

– Qu'est-ce qui se passe ?

– Il s'est mis à grêler, répondit Hélène, qui avait ouvert les rideaux pour regarder par la fenêtre.

Perséphone la rejoignit et vit les grêlons heurter la vitre. Elle grimaça. Elle savait que la météo allait empirer, mais elle ne pensait pas que ça viendrait aussi vite.

– C'est l'acte d'un dieu, dit Ben. Un dieu est en train de nous maudire !

Perséphone regarda Hadès dans les yeux et un silence tendu s'abattit sur la pièce.

– Tu vas le nier ? demanda Ben en se tournant vers Hadès.

– Ce n'est pas malin de tirer des conclusions trop hâtives, mortel, répondit Hadès.

– Je ne tire pas des conclusions hâtives. Je l'ai prédit ! Les dieux vont exercer un règne de terreur sur nous. Nous allons connaître le désespoir et la destruction.

Les paroles de l'Oracle nouèrent l'estomac de Perséphone, comme une pierre froide et lourde qui s'enfonçait en elle. Elle avait beau penser que cet homme était fou, elle ne pouvait nier que ce qu'il prédisait était parfaitement possible.

– Mesure tes propos, Oracle, dit Hermès.

Perséphone fut déstabilisée de le voir aussi sévère et son ton la fit frissonner.

Les accusations de Ben étaient sérieuses, et il était possible que ses prédictions suscitent la colère des dieux.

– Je ne fais que répéter ce que…

– Ce que tu entends, conclut Sybil. Et ce que tu entends pourrait être la parole d'un dieu, ou pas. D'ailleurs, étant donné que tu n'as pas de mécène, j'imagine que c'est une entité impie qui te file tes prophéties. Si tu avais été formé, tu le saurais.

Perséphone regarda tour à tour Sybil et Ben. Elle ne savait pas ce qu'était une entité impie, mais Sybil savait ce dont elle parlait. Elle avait été formée pour le métier d'Oracle.

– Et qu'y a-t-il de mal à être une entité impie ? Parfois, ce sont les seuls diseurs de vérité.

– Tu devrais y aller, dit Sybil.

Un silence lourd de tension suivit ses propos, Ben encaissa ce que Sybil venait de lui dire.

– Tu veux que je… parte ?

– Elle a été très claire, répondit Hermès.

– Mais…

– Tu sembles avoir oublié où est la porte, dit le dieu de la Ruse. Je t'accompagne.

– Sybil… commença Ben.

Soudain, il disparut.

Tout le monde regarda Hermès.

– Ce n'était pas moi, dit le dieu.

Ils se tournèrent alors vers Hadès, mais celui-ci resta silencieux. Personne ne l'interrogea, seule Perséphone se demanda où il avait envoyé le mortel.

– Je crois qu'on devrait tous partir, dit Perséphone, qui voulait être seule avec Hadès pour lui poser toutes ses questions. Plus on attend, plus la tempête va empirer.

Tout le monde était d'accord.

– Hadès, j'aimerais m'assurer qu'Hélène, Leucé et Zofie rentrent en sécurité.

– Je vais appeler Antoni, acquiesça-t-il.

Perséphone profita que les trois femmes aillent chercher leurs manteaux pour prendre Sybil à part.

– Est-ce que ça va ? Ben est…

– Un imbécile, répondit-elle. Je suis désolée s'il t'a offensée, toi ou les autres.

– Ne t'en fais pas… mais à ce rythme, il va s'attirer la colère d'un dieu.

Ils n'attendirent pas Antoni longtemps. Le cyclope arriva dans une limousine noire et ils s'installèrent à l'arrière, Hadès et Perséphone d'un côté, Leucé, Zofie et Hélène de l'autre.

– Est-ce que tout le monde a détesté ce Ben ? demanda Leucé.

– Sybil devrait cacher un couteau sous son lit, au cas où il reviendrait, dit Zofie.

– Ou elle pourrait simplement installer un verrou sur sa porte, suggéra Hélène.

– Les verrous peuvent être crochetés, insista Zofie. Un couteau, c'est plus sûr.

Ils restèrent silencieux un moment, écoutant la grêle frapper sur le toit et les vitres de la voiture.

Ils déposèrent d'abord Leucé et Zofie et, une fois parties, la pénombre de l'habitacle sembla engloutir Hélène, dont le corps menu paraissait perdu dans la fourrure de son manteau. Elle regarda la nuit par la fenêtre, son beau visage éclairé par intermittence par les lampadaires de la ville.

– Vous pensez que Ben a raison ? finit-elle par demander. Que c'est l'œuvre des dieux ?

Perséphone se crispa et regarda la mortelle, dont les grands yeux innocents étaient rivés sur Hadès. La déesse trouva étrange d'entendre cette question sans y déceler la moindre haine.

– On le saura bien assez vite, répondit Hadès.

La limousine s'arrêta et lorsqu'Antoni ouvrit la portière, l'air glacial s'engouffra dans l'habitacle. Perséphone frissonna et Hadès la serra plus fort contre lui.

– Merci de m'avoir ramenée, dit Hélène en sortant.

Quand ils reprirent la route, Perséphone tourna la tête vers le dieu.

– Elle pense vraiment qu'une tempête va suffire à nous séparer ?

Hadès contracta sa mâchoire et Perséphone comprit que la réponse était *oui*.

– Tu as déjà vu de la neige, Perséphone ? demanda Hadès d'un ton qui ne lui plut pas.

– De loin… répondit-elle en hésitant.

Sur le sommet des montagnes, mais jamais depuis qu'elle avait déménagé à Nouvelle Athènes.

Hadès la regarda dans les yeux d'un air menaçant et furieux.

– À quoi tu penses ? chuchota-t-elle.

Il baissa les yeux et l'ombre de ses cils s'allongea sur ses joues.

– Elle va continuer jusqu'à ce que les dieux n'aient d'autre choix que d'intervenir.

– Et il se passera quoi ?

Hadès ne répondit pas et Perséphone n'insista pas car, en vérité, elle connaissait la réponse, même si elle avait trop peur de l'entendre.

Ce sera la guerre.

Chapitre V

UNE TOUCHE DE MAGIE ANCIENNE

– Antoni, dit Hadès peu de temps après avoir déposé Hélène, assure-toi que Lady Perséphone arrive à Nevernight en sécurité.

– Quoi ?

Elle avait à peine pu prononcer un mot qu'Hadès saisit sa nuque pour l'embrasser. Il fit l'amour à sa bouche, écartant ses lèvres pour y plonger la langue. Perséphone fut instantanément excitée et son bas-ventre se contracta. Elle oublia sa colère contre sa mère et se concentra sur la promesse qu'Hadès lui avait faite dans la salle de bains de Sybil. Elle était encore sur sa faim et elle avait désespérément envie de se perdre en lui. Mais, au lieu de la soulager comme elle le désirait, il rompit le baiser, laissant ses lèvres enflées et en feu.

Plus, Hadès. *Maintenant.* Elle avait envie de lui crier dessus parce que son corps avait désespérément besoin de lui.

Et il le savait.

– Ne t'en fais pas, ma chérie. Tu jouiras avec moi ce soir.

Antoni toussa, comme s'il se retenait de rire.

La seconde d'après, la magie d'Hadès surgit dans un parfum d'épices et de cendres, et il disparut.

Perséphone soupira longuement et regarda Antoni dans le rétroviseur central.

– Il est parti où ?

– Je ne sais pas, Milady, répondit-il.

Perséphone comprit néanmoins ce qu'il ne disait pas : *Même si je le savais, on m'a ordonné de vous ramener à la maison.* Soudain, Perséphone sut ce qu'elle allait demander à Hécate de lui apprendre, lors de leur prochaine leçon : comment suivre quelqu'un lorsqu'il se téléportait.

Antoni déposa Perséphone devant Nevernight. Malgré le froid et le grésil qui tombait du ciel, les mortels faisaient la queue devant la célèbre boîte de nuit d'Hadès, espérant y entrer. En sortant de la voiture, elle fut accueillie par Mekonnen, un ogre employé comme videur. Il portait un parapluie et l'accompagna jusqu'à la porte.

– Bonsoir, Perséphone, dit-il.

– Salut, Mekonnen, répondit-elle en souriant. Comment tu vas ?

– Bien.

Elle fut soulagée qu'il ne fasse pas de commentaire à propos de la météo. Mekonnen lui ouvrit la porte du club et elle descendit jusqu'à la salle principale où s'entassaient mortels et immortels. Elle ne traversait pas toujours le club, préférant parfois se téléporter dès qu'elle passait la porte, mais elle était de plus en plus à l'aise avec le pouvoir qui découlait d'être fiancée à Hadès.

Cela signifiait que ce club était aussi à elle.

Parfois, elle regrettait de ne pas pouvoir déambuler parmi les mortels en étant invisible comme Hadès, pour les observer et les écouter sans les interrompre, mais elle ne pensait pas que ce pouvoir se manifesterait en elle.

Perséphone traversa donc la salle de Nevernight, passant devant les lounges bondés, le bar rétroéclairé et la piste de danse en contrebas où les corps s'agglutinaient sous les lasers. Elle savait qu'on l'observait, même si on ne la regardait pas directement. Elle percevait les chuchotements et, si elle n'entendait pas ce que disaient les mortels, elle pouvait le deviner. Les médias colportaient tous les jours de nouvelles rumeurs, interrogeaient des experts du langage corporel pour analyser le moindre de ses gestes ou encore ses « amis les plus proches » qui parlaient de sa vie aux Enfers, sa difficulté à faire le deuil, à préparer ses noces… Or, même si ces articles étaient des tissus de mensonges, c'était ainsi que le monde s'était fait une opinion à son sujet.

Perséphone savait que les mots étaient à la fois ses alliés et ses ennemis, mais elle avait toujours cru qu'elle serait à l'origine des articles qui feraient sensation, et non leur cible.

Elle fut soulagée que personne ne vienne lui parler. Cela ne la gênait pas, en général, mais elle était sur ses gardes ce soir. Peut-être était-ce à cause de ce qui s'était passé au Coffee House. Cela dit, elle savait que si personne ne l'approchait ce soir, c'était parce qu'elle était protégée. Adrian et Ezio, deux des ogres qu'employait Hadès comme videurs et gardes du corps, la suivaient à distance. Si quelqu'un l'accostait, ils fonceraient.

Parfois pourtant, quand un mortel était vraiment désespéré, il se fichait de la présence des ogres.

– Perséphone ! dit une voix de femme, à peine audible dans le brouhaha et la musique.

Perséphone s'était habituée à ce qu'on crie son prénom, et elle arrivait désormais à ne plus marquer de temps d'arrêt. Cependant, cette femme fendit la foule et lui barra la route devant l'escalier.

– Perséphone ! insista-t-elle, à bout de souffle de l'avoir suivie à travers le club.

La femme était brune et vêtue d'une robe rose. Elle voulut lui saisir le bras et Perséphone fit un pas en arrière, soudain entourée par Adrian et Ezio qui s'interposèrent.

– Perséphone, répéta la femme. S'il te plaît. Je t'en supplie, écoute-moi !

– Venez, Milady, insista Adrian tandis qu'Ezio servait de barrière entre les deux femmes.

– Un instant, Adrian, dit-elle en posant une main sur le bras d'Ezio pour se rapprocher de la femme. Est-ce que tu me demandes de l'aide ?

– Oui ! Oh, Perséphone…

– Elle est la future femme et la reine de Lord Hadès, dit Adrian. Adresse-toi à elle comme il se doit.

La femme écarquilla les yeux. Il n'y a pas si longtemps que ça, Perséphone aurait détesté entendre les propos d'Adrian, mais les occasions où elle demandait aux gens de l'appeler simplement par son prénom se faisaient de plus en plus rares.

– Je suis désolée, tellement désolée !

Perséphone perdait patience.

– Quel que soit ton problème, ça ne doit pas être très urgent étant donné le temps que tu mets à en venir au but.

Dieux, elle commençait à parler comme Hadès.

– S'il vous plaît, Milady… je vous implore. Je souhaite négocier un marché avec Lord Hadès. Vous devez lui demander de me recevoir, tout de suite.

Perséphone grinça des dents. Cette femme ne lui demandait pas son aide, elle voulait celle d'Hadès. Elle pencha la tête sur le côté en plissant les yeux, essayant de maîtriser sa colère.

– Peut-être que je peux t'aider, proposa Perséphone.

La femme éclata de rire, comme si ce qu'elle venait de dire était ridicule. Or cela blessa Perséphone, même si cette mortelle ne savait pas que Perséphone était une déesse, cela ne faisait que lui rappeler à nouveau l'importance qui était accordée au Divin.

– Si tu rejettes mon aide, tu rejettes celle d'Hadès, gronda Perséphone d'un ton sec.

Elle commença à monter les marches et la femme essaya de la suivre, mais Ezio l'arrêta en tendant le bras.

– S'il vous plaît, insista la femme d'un ton désespéré. Je ne voulais pas vous vexer. C'est juste que… comment pouvez-vous m'aider ? Vous êtes mortelle… comme moi.

Perséphone s'arrêta et se tourna vers elle.

– Si ce que tu demandes exige l'aide d'un dieu, alors tu ne devrais pas le demander.

– C'est facile à dire, pour vous, rétorqua la femme d'un ton plein de colère. Pour une femme qui peut demander ce qu'elle veut à son amant.

Perséphone la fusilla du regard. Cette femme était comme tous ceux qui écrivaient et chuchotaient à son sujet. Elle avait imaginé sa propre histoire et sa propre version de la vie de Perséphone. Elle ne savait rien du fait qu'elle avait supplié Hadès de l'aider, qu'il avait refusé, qu'elle avait merdé en négociant avec Apollon, apprenant à ses dépens qu'elle n'aurait pas dû interférer avec les Moires.

Elle leva la tête vers Ezio.

– Escorte-la dehors, dit Perséphone en tournant les talons pour aller à l'étage, suivie par Ezio.

– Attendez ! Non ! S'il vous plaît !

Les cris de la femme dominèrent la musique et, peu à peu, le brouhaha de la foule se tut et tout le monde regarda Ezio traîner la femme dehors. Perséphone les ignora et poursuivit son chemin jusqu'au bureau d'Hadès. Quand elle fut enfin en sécurité derrière les portes noires et dorés, sa frustration jaillit. Elle sentit comme une déchirure sur son avant-bras et elle comprit que sa magie essayait de se manifester physiquement. En général, c'était sous la forme d'une liane, de feuilles ou de fleurs qui surgissaient de sa peau.

La mortelle l'avait provoquée.

Elle inspira profondément pour apaiser sa colère, jusqu'à ce que la douleur disparaisse.

Peu importe ce que pense le reste du monde, non ? pensa-t-elle amèrement.

Son agacement se transforma en vexation quand elle réalisa pourquoi elle était tellement en colère. La femme lui avait fait comprendre qu'elle n'avait rien à offrir en dehors de sa connexion avec Hadès.

Perséphone avait déjà souffert d'être considérée comme un objet par le passé, comme l'une des possessions d'Hadès dont on ne citait même pas le nom dans des articles sur deux pages qui traitaient de leur relation. Elle était toujours *la maîtresse d'Hadès* ou *la mortelle*.

Que devait-elle faire pour que le monde des vivants la considère comme on la considérait aux Enfers, comme l'égale d'Hadès ?

Perséphone soupira et se téléporta dans le bosquet d'Hécate, où elle trouva la déesse occupée à se battre contre un petit chiot noir, qui tenait le bas de sa jupe rouge entre ses crocs.

– Néphélé ! Lâche-moi tout de suite ! cria Hécate.

Le chiot grogna et tira plus fort.

Perséphone gloussa, oubliant immédiatement toute sa frustration, trop amusée de voir la déesse de la Sorcellerie tirer sur sa jupe pour essayer de se libérer de l'adorable petite boule de poils.

– Perséphone, ne reste pas là comme ça ! Sauve-moi de ce… monstre !

– Oh, Hécate, dit Perséphone en se baissant pour prendre le chiot dans ses bras. Ce n'est pas un monstre.

Elle tint Néphélé à bout de bras et regarda ses petites oreilles, son nez pointu et ses yeux si expressifs qu'ils auraient pu être ceux d'un humain.

– Elle est vilaine !

La déesse inspecta sa robe déchirée, puis elle mit ses poings sur ses hanches et plissa les yeux.

– Après tout ce que j'ai fait pour toi !

– Tu l'as trouvée où ?

– Je… je… eh bien… je l'ai créée.

Perséphone fronça les sourcils et prit le chiot sur le bras comme un bébé.

– Tu l'as créée ?

– Ce n'est pas aussi horrible que ça en a l'air, dit Hécate.

Comme la déesse se taisait, Perséphone prit les devants.

– Hécate, ne me dis pas que ce chien était un humain.

Ce ne serait pas la première fois ; Hécate avait changé une sorcière du nom de Gale en furet qui lui servait désormais d'animal de compagnie aux Enfers.

– Ok, alors je ne le dirai pas, répondit-elle.

– Hécate ! gronda Perséphone. Tu n'as pas… pourquoi ? Parce qu'elle t'a agacée ?

– Non, non, non, répondit-elle. Enfin… peut-être un peu. Je l'ai changée en chien à cause de son deuil atroce.

– Pourquoi ?

– Parce qu'elle devenait folle, j'ai pensé qu'elle préférerait être un chien plutôt qu'un mortel en souffrance.

Perséphone ouvrit la bouche, puis la referma.

– Hécate, tu ne peux pas la changer en chien sans sa permission. Tu m'étonnes, qu'elle s'en prenne à ta jupe !

La déesse croisa les bras.

– Elle m'a donné sa permission. Elle s'est mise à genoux et elle m'a demandé de lui ôter sa souffrance.

– Je ne pense pas qu'elle se soit attendue à être changée en chien.

Hécate haussa les épaules.

– Que ça serve de leçon aux mortels. Quand ils supplient un dieu de les aider, ils feraient mieux d'être précis !

Perséphone la transperça du regard.

– De toute façon, j'avais besoin d'une nouvelle grim. Hécube est fatiguée.

– Une grim ?

– Ah, oui, dit Hécate avec un sourire en coin. C'est une tradition que j'ai initiée il y a plusieurs siècles. Les grims sont des esprits protecteurs qui apparaissent sous la forme de chiens noirs. Mais les miennes me servent de faucheuses. Avant de prendre la vie d'un mortel, j'envoie une grim pour le torturer pendant des semaines avant sa mort.

– Mais… comment peux-tu prendre des vies, Hécate ?

– Je suis désignée par les Moires comme leur destin.

Perséphone frissonna. Elle n'avait jamais été témoin de la vengeance de la déesse, mais Hécate était connue comme Lady du Tartare pour son approche unique de la punition, qui nécessitait souvent l'usage d'un poison. Perséphone n'osait imaginer l'enfer que subissaient les mortels dont Hécate était la cause du décès.

– Mais assez parlé de moi. Tu voulais me voir ?

Perséphone sourit en se souvenant de la raison de sa venue. Malgré la frustration qu'elle avait ressentie tout à l'heure, elle se sentait désormais plus déçue qu'en colère.

– Je me demandais si… on pouvait s'entraîner.

Hécate plissa les yeux.

– Je ne suis pas Hadès mais… je sais quand tu ne dis pas la vérité. Allez, crache le morceau.

Perséphone soupira et parla à Hécate de la femme qui l'avait abordée au club.

– Qu'est-ce que tu penses que tu aurais pu proposer à cette femme ? demanda Hécate

– Je… je ne sais pas, admit Perséphone d'un ton hésitant.

Elle ne savait même pas ce que la femme voulait, en fait, mais elle pouvait le deviner. Perséphone avait vite compris que les mortels demandaient rarement autre chose que du temps, une bonne santé, de l'argent ou l'amour. Perséphone ne pouvait accorder aucune de ces choses en tant que déesse du Printemps, et encore moins en tant que déesse qui apprenait à peine à utiliser ses pouvoirs.

– Je sais ce que tu penses, dit Hécate. Je ne voulais pas te faire douter de tes capacités, mais tu as quand même répondu à ma question.

Perséphone écarquilla les yeux.

– Comment ?

– Tu réfléchis comme une mortelle. Qu'est-ce que j'aurais bien pu proposer ?

– Ben, c'est vrai, qu'est-ce que j'aurais pu proposer, Hécate ? Une rose fanée ? Le soleil, par une journée glaciale ?

– Tu dénigres tes pouvoirs pendant que ta mère terrorise le royaume des vivants avec une tempête de neige et de glace. Le soleil est précisément ce dont les mortels ont besoin.

Perséphone fronça les sourcils. Elle se sentait accablée, rien qu'à l'idée de contrer la magie de sa mère. Encore une fois, Hécate mit fin à sa réflexion.

– C'est la déesse qui a retourné la magie d'Hadès contre lui, qui dit ça ?

Perséphone plissa les yeux pour étudier la déesse.

– Hécate, est-ce que tu m'as caché que tu peux lire dans mes pensées ?

– *Cacher* impliquerait que je t'aie volontairement induite en erreur, répondit Hécate, et Perséphone haussa un sourcil.

Mais, oui, bien sûr que je peux lire dans les pensées. Je suis une déesse et une sorcière.

Perséphone leva les yeux au ciel.

– Super…

– Ne t'en fais pas. J'ai l'habitude de m'éclipser, surtout quand tu penses à Hadès, ajouta Hécate en grimaçant. Ce que je veux dire, Perséphone, c'est qu'il arrivera un moment où tu ne pourras plus te faire passer pour une mortelle.

Perséphone grimaça, mais elle devait admettre qu'elle commençait elle-même à se demander comment maintenir sa fausse identité de mortelle, surtout lorsque la magie de sa mère saccageait tout dans le monde mortel.

– C'était noble de vouloir être connue pour ton travail, mais tu es plus que Perséphone la journaliste. Tu es Perséphone, déesse du Printemps, future reine des Enfers. Tu as tellement plus à offrir que des mots.

Elle pensa à quelque chose que Lexa lui avait dit au sujet d'être une déesse. « *Tu es gentille et pleine de compassion, et tu te bats pour ce en quoi tu crois. Mais surtout, tu te bats pour les autres.* »

– Et je suis censée faire quoi ? Annoncer ma divinité au monde entier ?

– Oh, ma chère, ne te soucie pas de la manière dont le monde apprendra qui tu es.

Perséphone frissonna, ne sachant pas si elle avait envie de savoir ce que voulait dire Hécate.

– Viens, tu voulais t'entraîner.

La déesse s'assit dans l'herbe et tapota le sol à côté d'elle. Perséphone soupira, devinant qu'Hécate voulait qu'elle médite. Elle n'aimait pas ça, mais elle s'était entraînée à faire appel à sa magie. Elle s'améliorait, mais c'est quand elle suivait les instructions d'Hadès qu'elle était la meilleure.

Elle s'assit à côté d'Hécate et laissa Néphélé se promener dans la clairière. Hécate commença, fermant les yeux en expliquant à Perséphone comment penser à sa magie : comme un puits ou un étang dans lequel elle pouvait puiser à tout moment.

– Imagine l'étang scintillant et froid.

Le problème était que Perséphone ne visualisait pas sa magie comme une source d'eau. Pour elle, c'était de la noirceur, une ombre. Elle n'était pas froide, elle était comme du feu. Elle n'était pas calme mais tumultueuse. Sa magie avait été enfermée pendant si longtemps que sa libération la rendait sauvage. Quand elle s'en approchait, elle mordait, jaillissait, la faisait saigner. C'était l'inverse de la paix, l'opposé de la méditation.

Assise en tailleur, les yeux fermés, elle sentit de la magie s'élever autour d'elle. C'était celle d'Hécate, elle était lourde et ancienne, elle avait l'odeur d'un vin raffiné, vieilli et pointu, et elle la remplit d'appréhension. Elle ouvrit les yeux et découvrit que la petite boule de poils de tout à l'heure s'était transformée en énorme molosse. Elle n'avait plus rien de mignon, elle était féroce, avec des yeux rouges et luisants, des crocs longs et aiguisés, et sa gueule dégoulinait de bave blanche.

Néphélé grogna et Perséphone regarda Hécate, qui s'était levée pour se placer derrière sa nouvelle grim.

– Hécate… gronda Perséphone d'un ton de mise en garde.

– Oui, Milady ?

– Pas de Milady entre nous, rétorqua-t-elle. À quoi tu joues ?

– On s'entraîne.

– Ce n'est pas de l'entraînement !

– Si. Tu dois te préparer à l'inattendu. Les apparences peuvent être trompeuses, Perséphone.

– Ouais, j'ai pigé. Le toutou n'est pas mignon.

Un grognement sauvage jaillit de la gueule de Néphélé, qui avança vers Perséphone comme un prédateur vers sa proie.

Hécate s'adressa au chien d'une voix douce et provocatrice à la fois.

– Est-ce qu'elle t'a insultée, ma puce ?

Perséphone fusilla la déesse du regard.

– Si tu veux qu'elle cède, utilise ta magie, dit Hécate.

Perséphone écarquilla les yeux. Quels pouvoirs était-elle censée invoquer contre un molosse enragé ?

– Hécate…

La déesse soupira.

– Néphélé !

Les oreilles du chien se plaquèrent en arrière et Perséphone crut qu'Hécate allait rappeler son chien. Mais il n'en fut rien.

– Attaque, ordonna-t-elle.

Perséphone écarquilla les yeux et, la seconde d'après, elle se téléporta, atterrissant à plat ventre dans l'herbe, près de l'océan Aleyonie. Elle n'était venue là qu'une fois, un soir où elle s'était promenée aux Enfers et s'était perdue. Elle se mit à quatre pattes et réalisa qu'elle avait été à deux doigts de tomber dans le précipice. Elle s'assit en tremblant et ramena ses genoux contre sa poitrine. Elle resta dans cette position un long moment, laissant la brise salée sécher ses larmes, repensant à ce qui s'était passé dans la clairière.

La téléportation lui avait semblé être la seule option quand Hécate avait ordonné au chien de l'attaquer et, même si elle était en sécurité, elle avait le sentiment d'avoir échoué. Elle n'en voulait pas à Hécate. Elle savait que la déesse essayait de lui apprendre à réfléchir plus vite.

Elle aurait dû être sur ses gardes dès qu'elle avait senti la magie d'Hécate autour d'elle. Mais elle avait été trop confiante, tellement qu'elle n'avait pas pris les instructions de la déesse au sérieux.

Elle ne referait pas cette erreur car, un jour, elle n'aurait pas de seconde chance.

Chapitre VI

UNE RÉCOMPENSE

Perséphone faisait les cent pas dans sa chambre.

Hadès n'était pas rentré depuis qu'il l'avait laissée dans la limousine et, si son absence ne l'inquiétait pas, elle était nerveuse de dormir sans lui. Chaque fois qu'elle regardait son lit, une vague d'appréhension lui glaçait le sang. Au moins, quand Hadès était là, elle savait qu'il monterait la garde pendant son sommeil et la réveillerait si Pirithoos décidait de s'immiscer dans ses cauchemars.

Elle se posta devant la cheminée et son regard se posa sur la carafe de whiskey. Curieuse, elle la prit et étudia le liquide ambré qui brillait à travers le cristal comme des éclats de citrine. Elle avait demandé à Hadès, un jour, pourquoi il préférait le whiskey.

« *C'est sain,* avait-il répondu. *C'est vrai, ça m'aide à me détendre.*

– *Mais tu en bois constamment,* avait-elle remarqué.

– *J'aime être détendu en permanence* », avait-il dit répondu en haussant les épaules.

Si cela aidait Hadès, peut-être que cela l'aiderait, elle aussi.

Elle retira le bouchon et but une gorgée. C'était étonnamment… sucré. Elle y décela des notes de vanille et de caramel, deux ingrédients qu'elle connaissait bien. Elle but une autre gorgée et détecta des effluves d'épices qui ressemblaient à l'odeur d'Hadès. Elle aimait ça. Elle plaqua la carafe entre ses seins et partit en direction de la cuisine. Elle alluma et fut aveuglée après avoir traversé le palais dans le noir.

Elle prenait peu à peu ses marques dans la cuisine de Milan qui, étonnamment, était heureux de partager son espace, surtout parce que Perséphone lui apprenait des recettes plus modernes. Le cuisinier était particulièrement enthousiaste à l'idée d'apprendre à faire des gâteaux.

« *Tu sais*, lui avait dit Perséphone un jour où elle lui apprenait à décorer des biscuits avec du glaçage, *je suis sûre qu'il y a plein de chefs à Asphodèle. Tu n'as jamais pensé à les inviter dans ta cuisine ?*

– *Je n'ai jamais eu de raison de le faire*, avait-il répondu. *Milord a ses habitudes, il mange la même chose depuis la nuit des temps. Il n'a jamais voulu découvrir d'autres plats, d'autres goûts.* »

C'était tout Hadès, ça.

« *Je suis sûre qu'il sera content d'essayer de nouvelles choses.*

– *Si c'est vous qui le lui proposez, je n'en doute pas.* »

Milan n'avait pas tort, et Perséphone avait conscience du pouvoir qu'elle avait sur Hadès, il ferait n'importe quoi pour elle.

Il réduirait le monde en cendres, pour elle.

La vérité et la sincérité de sa promesse la firent frissonner et elle se demanda, alors que le monde des vivants se recouvrait de neige et de glace, si Hadès tiendrait sa parole.

Elle soupira et se concentra, décidant que ce dont elle avait besoin, plutôt que de whiskey, c'était de brownies. Elle se mit au travail, trouvant les ingrédients, les saladiers et les verres doseurs. Elle fit fondre le beurre et y ajouta le sucre, et elle prit un grand plaisir à battre les œufs lentement, heureusement, car si elle avait déversé sa frustration dans sa pâte, elle n'aurait pas obtenu la bonne texture. Après les œufs, elle ajouta la vanille, la farine et le cacao en poudre. Quand sa préparation fut prête, elle la versa dans le plat et l'aplatit avec une cuillère en bois avant d'y goûter.

– Hmmm, soupira-t-elle.

C'était délicieux.

– C'est bon ?

La voix d'Hadès précéda sa présence, il apparut derrière elle. Perséphone tourna la tête en sentant son souffle sur sa joue.

– Divin, répondit-elle.

Elle se tourna entièrement vers lui et caressa la cuillère du bout du doigt, le couvrant de pâte.

– Goûte, chuchota-t-elle en approchant le doigt de sa bouche.

Hadès n'eut pas besoin d'être convaincu, il promena sa langue le long de son doigt avant de le sucer ; quand il le lâcha, il poussa un grognement rauque.

– Exquis, dit-il. Mais j'ai goûté à la divinité, et il n'y a rien de meilleur.

Ses mots la firent frissonner et lui nouèrent le ventre. Soudain l'espace qu'ils partageaient sembla se réduire. Ils se regardèrent pendant un moment, et leurs yeux s'embrasèrent peu à peu, jusqu'à ce que Perséphone lui tourne le dos pour reposer la cuillère.

– Tu étais où ? demanda-t-elle en prenant le plat de brownies pour le mettre au four.

– J'avais du boulot, répondit-il, évasif comme toujours.

Perséphone laissa la porte du four se refermer brusquement pour lui faire face.

– Du boulot ? À cette heure ?

Elle ne savait pas exactement quelle heure il était, mais le soleil allait bientôt se lever.

Il pencha la tête sur le côté avec un sourire menaçant.

– Je concluais des marchés avec des monstres, Perséphone, dit-il en regardant le saladier. Et toi, apparemment, tu fais des gâteaux.

Elle fronça les sourcils.

– Tu n'arrives pas à dormir ?

– Je n'ai pas essayé, répondit-elle.

Ce fut au tour d'Hadès de froncer les sourcils, puis il remarqua la carafe en cristal.

– C'est mon whiskey ?

Perséphone suivit son regard et hocha la tête.

– Ça l'était, oui.

Hadès glissa la main sous son menton et tourna sa tête vers lui avant de l'embrasser, tendrement d'abord, puis plus fort, se rapprochant d'elle jusqu'à ce qu'ils soient collés l'un à l'autre.

– J'ai envie de toi, chuchota-t-il contre sa bouche.

Il promena ses mains sur tout son corps, empoigna sa fesse d'une main et pressa l'autre entre ses cuisses, sentant sa chair mouillée à travers son peignoir soyeux. Perséphone poussa un grognement et agrippa sa chemise, son sang s'embrasa, liquéfiant son entrejambe. Tout son corps lui semblait sensible et enflé de désir.

Hadès rompit le baiser et Perséphone siffla quand il pressa son érection contre elle.

– Faisons un jeu, dit-il.

– Je crois que j'ai eu ma dose de jeux pour ce soir, répondit-elle.

– Juste un, insista-t-il en embrassant sa mâchoire tout en prenant la cuillère du saladier.

Elle fronça les sourcils en l'étudiant, curieuse.

– Jamais je n'ai… commença-t-il en promenant la cuillère contre sa poitrine.

La pâte était froide et elle frissonna.

– Hadès…

– Chhhut, susurra-t-il avec un sourire en coin, approchant la cuillère de ses lèvres.

Elle se mit à la lécher.

– Stop, dit-il.

Elle se figea et rencontra son regard de braise.

– C'est pour moi, ça.

Elle déglutit.

– Jamais je n'ai désiré quelqu'un d'autre que toi.

– Jamais ? Même avant de savoir que j'existais ? le défia-t-elle.

– Oui.

Il lécha ses lèvres et les écarta pour y plonger sa langue. Il avait un goût de chocolat et de whiskey, et il sentait les épices, un mélange de clous de girofle, de géranium et de bois. Sa bouche quitta ses lèvres pour se promener sur sa mâchoire et lorsqu'il parla contre sa peau, ses mots vibrèrent jusque dans son bas-ventre.

– Avant toi, je ne connaissais que la solitude, même dans une salle pleine de gens. C'était un vide aigu, froid et constant, que je désespérais de combler.

– Et maintenant ? chuchota-t-elle.

– Maintenant, c'est toi que j'ai envie de combler.

Il lapa la pâte sur sa poitrine, du bout de la langue, il s'empara de ses seins et titilla ses tétons à travers sa nuisette. Perséphone retint son souffle et voulut déboutonner la chemise d'Hadès, mais il avait autre chose en tête. Il la souleva pour l'asseoir sur le plan de travail, puis il s'installa entre ses jambes. Il était si près qu'elle ne pouvait plus le déshabiller.

– Parle-moi de ce soir, dit-il en effleurant ses cuisses du bout des doigts, se rapprochant de son sexe.

Perséphone avait tant envie de lui qu'elle souffrait d'un vide atroce.

– Je n'ai pas envie de parler de ce soir, répondit-elle en saisissant son poignet, l'incitant à la pénétrer avec ses doigts.

– Moi si, dit-il en continuant de la narguer, l'effleurant à peine, déclenchant un frisson électrique qui parcourut son échine. Tu étais énervée.

– Je me sens… bête.

– Jamais, chuchota-t-il en plongeant un doigt en elle. Parle-moi, insista-t-il en la regardant dans les yeux.

– J'étais jalouse, admit-elle, la mâchoire crispée, sentant l'horrible sentiment s'emparer à nouveau d'elle, aussi puissant que le plaisir qu'il lui apportait. Que tu aies eu autant d'expériences avec autant de partenaires avant moi, et je sais que je n'y peux rien et que tu existes depuis longtemps… mais je…

Elle ne put terminer sa phrase, car un plaisir intense envahit son corps et lui ôta sa capacité à réfléchir. Elle pouvait à peine respirer et Hadès redoubla d'efforts, plongeant ses doigts plus loin en elle tout en effleurant délicatement son clitoris.

– J'aurais aimé t'avoir dès le début, répondit-il d'une voix grave et sensuelle. Mais les Moires sont cruelles.

– Je n'existe que pour te punir, dit-elle.

– Non, tu es le plaisir. Mon plaisir.

Il l'embrassa sur la bouche sans cesser les va-et-vient de ses doigts, et leurs souffles s'entremêlèrent, accélérant jusqu'à ce qu'Hadès plaque une main sur sa poitrine et la pousse en arrière pour l'allonger sur le dos.

– C'est toi, maintenant. Toi pour toujours, jura-t-il en la regardant dans les yeux.

Il s'accroupit et écarta davantage ses jambes, plaquant sa langue sur son sexe enflé, et Perséphone se cambra. Ses doigts et sa bouche accélérèrent, pourchassant son orgasme avec chaque gémissement rauque mais, alors qu'elle était sur le point de jouir, il s'arrêta, se releva et la fit descendre du plan de travail.

– Qu'est-ce que tu fais ? demanda-t-elle.

Elle vit une lueur sombre dans son regard, quelque chose d'érotique et de violent, et Perséphone eut envie de le défier, de le ramener à la vie.

– Quand j'aurai fini, la prochaine fois qu'on jouera à ce fichu jeu, tu finiras tellement saoule que je devrai te porter jusqu'à la maison.

– Alors, quoi ? Tu comptes me prendre de toutes les manières que je n'ai pas connues ? Ce soir ?

Il éclata de rire.

– Techniquement, c'est le matin.

– Je dois aller au travail, bientôt.

– Dommage, répondit-il.

Il la retourna, dos à lui et, plaquant une main sur sa nuque, il la pencha en avant, pressant son visage contre la surface en granit. Il écarta ses jambes avec ses pieds et la pénétra aussitôt par-derrière.

Elle s'agrippa au bord du plan de travail, mais dès qu'il entama ses allers-retours, il la redressa, plaquant son dos contre son torse. Un cri guttural lui échappa quand il s'enfonça plus profondément en elle, dans cette position, touchant un nouveau point avec son gland, plus sensible.

– Je n'ai pas oublié ce que tu as prétendu, tout à l'heure, chuchota-t-il contre son oreille en s'immobilisant.

Il parlait du jeu, chez Sybil, et du fait qu'elle avait dit avoir simulé un orgasme.

– J'ai menti, grogna-t-elle, essayant de remuer contre lui, mais Hadès refusa de bouger.

– Je sais, dit-il en mordillant son épaule. Et je compte te dissuader de proférer à nouveau de tels mensonges. Je vais te prendre jusqu'à ce que tu sois désespérée de jouir, encore et encore, pour que quand tu jouiras enfin, tu ne te rappelles même plus ton prénom.

La solennité de sa voix excita Perséphone encore plus.

– Tu crois que tu vas pouvoir arrêter ? demanda-t-elle. Te priver de la satisfaction de me faire jouir ?

Hadès ricana.

– Si ça implique de t'entendre me supplier, chérie, alors oui.

Il lui pencha la tête en arrière et dévora sa bouche, enroulant sa langue autour de la sienne pour l'explorer. Elle ne parvenait même pas à lui rendre son baiser. Ce baiser était à Hadès, et Perséphone ne pouvait que s'agripper à lui. Quand il la libéra, il la retourna face à lui, souleva sa jambe et la pénétra à nouveau. Cela leur permettait de rester collés l'un à l'autre, et il s'empara à nouveau de sa bouche, l'embrassa si fort qu'elle ne put même pas respirer. Quand ses lèvres quittèrent les siennes, il déposa une série de baisers et de morsures sur son cou, s'arrêtant pour sucer sa peau jusqu'à lui laisser un bleu. Quand elle n'eut plus la force de tenir debout, il la plaqua contre le mur, accélérant et amplifiant ses coups de bassin.

Elle étudiait son visage, ses yeux sauvages, sa peau qui se couvrait de sueur, jusqu'à ce qu'elle ne puisse plus se concentrer sur rien d'autre que la sensation d'Hadès et le plaisir qu'il lui extirpait.

– Je t'aime, dit-il. Je n'ai jamais aimé que toi.

– Je sais, chuchota-t-elle.

– C'est vrai ? demanda-t-il d'une voix tendue.

La tension n'était pas due à de la colère, mais à sa retenue.

– Je le sais, répéta-t-elle. Je t'aime. C'est juste que je veux tout, je veux plus, je te veux tout entier.

– Tu l'as, promit-il avant de l'embrasser encore.

Leurs corps étaient collants, trempés de sueur. Il posa une main contre le mur, derrière elle, et l'autre sur sa fesse, qu'il empoigna si fort qu'elle était certaine d'avoir un bleu. Sa poitrine lui paraissait oppressée, prête à exploser avec tout l'air qu'elle ne pouvait expirer.

Puis, soudain, il cessa ses va-et-vient en jurant et en mordant sa lèvre. Perséphone cria de frustration, il comptait vraiment la torturer. Mais il se retira complètement et la reposa par terre, ajustant leurs vêtements, et Hermès apparut dans la cuisine.

Perséphone comprit la réaction hâtive d'Hadès.

C'était la seconde fois que le dieu de la Ruse les interrompait ce soir. L'expression d'Hadès était assassine, mais il leur suffit de regarder Hermès pour oublier leur frustration. Le dieu doré semblait sous le choc et il était extrêmement pâle.

– Hadès, Perséphone, Aphrodite requiert votre présence. Tout de suite.

Perséphone pensa d'abord que cela devait concerner Adonis, mais pourquoi Hermès semblait-il si concerné, dans ce cas ? Quelque chose n'allait pas.

– À cette heure-ci ? répondit Hadès en serrant Perséphone contre lui.

– Hadès, dit Hermès d'une voix rauque. C'est… grave.

– Où ? demanda Hadès.

– Chez elle.

Il n'y eut plus aucune question, seulement une odeur d'hiver glacial et de cendres quand ils se téléportèrent.

Chapitre VII

UNE TOUCHE DE TERREUR

Ils apparurent dans une grande pièce qui devait être un bureau. La lumière était tamisée et les murs étaient peints dans une couleur bleu sarcelle. Des étagères en châtaignier étaient remplies de livres aux couvertures en cuir, encadrant un bureau fait du même bois. De lourds cadres dorés mettaient en valeur des peintures de nymphes nues, de chérubins ailés et d'amants se retrouvant sous les arbres. En face se trouvait une immense baie vitrée qui ne les protégeait pas de la nuit glacée.

La décoration ne ressemblait en rien à Aphrodite, il n'y avait pas de tapis moelleux, de cristaux ou de perles et, l'espace d'un instant, Perséphone pensa qu'ils n'étaient pas au bon endroit. Mais elle repéra bientôt la déesse de l'Amour, assise sur une méridienne au milieu de la pièce. Elle était vêtue d'une nuisette en soie bleu clair et d'un peignoir en dentelle. Elle était tournée vers une femme allongée à ses côtés sous une couverture.

Perséphone ne la reconnut pas, mais elle crut déceler chez elle des ressemblances avec Aphrodite, la courbe de ses lèvres, ses sourcils arqués, la petite bosse sur son nez. Elle était pâle et couverte d'ecchymoses et de plaies. Reposant sur sa poitrine, ses mains étaient ensanglantées et ses ongles cassés.

Ce qui retourna vraiment l'estomac de Perséphone, ce fut la vue des cornes de la déesse. Deux morceaux d'os mutilé pointaient de ses cheveux boueux et emmêlés. Un petit chien dont la fourrure blanche était maculée de terre était blotti à ses côtés et tremblait de tout son corps.

Ce n'était pas du tout ce à quoi Perséphone s'était attendue. Cette déesse s'était battue pour survivre et, si Perséphone n'avait su percevoir la vie, elle aurait pensé que la déesse était morte.

– Oh mes dieux, dit Perséphone avant de couvrir sa bouche quand un goût amer remonta dans sa gorge.

Elle se précipita aux côtés des déesses et s'agenouilla, prenant la main d'Aphrodite dans la sienne.

La déesse de l'Amour regarda Perséphone, elle avait les yeux et le visage rougis. Il était rare de la voir aussi bouleversée car Aphrodite avait tendance à réprimer ses sentiments – le seul qu'elle exprimait, éventuellement, était la colère. Et encore, si sa façade s'effritait trop, elle se refermait sur elle-même. Or, ce qui s'était passé avait détruit ses défenses. Qui que soit cette déesse, Aphrodite devait beaucoup tenir à elle.

– Que s'est-il passé ? demanda Hadès, remplissant la pièce d'une tension sombre.

Sa voix avait quelque chose de lugubre et de violent et Perséphone frissonna des pieds à la tête.

– Nous n'en sommes pas sûrs, répondit une voix qui fit sursauter Perséphone.

Elle se rendit compte qu'Hadès ne s'était pas adressé à Aphrodite ni à Hermès mais à un autre homme qui se tenait en retrait, près de la baie vitrée. Il semblait à l'aise, adossé au mur, les bras croisés. Il faisait presque la taille d'Hadès, mais il n'était habillé comme aucun des autres dieux qu'elle avait pu rencontrer jusque-là. Il portait une tunique en lin beige et un pantalon qui lui arrivait aux mollets. Malgré la simplicité de sa tenue, ses cheveux blonds étaient parfaitement entretenus et tout soyeux.

Perséphone devina de qui il s'agissait quand elle baissa les yeux sur la prothèse en or qui dépassait de son pantalon. C'était Héphaïstos, le dieu du Feu, le mari absent d'Aphrodite, d'après les rumeurs.

Pourtant s'il était absent, que faisait-il ici, maintenant ?

– Nous pensons qu'elle promenait Opale, sa chienne, poursuivit Héphaïstos, quand elle a été attaquée. Elle a eu tout juste assez de force pour se téléporter ici. Elle n'était pas consciente en arrivant et nous n'avons pas réussi à la réveiller.

– Qui que soit le coupable, il va souffrir, dit Hermès.

Il était étrange de voir ce dieu habituellement si joyeux d'une humeur aussi noire et sérieuse.

Perséphone regarda Hermès, puis Hadès, puis Héphaïstos, s'attardant sur leurs regards féroces. Elle se tourna ensuite vers la femme étendue sur le sofa.

– Qui est-ce ?

Cette fois, c'est Aphrodite qui répondit d'une voix débordante d'émotion.

– C'est ma sœur, Harmonie.

La déesse de l'Harmonie était la moins combative de tous les dieux. Elle n'était même pas Olympienne. Perséphone ne l'avait jamais rencontrée, elle ne savait pas qu'elle était la sœur d'Aphrodite.

– Tu peux la guérir ? demanda Perséphone en se tournant vers Hadès.

Il l'avait guérie plusieurs fois, mais ses blessures étaient moins sérieuses à côté de celles d'Harmonie. Cependant, il était le dieu des Morts et il avait le pouvoir de ramener qui il voulait à la vie. Il devait pouvoir faire quelque chose, non ?

Il secoua la tête, le visage lugubre.

– Non, pour ça, il va nous falloir Apollon.

– Je ne pensais jamais t'entendre dire ça, dit Apollon en apparaissant soudain.

Il était vêtu à l'ancienne, d'un plastron en or, d'un linothorax en cuir et de sandales dont les lanières s'enroulaient autour de ses mollets. Une cape dorée était nouée sur une épaule et ses boucles brunes étaient collées à son front par la sueur. Perséphone supposa qu'il devait s'entraîner à l'approche des Jeux panhelléniques.

Il ricana, révélant ses fossettes, mais ses traits devinrent aussi féroces que ceux d'Hadès quand il découvrit Harmonie. Cette soudaine transformation était presque effrayante.

– Qu'est-ce qui s'est passé ? demanda-t-il en s'agenouillant près du canapé.

Perséphone remarqua alors que son odeur avait changé, son parfum de laurier habituel, si sucré et terreux, était dominé par quelque chose d'épicé, comme des clous de girofle. Elle ne l'aurait pas forcément remarqué, mais il s'était glissé entre elle et Aphrodite.

– On ne sait pas, dit Hermès.

– C'est pour ça que nous t'avons invoqué, ajouta Hadès.

– Je… je ne comprends pas, dit Perséphone. Comment Apollon pourrait-il savoir ce qui est arrivé à Harmonie ?

Le dieu sourit à nouveau, oubliant l'horreur qu'il avait sous les yeux pour se vanter.

– Quand je guéris, je peux visualiser les souvenirs. Je devrais pouvoir m'immiscer dans ses blessures pour savoir comment et qui les lui a infligées.

Perséphone se releva et recula pour observer le travail d'Apollon, surprise de la douceur avec laquelle il traitait la déesse.

– Douce Harmonie, chuchota-t-il en posant la paume de sa main sur son front pour coiffer ses cheveux emmêlés. Qui t'a fait ça ?

Pendant qu'il parlait, son corps se mit à luire et sa lumière fut bientôt transférée sur Harmonie. Apollon ferma les yeux et Perséphone vit son visage se déformer, il fronça les sourcils et son corps fut parcouru de spasmes. Perséphone comprit qu'il ressentait la douleur qui avait été infligée à Harmonie. La respiration du dieu du Soleil se fit rauque et difficile, et quand son nez se mit à saigner, Perséphone s'inquiéta vraiment.

– Apollon, arrête !

Perséphone le tira en arrière, il tomba sur le sol en protégeant son nez ensanglanté de sa main. Lorsqu'il retira ses doigts, il sembla désorienté par ce qu'il venait de vivre.

– Est-ce que ça va ? demanda-t-elle.

Apollon leva sur elle des yeux fatigués, parvenant néanmoins à sourire.

– Oh, Seph, tu tiens à moi, dit-il.

Elle fronça les sourcils.

– Pourquoi ne se réveille-t-elle pas ? demanda Aphrodite en regardant sa sœur qui n'avait pas bougé.

– Je ne sais pas, admit Apollon. Je l'ai guérie autant que possible. Le reste… est entre ses mains.

Perséphone se sentit pâlir et elle repensa à Lexa, quand elle était dans les limbes et qu'elle avait choisi de rester aux Enfers.

– Hadès ? demanda Perséphone.

– Je ne vois pas la fin de sa ligne de vie, répondit-il, et Perséphone eut l'impression qu'il ne s'adressait qu'à elle, pas à Aphrodite. Apollon, la question la plus importante, ajouta-t-il, est de savoir ce que tu as vu en la guérissant.

Le dieu du Soleil grimaça, comme s'il avait mal à la tête.

– Rien, dit-il. Rien qui pourrait nous aider, en tout cas.

Hermès prit la parole.

– Alors, tu n'as pas pu voir ses souvenirs ?

– Pas vraiment. Ils étaient sombres et flous. Je pense que c'est une réaction au traumatisme. Elle essaie sans doute de les réprimer, ce qui signifie qu'on n'aura peut-être pas plus d'informations lorsqu'elle se réveillera. Il y avait plusieurs agresseurs et ils avaient des masques blancs avec de grandes bouches ouvertes.

– Mais comment ont-ils pu lui faire du mal ? demanda Aphrodite. C'est la déesse de l'Harmonie. Elle aurait dû pouvoir influencer ces… monstres pour les calmer.

C'était vrai. Même si ses agresseurs avaient réussi à l'attaquer par surprise, Harmonie aurait dû pouvoir les empêcher de continuer.

– Ils ont dû trouver un moyen d'annihiler son pouvoir, dit Hermès.

Les dieux se regardèrent et même Héphaïstos sembla s'inquiéter, il décroisa les bras en sortant de l'ombre.

– Mais comment ? demanda Perséphone.

– Tout est possible, répondit Apollon. Les reliques causent souvent des problèmes.

Perséphone avait appris à l'université ce qu'étaient les reliques. Cela pouvait être n'importe quel objet imbibé du pouvoir d'un dieu, une épée, un bouclier, des tissus, des bijoux… tout ce qu'un dieu avait possédé ou offert à un favori. Les objets étaient souvent récupérés sur les champs de bataille ou dans des tombes, certains finissaient dans des musées, d'autres entre les mains de personnes mal intentionnées.

– Hadès ? dit Perséphone.

Elle devinait qu'il réfléchissait à toute vitesse, étudiant les possibilités pendant qu'ils parlaient. Il mit un moment à répondre.

– Ce pourrait être une relique, ou bien un dieu qui a soif de pouvoir.

Elle remarqua qu'il regardait Héphaïstos en parlant. Le forgeron avait créé de nombreux objets au fil des siècles : des chars, des épées, des trônes, des animatroniques et des humains.

– Tu as une idée, Héphaïstos ? demanda Hadès.

Il secoua la tête, le regard lugubre, observant sa femme et sa belle-sœur.

– J'aurais besoin d'en savoir plus, admit-il.

Perséphone avait le sentiment que ce n'était pas tout à fait vrai. Mais elle comprenait qu'il veuille plus d'informations que celles qu'Apollon avait pu lui donner.

– Laissons-la se reposer. À son réveil, donnez-lui de l'ambroisie et du miel, dit Apollon en se levant.

Perséphone se leva en même temps que lui et le soutint quand il trébucha, posant une main sur son front.

– Tu es sûr que ça va ?

– Ouais, soupira-t-il avant de se mettre à rire. Reste à l'affût, Seph. Je t'invoquerai bientôt.

Il disparut et Perséphone regarda Hadès qui fronçait les sourcils en l'étudiant. Il se tourna vite vers Aphrodite.

– Pourquoi nous as-tu invoqués ?

Perséphone grimaça en entendant le ton d'Hadès, dénué d'émotions. Cependant, elle pensait savoir pourquoi il parlait ainsi. Cette histoire le mettait mal à l'aise, comme elle, et elle supposa qu'il l'imaginait, elle Perséphone, allongée sur la méridienne, défigurée et couverte de bleus.

Aphrodite se redressa et se tourna vers Hadès.

– C'est Perséphone que j'ai invoquée, pas toi, rétorqua-t-elle en fusillant Hermès du regard.

– Quoi ? s'offusqua le dieu. Tu sais bien qu'Hadès ne l'aurait pas laissée venir seule !

– Moi ? demanda Perséphone en écarquillant les yeux. Pourquoi ?

– J'aimerais que tu enquêtes sur les agressions d'Adonis et d'Harmonie, dit-elle.

– Non ! gronda Hadès.

Les déesses le regardèrent, il s'expliqua.

– Tu demandes à ma fiancée de retrouver la trace des mortels qui ont blessé ta sœur. Pourquoi je dirais oui ?

– C'est à moi qu'elle le demande, pas à toi, remarqua Perséphone.

Cela dit, Hadès n'avait pas tort. Si Adonis et Harmonie avaient été agressés pour leurs liens avec le Divin, ils n'hésiteraient pas à lui faire du mal à elle aussi, puisqu'elle allait épouser le dieu des Morts.

– Mais pourquoi moi ? demanda Perséphone. Pourquoi ne pas demander de l'aide à Hélios ?

– Hélios est un enfoiré, cracha Aphrodite. Il pense qu'il ne nous doit rien parce qu'il s'est battu pour nous pendant la Titanomachie. Je préfère baiser ses vaches plutôt que lui demander de l'aide. Non, il ne me donnerait pas ce que je veux.

– Et qu'est-ce que tu veux ? demanda Perséphone.

– Des noms, Perséphone. Je veux le nom de chaque personne qui a posé la main sur ma sœur.

Perséphone remarqua qu'elle ne parlait pas d'Adonis. Un frisson d'appréhension parcourut son corps tout entier en prenant conscience de ce que voulait Aphrodite, se venger.

– Je ne peux pas te promettre des noms, Aphrodite. Tu sais bien que non.

– Tu le peux, insista-t-elle. Mais tu ne le feras pas à cause de lui, ajouta-t-elle en regardant Hadès.

– Tu n'es pas la déesse de la Vengeance Divine, Aphrodite, répondit Hadès.

– Alors, promets-moi que tu enverras Némésis pour me venger.

– Je ne promettrai rien de la sorte.

Leur conversation tournait en rond, alors Héphaïstos prit la parole.

– Ceux qui ont blessé le mortel et Harmonie ont un plan, un mobile. Faire souffrir ceux qui les ont agressés ne nous obtiendra rien. Au contraire, cela pourrait servir leur cause sans qu'on le veuille.

Aphrodite le fusilla du regard, l'air plus blessée qu'énervée.

– Si c'est le cas, raison de plus pour que Perséphone enquête sur l'agression d'Harmonie, poursuivit le dieu du Feu. Elle a le profil parfait : elle est journaliste et mortelle. Étant donné la façon dont elle a déjà critiqué les dieux, les agresseurs penseront sans doute qu'ils peuvent lui faire confiance, voire la rallier à leur cause. Quoi qu'il en soit, ce serait le meilleur moyen de comprendre notre ennemi, d'établir un plan et d'agir.

Ce fut au tour d'Hadès de lui lancer un regard assassin, mais les propos d'Héphaïstos redonnèrent un espoir à Perséphone, et elle se tourna vers le dieu des Morts.

– Je ne ferai rien sans que tu ne sois au courant, dit-elle pour le rassurer. Zofie sera avec moi.

Hadès la regarda longuement, crispé des pieds à la tête. Il détestait cette idée, mais cela ne l'empêcha pas de concéder :

– On discutera des détails plus tard.

Perséphone sourit, il n'avait pas dit non.

– Mais, pour l'instant, tu dois te reposer, ajouta-t-il.

Elle sentit sa magie les envelopper pour les téléporter.

– Appelle-nous dès qu'Harmonie se réveille, ajouta-t-il avant de disparaître.

***

Quand ils apparurent aux Enfers, ils étaient face à face. Un long silence s'étira durant lequel aucun des deux ne parla, non pas parce qu'ils n'avaient rien à se dire mais parce qu'ils étaient tous les deux épuisés et que découvrir l'état d'Harmonie, Divine comme eux, les accablait. Perséphone ne savait pas si elle devait crier, pleurer ou s'effondrer.

– Tu me tiendras au courant de chacune de tes initiatives et de chaque information que tu obtiendras sur cette histoire. Tu te téléporteras au travail. Si tu pars du boulot pour une raison quelconque, tu me le diras. Tu emmèneras Zofie partout avec toi, dit Hadès en se rapprochant d'elle. Et, Perséphone, si je dis non…

Il ne termina pas sa phrase, mais il n'eut pas besoin de le faire. Elle savait ce qu'il voulait dire.

S'il disait non, c'est qu'il le pensait, et elle savait que lui désobéir équivaudrait à une trahison. Elle hocha la tête.

– D'accord.

Il soupira longuement et glissa sa main sur sa nuque pour l'empoigner et presser leurs fronts l'un contre l'autre.

– S'il t'arrivait quoi que ce soit…

– Hadès… chuchota-t-elle en saisissant ses poignets.

Elle voulait le regarder dans les yeux, mais il refusait de lâcher sa nuque.

– Je suis ici. Je suis en sécurité. Tu ne laisseras rien m'arriver.

– Mais je l'ai déjà fait, répondit-il.

Elle savait qu'il parlait de Pirithoos.

– Hadès…

– Je ne veux pas en parler, dit-il en la lâchant et en reculant. Tu as besoin de repos.

Elle le regarda quelques minutes, et ce silence étrange s'installa à nouveau entre eux. Cela ne plaisait pas à Perséphone et elle voulut le lui faire remarquer, mais elle n'avait pas envie de le provoquer. Il venait de dire qu'il ne voulait pas en parler, et il avait raison, elle était fatiguée.

Elle alla se doucher. Elle avait besoin d'intimité, de chaleur et d'écouter le bruit de l'eau contre le carrelage. Elle se concentra autant que possible là-dessus, évitant de penser à Adonis, à Harmonie ou à Aphrodite.

Est-ce que ça ne faisait vraiment que quelques heures qu'ils avaient été dans la cuisine ensemble ? Ils allaient faire l'amour sur toutes les surfaces. Elle sentait encore le vide laissé en elle par Hadès. Cela faisait deux fois, aujourd'hui, qu'ils étaient interrompus. Perséphone était tendue et en manque, mais cela lui paraissait égoïste de demander du sexe après les événements de la soirée.

Il venait pourtant de la rejeter quelques instants plus tôt, ne souhaitant ni entendre ses mots ni prendre son corps.

C'était comme s'il ne voulait rien d'elle.

Elle avait beau savoir que ce n'était pas vrai, sa poitrine se comprima douloureusement. Elle s'assit par terre dans la douche, les genoux sous le menton, et elle resta dans cette position jusqu'à ce que l'eau devienne froide.

Elle se leva alors, enfila un tee-shirt trop large et retourna dans la chambre, où elle trouva Hadès, face à la cheminée, toujours habillé.

– Tu viens te coucher ?

Il se tourna vers elle et posa son verre sur la table avant de s'approcher d'elle pour prendre son visage dans ses mains.

– Je te rejoins vite.

Il la scruta un moment et quand il se pencha vers elle, Perséphone ouvrit la bouche, anticipant son baiser, mais il l'embrassa sur le front.

Un tourbillon d'émotions lui noua le ventre, dominé par sa déception et sa honte. Que se passait-il dans la tête d'Hadès ? Quelle qu'en ait été la raison, elle avait l'impression qu'il la punissait. Elle le dévisagea et ravala ses mots, les accusations qu'elle voulait lui jeter à la figure, puis elle lui souhaita bonne nuit avant de se glisser sous la couverture. Trop fatiguée pour réfléchir davantage au fait qu'Hadès évitait ses baisers, elle sombra dans un profond sommeil.

***

Elle se réveilla plus tard et trouva Hadès assis sur le lit, torse nu, de dos, les pieds par terre.

Eh bien, pensa-t-elle, *au moins il a progressé jusqu'au lit.*

Elle tendit la main et la posa sur les muscles tendus de son dos.

– Tu vas bien ? chuchota-t-elle.

Il tourna d'abord la tête vers elle puis son corps tout entier, s'allongeant presque pour approcher sa bouche de la sienne. Pourtant au lieu de l'embrasser, il caressa sa joue avec son pouce.

– Je vais bien, dit-il avant de se rasseoir à nouveau. Dors. Je serai là quand tu te réveilleras.

Ses paroles ne lui apportèrent aucun réconfort, au contraire, et au lieu de l'écouter, elle s'agenouilla dans le lit.

– Et si je n'ai pas envie de dormir ?

Elle se releva sur ses genoux et entoura son cou de ses bras.

– Qu'est-ce qui ne va pas ? demanda-t-elle. Tu ne m'as pas embrassée tout à l'heure et tu refuses de te coucher avec moi.

Il serra brièvement sa taille.

– Je ne peux pas dormir, dit-il. Parce que je ne peux pas faire taire mes pensées.

– Je peux t'aider, chuchota-t-elle.

Il esquissa un sourire triste et comme il ne répondait rien, elle prit les devants.

– Et… pourquoi tu ne veux pas m'embrasser ?

– Parce que j'ai trop de rage en moi et que si je me perdais en toi… eh bien, j'ai peur de ce que je pourrais libérer.

– Tu es en colère contre moi ? demanda-t-elle en passant ses doigts dans ses cheveux.

– Non, mais j'ai peur d'avoir accepté quelque chose qui va te faire souffrir, et je ne peux déjà pas me le pardonner.

– Hadès… chuchota-t-elle.

Ses peurs la blessaient ; elle voulut lui dire que la décision ne dépendait pas seulement de lui mais d'elle aussi, mais elle savait que cela ne le réconforterait pas. Ce dieu avait vécu pendant des siècles et connaissait ce monde bien mieux qu'elle. Il avait ses raisons de penser comme il pensait, et elle ne pouvait pas le contredire.

Elle approcha son visage du sien et parla tout contre ses lèvres. L'air devint électrique autour d'eux.

– Perds-toi en moi, dit-elle. Je peux encaisser.

Il l'attira fermement contre lui et plongea sa langue dans sa bouche, l'embrassant jusqu'à lui couper le souffle, jusqu'à ce qu'elle en ait les larmes aux yeux et que sa poitrine lui semble prête à exploser mais, au moment où elle pensait ne plus pouvoir le supporter, il rompit le baiser.

Sa respiration était déjà saccadée quand il glissa ses mains sous son tee-shirt pour le lui enlever. Dès qu'elle fut nue, il promena ses mains sur tout son corps, son dos, ses seins et ses fesses, embrassa sa bouche, son cou, ses tétons. Il les mordilla, et elle lui griffa le dos. Puis il plongea deux doigts en elle, la pénétrant si vite et si fort qu'elle ne reconnut pas les sons qui provenaient de sa bouche.

– S'il te plaît, s'il te plaît, s'il te plaît, s'il te plaît.

– S'il te plaît quoi ?

Elle poussa un cri guttural en guise de réponse. Il ne lui laissa pas une seconde pour se remettre de son orgasme, l'allongeant aussitôt sur le lit. Ses jambes étaient si engourdies que ses genoux tombèrent sur le matelas, offrant son sexe à Hadès. Il s'agenouilla à ses côtés et la regarda en se caressant.

– Tu peux encaisser ? demanda-t-il.

– Oui, chuchota-t-elle.

La seconde d'après, il empoigna ses fesses et l'empala, adoptant aussitôt un rythme qui trahissait son besoin désespéré de jouir. Une fois encore, il promena ses mains partout, saisissant ses cuisses, palpant ses seins, et de temps en temps, il se baissait pour laper sa langue ou lécher la sueur sur sa peau. Quand ils jouirent, Perséphone pensa que les Enfers tout entiers avaient entendu leurs cris d'extase.

Hadès s'effondra sur elle, épuisé, trempé et lourd.

Perséphone entoura sa taille avec ses jambes et plongea ses doigts dans ses cheveux pour dégager son visage. Quand elle retrouva son souffle et put parler, sa voix était éraillée tant elle avait hurlé de plaisir.

– Tu es à moi, Hadès. Bien sûr que je peux encaisser.

C'est ce qu'elle avait voulu lui dire plus tôt, quand il lui avait posé la question, mais il ne lui avait pas laissé suffisamment d'air pour le faire. Hadès recula pour la regarder dans les yeux et jusqu'au fond de son âme.

– Je n'ai jamais pensé que je remercierais les Moires pour le destin qu'elles m'ont offert, mais toi… tu vaux tout le reste.

– Quel reste ?

– La souffrance.

Chapitre VIII

UNE CONCESSION

Perséphone se réveilla en panique.

Son angoisse ne venait pas d'un rêve mais de la sensation d'avoir dormi trop longtemps. Elle s'assit brusquement, Hadès était de nouveau devant la cheminée. Après l'intensité avec laquelle il lui avait fait l'amour, la veille au soir, elle s'était attendue à le trouver endormi à ses côtés. Elle fut attristée de le voir debout et habillé.

Il était superbe, et son expression était différente, révélant désormais la vulnérabilité qui avait accompagné ses mots la veille au soir.

Il avait peur.

Et il avait raison d'avoir peur, car quelqu'un avait réussi à neutraliser un dieu.

Elle savait qu'il n'avait pas peur pour lui. C'était pour elle qu'il se faisait du souci, et sa seule pensée fut que si elle avait été plus forte, si elle avait pu compter sur ses pouvoirs, comme c'était le cas d'Hadès, il n'aurait pas eu à s'inquiéter.

– Tu n'as pas du tout dormi ? demanda-t-elle.

– Non.

Elle fronça les sourcils. Elle ne l'avait pas entendu bouger ; est-ce qu'il s'était levé juste après qu'elle s'était endormie ?

– Des cauchemars ? demanda-t-il.

– Non. Je… je croyais avoir raté mon réveil.

– Hmmm.

Il vida son verre et marcha vers elle. Elle soutint son regard pendant qu'il lui caressait la joue.

– Pourquoi tu n'as pas dormi ?

– Je n'en avais pas envie.

– Je pensais que tu serais épuisé, répondit-elle en haussant un sourcil.

– Je n'ai pas dit que je n'étais pas fatigué, admit-il en riant.

Il caressa lentement sa lèvre avec son pouce et Perséphone le prit dans sa bouche pour le sucer. Hadès inspira brusquement et plongea son autre main dans ses cheveux.

C'était un signe, la preuve qu'il n'avait pas libéré toute la noirceur qu'il avait essayé de réprimer la veille ; ou peut-être qu'il avait nourri sa part d'ombre pendant qu'elle dormait. Quoi qu'il en soit, elle vit en lui le même éclat de violence, le même besoin de passion débridée que la veille.

Hadès regardait sa bouche et la tension qui les entourait fit mouiller Perséphone.

– Pourquoi tu te retiens ? chuchota-t-elle.

– Oh chérie, si tu savais !

– J'aimerais savoir, justement.

Elle laissa tomber le drap qui couvrait ses seins. Il y eut un court silence, un instant durant lequel Hadès se figea, mais il ne mordit pas à l'hameçon.

– Je le garde en tête. Pour l'instant, j'aimerais que tu t'habilles. J'ai une surprise pour toi.

– Que peut-il y avoir de plus surprenant que ce que tu caches dans ta tête ?

Il rit et l'embrassa sur le nez.

– Habille-toi. Je t'attends.

Perséphone le suivit des yeux, il se dirigeait vers la porte.

– Tu n'es pas obligé d'attendre dehors, lui lança-t-elle.

– Si, crois-moi.

Elle n'insista pas.

Par une journée d'août normale, elle aurait mis une robe d'été, quelque chose de coloré et de fleuri, mais à cause de la tempête que provoquait sa mère, elle était forcée de s'habiller comme en hiver. Elle choisit une chemise noire à manches longues, une jupe grise et des collants noirs. Elle enfila des escarpins et sa veste en laine la plus chaude. Quand elle sortit de la chambre, Hadès l'attendait dans le couloir en fronçant les sourcils.

– Quoi ? demanda-t-elle en baissant les yeux sur sa tenue.

– J'essaie d'évaluer combien de temps il va me falloir pour te déshabiller.

– Je croyais que c'était justement pour ne pas le faire que tu étais sorti de la chambre.

– J'essaie juste d'établir un planning, répondit-il en souriant.

Perséphone fut rassurée, promettait-il de passer de la parole aux actes ?

Il lui tendit la main et l'attira contre lui avant de les envelopper avec sa magie.

Ils apparurent dans un lieu qui ressemblait à une salle d'attente, avec un canapé émeraude derrière lequel deux toiles d'art moderne étaient accrochées. Il y avait aussi une table basse en verre et or. Le sol était en marbre blanc et la baie vitrée donnait sur une rue que Perséphone connaissait – la rue Constantine où elle s'était promenée avec Lexa quand elle avait visité la Tour Alexandria pour la première fois.

Elle fut immédiatement envahie de tristesse en repensant à sa meilleure amie, et elle se racla la gorge.

– Qu'est-ce qu'on fait à la Tour Alexandria ?

La tour appartenait à Hadès et à la Fondation Cyprès, l'organisme de charité du dieu des Ténèbres. Perséphone avait appris de Lexa qu'Hadès avait de nombreuses œuvres caritatives. Elle se souvint d'avoir eu honte de ne pas connaître tous ses projets et, quand elle lui en avait parlé, il lui avait expliqué qu'il avait l'habitude de vivre seul et qu'il n'avait jamais pensé à lui dire ce dans quoi il était impliqué dans le monde des vivants.

Plus tard, elle avait également découvert que le domaine d'Hadès s'étendait au-delà des Enfers et de ses œuvres de charité, il avait également la mainmise sur les bas-fonds de la Nouvelle Grèce. Perséphone savait maintenant qu'elle était loin de se douter de l'importance des possessions d'Hadès, et elle frissonna en y repensant.

– J'aimerais que tu installes ton bureau ici, dit Hadès.

Perséphone se tourna vers lui et lui fit les gros yeux.

– C'est à cause d'hier ?

– C'est une des raisons, oui, admit-il. Ce sera pratique aussi. J'aimerais ton avis sur l'avancée du Projet Alcyon et j'imagine que ton travail avec *Le Porte-Parole* mènera à d'autres idées.

– Tu me demandes de travailler avec Katerina ? demanda-t-elle en haussant un sourcil.

Katerina était la directrice de la Fondation Cyprès et elle travaillait sur le Projet Alcyon avec Sybil, un centre de désintoxication dernier cri qui proposerait des soins gratuits aux mortels. Ils avaient récemment annoncé la création d'un jardin thérapeutique dédié au souvenir de Lexa, qui avait travaillé sur le projet avant sa mort.

– Oui, dit-il. Tu es la reine de mon royaume et de mon empire. Je trouve logique que la fondation nourrisse aussi tes passions.

Perséphone ne répondit rien, faisant un tour sur elle-même pour étudier l'espace d'un nouveau point de vue. Il y avait quatre portes, deux de chaque côté de la salle d'attente. L'une donnait sur une salle de réunion, les trois autres sur des bureaux. Les pièces étaient vides, hormis de simples bureaux, mais en les étudiant, Perséphone commença à visualiser comment elle aménagerait l'espace.

– Tu es contre ? demanda Hadès.

– Non, répondit-elle.

Ses pensées s'emballaient. Elle repensa à ce qu'Hadès lui avait dit quelque temps auparavant. « *Ce n'est qu'une question de temps avant que quelqu'un cherche à te faire du mal par désir de vengeance sur moi.* » Perséphone avait eu du mal à croire Hadès. Pourtant, il avait raison et elle en avait eu de nombreuses preuves depuis. De Kal à Pirithoos en passant par la femme qui avait versé son café sur elle.

Il y avait désormais une nouvelle menace, les agresseurs d'Adonis et Harmonie.

Elle serait folle de ne pas accepter l'offre d'Hadès.

– Merci. J'ai hâte de le dire à Hélène et Leucé.

Hadès esquissa un petit sourire et caressa sa joue.

– De façon tout à fait égoïste, je serai soulagé de t'avoir près de moi.

– Tu travailles rarement ici, remarqua Perséphone.

– Mais à partir de maintenant, c'est mon nouveau bureau préféré.

Elle essaya de réprimer son sourire, étudiant son futur mari en plissant les yeux.

– Lord Hadès, je regrette de t'informer que je suis ici pour travailler.

– Bien sûr. Mais tu auras besoin de faire des pauses et de manger, et j'ai hâte d'en profiter.

– Le but des pauses n'est-il pas de ne rien faire ?

– Je n'ai pas dit que je te ferais travailler.

Il serra plus fort sa taille, ce qu'il avait l'habitude de faire avant de l'embrasser. Mais quand il l'attira contre lui, quelqu'un se racla la gorge et Perséphone vit Katerina dans l'embrasure de la porte.

– Lady Perséphone ! s'exclama-t-elle en souriant et en esquissant une petite révérence.

Elle était vêtue d'une chemise en soie jaune et d'un pantalon kaki, et ses boucles courtes formaient un halo sur sa tête.

– Katerina, c'est un plaisir, répondit Perséphone en souriant.

– Je suis navrée de vous déranger. Quand j'ai su qu'Hadès était arrivé, j'ai voulu l'intercepter avant qu'il ne disparaisse à nouveau.

Perséphone leva les yeux vers Hadès, qui observait Katerina. Son expression l'interpella car s'il semblait calme en surface, sa bouche pincée poussa Perséphone à se demander ce que Katerina avait besoin de dire au dieu des Morts.

– J'arrive dans un instant, Katerina.

– Bien sûr, répondit la mortelle avant de s'adresser à Perséphone. C'est un honneur de vous avoir parmi nous, Milady.

Elle tourna les talons et Perséphone leva la tête vers Hadès.

– De quoi veut-elle te parler ?

– Je t'expliquerai plus tard, répondit-il.

– De la même façon que tu allais me dire où tu étais l'autre soir ? insista-t-elle en haussant un sourcil.

– Je te l'ai dit, je négociais avec des monstres.

– Tu parles d'une réponse évasive…

Hadès fronça les sourcils.

– Je ne cherche pas à te cacher quoi que ce soit. C'est juste que je ne veux pas t'accabler davantage pendant ton deuil.

Perséphone ouvrit la bouche et la referma en hésitant.

– Je ne suis pas en colère contre toi, c'était presque une plaisanterie.

– Presque, acquiesça-t-il en riant.

Il caressa à nouveau sa joue et la regarda tendrement.

– On en parlera ce soir, promit-il.

Elle supposait qu'il allait l'embrasser mais au lieu de ça, il recula et sortit du bureau. Perséphone resta plantée là, immobile et perdue dans un brouillard de désir, mourant d'envie de le suivre et de le défier de la prendre dans son bureau vitré, aux yeux de tous, comme il le lui avait promis un jour. Il n'hésiterait pas – il était aussi insatiable qu'elle – et si elle ne maîtrisait pas un peu ses pensées et ses gestes, ils n'auraient pas le temps de parler, ce soir, comme promis.

Elle soupira et sortit son téléphone de sa poche pour écrire à Leucé et Hélène et leur dire de la retrouver à la Tour Alexandria. Perséphone devait admettre qu'elle était soulagée de pouvoir travailler sans que le monde entier observe ses moindres faits et gestes.

Elle fit à nouveau un tour des lieux, s'habituant au fait qu'elle avait désormais un bureau où travailler, imaginant comment elle allait aménager les différentes pièces.

Elle s'arrêta devant la baie vitrée. Du troisième étage, elle avait une vue imprenable sur Nouvelles Athènes et les nuages de brouillard et de neige. Des déneigeuses et des camions de salage travaillaient d'arrache-pied pour déblayer les routes. Même les fenêtres étaient couvertes de glace. Elle repensa aux paroles d'Hécate. « *Ta mère terrorise le royaume des vivants avec une tempête de neige et de glace. Le soleil est précisément ce dont les mortels ont besoin.* »

Elle posa sa main sur la vitre.

Une part d'elle savait qu'elle pouvait combattre sa mère, puisqu'elle l'avait déjà fait. Elle avait mis Déméter à genoux dans la salle du trône d'Hadès et la déesse de la Moisson, n'avait pas pu lutter contre sa magie. Mais elle se disait que Déméter avait été moins puissante parce qu'elle se trouvait dans le royaume d'Hadès.

Tu as utilisé les pouvoirs d'Hadès contre lui, se rappela-t-elle. Cela avait été terrifiant, d'ailleurs. Elle tressaillit en repensant à l'épuisement qu'elle avait ressenti dans les semaines qui avaient suivi, dormant dès qu'elle le pouvait. Elle savait que c'était le signe qu'elle n'était pas encore assez forte pour supporter ce genre de pouvoirs. Elle allait devoir travailler son endurance, et la seule façon de le faire était de s'entraîner davantage.

Elle concentra son regard sur une gouttelette d'eau qui glissait sur la vitre. Elle retira sa main et vit que la glace s'était mise à fondre sous sa paume. Elle se pinça les lèvres, essayant de décider si c'était sa magie ou simplement sa main qui avait réchauffé la fenêtre. Sa peau n'était pas particulièrement chaude, mais sa magie était en alerte, elle le sentait, comme si ses terminaisons nerveuses étaient à fleur de peau.

Or tout le problème était là.

Il fallait qu'elle utilise ses pouvoirs intentionnellement.

Elle posa à nouveau sa main sur la vitre et se concentra sur l'énergie de sa main, chaude et électrique. La glace se mit à fondre à nouveau et elle regarda les gouttes glisser sur la fenêtre en se disant que ce n'était qu'un petit tour de magie, à peine de quoi amuser la galerie. Ce n'était rien comparé à ce qu'elle aurait besoin de faire pour mettre fin à l'hiver de Déméter.

Elle laissa tomber sa main et les gouttes d'eau se transformèrent à nouveau en glace.

– Perséphone ?

Elle se tourna, Sybil était sur le pas de la porte.

– Sybil ! s'exclama-t-elle en allant la prendre dans ses bras.

– Alors c'est vrai ? Tu vas travailler ici ? demanda son amie.

– Hadès m'a demandé de me servir de cet espace comme bureau et je dois admettre que je suis ravie d'accepter.

Elle serait en sécurité, ici, mais surtout, Hélène et Leucé le seraient aussi.

– Comment tu vas ? demanda Perséphone. Est-ce que Ben te laisse tranquille ?

Sybil leva les yeux au ciel en soupirant.

– Je suis tellement désolée, Perséphone. Je ne savais pas qu'il serait aussi…

– Bizarre ?

– Je crois que je vais devoir changer de numéro.

– Je proposerais bien de le menacer ou de demander à Hadès de s'en charger, mais il ne semble pas craindre les dieux, dit-elle.

– Je crois qu'il est trop égocentrique pour craindre les dieux.

– Je suis navrée, Sybil.

– Ça m'apprendra à vouloir rebondir à tout prix, plaisanta l'Oracle en haussant les épaules.

Perséphone fronça les sourcils. Sybil faisait référence à sa courte relation avec Aro, un ami d'enfance de Sybil qui semblait fait pour elle. Mais, sans raison particulière, le mortel avait préféré qu'ils restent amis.

– Je crois que je suis surtout agacée de ne plus pouvoir aller aux Quatre Olives. C'était mon restau préféré pour le déjeuner.

– Tu peux toujours te faire livrer, dit Perséphone.

– Ouais, mais il est capable de se pointer avec ma commande, et je n'ai vraiment pas envie qu'il sache où je travaille.

– Vu sa tendance psychopathe, je dirais qu'il sait déjà où tu travailles.

– Super, merci, bougonna Sybil en faisant les gros yeux.

Perséphone lui sourit.

– Ne t'en fais pas, je ne pense pas qu'il passera la barrière d'Ivy, dit la déesse.

Ivy était la réceptionniste de la Tour Alexandria. C'était une dryade, une nymphe des bois. Elle était organisée et méticuleuse, et personne n'entrait dans le bâtiment sans y être invité.

– Il faut qu'on déjeune ensemble un de ces quatre, dit Sybil en reprenant Perséphone dans ses bras.

Elle retourna travailler, et Perséphone ne fut pas seule longtemps car Hélène et Leucé arrivèrent bientôt. Hélène bondit de joie en apprenant qu'elles allaient travailler là et les deux femmes visitèrent l'espace en courant, se disputant pour savoir qui aurait quel bureau avant de parler décoration. Perséphone entra dans le premier bureau sur la gauche, enleva sa veste et sortit son ordinateur portable.

On frappa bientôt à sa porte et elle vit qu'Hélène l'attendait.

– Est-ce que tu as eu le temps de lire mon article ?

– Oui. Assieds-toi, dit Perséphone.

– Ça ne t'a pas plu ? déclara Hélène en entrant.

– Ce n'est pas ça, Hélène. Tu as de bons arguments, mais… c'est un article risqué.

Hélène fronça les sourcils.

– Comment peut-il être risqué ?

– Tu critiques les dieux, répondit Perséphone avant de la citer : *Dans un monde où les mortels sont plus nombreux que les dieux, devons-nous vraiment espérer une aide des Divins ?*

– Je ne demande rien de plus que ce que tu as fait en écrivant sur Hadès, rétorqua Hélène.

– Hélène…

– Très bien, je supprimerai la phrase, dit Hélène d'un ton sec.

Elle était clairement agacée et Perséphone en fut choquée, elle n'avait jamais vu ce comportement chez la jeune femme. De toutes les fois où elles avaient travaillé ensemble au *New Athens News* et depuis qu'elles avaient lancé *Le Porte-Parole*, elle avait toujours été joyeuse et enthousiaste. Cela dit, Perséphone n'avait jamais critiqué son travail.

Malgré sa réaction, Perséphone fut soulagée qu'elle accepte de supprimer le commentaire sur les dieux.

– J'aimerais aussi que tu trouves un cadre de la Triade pour l'interviewer.

La bouche d'Hélène se pinça.

– Tu crois que je n'ai pas essayé ? Personne n'a répondu à mes mails. Ces gens ne veulent pas être connus.

– Les mails ne sont pas le seul moyen de trouver une source, Hélène. Si tu y tiens vraiment, tu feras le nécessaire pour l'obtenir.

Hélène semblait de plus en plus énervée.

– Et tu proposes que je m'y prenne comment pour trouver les dirigeants anonymes d'une organisation terroriste ?

Perséphone haussa les épaules.

– Si j'étais toi, je me ferais passer pour l'un d'eux.

– Tu veux que je me fasse passer pour un membre de la Triade ?

– Tu veux ton scoop ? Tu veux être la première à révéler qui sont les hauts gradés de l'organisation terroriste la plus dangereuse de Nouvelle Grèce ? Tu n'as pas vraiment le choix. En fin de compte, c'est à toi de décider ce que tu veux.

Hélène dévisagea Perséphone en silence.

– Et s'ils apprennent ce que je fais vraiment ? finit-elle par demander.

Perséphone se crispa légèrement.

– Je te protégerai.

– Tu veux dire qu'Hadès me protégera.

– Non. Je veux dire que je te protégerai.

Hélène partit et Perséphone soupira. Pourquoi sa conversation avec Hélène lui avait-elle semblé être une confrontation ? Elle pensait qu'elle serait plus réceptive à ses commentaires et le fait qu'elle ne l'avait pas été la laissait perplexe. C'était contraire à la personne qu'Hélène lui avait semblé être, mais peut-être qu'elle ne connaissait pas si bien la jeune femme, en fin de compte.

Soudain, un nuage de magie l'enveloppa et elle se tint plus droite. Un parfum de laurier envahit son bureau.

– Merde, bougonna Perséphone avant de disparaître.

Chapitre IX

LA PALESTRE DE DELPHES

Elle ne s'habituerait jamais à être enlevée par un autre dieu qu'Hadès. Elle n'aimait pas sentir une autre magie envahir ses sens, l'envelopper comme une couverture. Au moins, elle savait quel dieu elle s'apprêtait à voir grâce à son odeur.

– Apollon, grogna-t-elle.

L'air froid la fouetta dès qu'elle se manifesta au centre d'une cour rectangulaire entourée d'un porche couvert. La neige tombait à peine, il n'y avait que quelques tourbillons de flocons ici et là, mais sous ses pieds, le sol était trempé et boueux. Elle regarda autour d'elle, essayant de comprendre où elle était, mais elle se figea quand un homme musclé, entièrement nu, tituba en arrière, comme s'il avait été bousculé.

Elle écarquilla les yeux et son cœur se mit à battre la chamade. *Bouge*, se dit-elle. Mais, sans qu'elle comprenne pourquoi, ses pieds n'obéirent pas. On lui saisit alors le bras et elle fut plaquée contre un torse dur et cuirassé, qu'elle repoussa. On la libéra et elle fit plusieurs pas en arrière en levant la tête, pour découvrir le corps colossal d'un homme ; elle nota les lanières de ses sandales qui s'enroulaient sur ses mollets musclés, son linothorax en cuir et ses iris blancs, qui étaient sans doute la chose la plus marquante et déstabilisante chez ce géant. Sa mâchoire était carrée et il avait un beau visage entouré de boucles noires. L'homme était un guerrier, un hoplite, à en croire sa tenue.

Perséphone allait le remercier de l'avoir aidée quand elle entendit un bruit sourd derrière elle. Elle se retourna et vit que l'homme nu avait été poussé sur le ventre et qu'un autre le tenait par la gorge, tirant sa tête en arrière.

– Tu te rends ? cria l'homme.

L'autre poussa un grognement furieux.

À ses côtés, l'homme qui l'avait sauvé rit dans sa barbe et elle le regarda.

– Où suis-je ? demanda-t-elle.

L'homme ne sembla pas l'entendre, elle répéta sa question.

– Tu sais où je suis ?

Une fois encore, il ne parut pas l'entendre. Cette fois, elle se plaça devant lui et il la regarda dans les yeux.

– Tu peux me dire où je suis ?

Il fronça les sourcils et regarda autour de lui. Peut-être était-il étonné qu'elle le lui demande. Au bout de quelques secondes, il tendit la main, l'invitant à lui donner la sienne. Elle hésita, mais finit par accepter, et il retourna sa main, paume vers le ciel, pour y dessiner des lettres avec son doigt.

P-A-L-E-S-T-R-E, écrivit-il, puis : D-E-L-P-H-E-S.

Une palestre était un lieu d'entraînement, notamment pour les combats de lutte.

La Palestre de Delphes.

Elle était à Delphes.

– Apollon ! gronda-t-elle, énervée que le dieu du Soleil l'ait déposée ici sans même la prévenir.

Il lui avait dit la veille, chez Aphrodite, qu'il l'invoquerait bientôt, mais elle pensait qu'il viendrait le lui en parler en personne.

Elle leva à nouveau les yeux vers les étranges iris blancs de l'homme.

– Tu es sourd ? demanda-t-elle.

Il hocha la tête.

– Mais tu lis sur les lèvres.

Il acquiesça à nouveau.

– Merci de m'avoir sauvée, tout à l'heure.

Il aplatit sa main et pressa ses doigts contre ses lèvres avant de les diriger vers elle.

– Il n'y a pas de quoi, dit-il d'une voix presque gutturale qui déformait un peu les sons.

Elle lui souriait quand elle entendit une voix qui la fit grimacer.

– Te voilà, mon sucre d'orge !

Perséphone fit volte-face, c'était le dieu du Soleil qui s'approchait. Il était resplendissant dans la lumière gris pâle du ciel. Il portait la même tenue que l'homme aux yeux blancs, mais son plastron était en or, et des feuilles de laurier étaient tressées dans ses cheveux. Il avait beau parler d'une voix exubérante, il semblait contrarié, la mâchoire serrée et les yeux d'une nuance violette peu naturelle.

– Apollon, gronda-t-elle quand il la prit par le bras.

– Il ne te plaît pas non plus, celui-là ?

– On a déjà parlé des surnoms.

– Je sais, mais j'avais pensé que tu… changerais d'avis.

Elle le fusilla du regard.

– Bon, tant pis. Allons-y, Seph !

– Apollon, rouspéta-t-elle en plantant ses pieds dans le sol. Lâche-moi.

Il se tourna vers elle, le regard brillant, et elle comprit que quelque chose n'allait pas.

– On a un deal, rétorqua-t-il, comme si cela allait convaincre Perséphone de le laisser faire d'elle ce qu'il voulait.

– Je crois que ce que tu veux dire, c'est s'il te plaît, gronda-t-elle.

Ils se défièrent du regard et, tout à coup, elle sentit une présence derrière elle. Elle tourna la tête et découvrit l'homme massif qui l'avait aidée tout à l'heure. Il avait les bras croisés et il lançait un regard assassin à Apollon.

– Tu me défies, mortel ? dit Apollon en l'étudiant, et Perséphone sentit sa magie se manifester.

– Tu ne te battras pas avec lui, déclara Perséphone.

– Me battre ? Ce ne serait pas un combat, ricana Apollon. Celui-ci ne pourrait jamais me battre.

– Je veux bien me battre avec toi, Milord, dit une autre voix.

Ils se retournèrent vers les hommes nus. Ils avaient interrompu leur combat et se tenaient debout, couverts de boue, insensibles au vent, à moins qu'ils n'aient été déjà engourdis par le froid. Celui qui avait parlé était celui qui avait eu l'avantage plus tôt. Il était beau, de grands yeux marron, une crinière de cheveux bouclés et une courte barbe.

– C'est inutile, dit Perséphone.

– Je n'obéis pas à une femme.

Perséphone vit un éclair de colère dans le regard d'Apollon.

– Cette femme est la fiancée d'Hadès, la future reine des Enfers. Agenouille-toi devant elle ou prépare-toi à affronter ma colère.

L'homme écarquilla les yeux avant de poser un genou à terre, imité par son adversaire et par son nouvel ami, l'homme sourd. Quand elle tourna la tête vers le dieu du Soleil, elle le trouva en train de sourire.

– Tu vois ce que fait ton titre aux hommes, Perséphone ?

Elle soupira.

– J'aurais dû me sortir de ce contrat quand j'en ai eu l'occasion.

Elle bouscula Apollon en lui passant devant pour s'abriter sous le cloître. Elle ne savait pas vraiment où elle allait, mais elle avait froid et elle était agacée.

– Tu ne sais même pas où tu vas, Seph, dit Apollon en se dépêchant de la rattraper.

– Aussi loin que possible de votre concours de celui qui a la plus grosse, répondit-elle.

– Tu agis comme si c'était ma faute, dit-il. C'est toi qui n'es pas venue quand je te l'ai demandé.

– Tu ne me l'as pas demandé. Tu l'as ordonné. On en a déjà parlé.

Apollon avançait à ses côtés en silence et, au bout d'un moment, il se mit à bougonner à voix basse.

– Je... je suis...

Perséphone ralentit.

– Je suis dé...

Sa bouche tressauta, comme si le terme lui donnait envie de vomir.

– Je suis désolé, parvint-il enfin à dire, frissonnant de tout son corps.

– Tu fais un AVC ou quoi ? demanda Perséphone.

– Ça va peut-être te surprendre, mais les excuses ne sont pas mon truc, rétorqua Apollon d'un ton sec.

– Vraiment ? Je ne l'aurais jamais deviné !

– Tu sais, tu pourrais au moins reconnaître combien ça m'a été difficile. Ce n'est pas à ça que servent les amis ?

– Ah, on est amis, maintenant ? Parce que ce n'est pas l'impression que j'ai eue tout à l'heure.

Apollon fronça les sourcils.

– Je... je ne voulais pas t'agacer, dit-il. J'étais... énervé.

– J'ai remarqué. Pourquoi ?

– J'ai été... distrait en t'invoquant ici, admit-il. J'ai cru... que je t'avais perdue.

Perséphone fronça les sourcils à son tour.

– Pourquoi tu étais distrait ?

Apollon ouvrit la bouche, puis la referma.

– Il s'est remis à neiger.

Elle suivit son regard et vit qu'en effet, les flocons avaient grossi et tombaient plus fort. Son estomac se noua.

– S'il te plaît, est-ce qu'on peut se mettre d'accord pour que tu ne me téléportes plus sans ma permission ?

– Est-ce qu'Hadès a besoin de ta permission ?

Elle lui jeta un regard noir.

– Comment je suis censé t'invoquer, alors ?

– Comme une personne normale.

– Je ne suis pas une personne.

– Apollon…

Cela faisait à peine quelques instants qu'ils étaient ensemble et c'était la deuxième fois qu'elle le mettait en garde.

– Très bien, soupira-t-il en croisant les bras et en se pinçant les lèvres.

– Pourquoi tu m'as fait venir ici ? demanda Perséphone.

– Je voulais te présenter mon héros, dit-il. Mais tu l'as déjà rencontré.

– Le grand ? demanda-t-elle en faisant référence à l'homme sourd, surprise de voir les traits d'Apollon se durcir.

– Non, lui, c'est Ajax, l'adversaire de mon héros. Mon héros, c'est Hector, « celui qui tient les murs de Troie ».

Elle eut d'abord du mal à comprendre pourquoi il ne semblait pas plus fier de son héros.

– Celui qui t'a insultée, dit-il, et elle comprit sa frustration.

– Hmmm, tu l'as trouvé où ?

– À Délos. C'est un héros décoré, mais il est arrogant. C'est ce qui causera sa mort.

– Mais tu lui donnes quand même ta Faveur ?

– C'est à Délos que ma mère s'est réfugiée pour nous donner naissance, à Artémis et moi, dit-il. C'est mon peuple, et il l'a protégée. Je lui dois ma Faveur.

Ensemble, ils tournèrent la tête vers la cour, où plusieurs hommes attendaient. Elle remarqua qu'Hector avait une expression moqueuse et, en suivant son regard, elle vit qu'il observait Ajax qui était en train de se déshabiller. Perséphone détourna les yeux. Elle savait qu'en Nouvelle Grèce, la tradition voulait que les sports se déroulent nus, à l'exception des courses de chars, mais étaient-ils vraiment obligés de s'entraîner nus ici aussi ?

– Hadès ne va pas être très heureux de savoir comment j'ai passé ma journée, dit-elle.

Elle s'attendait à une réponse sarcastique de la part d'Apollon, mais ce ne fut pas le cas.

– Hmmm, se contenta-t-il de dire.

Elle vit qu'il étudiait Ajax avec un regard de braise. Elle connaissait ce regard, car c'était celui qu'avait Hadès quand il la regardait. Elle mit un coup de coude dans les côtes d'Apollon.

– Je croyais que c'était Hector, ton héros, dit-elle.

– C'est le cas.

– Alors, pourquoi tu reluques Ajax ?

La mâchoire d'Apollon se crispa.

– Ce serait idiot de ma part de ne pas étudier l'adversaire de mon héros.

– Pendant qu'il se déshabille ?

Apollon grimaça.

– Je ne t'aime pas !

Elle gloussa, mais sa gaieté fut de courte durée quand elle entendit des propos qui gâchèrent sa bonne humeur.

– Regarde-le, un sourd habillé en guerrier, dit l'un des hommes, assis dans l'herbe, en désignant Ajax d'un hochement de tête. Quelle blague !

Perséphone serra les poings et regarda Apollon, qui restait impassible.

– Je ne lui fais pas confiance, dit un autre. Et s'il nous jouait un tour, à tous ? Peut-être qu'il fait semblant d'être sourd pour qu'on baisse notre garde et qu'on soit indulgent envers lui ?

– Il a eu sa Faveur en baisant, ajouta une femme. Celle de Poséidon, si les rumeurs sont vraies.

Ils éclatèrent de rire, mais Perséphone était outrée.

– Tu vas les laisser continuer à parler comme ça ? demanda-t-elle à Apollon.

– Ce ne sont pas mes héros.

– Peut-être, mais tu es le chancelier des Jeux. Ce n'est pas toi qui fixes la norme pour leur comportement ? À moins que ce soit ça, la norme ?

Le regard d'Apollon était assassin, mais ils se concentrèrent à nouveau sur la cour, au moment où Hector se baissait pour ramasser une lance en bois.

– Apollon… dit Perséphone d'une voix aiguë.

Hector lança son bras en arrière, bandant ses muscles, et jeta la lance en direction d'Ajax. Perséphone regardait la scène, horrifiée de voir le bâton voler vers la tête d'Ajax. Celui-ci se tourna juste à temps et attrapa la lance dans une main. Il l'étudia quelques secondes avant de fixer Hector et ceux qui avaient observé la scène sans rien dire. Leurs rictus narquois disparurent et ils regardèrent le géant, bouche bée, aussi stupéfaits que Perséphone.

Ajax brisa la lance sur son genou et jeta les morceaux au loin.

Hector souriait.

– Tes réflexes sont bons ; mais tu vaux quoi dans un combat à mains nues ?

La seconde d'après, il se précipitait sur Ajax. Ils tombèrent dans la boue, éclaboussant tous les spectateurs. Apollon se rapprocha du portique. Les deux hommes luttaient, pourtant ce n'était pas de la lutte, c'était un combat réel. Hector sembla d'abord avoir le dessus, frappant Ajax au visage alors que ce dernier était à terre, mais le géant reprit des forces, bloquant le poing d'Hector dans ses mains avant de le projeter en arrière, comme s'il ne pesait rien. Les deux hommes se remirent debout, tournant en cercle, la fureur se lisait sur leurs visages.

Hector se jeta sur Ajax qui se baissa et le frappa au ventre. Il souleva alors Hector et le repoussa sur le dos.

– Ils se détestent, dit Perséphone.

– Ce sont des adversaires, répondit Apollon.

Pourtant, Perséphone sentait qu'il s'agissait d'autre chose. Hector avait plaisanté avec les autres héros, mais il traitait Ajax différemment. Elle se demanda d'abord si c'était parce qu'il était sourd ou si c'était par jalousie. Ajax était fort et puissant malgré sa surdité. Néanmoins, Perséphone avait l'impression de reconnaître sa rage ; elle l'avait ressentie dans la Forêt du Désespoir.

Elle se concentra sur Hector, qui gémissait, couché sur le sol glacé.

Leur combat avait fini aussi vite qu'il avait commencé. Ajax ne s'attarda pas près d'Hector pour se vanter, mais il se retourna pour fusiller Apollon du regard avant de sortir du cloître.

Perséphone fronça les sourcils et le regarda partir avant de lever la tête vers le dieu du Soleil.

– Tu ne vas pas voir ton héros ? demanda-t-elle.

– Non. C'est la punition d'Hector pour son hubris, répondit-il. Peut-être que ça l'aidera à gagner en humilité avant d'affronter Ajax aux Jeux panhelléniques.

– Les Jeux vont quand même avoir lieu avec cette météo ?

– Si des hommes et des femmes ne peuvent pas se battre quand il y a trois flocons de neige, ils n'ont pas leur place aux Jeux.

– Il ne s'agit pas seulement des compétiteurs, Apollon. Et les spectateurs ? C'est dangereux de voyager par ce temps.

– Si tu t'inquiètes autant, tu devrais peut-être en parler à ta mère.

Perséphone baissa les yeux.

– Alors, tu es au courant ?

– On le sait tous, dit le dieu. Ce n'est pas comme si Déméter n'avait jamais fait ça auparavant. Ce n'est qu'une question de temps d'ici à ce que Zeus intervienne.

L'estomac de Perséphone se noua.

– Est-ce qu'elle l'écoutera ? S'il lui demande d'arrêter ?

– Oui, répondit Apollon. Sinon, ce sera la guerre.

Ils quittèrent le cloître et Apollon fit visiter la palestre à Perséphone. C'était un très beau complexe avec plusieurs bains, des salles pour les différentes disciplines sportives qui donnaient sur le cloître et de nombreux équipements. Il y avait quelques terrains couverts et un hippodrome ouvert pour les courses de chars. Perséphone observait l'arène depuis une suite privée qui comportait un bar, de grands écrans fixés aux murs et des fauteuils en cuir placés face aux baies vitrées. En fait, la déesse était simplement heureuse de ne plus être dans le froid.

– Cet endroit est incroyable, dit-elle.

Elle avait toujours été épatée par les courses de chars, même si elle ne les avait vues qu'à la télévision. En étant ici, elle comprenait combien l'événement devait être spectaculaire.

– Je suis content que ça te plaise, dit Apollon. J'en suis… très fier.

Perséphone n'avait jamais entendu le dieu parler ainsi.

Elle continua d'observer l'hippodrome en silence, notant la spina, ce mur qui s'étirait au milieu du cirque ovale et sur lequel se dressaient plusieurs statues, dont celle d'Apollon.

Il y avait également Artémis, ainsi qu'une femme qu'elle ne connaissait pas.

– Qui est la troisième statue ? demanda-t-elle.

– Ma mère, Léto, répondit Apollon. Elle a risqué sa vie pour nous faire naître, ma sœur et moi, donc nous la protégeons.

Perséphone savait qu'Héra avait pourchassé Léto sans relâche avant et après qu'elle avait donné naissance aux jumeaux divins, jalouse de l'infidélité de Zeus. Elle savait également ce qu'Apollon entendait par « protéger » : sa sœur et lui avaient assassiné des dizaines de mortels et de créatures, sans distinction. Perséphone se pinça les lèvres en y repensant.

– J'aimerais que tu assistes à l'ouverture des Jeux avec moi, dit Apollon. C'est une course de chars.

– Tu me le demandes ou tu me l'ordonnes ?

– Je te le demande. À moins que tu dises non.

– Moi qui pensais que tu avais changé, répondit-elle d'un ton rêveur.

– Pas à pas, Tétons de Sucre !

– Si Hadès se manifeste pour te tuer, je n'interviendrai pas.

– Quoi ? Ce n'est pas comme si je savais d'expérience quel goût ils ont !

– Cette simple conversation suffirait à mettre Hadès hors de lui.

– Peut-être que tu devrais lui dire que la virilité excessive n'est pas attirante.

Perséphone fit les gros yeux.

– Il ne te fait pas confiance, déclara-t-elle.

– Mais il devrait te faire confiance, à toi.

– C'est le cas, et il sait également que je t'ai dit plusieurs fois de ne pas me donner de surnom, répondit-elle en le défiant du regard.

Apollon prit une mine boudeuse et croisa les bras.

– Je voulais juste qu'on s'amuse un peu.

– Ben, c'était le cas jusqu'à maintenant !

Le visage du dieu du Soleil s'illumina.

– Tu t'amusais ?

Elle soupira bruyamment.

– Tu me fais regretter d'avoir maintenu notre deal.

– Leçon numéro deux, Sephy. Quand un dieu t'offre une issue de secours, prends-la.

– C'était quoi la première leçon ?

– Ne jamais conclure d'accord avec un dieu.

– Si ce sont vraiment des leçons, personne ne les écoute.

– Bien sûr que non ! Les dieux comme les mortels veulent toujours ce qu'ils ne peuvent pas avoir.

– Toi y compris ? demanda-t-elle en le regardant du coin de l'œil.

Il redevint sérieux, tout à coup, et une grimace abîma son visage parfait.

– Moi, plus que quiconque, répondit-il.

Chapitre X

UNE BALADE DANS LE PARC

Apollon renvoya Perséphone à la Tour Alexandria sans la prévenir. Le seul indice fut qu'elle sentit soudain sa magie.

– Apollon ! grogna-t-elle, mais sa frustration ne fut d'aucune efficacité car le sol s'évanouit sous ses pieds.

Son estomac fit un saut périlleux, le monde chavira et, quand elle réapparut, elle se trouvait devant Hadès, assis derrière son nouveau bureau.

– Salut, dit-elle.

– Salut, grogna-t-il.

Il ne semblait pas très heureux, mais à l'aise, installé dans le fauteuil, un doigt sur la bouche, les jambes écartées. Perséphone pensa un instant qu'elle s'emboîterait parfaitement dans l'espace entre ses cuisses.

– Tu vas bien ?

– Harmonie est réveillée, répondit-il.

Le cœur de Perséphone accéléra.

– Comment va-t-elle ?

– On est sur le point de le découvrir, dit-il en se levant pour faire le tour du bureau. Tu as passé un bon moment avec Apollon ?

Perséphone ne fut pas surprise qu'Hadès sache où elle était ; il avait sans doute senti la magie du dieu du Soleil. Elle fronça néanmoins les sourcils, consciente que ça ne plaisait pas à Hadès – cela dit, il ne pouvait rien y faire. Apollon et elle étaient liés par un contrat qu'elle avait insisté pour respecter quand il avait voulu l'en libérer. Ce qui n'avait pas plus à Hadès.

Malgré cela, Perséphone resta campée sur sa décision. Elle ne voulait pas qu'Apollon se sente abandonné.

– Sur une échelle de un à dix ? Je dirais six.

Hadès haussa un sourcil. Elle eut l'impression qu'il avait envie de trouver cela amusant, mais que son irritation l'emportait.

– Je suis désolée que tu ne sois pas content.

– Mon agacement n'est pas contre toi, répondit-il. Je préférerais simplement qu'Apollon ne t'embarque pas à Delphes pendant que ta mère fait des siennes et que les agresseurs d'Adonis et d'Harmonie sont encore dans la nature.

– Est-ce que… tu m'as suivie ?

L'idée ne lui déplaisait pas, au contraire, elle aurait aimé qu'Hadès puisse la localiser plus souvent. Il était arrivé qu'il ne réussisse pas à la trouver, quand, sans comprendre comment, elle avait bloqué sa capacité à déceler sa magie. Ça s'était produit à plusieurs reprises, une fois quand elle s'était perdue aux Enfers, une autre quand Apollon l'avait kidnappée pour une stupide compétition de karaoké, et enfin quand Pirithoos l'avait enlevée. Chaque situation avait été plus dangereuse que la précédente.

Hadès baissa les yeux et prit sa main de façon à faire briller la bague qu'il lui avait offerte. Les joyaux scintillaient à la lumière, entourés de fleurs d'or finement sculptées.

– Ces pierres, la tourmaline et la dioptase, dégagent une énergie unique. La tienne. Tant que tu la porteras, je te trouverai n'importe où.

Perséphone ne fut pas surprise, après tout, Hadès était également le dieu des Métaux précieux.

– Ce n'était pas… intentionnel, ajouta Hadès. Je n'avais pas prévu de te mettre un… émetteur.

– Je te crois, dit-elle. C'est… rassurant, en fait.

Hadès la regarda longuement dans les yeux avant de lui faire un baisemain, réchauffant sa peau glacée de son souffle chaud.

– Viens, Aphrodite nous attend, dit-il.

Et ils se téléportèrent.

***

Ils apparurent devant une grande villa en pierre blanche et en verre, avec une porte en bois dotée d'une longue poignée élégante. La fenêtre à côté de la porte révélait un escalier. Elle n'aurait jamais deviné que le bureau dans lequel elle s'était trouvée la veille au soir appartenait à cette maison, car il était traditionnel et chaleureux alors que la villa était moderne et épurée.

Perséphone frissonna et croisa les bras, fouettée par la brise glacée et salée. Apparemment, l'hiver de Déméter n'avait pas épargné les îles.

– On ne pourrait pas se téléporter directement à l'intérieur la prochaine fois ? demanda Perséphone en claquant des dents.

– On pourrait, si on y avait été invités.

– Comment ça ? Aphrodite ne t'a pas prévenu qu'Harmonie était réveillée ?

Hadès ne répondit pas tout de suite.

– Hadès…

– Elle a envoyé Hermès te chercher, admit-il. Et c'est moi qu'il a trouvé.

Ils se regardèrent et Perséphone ne sut quoi dire. Aphrodite essayait d'agir dans le dos d'Hadès, et si Perséphone se demandait ce que la déesse de l'Amour espérait accomplir sans Hadès, elle se demandait aussi si Hadès savait qu'elle ne serait pas venue sans lui.

– Tu ne feras pas ça sans moi, dit-il.

Elle avait sa réponse. C'était un coup bas auquel elle ne s'était pas attendue. Il ne lui faisait pas confiance ; pas sur ce point, en tout cas. Elle devait bien admettre qu'elle n'avait pas le meilleur bilan quand il s'agissait de lui obéir, mais cette histoire était différente, elle-même était différente. Elle avait changé. Ses yeux se remplirent de larmes et elle ravala le nœud qui s'était formé dans sa gorge tout en se tournant vers la porte d'entrée.

– Perséphone…

Hadès ne put terminer sa phrase car la porte s'ouvrit sur une femme, une femme qui n'en était pas une. Elle semblait vivante, avec des joues roses et des yeux brillants, mais Perséphone ne perçut aucune vie en elle : ni chaleur ni battements de cœur.

Ce devait être une animatronique, une des créations d'Héphaïstos.

– Bienvenue, dit-elle d'une voix douce et suave qui rappela à Perséphone celle d'Aphrodite. Milord et Milady n'attendent pas d'invités. Veuillez me donner vos noms, s'il vous plaît.

Perséphone s'apprêtait à lui répondre, mais Hadès passa devant la femme – ou le robot – pour entrer.

– Excusez-moi ! cria-t-elle. Vous entrez dans la résidence privée de Lord et Lady Héphaïstos !

– Je suis Lady Perséphone. Et lui, c'est Lord Hadès.

Le dieu des Morts se tourna vers elle.

– Viens, Perséphone.

Elle croisa les bras et le fusilla du regard.

– Tu pourrais être plus poli. Tu n'as pas été invité, toi, tu as oublié ?

Hadès contracta sa mâchoire.

L'animatronique resta silencieuse et Perséphone se demanda si elle l'avait cassée. Soudain, son visage s'illumina, comme si elle était excitée, ou heureuse.

– Lady Perséphone, vous êtes la bienvenue. Suivez-moi, s'il vous plaît.

La femme tourna les talons pour se diriger vers un grand salon ouvert.

– Lord Hadès, vous n'êtes pas le bienvenu, dit le robot en passant devant lui.

Il leva les yeux au ciel et s'avança aux côtés de Perséphone. Une bouffée de chaleur jaillit dans la poitrine de la jeune déesse quand il lui prit la main. Elle essaya de la retirer, mais il la tint plus fort et elle laissa tomber. Elle avait beau être en colère contre lui, le fait qu'il veuille la toucher était une bonne chose.

La maison d'Aphrodite était exactement comme elle se l'était imaginée, luxueuse, ouverte, romantique. Il y avait aussi des éléments qu'elle n'aurait pas imaginés, comme des lignes modernes, des sculptures en fer forgé et des touches de bois poli. C'était une fusion de la déesse de l'Amour et du dieu du Feu. Elle était surprise, étant donné ce qu'elle avait entendu et vu du couple, surprise que leurs différences se complètent aussi bien – et de façon aussi évidente – dans leur maison. Elle s'était attendue à ce qu'ils mènent des vies séparées et à ce que cela soit flagrant.

L'animatronique les escorta au bout d'un long couloir dont un des murs était vitré et l'autre couvert de toiles aux accents roses et dorés. Perséphone se concentra sur les œuvres d'art, préférant ne pas voir les plantes exotiques du jardin d'Aphrodite recouvertes de neige.

La servante s'arrêta pour ouvrir une porte et annoncer leur arrivée.

– Milady Aphrodite, Lady Harmonie… Lady Perséphone et Lord Hadès sont là pour vous voir.

Ils entrèrent dans une bibliothèque qui était plus chaleureuse, même si l'un des murs était également vitré. Peut-être était-ce à grâce aux bibliothèques en acajou, couvertes de livres en cuir aux lettres dorées, ou peut-être grâce aux lampes qui répandaient une lumière ambrée sur les murs.

Aphrodite et Harmonie étaient assises côte à côte sur un canapé en velours du même bleu que l'océan glacé que Perséphone apercevait par la fenêtre. Sur la table basse devant elles se trouvaient une théière, des tasses et des petits sandwichs.

Perséphone ne parvenait pas à détourner les yeux d'Harmonie. La déesse blonde était aussi belle que sa sœur. Elle semblait plus jeune, avec des traits moins anguleux et une expression plus douce. La magie d'Apollon avait guéri ses plaies et ses bleus, mais son traumatisme était évident. Cela se voyait dans son regard. Elle était assise comme si elle craignait de se briser ou comme si elle ne faisait confiance à personne. Elle était pourtant en sécurité désormais. Sur ses cuisses, Opale était roulée en boule, fraîchement lavée, son poil à nouveau blanc comme neige.

Perséphone essaya de ne pas regarder les cornes d'Harmonie, du moins ce qu'il en restait. L'os blanc ne semblait pas avoir sa place là, planté ainsi dans ses cheveux soyeux.

Ses cornes repousseraient-elles ? Pouvaient-elles être réparées par de la magie ? Perséphone ne le savait pas. Il lui semblait que personne n'avait jamais pu s'approcher suffisamment d'un dieu ou d'une déesse pour mutiler leurs cornes. Elle poserait la question à Hadès plus tard.

– Merci, Lucy, dit Aphrodite.

L'animatronique esquissa une révérence avant de s'éloigner. La déesse de l'Amour regarda Perséphone, puis Hadès.

– Je vois qu'Hermès n'a pas suivi mes instructions, dit-elle sèchement.

– Tu peux remercier Apollon pour ça, répondit Perséphone.

– Perséphone et moi sommes ensemble dans cette histoire, Aphrodite, dit Hadès.

Il y eut un court silence.

– Perséphone, dit Aphrodite. Assieds-toi, je t'en prie.

Elle s'installa dans un fauteuil face aux déesses, et Aphrodite se comporta comme si Hadès n'était pas là, il vint pourtant se placer derrière Perséphone.

– Tu veux du thé ?

– Oui, répondit Perséphone d'une voix douce, ravie de pouvoir se réchauffer.

Aphrodite versa le thé et posa la tasse dans une soucoupe avant de la faire glisser vers Perséphone.

– Du sucre ?

– Non merci, dit Perséphone avant de boire une gorgée.

– Un sandwich au concombre ?

Perséphone trouva étrange de voir Aphrodite jouer l'hôtesse parfaite, et elle se dit qu'elle devait se comporter ainsi parce qu'elle voulait l'aide de Perséphone pour trouver les agresseurs d'Harmonie.

– Non merci, dit Perséphone.

Un silence s'ensuivit. Ce fut Harmonie qui le rompit en se raclant la gorge et en prenant la parole de sa voix suave et apaisante.

– Je suppose que tu es là pour me parler.

Perséphone hésita, regardant Aphrodite du coin de l'œil.

– Si tu te sens assez bien pour le faire. Nous avons besoin de savoir ce qui s'est passé hier soir.

Elle n'arrivait pas à imaginer ce qu'Harmonie ressentait à l'idée de revivre son traumatisme en leur racontant. Elle ne laissa rien entrevoir, ne clignant même pas des yeux, comme si elle enfouissait ses sentiments afin de pouvoir leur parler.

– Par où je commence ? demanda-t-elle avant de regarder Hadès.

– Où étais-tu quand tu as été agressée ? demanda-t-il.

– J'étais dans le Parc Concorida.

Un parc de Nouvelle Athènes grand et arboré.

– Malgré la neige ? demanda Perséphone.

La déesse esquissa un petit sourire.

– J'y vais tous les après-midi avec Opale, répondit-elle, et la boule de poils grogna sur ses genoux. On a pris notre chemin habituel. Je n'ai rien senti d'étrange avant l'attaque, ni violence ni animosité.

Le fait qu'Harmonie ait l'habitude de se promener dans le parc et de suivre le même chemin signifiait que quelqu'un connaissait sa routine et avait pu organiser l'attaque. Et à cause de la neige, il n'y avait probablement pas de témoins.

– C'est arrivé comment ? demanda Hadès. Quel est ton premier souvenir ?

– Quelque chose de lourd m'a ensevelie, répondit Harmonie. Quoi que ça ait été, cela m'a mise à terre. Je ne pouvais ni bouger ni invoquer mes pouvoirs.

Il y eut un long silence, puis Harmonie reprit.

– Après ça, ça a été facile pour eux. Ils sont sortis des bois, masqués. Ce dont je me souviens le plus est la douleur dans mon dos. Quelqu'un a planté son genou dans mon dos pour me maintenir à terre, puis ils ont saisi mes cornes et les ont sciées.

– Personne n'est venu t'aider ? demanda Perséphone.

– Il n'y avait personne, répondit Harmonie en secouant la tête. Il n'y avait que ces gens qui me détestaient pour ce que je suis, alors que je ne peux rien y faire.

– Après qu'ils ont pris tes cornes, qu'est-ce qu'ils ont fait ? poursuivit Hadès.

Ses questions étaient mesurées, mais Perséphone grimaça néanmoins.

– Ils m'ont mis des coups de pied et des coups de poing, et ils m'ont craché dessus.

– Est-ce qu'ils ont dit quoi que ce soit pendant qu'ils… t'attaquaient ?

– Ils ont dit toutes sortes de choses. Des choses atroces, dit Harmonie avant de marquer une pause, les yeux mouillés de larmes. Ils m'ont traitée de pute, de garce et d'abomination, et ils m'ont demandé où étaient mes pouvoirs, maintenant, comme s'ils pensaient que j'étais une déesse guerrière, comme si je leur avais causé des torts. La seule chose à laquelle je pensais, c'était que j'aurais pu leur apporter la paix et qu'au lieu de ça, ils me faisaient agoniser.

Perséphone ne savait pas quoi dire, sans doute parce qu'il n'y avait rien à dire. Elle était incapable de comprendre ces gens ni leur motivation. C'était de la haine pure et simple. La haine de ce qu'elle était, et rien de plus.

– Est-ce que tu te souviens de quoi que ce soit d'autre ? N'importe quoi qui pourrait nous aider à trouver ces gens ? poursuivit Hadès. Prends ton temps, ajouta-t-il d'une voix douce.

Harmonie réfléchit longuement, puis elle secoua la tête.

– Ils ont dit le mot « *lemming* », dit-elle. Ils ont dit : « *Toi et tes lemmings, vous allez tous être détruits quand Renaissance commencera.* »

– Lemming, répéta Perséphone en levant la tête vers Hadès. C'est ce que m'a dit cette femme, au Coffee House.

Elle avait aussi entendu parler de Renaissance dans l'article qu'Hélène avait écrit sur la Triade. Est-ce que ces attaquants masqués en étaient membres ? Ou étaient-ils de simples sympathisants indépendants ?

Harmonie resta silencieuse, levant une main tremblante pour toucher les cornes coupées sur sa tête.

– Pourquoi vous pensez qu'ils ont fait ça ? chuchota-t-elle.

– Pour prouver quelque chose, dit Hadès.

– Prouver quoi, Hadès ? demanda Aphrodite, furieuse.

– Que les dieux sont remplaçables.

Remplaçables.

Jetables.

Inutiles.

– Et ils en voulaient la preuve, ajouta-t-il. La nouvelle de ton agression va bientôt circuler dans les médias, qu'on le veuille ou non.

– Tu n'es pas le dieu des Menaces et de la Violence ? demanda Aphrodite. Sers-toi de tes accointances douteuses pour prendre les devants.

– Tu oublies, Aphrodite, que l'on doit d'abord découvrir qui a fait ça. Et d'ici là, la rumeur se sera répandue parmi ceux qui veulent nous voir tomber, si ce n'est auprès du grand public.

Perséphone pensa à Sybil, que ferait l'Oracle dans de telles circonstances ? C'était un cauchemar en termes de relations publiques, mais pire encore, cela indiquait que les dieux n'étaient pas infaillibles, qu'ils pouvaient potentiellement être vaincus. Or la dernière fois que les mortels s'étaient battus contre les dieux, le monde avait baigné dans leur sang.

– Mais nous devons laisser faire, pour l'instant, dit Hadès.

– Pourquoi ? Tu veux que ça se reproduise ? demanda Aphrodite. C'est déjà la deuxième fois !

Son éclat de colère était une insulte envers Hadès – et Perséphone – qui ne cherchaient qu'à aider.

– Aphrodite… gronda Perséphone d'un ton de mise en garde.

– Je comprends ce que dit Lord Hadès, dit Harmonie. Quelqu'un va forcément révéler ce qui m'est arrivé, et quand ce sera le cas, vous serez prêts… n'est-ce pas, Hadès ?

Perséphone regarda tour à tour Harmonie et le dieu des Ténèbres, qui hocha la tête.

– Oui, dit-il. On sera prêts.

CHAPITRE XI

UNE TOUCHE DE CAUCHEMAR

Perséphone et Hadès quittèrent l'île de Lemnos pour rentrer aux Enfers. Dès qu'ils apparurent dans sa chambre, Hadès saisit les épaules de Perséphone et s'empara de sa bouche en l'attirant contre lui, l'embrassant comme s'il voulait s'approprier son âme. La déesse était sous le choc, tant elle était persuadée qu'ils se disputeraient en rentrant. Hadès était conscient qu'elle était en colère contre lui et il n'aimait pas laisser les situations s'envenimer. Elle céda néanmoins à ses lèvres, à sa langue, à l'odeur de cendre et de pin qui lui collait à la peau. Il bougea le bras pour nicher sa tête dans le creux de son coude et posa son autre main sur son visage. Il lécha une dernière fois ses lèvres, puis recula.

Quand elle ouvrit les yeux, elle découvrit qu'il la regardait tendrement, comme s'il réalisait une nouvelle fois qu'il était amoureux d'elle.

– C'était en quel honneur ? demanda-t-elle, à bout de souffle.

– Tu m'as défendu auprès d'Aphrodite.

Perséphone ouvrit la bouche pour répondre, mais elle ne trouva pas les mots. Elle avait repris la déesse de l'Amour parce que ses propos avaient été cruels et qu'Hadès ne le méritait pas. Elle détestait le fait qu'elle avait un jour pensé la même chose de lui.

– Je t'en suis reconnaissant, ajouta-t-il.

Elle lui sourit et regarda sa bouche, puis ses yeux, il fronçait les sourcils et son regard était froid.

– Je t'ai vexée, dit-il.

Ses propos la frappèrent comme une flèche en plein cœur, lui ôtant son sourire. Elle repensa à ce qu'il avait dit avant qu'ils entrent chez Aphrodite et elle détourna le regard, confuse. Elle décida cependant qu'il valait mieux qu'elle soit directe.

– Est-ce que tu me fais confiance ? demanda-t-elle en scrutant son regard.

– Perséphone… commença-t-il.

– Quoi que vous vous apprêtiez à faire, arrêtez, dit Hécate qui se matérialisa dans leur chambre en se cachant les yeux derrière sa main.

Hadès et Perséphone se tournèrent vers la déesse qui était vêtue de façon plus formelle qu'à son habitude, d'une robe bleue comme la nuit, et les cheveux tressés.

– Est-ce qu'on se déshabille avant qu'elle ouvre les yeux ? demanda Hadès en regardant Perséphone.

Hécate retira sa main et le fusilla du regard.

– Les âmes vous attendent. Vous êtes en retard !

– En retard pour quoi ? demanda Perséphone.

– Vos fiançailles !

Ils se regardèrent, stupéfaits, et Hécate prit Perséphone par la main pour l'emmener vers la porte.

– Viens, on n'a pas beaucoup de temps pour te préparer.

– Et moi ? demanda Hadès. Qu'est-ce je dois mettre pour cette fête ?

Hécate le regarda par-dessus son épaule.

– Tu n'as que deux tenues, Hadès. Choisis-en une.

Elles longèrent le couloir vers la suite de la Reine, où Perséphone avait l'habitude de se préparer pour les grandes occasions. Une fois dans la pièce, Hécate invoqua sa magie et Perséphone se crispa en sentant son odeur. La dernière fois qu'elle avait utilisé ses pouvoirs en sa présence, elle avait ordonné à sa grim de l'attaquer. L'odeur de mûre et d'encens de sa magie ainsi que son impression à la fois ancienne et sombre mirent Perséphone sur ses gardes. Pourtant, quand la magie la toucha, ce fut comme une caresse, comme un tissu soyeux qu'on faisait glisser sur sa peau. Perséphone se détendit et ferma les yeux en se laissant bercer, laissant la magie s'enrouler autour de son corps et s'emmêler dans ses cheveux.

– Parfait, dit la déesse de la Magie.

Perséphone ouvrit les yeux et la vit sourire.

– Pas de lampades, cette fois-ci ?

– Hélas, nous n'avons pas le temps, dit-elle. Viens, dis-moi ce que tu penses de mon travail.

La déesse mit Perséphone devant un miroir et la jeune déesse en eut le souffle coupé. Elle portait une robe rose poudré, avec un corset et une jupe en tulle. Elle était à la fois simple et sublime. Hécate avait retiré le Charme de Perséphone et elle se tenait sous sa forme divine, des fleurs de camélia formaient une couronne à la base de ses cornes blanches en spirale. Ses boucles dorées tombaient dans son dos et ses yeux émeraude et scintillants lui donnaient un air sauvage et menaçant.

Perséphone avait toujours su qu'elle avait de la noirceur en elle. Hécate et Hadès l'avaient vue quand, elle, ne la percevait à peine.

Maintenant, elle la voyait.

« *Il y a de la noirceur en toi. De la colère, de la peur, de la rancœur. Si tu ne te libères pas d'abord toi-même, personne ne le pourra.* »

Elle regarda Hécate dans le miroir et la déesse lui sourit tendrement. Elle avait entendu ses pensées.

– Cette noirceur n'est pas la même. Celle-ci est faite de tourment et de traumatisme, de deuil et de pertes. C'est la noirceur qui fera de toi la reine des Enfers.

Hécate se pencha vers elle et passa ses mains sur les épaules menues de Perséphone pour lui murmurer à l'oreille :

– Prends le temps de te regarder, mon cœur, mais ne crains pas ce changement.

Perséphone s'étudia longuement et découvrit qu'elle n'avait pas peur de la personne qui lui retournait son regard. En fait, elle l'aimait, malgré sa souffrance et son deuil. Elle avait été brisée mais, d'une façon ou d'une autre, cela la rendait meilleure.

– Viens, dit Hécate en prenant la main de Perséphone pour les téléporter.

Elles apparurent au milieu d'Asphodèle, sous une canopée éblouissante de lumières et de voiles blancs. Des lanternes et des bouquets de roses blanches et pêche, de delphiniums, de giroflées et d'hortensias bordaient le chemin pavé. Il y avait des bougies à toutes les fenêtres et des tables devant chaque maison, regorgeant de toutes sortes de nourritures. Les plats exhalaient des parfums variés qui mirent l'eau à la bouche de Perséphone. Les âmes elles-mêmes étaient de sortie, sur leur trente-et-un, et elles souriaient jusqu'aux oreilles.

– Lady Perséphone est arrivée ! déclara Hécate.

Lorsque les âmes eurent fait leur révérence, elles poussèrent des cris de joie et vinrent à elle pour toucher sa main ou caresser sa robe.

– On est tellement excités, Lady Perséphone !

– Félicitations, Lady Perséphone !

– Nous avons hâte que tu sois notre reine !

Elle sourit et rit avec eux jusqu'à ce que Yuri vienne la prendre dans ses bras.

– Qu'est-ce que tu en penses ? demanda-t-elle en souriant.

Perséphone se dit qu'elle n'avait jamais vu l'âme aussi heureuse.

– C'est vraiment magnifique, Yuri, dit Perséphone. Tu t'es surpassée.

– Attends un peu, tu n'as pas encore vu le pré !

Yuri prit la main de Perséphone et l'emmena le long du chemin, devant les maisons, les fleurs et les lanternes, jusqu'au pré verdoyant d'Asphodèle. De loin, elle avait vu des sphères lumineuses, mais maintenant qu'elle y était, elle comprit ce que c'était. Des lampades survolaient le sol, éclairant de leur lumière céleste la prairie recouverte de narcisses et parsemée de plaids blancs. Sur chaque couverture était posé un panier à pique-nique décoré de delphiniums blancs, comme ceux qu'elle avait vus en ville.

– Oh, Yuri, c'est parfait, dit Perséphone.

– L'idée m'est venue parce que tu aimes les pique-niques, répondit l'âme.

À ses côtés Hécate souriait.

Perséphone haussa un sourcil.

– Quoi ? C'est vrai, j'aime ça !

– Tu aimes les pique-niques *seule*. Avec Hadès. Tu aimes Hadès, répondit Hécate.

– Et alors ? Ce sont mes fiançailles.

Hécate éclata de rire.

– Ça te plaît vraiment ? insista Yuri, supposant d'après les paroles d'Hécate que Perséphone n'aimait peut-être pas le thème.

– J'adore, Yuri. Merci infiniment.

L'âme sourit jusqu'aux oreilles.

– Viens ! On a préparé tellement de choses ; on va danser, jouer et manger !

Elles retournèrent au centre-ville bondé et Perséphone s'émerveilla encore une fois de la diversité des âmes, elles provenaient du monde entier et avaient eu des vies si différentes les unes des autres. Perséphone voulait apprendre de chacune d'entre elles. Elles étaient vêtues différemment, avaient des accents et des couleurs de peau très variés, elles cuisinaient des plats et préparaient du thé aux goûts nouveaux, avaient des croyances et des coutumes que Perséphone ne connaissait pas, certaines étaient jeunes, d'autres très âgées… Au bout du compte, elles étaient toutes là, partageant leur éternité sans aucune trace de colère ou d'animosité.

Hécate tira Perséphone de ses pensées.

– Regarde qui est arrivé, et avec de nouvelles robes.

La déesse se retourna et croisa le regard d'Hadès, qui s'était manifesté au bout du chemin, à l'entrée d'Asphodèle. Sa présence l'immobilisa et son cœur se mit à battre la chamade.

Le roi des Ténèbres était sublime. Ses robes étaient couleur de la nuit, avec des coutures argentées, et elles étaient nouées sur une épaule, de sorte qu'une partie de son torse musclé et de son bras était nue. Perséphone reluqua sa peau bronzée, les contours et les veines de son bras puis ses longs cheveux soyeux. Cette fois, il les avait attachés en demi-queue et ses cornes noires étaient cernées d'une couronne d'épines en métal.

Ils se tenaient chacun à une extrémité de la route et Perséphone fut frappée par leur ressemblance – non pas dans leur apparence mais dans quelque chose de plus profond, quelque chose qui traversait leurs cœurs, leurs os et leurs âmes. Ils avaient commencé leurs vies dans des mondes très différents mais, en fin de compte, ils voulaient la même chose, la reconnaissance, l'amour et le réconfort. Ils l'avaient trouvé dans les yeux, les bras et la bouche de l'autre.

C'est ça, le pouvoir, pensa Perséphone. Elle sentait son corps réagir à toutes ces émotions, la passion et la douleur nées d'aimer quelqu'un plus que l'air qu'elle respirait et que les étoiles qui scintillaient dans le ciel.

– Lord Hadès ! s'exclamèrent des âmes.

Les enfants, eux, coururent à lui pour entourer ses jambes de leurs petits bras.

D'autres restèrent en retrait, trop timides pour l'approcher.

– Joue avec nous !

Son sourire frappa Perséphone en pleine poitrine et son rire lui coupa le souffle. Il se baissa et prit Lily, une petite fille, dans ses bras.

– À quoi on joue ? demanda-t-il.

Les enfants crièrent tous en même temps.

– À cache-cache !

– À colin-maillard !

– À ostrakinda !

Il était étrange et presque triste d'entendre leurs requêtes, car leurs choix révélaient depuis quand ils étaient aux Enfers.

– Eh bien, il ne nous reste plus qu'à choisir par quel jeu on commence, répondit Hadès.

Il regarda alors Perséphone dans les yeux et son sourire – celui qui la remplissait de joie à chaque fois, tant il était rare et sincère – resta en place.

D'autres suivirent son regard et certains des enfants qui avaient été trop timides pour approcher Hadès vinrent vers elle pour lui prendre les mains.

– Lady Perséphone, joue avec nous, s'il te plaît !

– Bien sûr, répondit-elle en riant. Hécate ? Yuri ?

– Non, dit Hécate. Mais je peux vous regarder en buvant un verre de vin.

Ils marchèrent jusqu'à la prairie, près de l'endroit où le pique-nique était installé, et ils jouèrent à la plupart des jeux suggérés par les enfants, comme à cache-cache, qui était bien trop facile pour Hadès puisqu'il aimait devenir invisible quand il était sur le point d'être découvert. D'ailleurs, quand ils jouèrent à colin-maillard, Perséphone déclara qu'Hadès n'avait pas le droit d'être le chasseur, car il se servirait de ses pouvoirs pour les trouver. Ils finirent par ostrakinda, un jeu datant de la Grèce antique pour lequel ils se divisèrent en deux équipes, l'une étant le jour et l'autre la nuit. Chaque équipe était représentée par la face blanche ou noire d'un coquillage qu'on jetait en l'air. Selon la face affichée quand il retombait à terre, une équipe devait attraper l'autre.

Perséphone n'avait jamais joué à ce jeu, mais il était plutôt simple. Le plus dur était d'échapper à Hadès car ils étaient dans des équipes adverses et elle savait qu'il comptait l'attraper.

Entre eux, Elias, un petit garçon, tenait l'énorme coquillage dans la main. Il plia les genoux et sauta en jetant le coquillage en l'air. Celui-ci atterrit dans l'herbe avec un bruit sourd, face blanche vers le haut, et les enfants se dispersèrent aussitôt dans un brouhaha de cris et de rires. Perséphone et Hadès restèrent immobiles quelques instants, les yeux dans les yeux. Un sourire machiavélique s'étira alors sur le visage du dieu et la déesse du Printemps tourna les talons, sentant les doigts d'Hadès effleurer son bras, il avait déjà manqué la capturer.

Elle courut aussi vite que possible dans l'herbe fraîche, ses cheveux flottant dans la brise. Elle se sentait libre et légère et, tout en regardant derrière elle pour repérer Hadès, elle réalisa qu'elle ne s'était pas sentie aussi heureuse depuis l'accident de Lexa. Elle s'arrêta brusquement, accablée par le poids de sa culpabilité.

Comment avait-elle pu oublier ? Sa gorge se noua et des larmes jaillirent de ses yeux.

Hadès arriva à ses côtés et comprit que quelque chose n'allait pas.

– Tu vas bien ?

Il fallut un moment à Perséphone pour répondre, pour ravaler ses larmes et maîtriser les tremblements de sa voix.

– Je viens de me rappeler que Lexa n'est pas là, dit-elle en regardant Hadès. Comment j'ai pu oublier ?

Le visage d'Hadès devint sombre et son regard s'attendrit.

– Oh, chérie… dit-il avant de l'embrasser sur le front.

Cela suffit à la réconforter. Il lui prit la main et l'emmena vers l'endroit où les âmes s'étaient rassemblées pour le festin. Yuri leur montra où s'asseoir, en bordure du pré, sur un plaid dont les coins étaient fixés par les mêmes bouquets et les mêmes lanternes qu'en ville. Leur panier était rempli de nourriture et de vins variés, leur donnant un aperçu des diverses cultures d'Asphodèle.

Ils mangèrent dans le pré, bercés par les éclats de rire, les conversations et les cris réjouis des enfants. Perséphone observait la scène, comblée. C'était son peuple, mais surtout, ces âmes étaient ses amis. Son besoin de les protéger et de les rendre heureuses était presque primitif ; c'était une pulsion qui la surprenait, mais qui lui permit de réaliser combien elle voulait être reine des Enfers. Car accepter ce titre signifiait plus qu'intégrer la royauté. C'était une responsabilité et cela impliquait de prendre soin de ce peuple, de rendre ce royaume meilleur encore, plus réconfortant.

– À quoi tu penses ? demanda Hadès.

Elle le regarda avant de baisser les yeux sur ses mains. Perdue dans ses pensées, elle avait émietté un morceau de pain et sa jupe était couverte de miettes. Elle posa le pain et épousseta sa robe.

– Je pensais au fait de devenir reine.

Hadès esquissa un petit sourire.

– Et… tu es heureuse ?

– Oui, dit-elle. Bien sûr. Je pensais à comment ça allait être, à ce qu'on fera ensemble. Enfin, si Zeus accepte.

La bouche d'Hadès se pinça.

– Continue de te projeter, ma chérie.

Elle ne l'interrogea pas davantage au sujet de Zeus car elle savait ce qu'il répondrait, qu'ils se marieraient, que Zeus le veuille ou non, et elle le croyait.

– J'aimerais parler de tout à l'heure, dit Hadès. Avant qu'Hécate nous interrompe, tu m'as demandé si je te faisais confiance.

Elle devina à son expression que sa question l'avait vexé. Elle prit son temps pour répondre, cherchant les mots pour s'expliquer.

– Tu as pensé que je ne viendrais pas te chercher, n'est-ce pas ? Quand Hermès m'a invoquée à Lemnos. Dis-moi la vérité.

Hadès grinça des dents avant de répondre.

– En effet.

Perséphone fronça les sourcils.

– Mais je m'inquiétais surtout au sujet d'Aphrodite. Je sais ce qu'elle attend de toi. J'ai peur que tu essaies de mener l'enquête seule pour identifier les agresseurs d'Adonis et d'Harmonie. Ce n'est pas parce que je ne te fais pas confiance mais parce que je te connais. Tu veux réparer le monde pour qu'il soit à nouveau sûr, tu veux réparer ce qui est cassé.

– Je t'ai dit que je ne ferais rien sans que tu le saches, dit Perséphone. Je le pensais.

Perséphone voulait trouver les coupables autant qu'Hadès et Aphrodite, mais cela n'impliquait pas qu'elle agirait de façon impulsive. Elle avait beaucoup appris de ses erreurs. Sans compter que voir la façon dont Harmonie avait souffert la rendait encore plus prudente. Cette fois, la menace était clairement différente. Si des dieux qui maîtrisaient leurs pouvoirs n'arrivaient pas à se battre, cela signifiait qu'elle aurait encore plus de mal.

– Je suis désolé, dit-il.

– Tu m'as dit un jour que les mots n'avaient aucune valeur, répondit-elle. La prochaine fois, laisse parler tes actes.

Elle montrerait à Hadès qu'elle pensait ce qu'elle avait dit. Elle ne pouvait qu'espérer qu'il en ferait de même.

***

Hadès et Perséphone restèrent dans le pré même après que les âmes furent rentrées chez elles. Hadès était allongé sur le dos, la tête sur les cuisses de Perséphone, et elle jouait avec ses cheveux. Ses yeux étaient fermés et ses cils s'étalaient en éventail sur sa peau, près de ses ridules du sourire. S'il en avait autour de la bouche, elle ne les voyait pas sous sa courte barbe.

Les dieux ne vieillissaient pas au-delà d'un certain âge, mais cela différait d'un dieu à l'autre. C'était pour cela qu'aucun n'était le même, sans doute étaient-ce les Moires qui en décidaient. Hadès semblait avoir vieilli jusqu'à la fin de la trentaine.

– Hadès, chuchota-t-elle d'une voix hésitante.

– Hmm ?

Il ouvrit les paupières et la regarda dans les yeux.

– Contre quoi as-tu échangé ta capacité à avoir des enfants ?

Il se crispa légèrement et regarda le ciel. Perséphone y pensait depuis qu'ils avaient joué dans le pré avec les enfants. Un jour, après qu'ils avaient accueilli les nouvelles âmes aux portes des Enfers, Hadès lui avait avoué qu'il ne pouvait pas lui donner d'enfants car il avait négocié sa capacité à en avoir. Elle ne connaissait pas les détails du marché, et sur le moment, elle s'était surtout préoccupée de le rassurer, car il semblait persuadé que son aveu marquerait la fin de leur couple.

Toutefois, Perséphone n'était pas certaine de vouloir des enfants – et elle ne le savait pas davantage maintenant, même si elle interrogeait Hadès à ce sujet.

– J'ai permis à une femme mortelle de devenir divine, répondit-il.

La gorge de Perséphone se noua et sa main s'immobilisa dans ses cheveux.

– Est-ce que tu l'aimais ? finit-elle par demander.

Hadès rit d'un ton lugubre.

– Non. J'aimerais pouvoir prétendre que c'était par amour ou même par compassion, mais... je voulais obtenir une Faveur d'un dieu, donc j'ai négocié avec les Moires.

– Et elles t'ont demandé tes... nos... enfants ?

Cette fois, Hadès s'assit et se tourna vers elle pour étudier son visage.

– À quoi tu penses ?

Elle secoua la tête.

– À rien. Je... j'essaie juste de comprendre le destin.

Hadès lui sourit timidement.

– Le destin n'a pas de logique. C'est pour cela qu'il est aussi simple de l'accuser.

Elle esquissa un sourire avant de tourner la tête. Ses pensées s'embrouillaient et elle essaya de trier les sentiments que suscitaient en elle les propos d'Hadès.

Il tendit le bras pour caresser sa joue.

– Si j'avais su... si j'avais eu la moindre idée que... je n'aurais jamais...

– Ne t'inquiète pas, Hadès, l'interrompit Perséphone. Je ne cherchais pas à te rendre triste.

– Tu ne me rends pas triste, répondit-il. Je repense souvent à ce moment et me rappelle la facilité avec laquelle j'ai abandonné quelque chose que je viendrais un jour à désirer. Mais c'est la conséquence de négocier avec les Moires. Inévitablement, on finit toujours par souhaiter ce qu'elles prennent. Un jour, à mon avis, tu m'en voudras pour ce que j'ai fait.

– Je ne t'en veux pas et je ne t'en voudrai jamais, déclara Perséphone.

Elle était convaincue de ce qu'elle disait malgré le sentiment étrange qui comprimait sa poitrine.

– Est-ce que tu ne peux pas te pardonner aussi facilement que tu m'as pardonné ? On fait tous des erreurs, Hadès.

Il la dévisagea quelques instants avant de l'embrasser, l'allongeant sur le plaid moelleux. Elle se détendit sous lui et le laissa dévorer sa bouche. Elle plia les jambes et entoura sa taille avec ses cuisses, cherchant son érection sous ses robes. Quand elle l'eut empoignée, Hadès souleva son bassin pour se placer à l'entrée de son sexe et Perséphone se cambra pour qu'il s'enfouisse en elle. Il resta immobile, la comblant entièrement et profondément, l'embrassant une fois de plus avant d'adopter un rythme lent. Leurs souffles accélèrent peu à peu, leurs gémissements étaient doux et leurs paroles chuchotées et, sous le ciel étoilé des Enfers, ils se libérèrent et se réfugièrent dans les bras l'un de l'autre.

***

– Perséphone.

La voix était mélodique, chuchotée contre sa peau.

La déesse retint sa respiration quand des mains remontèrent sur ses mollets. Elle empoigna les draps de soie en se cambrant, incapable de rester en place, à moitié endormie.

– Tu vas aimer, chuchota-t-il, effleurant son bas-ventre avec ses lèvres.

Elle remua et gigota en sentant son souffle.

– Écarte les cuisses pour moi, dit la voix.

Les paroles étaient une requête, mais les mains qui écartèrent ses genoux étaient un ordre.

Elle se força à ouvrir les yeux et reconnut le visage creusé et les yeux ensanglantés qui la scrutaient.

– Pirithoos, dit-elle, détestant prononcer ce mot.

C'était comme une injure, une malédiction indigne du souffle nécessaire pour le prononcer. Perséphone hurla et une main squelettique lui couvrit la bouche, il se redressa pour la chevaucher, écrasant son corps avec ses cuisses.

– Chut, chut, chut, susurra-t-il en approchant son visage, effleurant sa joue avec ses cheveux noirs. Je ne vais pas te faire de mal. Je vais tout arranger. Tu verras.

Elle se débattit en le griffant, mais il ne sembla pas le remarquer.

Quand il retira sa main de sa bouche, elle ne pouvait plus crier, il avait le pouvoir de lui ôter sa voix. Elle écarquilla les yeux et des larmes dévalèrent ses joues.

Il esquissa un terrible sourire qui sembla déchirer son visage.

– Là, dit-il. Je te préfère comme ça. Comme ça, je peux encore t'entendre gémir.

Un goût amer tapissa sa bouche et le fond de sa gorge et, alors que Pirithoos descendait le long de son corps pour s'installer entre ses cuisses, elle se débattit par des coups de pied et parvint à mettre un coup de genou dans son visage. Il tomba en arrière et elle s'assit d'un bond.

Elle poussa contre le matelas pour s'adosser à la tête de lit. Son corps lui semblait à la fois chaud et froid et ses vêtements étaient trempés de sueur. Pendant quelques secondes, elle regarda dans le noir, sans rien voir, le souffle rauque, elle vit alors une ombre venir vers elle et elle hurla.

– Non !

Elle sursauta et se cogna à la tête de lit, les lianes déchiraient sa peau et une douleur horrible parcourut tout son corps. Elle poussa un cri si strident qui lui transperça les tympans.

– Perséphone, dit la voix d'Hadès dans le noir.

Les flammes jaillirent dans la cheminée, éclairant la chambre, illuminant le chaos qu'elle avait causé sur son corps et dans le lit. Les draps étaient tachés de sang, des ronces avaient percé ses bras, ses épaules et ses jambes. Quand elle se rendit compte de ce désastre, elle fondit en larmes.

– Regarde-moi, gronda Hadès d'un ton qui la fit grimacer.

Elle le regarda à travers ses larmes.

Elle découvrit quelque chose dans ses yeux, une sorte de panique qu'elle n'avait jamais vue auparavant, comme s'il ne savait pas quoi faire. Il empoigna les épines, qui éclatèrent dans des nuages de poussière et de cendres, puis il promena ses mains sur son corps, l'infusant de sa chaleur en la guérissant. La chair que sa magie avait déchirée se referma jusqu'à ce qu'il n'y ait plus la moindre trace sur sa peau. Il se leva et lui dit doucement.

– Je t'emmène aux bains. Est-ce que… je peux te porter ?

Elle déglutit et hocha la tête, et il la prit dans ses bras, laissant le lit ensanglanté derrière eux.

Ils longèrent le couloir qui menait aux bains en silence, et le parfum de lavande et d'eau de mer la réconforta aussitôt. Au lieu dc l'emmener au bassin principal, Hadès prit un chemin différent, le long du mur brillant ; il la reposa au bord d'un bassin circulaire et plus petit. L'air était plus chaud, ici, et la lumière moins vive.

– Je peux te déshabiller ?

Elle hocha la tête et il fallut quelques instants à Hadès pour bouger, pour glisser ses doigts sous les bretelles de sa nuisette tachée et les baisser sur ses bras. Il enleva ensuite ses robes et la regarda un moment. Lorsqu'il tendit le bras pour dégager ses cheveux de ses épaules, Perséphone frissonna.

– Est-ce que tu perçois la différence ? demanda-t-il. Entre mon toucher et le sien ?

Elle déglutit et choisit de répondre sincèrement.

– Quand je suis réveillée, oui.

Il resta silencieux quelques secondes avant de poursuivre.

– Est-ce que je peux te toucher maintenant ?

– Tu n'as pas besoin de le demander.

– Je préfère le faire. Au cas où tu ne serais pas prête.

Elle hocha la tête et il la porta dans l'eau en la serrant contre lui. Le sang teignit l'eau en rouge et s'y dissipa comme des volutes de fumée. Hadès ne l'interrogea pas sur son cauchemar et elle attendait qu'il se détende pour lui parler.

– Je ne comprends pas pourquoi je rêve de lui, chuchota-t-elle en levant les yeux vers Hadès, qui l'étudiait en fronçant les sourcils. Parfois, quand je repense à ce jour, je me rappelle combien j'avais peur. Et d'autres fois, je me dis que je ne devrais pas être affectée à ce point. D'autres ont…

– Tu ne peux pas comparer les traumatismes, Perséphone, dit Hadès d'un ton ferme et tendre à la fois.

– C'est juste que j'ai l'impression que j'aurais dû m'en douter, dit-elle. Je n'aurais jamais dû…

– Perséphone, interrompit-il d'une voix douce, teintée de frustration. Comment aurais-tu pu le savoir ? Pirithoos s'est présenté comme un ami. Il a profité de ta gentillesse et de ta compassion. Le seul à être en tort dans cette histoire, c'est lui.

La bouche de Perséphone se mit à trembler et elle couvrit ses yeux de ses mains, son corps fut à nouveau parcouru de spasmes. Hadès s'avança pour la tenir contre lui et poser son menton sur sa tête. Elle ne sut pas combien de temps elle pleura, mais ils restèrent dans l'eau jusqu'à ce qu'elle se soit vidée de toutes ses larmes. Ensuite, ils s'habillèrent et retournèrent dans la chambre où Hadès leur servit un verre de vin et de whisky.

– Bois, dit-il en tendant le vin à Perséphone.

Elle l'accepta et le vida d'un trait.

– Est-ce que tu veux dormir ? demanda-t-il.

Elle secoua la tête.

– Viens, assieds-toi avec moi, dit-il en s'installant près du feu.

Il la prit sur ses genoux et Perséphone appuya sa tête contre son torse, réconfortée par la chaleur du feu et l'odeur d'Hadès.

Un peu plus tard, Perséphone sentit la magie d'Hadès s'élever autour d'eux. Elle ouvrit les yeux et réalisa qu'elle s'était endormie et qu'elle était désormais dans le lit. Elle roula sur le côté pour s'asseoir, sursautant en voyant Hadès. Il y avait en lui quelque chose de sauvage, comme s'il avait noyé son humanité dans sa noirceur et qu'il ne restait plus de lui qu'un monstre.

C'est un guerrier, pensa-t-elle.

– Tu es allé au Tartare, chuchota-t-elle.

Hadès ne répondit pas.

Elle n'avait pas besoin de lui demander ce qu'il avait fait. Il était allé torturer Pirithoos et la preuve se voyait sur son visage maculé de sang.

Comme il ne répondait toujours pas, Perséphone se leva et marcha vers lui pour poser une main sur sa joue. Il se frotta tendrement à sa paume malgré l'expression bestiale qui animait son regard.

– Tu vas bien ? chuchota-t-elle.

– Non.

Elle laissa tomber sa main sur son torse. Il fallut un moment à Hadès pour réagir, mais il finit par l'attirer dans ses bras. Il attendit quelques minutes pour parler d'une voix plus normale et chaleureuse.

– Ilias et Zofie ont trouvé la femme qui t'a agressée.

– Zofie ? s'étonna Perséphone en reculant.

– Elle a aidé Ilias.

Perséphone était curieuse de savoir ce qu'Hadès voulait dire par là, mais elle l'interrogerait plus tard.

– Où est-elle ?

– Elle est retenue à L'Iniquité, répondit-il.

– Est-ce que tu peux m'emmener la voir ?

– Je préférerais que tu dormes.

– Je n'ai pas envie de dormir.

– Même si je reste ? demanda Hadès en fronçant les sourcils.

– Il y a des gens dans la nature qui attaquent les déesses, dit Perséphone. Je veux entendre ce que cette femme a à dire.

Hadès posa une main sur sa joue, puis la plongea dans ses cheveux en grimaçant. Il était inquiet et se demandait si elle était capable d'affronter cette situation quelques heures à peine après l'horreur de son cauchemar.

– Je vais bien, Hadès, chuchota-t-elle. Tu seras avec moi.

Il fronça les sourcils de plus belle, mais acquiesça néanmoins.

– Alors nous ferons ce que tu veux.

CHAPITRE XII

UNE TOUCHE D'ILLUMINATION

Perséphone n'était pas retournée à L'Iniquité depuis sa première visite. Elle était venue au club dans l'espoir de sauver Lexa, mais elle en était repartie les mains vides en ayant réalisé qu'elle connaissait mal l'empire d'Hadès.

Le lieu était un club clandestin dont l'accès était réservé aux membres munis du mot de passe. Il s'agissait d'un territoire neutre où des marchés étaient conclus dans le but de maintenir l'équilibre dans le monde des mortels. Quand elle avait appris le mal qu'Hadès autorisait, Perséphone s'était retrouvée à se poser la même question : quelle malveillance serait-elle prête à accepter si cela permettait par exemple d'éviter la guerre ?

Ils apparurent dans une pièce semblable à celle où elle avait rencontré Kal Stavros, le propriétaire d'Epik Communications et un Mage, un mortel qui avait proposé de sauver Lexa en échange du récit de l'histoire d'amour d'Hadès et Perséphone. Elle n'avait pas encore refusé sa proposition quand Hadès était arrivé et avait mis fin aux négociations en défigurant Kal à vie.

L'accusée était assise sous la lumière circulaire d'un spot. Ses longs cheveux bruns étaient soyeux et raides et sa tête était plaquée contre le dossier de la chaise, un serpent noir tournait lentement autour de son cou, deux autres s'enroulaient sur ses bras et six autres entouraient ses jambes. La haine était flagrante dans son regard assassin et sa bouche pincée.

Perséphone marcha vers elle et s'arrêta avant d'atteindre le halo de lumière.

– Je n'ai pas besoin de te dire pourquoi tu es ici.

La femme la fusilla du regard et lui parla d'une voix claire, dépourvue de peur et de rage. Son calme mit Perséphone mal à l'aise.

– Tu vas me tuer ?

– Je ne suis pas la déesse de la Vengeance, dit Perséphone.

– Tu n'as pas répondu à ma question.

– Ce n'est pas moi qui suis interrogée.

La femme continua de la dévisager.

– Comment tu t'appelles ?

– Lara, répondit-elle en haussant le menton.

– Lara, pourquoi m'as-tu agressée au Coffee House ?

– Parce que tu étais là, dit-elle d'un ton nonchalant. Et je voulais que tu aies mal.

Si Perséphone ne fut pas surprise par ses propos, elle n'en fut pas moins vexée.

– Pourquoi ?

Lara ne répondit pas tout de suite et Perséphone vit le serpent lever la tête pour siffler et montrer ses crochets venimeux. La femme tressauta et ferma fort les yeux comme pour se préparer à être mordue.

– Pas encore ! lança Perséphone.

Le serpent s'arrêta et Lara regarda la déesse.

– Je t'ai posé une question.

Cette fois, quand elle répondit, de grosses larmes dévalèrent ses joues.

– Parce que tu représentes tout ce qui va mal dans ce monde, siffla-t-elle. Tu prétends défendre la justice parce que tu as écrit une critique dans un journal, mais tes mots sont creux ! Tes actes sont bien plus parlants. Comme tant d'autres, tu es tombée dans leur piège. Tu n'es qu'un mouton qui obéit bêtement au Charme olympien.

Perséphone dévisagea la femme, consciente que sa colère était née de quelque chose ; c'était une graine qui avait été plantée et nourrie par la haine.

– Qu'est-ce qui t'est arrivé ? demanda-t-elle.

Une ombre hanta alors le regard de Lara. Son expression était difficile à déchiffrer, mais Perséphone crut y reconnaître son propre traumatisme.

– J'ai été violée, siffla-t-elle à voix basse. Par Zeus.

Son aveu choqua Perséphone, même si Zeus était connu pour son comportement – ce qui n'était en aucun cas une excuse. Le pouvoir avait donné à Zeus et à ses semblables la liberté d'abuser des autres, et notamment des femmes, pour la simple raison qu'ils étaient des mâles en position de force.

C'était mal, mais malheureusement ce comportement était au cœur de leur société. Même parmi les déesses, qui étaient leurs égales voire, parfois, plus puissantes qu'eux, les agressions sexuelles étaient devenues un moyen de contrôle et d'oppression. Héra en était un excellent exemple : trompée et violée par Zeus, elle était si honteuse qu'elle avait accepté de l'épouser. Et, même en étant sa reine, son rôle de déesse du Mariage était devenu celui de Zeus.

Elle sentit Hadès se crisper à ses côtés et, quand elle le regarda, elle vit sa mâchoire contractée. Elle savait que le dieu des Ténèbres punissait sévèrement ceux qui commettaient des crimes contre les femmes et les enfants. Agissait-il de la sorte à cause des exactions de son frère. Avait-il déjà puni Zeus ?

– Je suis désolée que ça te soit arrivé, dit Perséphone.

Elle approcha de Lara, et les serpents qui l'avaient maintenue disparurent dans des volutes de fumée noire.

– Arrête, cracha la jeune femme. Je ne veux pas de ta pitié.

Perséphone s'arrêta.

– Je ne t'offre pas ma pitié, répondit-elle. Mais j'aimerais t'aider.

– Comment tu pourrais m'aider ? siffla-t-elle.

La question vexa Perséphone, comme cela avait été le cas quand cette femme l'avait approchée, à Nevernight, puis l'avait rabrouée. Néanmoins, elle devait faire quelque chose. Elle n'avait pas vécu le même cauchemar que Lara, mais Pirithoos continuait de hanter ses nuits.

– Je sais que tu n'as rien fait pour mériter ce qui t'est arrivé, dit Perséphone.

– Tes mots ne valent rien quand les dieux continuent de faire le mal, chuchota Lara d'une voix blessée.

Perséphone ne répondit rien, il n'y avait rien à dire. Elle pourrait avancer que tous les dieux n'étaient pas les mêmes, mais ce n'était pas le moment. Et puis, Lara avait raison. Quelle importance que tous les dieux ne soient pas les mêmes quand ceux qui faisaient le mal n'étaient pas punis ?

Elle se souvint alors des propos de sa mère.

« *Des conséquences pour les dieux ? Non, ma fille, il n'y en a aucune.* »

Elle en eut la nausée et elle serra les poings en se jurant qu'un jour, les choses changeraient.

– Comment tu punirais Zeus ? demanda Hadès.

Perséphone et Lara tournèrent la tête vers lui, surprises. Posait-il la question parce qu'il comptait agir ? Perséphone regarda Lara.

– Je lui arracherais un membre après l'autre et je brûlerais ce qui resterait. Je briserais son âme en des millions de morceaux pour qu'il ne reste plus que le chuchotement de ses cris dans le vent.

– Et tu crois que, toi, tu peux apporter cette justice ? gronda Hadès d'une voix grave et défiante.

Perséphone réalisa alors que si elle était là pour montrer de la compassion envers cette femme, Hadès était là pour autre chose, sa loyauté.

Lara le fusilla du regard.

– Pas moi. Des dieux. De nouveaux dieux.

Son regard devint vitreux et plein d'espoir, comme si elle imaginait un monde gouverné par de nouveaux dieux.

– Ce sera une renaissance, chuchota-t-elle.

Renaissance. Lemming. Perséphone avait déjà entendu ces mots et elle supposa que Lara était en lien avec les gens qui avaient attaqué Harmonie, et peut-être Adonis. Apparemment, ils étaient déterminés à entamer un nouveau règne, par tous les moyens possibles.

– Non, dit Hadès.

Sa voix sembla toucher Lara et la sortir de l'étrange transe dans laquelle elle s'était plongée.

– Ce sera un massacre, poursuivit-il. Et ce n'est pas nous qui mourrons. C'est vous.

Perséphone regarda Hadès et lui prit la main.

– Ce qui t'est arrivé est terrible, dit-elle. Et tu as raison de dire que Zeus devrait être puni. Est-ce que tu ne peux pas nous laisser t'aider ?

– Il n'y a aucun espoir pour moi.

– Il y a toujours de l'espoir, dit Perséphone. C'est tout ce qu'on a.

Il y eut un court silence, puis Hadès prit la parole.

– Ilias, emmène Mademoiselle Sotir au Bosquet de Ciguë. Elle y sera en sécurité.

La jeune femme se crispa.

– Alors vous allez m'emprisonner ?

– Non, répondit Hadès. Le Bosquet de Ciguë est un refuge. La déesse Hécate y accueille les femmes et les enfants victimes d'abus. Si tu le souhaites, elle écoutera ton histoire. Après ça, tu pourras faire ce que tu veux.

***

Perséphone était épuisée et elle commençait à avoir mal aux yeux et à la tête. Elle pouvait compter sur les doigts d'une main le nombre de fois où elle avait fait une nuit complète au cours des trois dernières semaines. Elle tint son café dans ses mains et en but une gorgée en pensant à Hadès. Sa gorge se nouait chaque fois qu'elle repensait à son regard paniqué quand il l'avait trouvée ensanglantée dans leur lit. Elle avait voulu le réconforter, mais elle avait seulement verbalisé ses doutes concernant sa santé d'esprit ainsi que sa perception de la réalité.

Et cela avait semblé l'irriter – rien de plus.

Elle frissonna en se souvenant de sa peau déchirée par sa magie, en revoyant le visage d'Hadès quand il lui avait demandé si elle percevait la différence entre son toucher et celui de Pirithoos, en se remémorant avoir pleuré dans ses bras jusqu'à s'endormir, trouvant Hadès taché de sang à son réveil. La Perséphone qui avait invité le dieu des Morts à jouer sans le savoir aurait été effrayée et dégoûtée, mais elle n'était plus cette déesse. Elle avait été trompée, trahie et brisée, et elle percevait le sort de Pirithoos comme un châtiment juste, encore plus maintenant qu'elle avait entendu l'histoire de Lara.

Elle ne pouvait pas lui en vouloir de l'avoir attaquée. Elle avait pris sa douleur et lui avait donné du sens. Zeus serait forcé de reconnaître que ses actions rendaient plus forts les organismes comme la Triade, non ?

Le téléphone de son bureau sonna et la fit sursauter. La sonnerie semblait plus forte que d'habitude, mais peut-être était-ce parce qu'elle manquait de sommeil. Elle le saisit brusquement, surtout pour le faire taire, puis elle se souvint qu'elle était censée parler.

– Oui ? siffla-t-elle d'un ton sec avant de se dire qu'elle devrait enchaîner avec quelque chose de plus professionnel. En quoi puis-je vous aider ?

– Lady Perséphone, je suis désolée de vous déranger, dit Ivy. Lady Harmonie est là. Elle dit qu'elle n'a pas de rendez-vous avec vous. Est-ce que je la fais monter ?

Harmonie était là ? Quelle surprise – Perséphone ne s'était pas attendue à la voir aussi rapidement après son agression. Mais surtout, elle ne pensait pas qu'Aphrodite la laisserait s'éloigner hors de sa vue.

– Oui, bien sûr. Fais-la monter, s'il te plaît.

Elle se leva et lissa son pull et ses cheveux. Elle se sentait mal dans sa peau, aujourd'hui, n'ayant pas eu le temps de se préparer depuis qu'elle et Hadès étaient rentrés de L'Iniquité. Elle avait enfilé la tenue la plus confortable qu'elle avait et attaché ses cheveux à la va-vite.

Elle sortit dans la salle d'attente qui avait été redécorée pour coller à son style. Un canapé moderne était installé contre le mur, sur lequel plusieurs cadres fleuris avaient été accrochés, et deux fauteuils couleur saphir faisaient face au canapé. Il y avait une table basse en verre au milieu, avec en son centre un bouquet de narcisses blancs.

Le plus étrange, concernant la décoration, c'était que Perséphone ne l'avait pas demandée et n'avait donné aucune directive. Elle était revenue le lendemain du jour où Hadès lui avait attribué l'espace, et elle avait découvert que tout avait été changé. Quand elle avait interrogé le dieu à ce sujet, il en avait attribué la responsabilité à Ivy.

– Elle ne supporte pas le vide, avait-il dit. Tu lui as donné une excuse pour décorer. Elle t'en sera éternellement reconnaissante.

– C'est toi qui me laisses travailler ici, avait répondu Perséphone. C'est à toi qu'elle devrait être redevable.

– Elle l'est déjà.

Perséphone n'avait pas cherché à en savoir davantage. Quel que soit l'accord entre lui et Ivy, cela semblait convenir à tout le monde.

Elle tourna la tête vers l'ascenseur, qui sonna avant de s'ouvrir sur Ivy, occupée à discuter avec Harmonie.

– On ne s'ennuie pas, avec Lord Hadès. Récemment, il a acheté plusieurs hectares dans le but d'ouvrir un refuge pour les chevaux et un ranch de rééducation…

Perséphone haussa un sourcil car elle n'était pas au courant. Dans sa tête, elle ajouta cette information à la liste des choses dont elle devait parler à Hadès. Mais pour l'instant, elle se concentra sur le fait de sourire alors qu'Ivy et Harmonie sortaient de l'ascenseur.

La déesse de l'Harmonie semblait très différente de la dernière fois, et Perséphone en fut soulagée. Elle n'avait plus de bleus ni d'égratignures, physiquement, elle semblait guérie. Elle portait un haut avec des manches bouffantes, un jean skinny et des bottines. Ses longs cheveux blonds bouclés tombaient dans son dos. Elle portait à l'épaule un gros sac duquel dépassait la tête d'Opale.

Harmonie sourit en voyant Perséphone.

– Bonjour, Lady Perséphone, dit Ivy en inclinant la tête.

– Bonjour, Ivy, répondit-elle. Bonjour, Harmonie. Je ne m'attendais pas à te voir.

La déesse rougit.

– Je suis désolée. Si je tombe mal, je peux revenir.

– Non, bien sûr que non. Je suis contente que tu sois là.

– Est-ce que je peux vous servir quelque chose ? Du café ? Du thé, peut-être ? demanda Ivy en parfaite hôtesse.

– Un café pour moi, dit Perséphone. Et toi, Harmonie ?

– La même chose.

– Bien sûr ! Je reviens tout de suite.

Les deux déesses regardèrent Ivy partir, puis Harmonie se tourna vers Perséphone en souriant timidement.

– Elle est très gentille, dit-elle.

– Oui, je l'adore, acquiesça Perséphone. Tu as l'air d'aller bien.

– Je vais mieux, répondit-elle.

Pourtant Perséphone vit quelque chose hanter son regard.

Elle savait ce que c'était, car elle l'avait en elle aussi. Un monstre qui vivait juste en dessous de la surface, qui lui crierait de regarder par-dessus son épaule pendant des mois ou des années, peut-être même pour toujours.

– Viens t'asseoir dans mon bureau, dit Perséphone en l'invitant à entrer avant de fermer la porte.

Elles s'installèrent sur le canapé et Harmonie sortit Opale de son sac pour la prendre sur ses genoux.

– Je ne m'attendais pas à te voir sortir aussi vite, dit Perséphone.

– Qu'est-ce que je peux faire d'autre ? Me cacher jusqu'à ce qu'on les trouve ? Je ne pense pas que ce soit possible.

– Je suis sûre qu'Aphrodite dirait l'inverse.

Surtout depuis qu'Adonis avait été assassiné.

– Effectivement, acquiesça Harmonie en souriant timidement. D'ailleurs, c'est justement d'Aphrodite que je voulais parler avec toi.

– Ah bon ? s'étonna Perséphone en regardant Harmonie caresser nerveusement Opale.

– Je crois que ma sœur était la véritable cible de mes agresseurs.

– Comment tu peux en être aussi sûre ?

– Parce qu'ils l'ont dit, répondit-elle.

L'estomac de Perséphone fit un saut périlleux.

– Est-ce que tu as peur pour Aphrodite ?

– Non, dit Harmonie. J'ai peur que l'intention de ces gens soit de prouver combien les Olympiens aiment se venger, et ils ont ciblé ma sœur.

– Pourquoi commencer avec elle ? Il y a d'autres dieux au tempérament bien plus colérique.

– Je ne sais pas, admit Harmonie. Mais je ne peux pas m'empêcher de penser qu'un autre dieu, un Olympien, les a aidés à m'attaquer.

– Pourquoi tu dis ça ?

– J'ai reconnu l'arme qu'ils ont utilisée pour m'immobiliser ; en tout cas, j'en ai reconnu la sensation. C'était un filet, semblable à celui qu'Héphaïstos a fabriqué, mais ce n'était pas sa magie.

– À qui était la magie ?

Harmonie s'apprêtait à répondre quand on frappa à la porte et qu'Ivy entra.

– Je vous apporte vos cafés, dit-elle en posant le plateau sur la table basse.

– Merci, Ivy, dit Perséphone.

– À votre service, ma chère. Appelez-moi si vous avez besoin de quoi que ce soit !

Seules à nouveau, Perséphone leur servit une tasse à chacune.

– À qui était la magie ? répéta Perséphone en tendant sa tasse à Harmonie.

– À ta mère.

– Ma mère… ?

Perséphone prit quelques secondes pour encaisser l'information. Elle ne demanda pas à Harmonie comment elle savait qui elle était, Aphrodite le lui avait forcément dit.

– Quelle était l'odeur de cette magie ?

– Elle était sans ambiguïté. Chaude comme le soleil d'un après-midi de printemps, elle sentait le blé doré et les fruits bien mûrs.

Perséphone ne dit rien.

– Je n'ai pas voulu te le dire devant ma sœur, expliqua Harmonie. Il est possible que je me trompe… surtout si l'arme dont ils se servent a été fabriquée grâce à la magie d'une relique.

C'était possible, en effet.

– Mais tu n'as décelé aucune autre magie ?

– Non, répondit-elle à voix basse, les sourcils froncés.

– Mais… pourquoi ? Pourquoi est-ce que ma mère aiderait des gens qui veulent faire du mal aux dieux ?

– Peut-être parce qu'ils lui ont fait du mal, suggéra Harmonie avant de s'expliquer. Peut-être qu'elle a ciblé Aphrodite parce qu'elle est l'une des raisons pour lesquelles Hadès et toi vous vous êtes rencontrés.

Une sorte de choc noua les épaules de Perséphone. Elle n'avait jamais envisagé que sa mère puisse blesser ceux qui avaient soutenu sa relation avec Hadès, surtout par le biais d'un groupe de mortels qui haïssaient les dieux. Ça n'avait aucun sens, à moins qu'elle ne connaisse pas toute l'histoire.

– Si ces mortels détestent le Divin, pourquoi accepteraient-ils l'aide d'une déesse ?

– Les mortels n'ont pas de pouvoir, dit Harmonie. Et ce ne serait pas la première fois qu'une chose comme ça se produit. À chaque guerre divine, des dieux se sont rangés dans le camp de leur prétendu ennemi. Hécate en est un exemple : une Titan qui s'est battue aux côtés des Olympiens.

C'était vrai. Et Hécate n'était pas le seul être divin à avoir choisi les Olympiens. Hélios avait fait le même choix et on rappelait souvent à Perséphone qu'il se servait de son allégeance comme excuse pour éviter d'aider les dieux de quelque façon que ce soit.

– Je suis vraiment désolée.

Perséphone fronça les sourcils et regarda Harmonie dans les yeux.

– Pourquoi es-tu désolée ? C'est toi qui as souffert.

– Parce que ce n'est pas dans ma nature d'aggraver la souffrance d'un autre.

– Ce n'est pas ta faute.

– Ni la tienne, répondit Harmonie, comme si elle avait lu dans ses pensées. Je vois ton aura devenir rouge de honte et verte de culpabilité. Ne te sens pas responsable des actions de ta mère. Tu ne lui as pas demandé de se venger.

– Ce n'est pas si simple quand tant de gens souffrent parce que j'ai décidé d'épouser Hadès.

– Est-ce que c'est parce que tu as choisi d'épouser Hadès ou à cause d'une blessure plus profonde ?

Perséphone regarda Harmonie en haussant les sourcils, ne semblant pas comprendre sa question.

– De nombreuses peurs sont à la racine de la colère de Déméter. Elle a peur d'être seule, et elle aime sentir qu'on a besoin d'elle.

C'était vrai.

Déméter aimait être le sauveur, au point qu'il lui avait fallu une éternité pour révéler ses mystères à ses fidèles, comme l'art du jardinage. Elle s'était sentie puissante et utile quand le monde entier l'avait suppliée de lui donner à boire et à manger.

– Est-ce que tu vas parler à Aphrodite de tes soupçons ? Lui dire qu'elle était la véritable cible de ton attaque ?

– Non. Parce qu'elle ne fera que se sentir coupable. Et puis, tu n'aurais aucune chance de t'emparer de cette enquête une fois qu'Héphaïstos l'aurait appris. Il mettrait le feu au monde entier pour elle.

Perséphone sourit, ayant entendu la même promesse dans la bouche d'Hadès. Soudain, elle comprit l'amour du dieu du Feu pour la déesse de l'Amour.

– Il tient vraiment à elle.

– Oui, répondit Harmonie. Je le vois chaque jour dans leurs couleurs, mais leur amour l'un pour l'autre est sombre et enchaîné par leurs douleurs et leurs incompréhensions. Un jour, je pense qu'ils parviendront à s'accepter l'un l'autre.

Harmonie regarda sa montre.

– Je dois retourner à Lemnos avant qu'Aphrodite ne me cherche.

Opale grogna quand la déesse la remit dans son sac.

– Bien sûr, dit Perséphone en se levant en même temps qu'Harmonie.

Quand elle ouvrit la porte, elle trouva Sybil sur le point de frapper. L'Oracle laissa tomber sa main et sourit, mais sa joie disparut quand elle vit Harmonie et elle parut troublée.

Bizarre, se dit Perséphone.

– Sybil, voici Harmonie, dit Perséphone.

Peut-être qu'elle n'avait pas reconnu la déesse, même si ça paraissait étrange, étant donné qu'elle était Oracle.

– C'est... un plaisir de te rencontrer, dit Sybil d'une voix distraite.

Harmonie lui tendit la main.

– Enchantée, Sybil. Tu es une Oracle, ajouta-t-elle.

– Je l'étais, chuchota Sybil.

– Tu seras toujours une Oracle, même si tu ne travailles plus pour le Divin, répondit Harmonie. C'est ton don.

Une tension étrange s'installa entre les trois jeunes femmes. Peut-être était-elle due à la façon dont le métier de Sybil s'était terminé. Elle avait eu le cœur brisé de voir ce pour quoi elle avait travaillé si dur s'effondrer en quelques secondes.

– Je venais voir si tu étais prête pour notre déj, dit Sybil.

– Tu tombes à pic, dit Harmonie. Je partais, justement. Perséphone, si tu as besoin de quoi que ce soit, surtout n'hésite pas. Sybil, ravie d'avoir fait ta connaissance.

Harmonie partit et Sybil la suivit du regard.

– Qu'est-ce qui s'est passé ? demanda Perséphone une fois que la déesse fut partie.

– Quoi ? dit l'Oracle en fronçant les sourcils.

– Il se passe un truc. Qu'est-ce que tu as vu quand tu as regardé Harmonie ? Ton expression a totalement changé.

– Rien, dit Sybil. Allons manger, je meurs de faim.

CHAPITRE XIII

UNE TEMPÊTE PARFAITE

Perséphone, Sybil et Zofie descendirent la rue pour déjeuner chez Ambrosia & Nectar, ravies de se retrouver au chaud. Le restaurant n'était pas loin de la Tour Alexandria, mais elles eurent l'impression de marcher des kilomètres en affrontant les congères et la neige glacée qui fouettait leurs visages. Les chasse-neige n'arrivaient pas à suivre, même s'ils dégageaient les rues à longueur de journée.

Elles s'installèrent et Perséphone aida Zofie à comprendre le menu en lui indiquant ses plats préférés.

– Je veux goûter à tout, dit l'Amazone.

Dans la bouche d'une autre, la déesse aurait pris ça pour une blague, mais elle savait que si elle n'arrêtait pas l'Aegis, elle commanderait tous les plats au menu.

– Avec le temps, tu pourras goûter à tout, Zofie, promit Perséphone.

Elles passèrent commande et, en attendant, Zofie apprit à Sybil comment désarmer un intrus et en particulier Ben, si celui-ci revenait chez elle.

– S'il t'attaque avec une épée, enroule la tienne autour, expliqua-t-elle en accompagnant ses mots d'une démonstration.

Perséphone fut soulagée que l'Amazone n'ait pas fait apparaître son arme.

– S'il pointe l'épée vers toi, tu le pares en l'abaissant.

– Zofie, personne ne t'a dit qu'on ne se battait plus à l'épée ? dit Sybil.

L'Amazone eut l'air outrée.

– Mes sœurs et moi nous sommes toujours battues à l'épée !

Perséphone essaya de ne pas rire.

– Ok, mais imaginons qu'il n'y ait pas d'épée. Juste un combat à mains nues ?

– Vise le nez, déclara-t-elle avec un sourire malicieux.

Leur conversation se poursuivit ainsi bien après qu'elles avaient été servies. Perséphone resta plutôt silencieuse, perdue dans ses pensées.

L'un des problèmes auxquels elle devait faire face était qu'elle n'avait pas assez d'informations au sujet de la mort d'Adonis. Peut-être ses assassins avaient-ils cherché à faire réagir Aphrodite en le tuant, comme Harmonie l'avait suggéré. Mais pourquoi chercher à provoquer une Olympienne si ce n'était dans le but de créer des troubles ? Est-ce que la tempête de neige de Déméter n'en causait pas déjà suffisamment ? Néanmoins, si la théorie d'Harmonie était juste, que comptait faire Déméter ensuite ? De nombreux dieux et déesses soutenaient Perséphone. Hécate, Apollon, même à contrecœur, ainsi que…

– Hermès ! dit Sybil. Qu'est-ce que tu fais ici ?

Perséphone cligna des yeux et leva la tête vers les yeux dorés du dieu. Il semblait sortir d'un cours de tennis, vêtu d'un pantalon blanc et d'un polo bleu pâle. Il s'assit à côté de Perséphone sur la banquette et la fit glisser sans effort jusqu'au mur.

– Je déjeune avec mes meilleures copines !

– À mon avis, tu t'incrustes dans notre déj, dit Perséphone.

– Ben, ce n'est pas comme si tu participais beaucoup, répondit-il en prenant la fourchette de Perséphone pour se servir dans son assiette qu'elle n'avait presque pas touchée.

Tout en mâchant, il reprit :

– Je parie que je sais à quoi tu pensais. Tu revivais ta nuit spectaculaire avec Hadès.

– Dégueu, dit Zofie.

Sybil, elle, gloussa.

Hélas, Perséphone aurait aimé que ce soit le cas. Elle aurait préféré penser à ça plutôt qu'à sa mère ou à sa véritable nuit avec Hadès, qui avait été faite de sang et de larmes.

Elle parvint à lever les yeux au ciel et à mentir.

– En fait, je pensais au mariage.

Le visage d'Hermès s'illumina.

– Dis-moi que tu as choisi une date !

– Ben, non. Je pensais surtout à… m'enfuir avec Hadès pour nous marier en secret.

Elle l'avait envisagé plusieurs fois depuis qu'Hadès avait fait sa demande et, étant donné le mélodrame qui avait entouré leurs fiançailles, cette possibilité l'attirait de plus en plus. Les gens avaient-ils vraiment besoin de savoir qu'ils étaient mariés, de toute façon ?

– Te marier en secret ?! répéta Hermès, comme s'il ne comprenait pas. Pourquoi tu ferais ça ?

– Ben, il y a beaucoup de tensions entre les mortels et les dieux en ce moment, et un mariage public ne ferait qu'encourager ma mère…

Perséphone se disait que si sa mère était impliquée dans l'attaque contre Harmonie, ça ne ferait qu'empirer avec un mariage.

– Et une cérémonie en privé n'aurait pas le même effet, à ton avis ? rétorqua Hermès en haussant les sourcils.

– Je ne comprends pas ce mariage, dit Zofie. Pourquoi avez-vous besoin de vous marier ? Tu aimes Hadès, n'est-ce pas ? Ça ne suffit pas ?

Aimer Hadès était suffisant, mais sa demande était une promesse d'autre chose, de plus. Une promesse de s'engager dans une vie qu'ils partageraient et cultiveraient ensemble. Et c'était ce qu'elle voulait.

– Si c'était moi qui épousais Hadès, dit Hermès en continuant à se servir dans l'assiette de Perséphone, je voudrais que ce soit télévisé pour que tout le monde sache que son joli p'tit cul est à moi.

– Tu sembles avoir passé beaucoup de temps à rêver d'épouser Hadès, remarqua Sybil.

– Apparemment, il ne sert à rien de prévoir quoi que ce soit tant que Zeus n'aura pas approuvé notre mariage, dit Perséphone en fusillant Hermès du regard.

– Pourquoi tu me regardes comme si j'aurais dû te prévenir ? se défendit-il. Tout le monde sait ça !

– Au cas où tu l'aurais oublié, j'ai grandi dans une maison de verre, couvée par une mère narcissique, rétorqua Perséphone.

– Comment pourrais-je l'oublier, une tempête de glace me le rappelle tous les jours !

Sybil lui mit un coup de pied sous la table.

– Aïe ! gronda-t-il. Fais gaffe, l'Oracle.

Perséphone baissa les yeux sur ses mains posées sur ses cuisses.

– Ce n'est pas ta faute, Perséphone, dit Sybil.

– C'est pourtant l'impression que j'ai.

– Tu veux épouser l'amour de ta vie, dit son amie. Il n'y a pas de mal à ça.

– Mais… tout le monde semble désapprouver. Si ce n'est pas ma mère, c'est le monde entier, ou Zeus. Peut-être qu'on aurait dû attendre pour se fiancer. Après tout, notre temps n'est pas compté.

– Mais ce serait permettre aux autres de décider de ta vie, dit Sybil. Et ça, ça n'aurait rien de juste.

Ce ne serait pas juste, en effet, mais Perséphone avait beaucoup appris à propos de ce qui était juste ou pas, depuis qu'elle avait rencontré Hadès. D'ailleurs, Sybil elle-même l'avait aidée à comprendre cela. «*Juste, injuste, bien, mal; ce n'est pas vraiment le monde dans lequel on vit, Perséphone. Les dieux punissent*», avait-elle dit.

Perséphone commençait à comprendre pourquoi les Impies étaient de plus en plus nombreux, pourquoi certains s'étaient organisés pour former la Triade, pourquoi ils voulaient que les dieux aient moins d'influence sur leur vie.

– Ça n'a rien de bon, ça, dit Sybil en désignant la télévision d'un hochement de tête.

Les Impies manifestent contre la météo hivernale

Perséphone eut envie de disparaître.

Elle parvint à entendre ce que disait le journaliste.

« La météo exceptionnelle pousse de nombreux mortels à croire qu'un dieu ou une déesse cherche à se venger. S'ils s'y prennent de manières très différentes, Impies comme Fidèles demandent que ce blizzard prenne fin. »

Perséphone détourna le regard, mais elle ne put échapper au bulletin d'infos, dont les paroles atteignaient quand même ses oreilles.

« Pourquoi les mortels doivent-ils souffrir chaque fois qu'un dieu a une saute d'humeur ? Pourquoi devrait-on vénérer de tels dieux ? »

– Je comprends de moins en moins les Impies, dit Hermès.

– Comment ça ? demanda Perséphone.

– À leurs débuts, ils nous en voulaient d'être distants, de ne pas assez nous soucier d'eux, et ils ont demandé notre présence. Maintenant, ils semblent penser qu'ils peuvent s'en sortir sans nous.

– Et c'est le cas? demanda Perséphone, ce qu'elle ne savait vraiment pas.

– Je suppose que ça dépend. Est-ce qu'Hélios apporterait quand même le Soleil? Et Séléné la Lune? Quelle que soit la perception qu'ont les mortels du monde, c'est nous qui sommes à l'origine de son existence. On peut le faire et le défaire…

– Oui, mais… si Hélios et Séléné laissaient le Soleil et la Lune, et que les mortels avaient le nécessaire pour faire vivre le monde. Si les dieux… prenaient leur distance avec la société mortelle… qu'est-ce qui se passerait?

Hermès cligna des yeux.

– Je… je ne sais pas.

À l'évidence, il n'y avait jamais pensé.

En vérité, les dieux ne seraient jamais capables de lâcher leur mainmise sur le monde parce que ce serait la fin de celui-ci, mais pouvaient-ils trouver un équilibre? Et à quoi cela ressemblerait-il, exactement?

– Excusez-moi…

Un homme vint vers eux, son téléphone à la main. La cinquantaine, il portait un pantalon gris et une chemise blanche.

Hermès tourna la tête vers lui.

– Non, déclara-t-il, et le mortel ferma soudain la bouche. Va-t'en.

L'homme tourna les talons et repartit, l'air hébété.

– C'était sacrément impoli, remarqua Perséphone.

– Ben, tu es loin d'incarner la joie d'une future mariée, aujourd'hui, rétorqua-t-il. Je doute que tu aies eu envie de prendre la pose avec lui, expliqua-t-il. (Son regard s'attendrit.) Et puis, tu as l'air triste.

Perséphone fronça les sourcils.

– Je suis juste… distraite, marmonna-t-elle.

Hermès la surprit en posant sa main sur la sienne.

– Tu as le droit d'être triste, Sephy.

Elle n'avait pas vraiment réfléchi à ce qu'elle ressentait, préférant trouver des occupations et de nouvelles habitudes qui remplaceraient celles qui lui rappelaient que Lexa n'était plus là.

– On devrait rentrer, dit-elle, choisissant à nouveau d'agir plutôt que de ressentir.

***

Hermès leur dit au revoir devant le restaurant, les embrassant chacune sur la joue, même Zofie qui fut d'abord trop choquée pour réagir avant d'essayer de lui mettre un coup de poing. Perséphone lui saisit le poignet, mais au lieu de réprimander l'Amazone, elle fusilla Hermès du regard.

– Demande, la prochaine fois que tu décides d'embrasser quelqu'un.

Il écarquilla les yeux avant de paraître sincèrement désolé.

– Pardon, Zofie.

L'Aegis bouda et croisa les bras.

– Bon, j'y vais, dit le dieu. J'ai rendez-vous avec un homme et ses chèvres. On devrait sortir, un de ces quatre.

Lorsqu'il disparut, Perséphone, Sybil et Zofie se regardèrent et répétèrent en chœur :

– Un homme et ses chèvres ?

Perséphone et Sybil repartirent au travail, laissant Zofie patrouiller. Chaque fois que Perséphone arrivait ou repartait du bureau, l'Amazone faisait des rondes autour et dans la Tour Alexandria. Quant à ce qu'elle faisait après, Perséphone n'en savait rien. Elle était contente qu'Hadès lui ait demandé de travailler avec Ilias. Cela donnait l'occasion à Zofie de faire autre chose que de monter la garde, et cela lui permettait de se sociabiliser.

L'Amazone en avait grandement besoin.

Ivy les accueillit au moment où elles traversaient le hall et marchaient vers l'ascenseur.

– Hermès a raison, dit Sybil. On devrait sortir, bientôt.

Perséphone devina ce à quoi pensait Sybil, elles n'étaient pas sorties depuis la mort de Lexa.

– Ouais, dit-elle d'une voix distraite. On devrait.

– Tu peux dire non, répondit Sybil, et Perséphone la regarda dans les yeux. Si tu n'es pas prête. Tout le monde comprendrait, tu sais ?

Perséphone déglutit.

– Merci, Sybil, chuchota-t-elle.

Elles se prirent dans les bras et Perséphone appuya son menton sur l'épaule de son amie. Lorsqu'elles sortirent de l'ascenseur, elles virent Leucé et Hélène côte à côte, face aux fenêtres, les yeux rivés sur un amas de lumières rouges et bleues qui clignotaient au loin. Malgré le brouillard et la neige, Perséphone comprit que les secours étaient sur l'autoroute et qu'il avait dû se produire un terrible accident.

– Oh, mes dieux, chuchota Perséphone en se postant aux côtés de Leucé et Hélène.

Quelqu'un alluma la télévision et elles tournèrent la tête vers Sybil, qui avait déjà mis la chaîne d'infos. Un bandeau au bas de l'écran expliquait l'horreur qu'elles voyaient au loin.

Un accident sur l'autoroute A2 fait de nombreuses victimes

« … l'accident est le résultat de la chaussée glissante et de la neige. Le nombre de morts n'est pas encore connu, mais on sait que les blessés sont nombreux. »

Des photos et des vidéos du carambolage défilaient en arrière-plan. Sous les yeux choqués de Perséphone, les voitures continuaient à s'encastrer les unes dans les autres, ne voyant pas l'accident à cause du brouillard épais, n'ayant pas le temps de freiner ni de l'éviter sur la route glacée, n'ayant d'autre choix que de s'écraser sur les voitures déjà à l'arrêt.

– Quelle horreur ! dit Hélène en voyant un semi-remorque glisser et s'encastrer à l'arrière d'une voiture, la faisant voler dans les airs. Comment ce pauvre conducteur pourrait-il survivre ?

Il ne le pouvait pas et il n'y avait aucun moyen sécurisé d'échapper au carambolage. Sortir de la voiture entraînait le risque de glisser sur du verglas ou d'être percuté par un autre véhicule, et en restant dedans, les mortels ne pouvaient que prier pour que le véhicule suivant ne les percute pas trop fort.

Perséphone regarda les images et sa gorge se noua. C'était ce qu'elle craignait le plus, que Déméter déverse sa colère sur l'humanité, non seulement parce qu'elle n'avait pas obtenu ce qu'elle voulait mais parce qu'elle savait que c'était le meilleur moyen d'atteindre et d'anéantir Perséphone.

« *Pourquoi tu te fais passer pour une mortelle ? Tu es une déesse.*

– Je suis plus comme eux que comme toi.

– Tu ne l'es pas, et quand ils découvriront qui tu es, ils te rejetteront pour avoir prétendu être l'une d'eux. »

– Ta mère est folle, chuchota Leucé.

Perséphone n'avait pas besoin qu'on le lui dise, elle le savait déjà.

Elle tourna le dos à la télévision et marcha jusqu'à son bureau. Elle prit son téléphone et appela Ilias.

– Lady Perséphone, dit-il.

– Où est Hadès ?

Il dut sentir la détresse dans sa voix car il n'hésita pas à lui répondre.

– Il est à L'Iniquité, Milady.

– Merci.

Ses mains tremblaient tellement qu'elle parvint à peine à raccrocher avant de se téléporter jusqu'au bureau d'Hadès. Ici, caché derrière sa vitre, il espionnait ceux qui venaient faire affaire dans son club, assis au bar en contrebas, occupés à boire, à fumer et à jouer aux cartes. Aujourd'hui, Hadès n'était pas seul dans son bureau. Un homme qu'elle ne connaissait pas, en costume bleu marine, était debout face à lui alors qu'il y avait deux fauteuils libres. Apparemment, Hadès ne l'avait pas invité à s'asseoir.

Quand elle se matérialisa, ils cessèrent de parler et Hadès riva son regard brûlant sur elle.

– Chérie, dit-il en hochant la tête.

Sa voix ne trahissait rien de sa surprise, mais Perséphone vit qu'il s'inquiétait qu'elle débarque sans prévenir.

Le bel homme se tourna vers elle et elle comprit que c'était un demi-dieu. Ses yeux turquoise révélaient sans l'ombre d'un doute que Poséidon était son père. Sa peau était mate et ses cheveux bruns étaient courts comme sa barbe. Elle ne l'avait jamais vu jusque-là.

– Alors, c'est vous, la charmante Lady Perséphone, dit-il en la reluquant des pieds à la tête d'un regard qui la dégoûta.

– Thésée, je crois que tu devrais partir, dit Hadès.

Le demi-dieu la quitta des yeux à contrecœur et Perséphone frissonna brusquement, perturbée par sa présence.

– Bien sûr, dit-il. Je suis en retard à une réunion, de toute façon.

Il hocha la tête, s'apprêtant à partir, mais il marqua une pause devant Perséphone.

– Je suis ravie d'avoir fait votre connaissance, Milady, dit-il en lui tendant la main.

Elle l'étudia avant de lever les yeux sur lui. Elle n'avait pas envie de lui serrer la main, mais elle n'en dit rien. Loin d'être vexé, l'homme sourit jusqu'aux oreilles et laissa retomber sa main.

– Vous avez sans doute raison de ne pas la serrer. Bonne journée à vous, Milady.

Il passa à côté d'elle et elle le suivit du regard jusqu'à ce qu'il ait refermé la porte du bureau, préférant ne pas lui tourner le dos.

– Tu vas bien ? demanda Hadès.

Quand elle se retourna, elle découvrit qu'il s'était approché d'elle sans un bruit.

– Tu connais cet homme ?

– Aussi bien que je connais tous mes ennemis.

– Un ennemi ?

Il hocha la tête en direction de la porte de son bureau.

– Cet homme est à la tête de la Triade, répondit-il.

Elle avait des milliers de questions à lui poser, mais quand Hadès effleura son menton du bout du doigt, ses yeux se remplirent de larmes.

– Parle-moi, dit-il.

– Les infos, chuchota-t-elle. Il y a eu un horrible accident.

Il ne parut pas surpris et Perséphone se demanda s'il avait déjà senti les morts.

– Viens, dit-il, allons les accueillir aux portes.

CHAPITRE XIV

LE TEMPLE DE SANGRI

Perséphone allait souvent au ponton pour accueillir les âmes qui traversaient le fleuve Styx sur la barque de Charon, mais cette fois, Hadès les téléporta sur la rive opposée, à la Porte des Enfers. Il y faisait froid, comme si l'air du royaume des vivants pénétrait à travers la terre, mais Perséphone le remarqua à peine car elle eut le souffle coupé en découvrant la porte de ses propres yeux.

Les grilles étaient aussi hautes que les montants auxquels elles étaient fixées, en métal noir. Le bas du portail formait une ligne de narcisses en fer forgé dont partaient des lianes fleuries et des grenades, et les pointes en or des grilles scintillaient sous le ciel noir qui faisait comme un halo tout autour d'eux. Au-delà du portail se dressait un orme dont le grand âge se devinait même de loin. Il était aussi ancien qu'Hadès, ses racines s'enfonçaient profondément dans la terre et ses branches étaient chargées de sphères qui dégageaient une lumière bleuâtre.

– Qu'est-ce qui est dans cet arbre ? demanda-t-elle à Hadès.

– Les rêves, répondit-il en la regardant. Ceux qui entrent aux Enfers doivent les laisser derrière eux.

Perséphone fut saisie d'une grande tristesse, mais elle comprenait, il n'y avait pas de place pour les rêves aux Enfers car, ici, les âmes existaient sans fardeau, sans défi. C'était une existence de repos.

– Est-ce que toutes les âmes doivent passer cette porte ? chuchota-t-elle, car ce lieu lui semblait sacré.

– Oui. C'est le chemin que doivent emprunter les mortels pour accepter leur mort. Crois-moi, c'était bien plus effrayant par le passé.

Perséphone le regarda dans les yeux.

– Je ne disais pas que c'était effrayant.

Il esquissa un petit sourire et effleura sa bouche du bout du doigt.

– Mais tu trembles.

– Je tremble de froid, dit-elle. Pas de peur. C'est très beau ici, mais c'est aussi… accablant. Ton pouvoir semble plus fort ici que n'importe où dans ton royaume.

– Peut-être parce que c'est la partie la plus ancienne des Enfers.

Une cape apparut dans la main d'Hadès, il la passa sur les épaules de Perséphone.

– C'est mieux ainsi ?

– Oui, chuchota-t-elle.

La seconde d'après, Hermès et Thanatos apparurent, leurs ailes drapées autour d'eux comme des capes. Ils les déployèrent, remplissant l'espace où ils se tenaient, révélant les âmes qu'ils avaient transportées. Il y en avait une vingtaine, de tous les âges, de cinq à presque soixante ans. La fillette de cinq ans arriva avec son père, l'homme de soixante ans avec sa femme.

Thanatos fit une révérence en les voyant.

– Lord Hadès, Lady Perséphone. Nous… nous allons revenir.

– Il y en a d'autres ? demanda Perséphone en écarquillant les yeux.

Le dieu de la Mort hocha la tête, le visage lugubre.

– Ne t'inquiète pas, Sephy, dit Hermès. Concentre-toi sur le fait de les accueillir.

Les deux dieux disparurent et le père de la fillette tomba à genoux.

– S'il vous plaît, supplia-t-il. Prenez-moi, mais ne prenez pas ma fille. Elle est trop jeune !

– Vous êtes arrivés à la Porte des Enfers, répondit Hadès. Je crains de ne pas pouvoir changer votre destin.

Par le passé, Perséphone aurait trouvé les paroles d'Hadès sans cœur, mais elle savait maintenant qu'il disait la vérité.

L'homme, qu'elle ne pensait pas voir pâlir davantage, devint encore plus blême et hurla.

– Vous êtes un menteur ! Vous êtes le dieu des Morts ! Vous pouvez changer son destin !

Perséphone fit un pas en avant, comme pour protéger Hadès de la colère de cet homme.

– Lord Hadès a beau être le dieu des Morts, il n'est pas celui qui a tissé votre destin, dit-elle. N'ayez crainte, et soyez courageux pour votre fille. Votre vie ici sera paisible.

Elle se tourna vers la fillette et s'accroupit devant elle. Elle était adorable, avec des couettes bouclées et de jolies fossettes.

– Coucou, dit-elle d'une voix calme. Je m'appelle Perséphone. Tu t'appelles comment ?

– Lola.

– Lola, répéta Perséphone en souriant, je suis contente que tu sois ici, et ton père aussi. Vous avez de la chance d'être ensemble.

Tant d'enfants arrivaient aux Enfers sans leurs parents. Ils étaient adoptés par d'autres âmes et retrouvaient leur famille des années plus tard. Si ces deux âmes devaient vivre aux Enfers, elle était contente qu'ils soient ensemble.

– Tu veux voir de la magie ? demanda Perséphone.

La fillette hocha la tête.

Perséphone espéra que son tour marcherait, elle ramassa une poignée de terre noire à ses pieds et visualisa une anémone blanche, ravie de voir la fleur se matérialiser sans efforts dans sa paume. Elle soupira, soulagée, et le visage de Lola s'illumina. Perséphone glissa la fleur dans les cheveux de la fillette.

– Tu es très courageuse, dit-elle. Peux-tu être courageuse pour ton papa aussi ?

Lola hocha la tête et Perséphone se releva avant de faire un pas en arrière. D'autres âmes les rejoignirent bientôt, guidées aux Enfers par Hermès et Thanatos. L'espace restreint fut bientôt rempli des cent trente personnes décédées dans le carambolage, ainsi que du chien qui avait suivi son maître dans l'au-delà. Perséphone en accueillit plusieurs, Hadès en fit de même. Il y avait des enfants, des adolescents, des adultes et des personnes âgées. Certains avaient peur, d'autres étaient en colère, seuls quelques-uns étaient sans crainte.

Au bout d'un moment, Hadès lui prit la main et désigna les grilles, qui s'ouvraient sans un bruit pour révéler l'orme scintillant.

– Bienvenue aux Enfers, dit-il.

Ensemble, ils escortèrent les âmes jusqu'à l'arbre. Tandis qu'elles avançaient, des milliers de petites sphères apparurent au-dessus de leurs têtes et s'élevèrent pour se nicher dans les feuilles de l'orme. Les âmes observèrent le spectacle, émerveillées plutôt qu'horrifiées, ne comprenant pas que chaque sphère représentait un rêve qui ne se réaliserait plus. Perséphone se sentit infiniment triste en observant la scène, mais Hadès lui serra la main.

– Vois cela comme une libération, dit-il. Ils ne seront plus accablés de regrets.

La remarque lui apporta du réconfort, en effet. Ils s'éloignèrent de l'arbre, arrivant aux berges verdoyantes et au ponton qui s'avançait sur l'eau noire du Styx. Les berges du fleuve étaient couvertes de narcisses blancs. Revenant de la rive opposée, Charon était vêtu de robes blanches qui luisaient comme une torche dans les ténèbres des Enfers. Il ramait de ses bras puissants, souriant gaiement en atteignant le ponton.

– Bienvenue, soyez les bienvenus ! dit-il. Venez, je vais vous emmener chez vous.

C'était la première fois que Perséphone observait ce processus, elle regarda Charon choisir qui monterait dans sa barque. Celle-ci n'était même pas pleine quand il décida que c'était suffisant.

– Pas plus, dit-il. Je reviendrai.

Perséphone se tourna vers Hadès tandis que le passeur s'éloignait.

– Pourquoi il n'en a pas pris d'autres ?

– Tu te souviens que j'ai dit que les âmes empruntaient ce chemin afin d'accepter leur mort ?

Perséphone hocha la tête.

– Charon ne les prendra pas dans sa barque tant que ce ne sera pas le cas.

La déesse écarquilla les yeux.

– Et s'ils ne l'acceptent jamais ?

– La plupart y parviennent.

– Et les autres ? insista-t-elle.

– C'est du cas par cas, répondit-il. Certains sont autorisés à voir comment vivent les âmes à Asphodèle. Si ça ne les aide toujours pas à accepter leur mort, ils sont envoyés aux Champs Élysées. D'autres doivent boire l'eau du Léthé.

– Et ça arrive souvent ?

– C'est rare. Mais inévitablement, par des temps comme ceux-ci, il y en a toujours qui peinent à entrer dans l'au-delà.

Perséphone l'imaginait bien, aucune de ces personnes ne s'était attendue à mourir en se réveillant ce matin.

Charon fit plusieurs allers-retours jusqu'à ce qu'il ne reste plus que l'homme et la fillette de cinq ans. Charon essaya de la prendre, mais son père s'y opposa de façon virulente, ce que Perséphone comprenait parfaitement.

– On part ensemble ou on ne part pas du tout !

Perséphone regarda Charon, puis Hadès, puis l'homme qui tenait sa fille dans ses bras. La fillette s'agrippait à lui ; si elle avait accepté sa mort, elle n'était pas prête pour autant à dire au revoir à son père.

Perséphone marcha vers lui.

– De quoi avez-vous peur ?

– J'ai laissé ma femme et mon fils dans le royaume des vivants.

Elle réfléchit un instant, plusieurs des âmes qui avaient traversé le Styx avaient dû abandonner des êtres chers. Elle savait aussi qu'il y aurait d'autres âmes comme lui. Elle ne pouvait lui faire une promesse qu'elle ne pouvait pas tenir pour tout le monde.

– Et ne pensez-vous pas, après tout ce que vous avez vu ici, que vous les reverrez un jour ?

– Mais…

– Votre femme sera soulagée de savoir que vous êtes avec Lola et elle attendra de vous rejoindre ici, aux Enfers. À Asphodèle. Ne souhaitez-vous pas leur préparer une place ? Les accueillir lorsqu'ils arriveront ?

L'homme regarda Lola et la serra contre lui, sanglotant pendant de longues minutes. Ils lui laissèrent le temps et Perséphone se sentit accablée par le poids de cette tâche.

Elle n'arrivait pas à comprendre comment Thanatos, Charon et les Juges pouvaient endurer cela tous les jours.

L'homme finit par se calmer.

– D'accord. Je suis prêt.

Perséphone se tourna vers Charon, qui sourit.

– Dans ce cas, bienvenue aux Enfers, déclara-t-il en les aidant à monter dans la barque.

Hadès et Perséphone se joignirent à eux.

La traversée se fit en silence, les âmes observaient l'étendue d'eau noire avec des mines lugubres. Hadès tint la main de Perséphone et elle comprit qu'il sentait le fardeau de sa tristesse et de son désespoir. Toutefois, elle retrouva le moral quand elle repéra les âmes d'Asphodèle sur la rive opposée, prêtes à les accueillir.

– Regardez ! s'exclama Lola en les désignant du doigt.

Charon s'amarra au ponton, et Yuri et Ian les aidèrent à descendre de la barque.

– Bienvenue ! dirent-ils.

Ils furent aussitôt entourés par les âmes dont l'accueil avait grandement évolué pour devenir une petite fête. Ils avaient de la musique et des paniers débordant de mets en tout genre. Perséphone avait d'abord eu peur qu'Hadès ne soit pas d'accord, étant donné que les âmes devaient encore être jugées, mais le dieu des Ténèbres avait dit que c'était une façon encore plus belle d'entrer dans son royaume, car les âmes qui finissaient au Tartare y repenseraient jusqu'à la fin des temps.

« *Ils repenseront à ce moment et regretteront de ne pas avoir été meilleurs durant leur vie.* »

Hadès et Perséphone restèrent avec Charon, regardant les âmes emprunter le sentier pavé qui traversait le Champ des Pleurs en dansant, en chantant, en applaudissant. Cette horrible journée se terminait de façon plus joyeuse.

Charon gloussa à leurs côtés.

– Ce qui est sûr, c'est qu'ils n'oublieront jamais leur arrivée aux Enfers, dit-il.

– Tu penses que ça éclipsera leur mort soudaine ? lui demanda Perséphone.

Le daimôn lui sourit tendrement.

– Je pense que tes Enfers compenseront largement leur peine, Milady.

Sur ces mots, il poussa contre le ponton avec sa rame et traversa à nouveau le Styx.

– Est-ce qu'une mort reste celle qui a été tissée par les Moires quand elle est provoquée par un autre dieu ? demanda Perséphone à Hadès, car elle n'en savait sincèrement rien.

– Tous les destins sont choisis par les Moires, répondit le dieu. Lachésis aura sans doute accordé une durée de vie à chacun de ces mortels, qui prenait fin aujourd'hui, et Atropos aura choisi cet accident comme cause de leur mort. La tempête de ta mère a simplement été le catalyseur.

Perséphone fronça les sourcils et Hadès lui serra à nouveau la main.

– Partons d'ici. J'ai quelque chose à te montrer.

Elle laissa Hadès les téléporter et fut surprise quand il l'emporta au Temple de Sangri, un grand bâtiment fait de marbre blanc et de pierres assorties. Un escalier raide menait à de lourdes portes en or qui se dressaient derrière une rangée de colonnes ioniques dont les parchemins en pierre étaient couverts d'or. Si les piliers étaient décoratifs, ils permettaient aussi de soutenir un fronton détaillant les symboles de Déméter, la corne d'abondance et les grains de blé qui étaient également gravés en or.

– Hadès… qu'est-ce qu'on fait au temple de ma mère ?

– On visite.

Le dieu des Morts soutint son regard et lui embrassa la main avant de la poser sur son bras pour gravir les marches.

– Je n'ai pas envie de le visiter, dit-elle.

– Ta mère veut nous emmerder… eh bien, nous allons lui renvoyer la pareille.

– Tu comptes mettre le feu à son temple ?

– Oh chérie, répondit Hadès, je suis bien trop dépravé pour ça.

Quand ils arrivèrent en haut des marches, elle sentit la magie d'Hadès jaillir, et les portes s'ouvrirent brusquement. Plusieurs prêtres et prêtresses vêtus de blanc s'immobilisèrent en voyant le dieu des Morts entrer, les yeux écarquillés de peur.

– L… lord Hadès, dit l'un des prêtres en tremblant.

– Allez-vous-en, ordonna-t-il.

– Vous ne pouvez pas entrer dans le Temple de Déméter, osa une prêtresse. C'est un lieu sacré.

Hadès l'ignora.

– Disparaissez ! répéta-t-il. Ou soyez témoins et complices de la profanation de ce temple.

Les fidèles de Déméter s'enfuirent en courant, laissant Hadès et Perséphone seuls dans la vaste salle illuminée par des flambeaux. Les portes claquèrent, faisant vaciller les ombres sur les murs.

Hadès se tourna vers elle dans le silence.

– Laisse-moi te faire l'amour.

– Dans le temple de ma mère ? Hadès…

Il lui coupa la parole en s'emparant de sa bouche avec une fougue qui la fit gémir. Le baiser était délicieux et profond, réveillant un désir qui saisit son bas-ventre dans ses griffes.

– Ma mère va être furieuse, dit-elle en reculant.

– Je suis furieux, siffla-t-il en empoignant sa nuque pour se saisir à nouveau de sa bouche.

Son autre main descendit sur ses fesses, puis derrière sa cuisse qu'il empoigna pour soulever sa jambe sur sa taille. Son érection fut ainsi nichée contre son sexe brûlant et elle gémit quand il quitta sa bouche pour mordiller sa mâchoire et son oreille.

– Et tu n'as pas dit non, susurra-t-il.

Elle n'avait pas envie de dire non. Les événements de la journée l'avaient tendue et stressée. Elle avait besoin de se débarrasser de cette tension, elle avait besoin de lui.

Hadès recula la tête et ils se regardèrent quelques secondes dans les yeux, puis Perséphone caressa les pectoraux et les épaules d'Hadès pour le débarrasser de sa veste. Qui tomba par terre, suivie des vêtements de Perséphone. Ils se déshabillèrent l'un l'autre, lentement, langoureusement, tout en s'embrassant, en se léchant et en se suçant. Hadès la prit alors dans ses bras et la porta le long de l'allée bordée de colonnes, jusqu'à l'autel de sa mère qui regorgeait de cornes d'abondance pleines de fruits et de gerbes de blé. De chaque côté de l'autel, deux larges coupes dorées contenaient des feux et l'air y était chaud, si chaud que leurs peaux se couvrirent de sueur.

Hadès s'agenouilla et l'allongea sur le sol carrelé avant de s'installer entre ses jambes. Il la regarda de ses yeux brûlants et reluqua tout son corps avant de se baisser pour lécher son entrejambe. Quand il se redressa, ses lèvres luisaient de son désir, et il sourit d'un air machiavélique.

– Tu mouilles pour moi.

– Toujours, chuchota-t-elle.

– Toujours, répéta Hadès. Dès que tu me vois ?

Elle hocha la tête.

– Tu veux savoir ce que je ressens quand je te vois ? demanda-t-il en se baissant pour embrasser l'intérieur de son genou.

Perséphone hocha à nouveau la tête.

– Quand je te vois, je ne peux pas m'empêcher de t'imaginer comme ça, chuchota-t-il d'une voix rauque en remontant lentement sur sa cuisse. Nue. Sublime. Trempée.

Il ponctua chacun de ses mots par un coup de langue sur sa peau et le souffle de Perséphone accéléra au fur et à mesure qu'il se rapprochait de son sexe en feu.

– Ma queue est lourde pour toi, dit-il. J'ai désespérément envie de te remplir.

Il leva les yeux vers elle, la bouche à quelques centimètres de son sexe, et elle sentit son souffle chaud contre sa chair. Perséphone ferma les poings, plantant ses ongles dans sa paume.

– Alors pourquoi je suis si vide ?

Il esquissa un sourire et baissa la tête pour couvrir son clitoris avec sa bouche. Elle se cambra contre lui et empoigna ses seins, prenant ses tétons entre ses doigts, gémissant en croisant son regard de braise. Il souleva alors ses hanches pour palper ses fesses avant de plonger ses doigts en elle, les crochetant pour atteindre un point qui lui coupa le souffle. Plus elle criait, plus il la lapait fort et plus ses doigts accéléraient et quand il s'arrêta, ses lèvres et ses doigts brillaient de son plaisir.

Il la laissa se détendre en s'allongeant sur elle pour l'embrasser. Elle sentit le goût acidulé et salé de son sexe sur sa bouche et quand sa langue glissa le long de la sienne, elle tendit la main entre eux pour saisir sa verge, caressant son gland de son pouce, lui arrachant un grognement.

– Tu veux me prendre dans ta bouche ? demanda-t-il.

– Toujours, répondit-elle en s'asseyant.

Il frissonna et ferma les yeux.

– Ce mot…

– Tu ne l'aimes pas ?

– Si, dit-il en prenant sa place sur le sol, une main sous la tête. Il est… parfait.

Perséphone enroula ses doigts autour de la verge d'Hadès, la lécha et la prit dans sa bouche. Il empoigna ses cheveux et siffla en contractant ses cuisses. Elle se concentra un long moment sur son gland, savourant chaque goutte de liquide préséminal qui en jaillissait, puis elle le prit jusqu'au fond de sa gorge. Il vida tout l'air de ses poumons et s'assit brusquement, enlevant sa tête pour s'emparer de sa bouche. Il l'allongea sur le dos et saisit son érection pour écarter ses lèvres trempées avec son gland, titillant son sexe et son clitoris.

Perséphone gémit et plaqua ses talons dans ses fesses.

– Maintenant, Hadès, ordonna-t-elle. Tu l'as promis.

Il éclata d'un rire rauque.

– Qu'est-ce que j'ai promis, chérie ?

Il l'embrassa dans le cou avant de mordiller son oreille. Elle tourna la tête vers lui, agacée, espérant s'emparer de sa bouche, mais il l'évita.

– De me remplir, susurra-t-elle. De me baiser.

– Ce n'était pas une promesse. C'était un serment.

Il s'enfouit alors complètement en elle, profondément, et il resta immobile un instant, son front contre sien, leurs corps en sueur plaqués l'un contre l'autre. Ses lèvres effleurèrent d'abord sa mâchoire, puis sa bouche, et il attendit qu'elle se détende sous lui.

– Laisse-moi te faire l'amour, répéta-t-il en soutenant son regard.

Il appuya ses mains sur le sol pour se redresser et il entama ses va-et-vient, adoptant un rythme langoureux, permettant à Perséphone de sentir tous les reliefs de sa queue. Elle se cambra, décollant son dos du sol, et Hadès se mit à genoux, empoignant ses cuisses pour soulever son bassin et l'empaler lentement, lui procurant un plaisir à défaillir.

Elle voulait que cela dure toujours, elle voulait jouir. Elle voulait tout à la fois.

Il se retira et nicha sa tête entre ses cuisses pour la laper de bas en haut, puis il la pénétra à nouveau, plaçant ses mains de part et d'autre de sa tête de façon à la survoler. Elle étudia son visage tandis qu'il lui faisait l'amour, les paupières à demi closes, la mâchoire contractée, la bouche entrouverte. De temps en temps, il se baissait pour l'embrasser, une fois, deux fois, trois fois, jusqu'à ce que ni l'un ni l'autre ne puissent plus garder les yeux ouverts, jusqu'à ce que leurs têtes tombent en arrière pendant qu'ils jouissaient à l'unisson.

Ils restèrent longtemps allongés sur le carrelage, l'un contre l'autre, enlacés.

– C'est quoi cette histoire de refuge pour chevaux ? finit-elle par demander à voix basse.

Elle était fatiguée et son corps éprouvait encore les derniers sursauts du plaisir.

Hadès n'eut aucune réaction particulière, continuant de coiffer ses cheveux tendrement.

– J'allais te le dire en te le montrant, dit-il. Qui te l'a dit ?

– Personne, répondit-elle. J'ai entendu quelqu'un en parler.

– Hmmm, murmura-t-il.

Elle finit par se redresser pour appuyer ses bras sur son torse et poser son menton sur sa main.

– Harmonie est venue me voir aujourd'hui, dit-elle.

– Ah bon ?

– Elle pense que l'arme utilisée pour la capturer était un filet, dit-elle. Qui a été fabriqué avec la magie de ma mère.

Hadès ne dit rien, son visage demeurait impassible.

– Pourquoi ma mère aiderait-elle des mortels à attaquer l'une des siennes ?

– Cela s'est produit chaque fois que de nouveaux dieux accèdent au pouvoir, répondit Hadès d'un ton dénué de surprise.

– De nouveaux dieux ou un nouveau pouvoir ?

– Peut-être les deux. Je suppose qu'on le découvrira tôt ou tard.

Perséphone réfléchit aux paroles d'Hadès.

– Qu'est-ce que Thésée faisait dans ton bureau aujourd'hui ? demanda-t-elle, cédant soudain à la curiosité.

Étant donné la tension qui régnait quand elle était arrivée, leur conversation n'avait pas l'air de se passer très bien.

– Il essayait de me convaincre qu'il n'avait rien à voir avec ton agression ni celles d'Adonis et d'Harmonie.

– Et il a réussi ?

– Je n'ai pas décelé de mensonge, admit Hadès.

– Mais tu le crois quand même responsable ?

Un léger sourire effleura la bouche d'Hadès, comme s'il était fier qu'elle le connaisse si bien.

– Je crois que son inaction fait de lui leur complice, dit-il. Il connaît forcément les noms des agresseurs, mais il refuse de les divulguer.

– Tu n'as pas un moyen de lui soutirer l'information ? demanda-t-elle en haussant un sourcil.

– Tu as soif de sang, chérie ?

– C'est juste que je ne comprends pas quel pouvoir lui permet de garder cette information secrète.

– Le même pouvoir qu'ont tous les hommes qui ont des fidèles, répondit Hadès. L'hubris.

– Mais ce n'est pas un crime punissable aux yeux d'un dieu ?

– Crois-moi, chérie, lorsque Thésée arrivera aux Enfers, je l'escorterai moi-même au Tartare.

CHAPITRE XV

INCARNER LE POUVOIR

Occupée par ses recherches sur la Triade, Perséphone ne vit pas passer le reste de la semaine. Elle apprit que les débuts de l'organisation avaient été compliqués par leur volonté d'avoir un pouvoir décentralisé, ce qui avait eu pour effet que plusieurs groupes d'individus avaient mené leur propre manifestation, certaines pacifiques, d'autres violentes. Zeus les avait alors déclarés organisation terroriste, et certains mortels fidèles avaient pourchassé et attaqué ceux qui étaient connus pour leur association avec la Triade. L'organisme s'était alors dissous, se reformant plus tard sous un nouveau leadership.

C'était il y a cinq ans.

Depuis, il y avait eu quelques manifestations et d'autres attaques violentes, mais la Triade n'en avait jamais revendiqué la responsabilité, déclarant que c'étaient les agissements d'Impies insoumis. Perséphone repensa à ce qu'Hadès avait dit au sujet de Thésée, que le chef de la Triade prétendait ne pas être impliqué dans le meurtre d'Adonis et l'agression d'Harmonie. Est-ce que cela pouvait être des Impies rebelles qui agissaient de leur côté, avec l'aide de Déméter ?

Elle n'en avait aucune idée et elle espérait qu'il ne faudrait pas une nouvelle agression pour le découvrir.

Perséphone n'eut pas le temps de s'entraîner avec Hécate avant le samedi et elle se rendit chez elle sans en informer Hadès. Il avait en effet insisté pour qu'elle se repose, puisqu'elle n'avait presque pas dormi de la semaine. Mais, après les horreurs qui se déroulaient dans le monde des vivants, elle avait décidé que s'entraîner était une priorité. En plus, elle avait des questions à poser à la déesse ancienne.

Quand elle arriva, Hécate travaillait dans son chalet, nouant de petits fagots d'herbes aromatiques avec de la ficelle, du thym, du romarin, de la sauge et de l'estragon. Elle avait fait une dizaine de bouquets et tout l'intérieur sentait un mélange sucré et amer.

Perséphone s'assit pour l'aider, prenant une branche dans chaque tas avant d'enrouler le bouquet et de le nouer avec un joli nœud.

– Quel genre de sort tu comptes jeter avec ça ? demanda Perséphone.

Hécate esquissa un sourire.

– Aucun, ce sont des herbes pour la cuisine.

– Depuis quand ? s'étonna Perséphone.

Elle n'avait jamais vu la déesse préparer autre chose que du poison.

– Je fais pousser toutes sortes d'herbes, dit-elle. Certaines sont pour mes sortilèges, d'autres pour Milan, d'autres pour le plaisir.

Perséphone haussa un sourcil.

– Pourquoi Milan a-t-il besoin de tant de bouquets ?

– Ces herbes vont tenir au moins trois ans, dit Hécate. Mais je suppose qu'il se prépare pour le banquet nuptial.

Perséphone se figea. Elle n'avait même pas pensé à la nourriture pour son mariage ni au gâteau ? Cela dit, devait-elle vraiment penser à cela, étant donné les événements de la semaine ? Elle fronça les sourcils, se sentant soudain anxieuse.

– Je ne voulais pas te stresser, dit Hécate.

– Ce n'est pas le cas, répondit Perséphone. Hécate, tu étais dans le camp des Olympiens pendant la Titanomachie, non ?

– Pourquoi tu me demandes ça ? demanda Hécate d'un ton froid et agacé.

Est-ce que le sujet dérangeait la déesse ?

Elle continua à nouer des fagots sans lever les yeux de son travail.

– C'est juste que… je me demandais pourquoi tu n'as pas soutenu les Titans, dit Perséphone. Étant donné que tu es l'une d'entre eux.

– Ce n'est pas parce que je suis l'une d'entre eux que je suis d'accord avec eux, répondit-elle sans cesser son travail. Sous le règne des Titans, le monde n'aurait jamais évolué, et je pensais que les Olympiens, même s'ils étaient eux-mêmes des dieux, étaient plus humains que les Titans.

Perséphone grimaça.

– Je doute que les raisons de ma mère soient aussi nobles.

– Comment ça ?

Perséphone expliqua à la déesse ce qu'Harmonie lui avait dit, qu'elle avait senti la magie de Déméter dans le parc où elle avait été attaquée, ainsi que ses doutes sur le fait qu'elle travaillait avec la Triade ou avec des Impies insoumis.

Elle ne parvenait pas à se sortir les paroles d'Harmonie de la tête.

« Chaude comme le soleil d'un après-midi de printemps, avec une odeur de blé doré et de fruits bien mûrs et sucrés. »

La magie de Déméter était partout sur l'arme – le filet – qui avait pris Harmonie au piège. Cela expliquait pourquoi la déesse n'avait pas pu invoquer sa magie pour apaiser ses agresseurs. Harmonie était une déesse moins puissante, ses chances de vaincre une Olympienne ancienne comme Déméter étaient faibles.

Quand Perséphone eut fini son récit, elle remarqua qu'Hécate n'avait pas l'air surprise.

– Ce ne serait pas la première déesse à essayer de renverser les siens, et elle ne sera pas la dernière, répondit la déesse de la Sorcellerie.

Hadès lui avait dit la même chose.

– Tu ne sembles pas inquiète, remarque Perséphone.

– Je m'inquiète seulement de ce que je peux contrôler. Les actions de ta mère sont les siennes, tu ne peux pas l'empêcher de choisir ce chemin, mais tu peux te battre pour lui barrer la route.

– Comment ? demanda Perséphone en regardant Hécate dans les yeux.

La déesse la regarda longuement, puis elle prit les ciseaux qui lui avaient servi à couper les herbes. Elle les posa sur la table, devant Perséphone.

– Tu apprends à te guérir.

– Pourquoi ? Tu as dit que je devais me battre, je ne devrais pas plutôt pratiquer ma magie ?

– Avant de se battre contre n'importe quel Divin, il faut maîtriser son pouvoir de guérison. Tous les dieux ont la capacité de se guérir, dans une certaine mesure. Aujourd'hui, tu vas découvrir le tien.

Tous les dieux ? Perséphone n'en savait rien. Jusqu'à maintenant, elle avait cru que seuls quelques-uns avaient ce pouvoir.

Perséphone dévisagea Hécate avant de baisser les yeux sur les ciseaux.

– Qu'est-ce que je suis censée faire avec ça ?

– Tu te coupes, ou je le fais à ta place.

Elle crut d'abord qu'Hécate plaisantait mais, repensant au jour où elle avait ordonné à Néphélé de l'attaquer, elle comprit que non. Ce soir-là, elle était passée au cran au-dessus ; il ne s'agissait plus de lui enseigner de simples tours de magie. Elle en était arrivée aux choses sérieuses, et elle avait prouvé à Perséphone qu'elle ferait le nécessaire pour s'assurer que ses pouvoirs se manifesteraient.

– Qu'est-ce que je suis censée faire, une fois que je me serai coupée ?

– Fais-le, et je te le dirai, répondit-elle.

Perséphone hésita. Elle ne s'était jamais fait mal volontairement et l'idée la fit grimacer.

Fais comme si c'était ta magie, se dit-elle en repensant à la nuit où elle avait rêvé de Pirithoos et que de grosses épines avaient déchiré ses bras et ses jambes. *Ces ciseaux ne sont rien, comparés à ça.*

Elle tint les ciseaux au-dessus de sa main et, d'un geste vif, Hécate les poussa vers le bas. Les pointes des ciseaux transpercèrent sa main et s'enfoncèrent dans le bois de la table.

Perséphone fut d'abord si choquée qu'elle n'eut aucune réaction. Puis Hécate retira les lames de sa main, faisant couler le sang et venir la douleur. Perséphone cria et saisit son poignet quand sa magie remonta à la surface, s'engouffrant dans ses veines. C'était le genre de magie qui lui perçait la peau, le genre qui avait surgi le soir où elle avait rêvé de Pirithoos.

– La guérison est une forme de défense, dit Hécate d'une voix calme, comme si elle ne venait pas de la poignarder.

– Putain, Hécate, à quoi tu joues ? gronda Perséphone d'une voix rauque.

Ses yeux brûlaient d'une magie si féroce qu'ils se remplirent de larmes.

– Ta magie ne se réveillera pas pour guérir une égratignure, dit la déesse.

– Et il fallait que tu me poignardes ?

Un horrible sourire déforma le visage de la déesse.

– Tu dois apprendre à invoquer tes pouvoirs sans douleur, sans peur ni colère. Il faut que ça devienne ta seconde nature ; nous utiliserons donc la douleur, la peur et la colère pour nous entraîner.

Perséphone grinça des dents, pour l'instant sa magie lui brûlait la peau.

– Canalise ta magie, Perséphone. Qu'est-ce que tu ressens lorsqu'Hadès te guérit ?

Perséphone peinait à réfléchir, tiraillée entre les paroles d'Hécate et sa colère. Mais la douleur dans sa main attira également son attention et elle se concentra dessus, se remémorant comment Hadès l'avait guérie, d'un geste sans effort, une pulsation de pouvoir qui réchauffait sa peau, comme si elle se baignait dans une source chaude.

– Bien, dit Hécate.

Quand Perséphone ouvrit les yeux, elle vit que sa main avait guéri, seul le sang sur la table prouvait qu'elle avait été blessée.

– Encore, dit la déesse en reprenant les ciseaux.

– Non, rétorqua Perséphone en se levant.

Hécate la dévisagea, les ciseaux dans la main.

– Qu'est-ce que tu veux, Perséphone ?

– C'est quoi, le rapport avec le fait de me couper ?

– Ça a tout à voir. Ta magie est réactive, sans doute à cause d'un traumatisme. Or, même si ce n'est pas de ta faute, tu manques de temps. Tu crois que tu pourras mettre quatre minutes à te guérir sur un champ de bataille ?

– On n'est pas à la guerre, Hécate.

– Mais on y sera bientôt, tu préfères apprendre où ? Je te repose la question : qu'est-ce que tu veux ?

Elle voulait… Hadès. Elle voulait les Enfers, le royaume des vivants, elle voulait…

– Tout, susurra-t-elle.

– Alors, bats-toi pour l'avoir.

Perséphone tendit la main.

Elles s'entraînèrent pendant plus d'une heure. Au bout d'une vingtaine de fois, Perséphone ne tressautait même plus quand les ciseaux lui transperçaient la main. Et peu de temps après, elle commença à se guérir avant même que le sang ne se mette à couler. Sous les conseils d'Hécate, elle s'habitua à la façon dont sa magie réagissait à l'intrusion – très forte au moment de l'impact, chauffant immédiatement sa peau, hérissant les poils sur sa nuque.

– Elle t'implore de l'utiliser, dit Hécate. Elle veut te protéger.

Perséphone avait déjà entendu ces paroles, mais elle commençait à les comprendre maintenant, en même temps que sa magie. Ce n'était pas un corps étranger qui envahissait son corps ; ses pouvoirs étaient aussi naturels que son sang et sa chair.

– Ça suffit pour aujourd'hui, dit Hécate.

Perséphone avait cessé de compter le nombre de fois où elle avait été poignardée. Elle se sentait fatiguée, mais étrangement consciente. Comme si son corps était devenu une vipère lovée, prête à attaquer. Pour la première fois depuis que ses pouvoirs s'étaient manifestés, ils ne lui semblaient plus si lointains.

– Oui, ma chère, siffla Hécate quand Perséphone croisa son regard sombre. Tu comprends, maintenant, parce que tu le sens. Il n'est pas question d'invoquer ton pouvoir. Il est question de l'incarner.

Incarner le pouvoir.

– À quelle fréquence peut-on s'entraîner comme ça ? demanda Perséphone.

– Aussi souvent que tu le souhaites.

– S'il te plaît, Hécate.

Hécate tendit la main pour prendre délicatement le menton de la jeune femme entre ses doigts. Pour la première fois depuis qu'elles avaient commencé l'entraînement, son regard s'attendrit.

– Du moment que tu n'oublies pas que je t'aime, dit la déesse.

Ses propos nouèrent la gorge de Perséphone – ils étaient pleins d'appréhension, de promesse, de peur. Or tout cela existait en dehors de ce chalet, notamment dans le monde des vivants où la magie de sa mère faisait rage et où Harmonie avait été attaquée. Au moins, ici, avec Hécate… elle savait qu'elle serait en sécurité.

– Bien sûr. Comment pourrais-je l'oublier ?

Hécate lui sourit tristement.

– Oh, ma chère. Je pourrais te faire regretter d'avoir un jour été mon amie.

***

Perséphone envisagea d'aller aux Champs Élysées pour voir Lexa, mais après sa session d'entraînement avec Hécate, elle se sentait particulièrement épuisée. Elle préféra donc rentrer au palais, escortée par Cerbère, Typhon et Orthos. Elle avait l'impression que les chiens avaient eu pour ordre de l'accompagner partout aux Enfers, sans doute parce qu'elle avait tendance à avoir des ennuis lors de ses promenades. Ses doutes furent confirmés quand, dès qu'elle passa la porte du palais, les trois dobermans s'éloignèrent d'elle.

Leur présence ne la dérangeait pas, mais elle avait hâte d'être au jour où elle aurait moins besoin de leur protection. Elle repensa aux propos d'Hécate et se demanda dans quoi elle s'empêtrait en demandant à la déesse de l'entraîner comme elle l'avait fait aujourd'hui.

– Oh, Perséphone, avait dit Hécate au moment où elle partait de chez elle. Ne parle pas à Hadès d'aujourd'hui. Inutile de te dire qu'il ne serait pas d'accord.

Tandis qu'elle se dirigeait vers leur chambre, les mots d'Hécate pesaient lourd sur ses épaules. Elle avait pris l'habitude d'être parfaitement transparente avec lui, surtout depuis qu'elle avait perdu Lexa. Cela lui demandait beaucoup d'efforts parce qu'elle n'était pas habituée à communiquer. Grandir sous le joug de sa mère lui avait appris qu'exprimer son opinion ou ses sentiments ne faisait que lui attirer de sévères critiques. Elle avait compris qu'il valait mieux qu'elle reste silencieuse, qu'elle existe en secret afin d'éviter les punitions.

Elle avait vécu de cette façon pendant des années, mais après la mort de Lexa, elle avait réalisé qu'elle ne le pouvait plus. Surtout, elle n'avait plus besoin de le faire. Hadès voulait connaître ses pensées, avoir et comprendre son point de vue ; et elle désirait la même chose de lui.

Elle réfléchissait encore à la meilleure façon de lui parler des méthodes d'Hécate quand elle entra dans la chambre. Hadès était dans son fauteuil habituel, devant le feu, en compagnie d'un autre dieu qu'elle ne connaissait pas. Beau et élégant, la peau noire, des boucles blanches et courtes sur la tête, de grands yeux de biche et des lèvres charnues. Il portait des robes blanches avec une ceinture dorée et des colliers en or empilés sur son torse. Il était pieds nus, sans doute parce qu'il n'avait pas besoin de marcher puisqu'il avait de grandes ailes blanches dans le dos.

– Bonjour, dit-elle en refermant la porte derrière elle. Est-ce que je… dérange ?

Elle se rendit compte que c'était une question étrange, mais… leur chambre était un endroit étrange pour parler affaires.

Le dieu inconnu ricana.

– Perséphone, dit Hadès en sortant sa main de sa poche pour désigner le dieu, voici Hypnos, le dieu du Sommeil. C'est le frère de Thanatos. Ils ne se ressemblent en rien.

– Elle l'aurait constaté toute seule, tu n'étais pas obligé de lui dire.

– Je ne voulais pas qu'elle se trompe en pensant que tu serais aussi gentil.

Perséphone dévisagea le dieu, surprise que le ton et l'ambiance aient changé aussi vite.

– Je ne suis pas méchant, rétorqua Hypnos. Mais je n'aime pas être en présence d'imbéciles. Tu n'es pas une imbécile, si, Lady Perséphone ?

Il n'était clairement pas comme Thanatos. Ce dieu semblait plutôt imprévisible, peut-être à cause de la nature du sommeil.

– N… non, répondit-elle en hésitant.

– J'ai demandé à Hypnos de venir pour qu'il t'aide à dormir, expliqua Hadès.

– Je suis sûr qu'elle l'aura compris, cracha Hypnos.

– Et toi ? dit-elle à Hadès. Tu lui as dit que tu ne dormais pas ?

Hypnos éclata de rire.

– Le dieu des Morts, admettre qu'il ne dort pas ? Quelle chimère !

Jusqu'à présent, Hadès avait semblé insensible à la mauvaise humeur du dieu du Sommeil, mais son regard noircit brusquement.

– Je l'ai appelé pour toi, dit Hadès en se forçant à prendre une voix tendre et calme. Elle ne dort pas, et quand elle y parvient, elle est réveillée par des cauchemars. Parfois elle est en nage, parfois elle crie.

– C'est… ce n'est rien, déclara Perséphone.

Elle n'avait pas envie de poursuivre cette conversation, de revivre ce qu'elle endurait depuis que Pirithoos l'avait enlevée.

– Ce sont juste des cauchemars.

– Et toi, tu es juste une splendide jardinière, c'est ça ? rétorqua Hypnos.

– *Hypnos*, grogna Hadès.

– Je comprends pourquoi tu vis en dehors des frontières des Enfers, marmonna Perséphone.

Pour la première fois depuis qu'elle était arrivée, Hypnos parut amusé.

– Pour info, je vis en dehors des Enfers parce que j'appartiens encore au royaume des vivants, malgré ma sentence à vivre ici.

– Ta sentence ?

– On m'a condamné à vivre dans le monde d'en dessous parce que j'ai endormi Zeus.

– Deux fois, insista Hadès.

Hypnos regarda le dieu du coin de l'œil en fronçant les sourcils.

– Deux fois ? Une fois ne t'avait pas suffi pour apprendre ? demanda Perséphone.

Hadès réprima un sourire.

– J'ai appris, mais il n'est pas facile d'ignorer la demande de la reine des dieux. Rejeter Héra aurait rendu ma vie infernale, et personne n'a envie de ça, hein, Hadès ?

La question acerbe d'Hypnos avait fait disparaître l'amusement du regard d'Hadès. Satisfait de l'avoir atteint, le dieu du Sommeil se concentra à nouveau sur Perséphone.

– Parle-moi de ces cauchemars, dit-il. J'ai besoin de détails.

– Pourquoi as-tu besoin de les entendre ? demanda Hadès. Je t'ai dit qu'elle avait du mal à dormir. Ça ne te suffit pas pour fabriquer une potion ?

– Peut-être, mais une potion ne résoudrait pas le problème, répondit Hypnos en fusillant Hadès du regard. Je suis plus âgé que toi, Milord, une divinité ancestrale, tu te souviens ? Laisse-moi faire mon travail ! gronda-t-il avant de se retourner vers Perséphone. Alors ? insista-t-il.

Il avait parlé d'une voix autoritaire, mais elle se dit que s'il ne souhaitait pas l'aider, il serait déjà parti.

– À quelle fréquence tu as ces cauchemars ?

– Pas toutes les nuits, dit-elle.

– Est-ce qu'il y a un schéma ? Est-ce qu'ils te viennent après une journée particulièrement stressante ?

– Je ne crois pas. C'est en partie pour ça que je ne veux pas m'endormir. J'ai peur de ce qui m'attend.

– Ces rêves… est-ce qu'ils sont survenus après un traumatisme ?

Perséphone hocha la tête.

– Quoi ?

– J'ai été kidnappée, dit-elle. Par un demi-dieu. Il était obsédé par moi et… il voulait me violer.

– Est-ce qu'il a réussi ?

Perséphone grimaça et Hadès poussa un grognement.

– Hypnos !

– Lord Hadès ! aboya Hypnos. Si tu m'interromps encore une fois, je m'en vais.

Perséphone regarda Hadès et vit que des lames noires avaient jailli de sa main.

– Ce n'est rien, Hadès. Je sais qu'il essaie de m'aider.

Hypnos sourit, moqueur.

– Écoute ta femme. Elle apprécie l'art d'interpréter les rêves.

– Non, continua Perséphone. Il n'a pas réussi, mais quand je rêve, il s'en rapproche chaque fois un peu plus.

Elle ne put s'empêcher de regarder Hadès et elle le vit pâlir. Sa poitrine se noua ; elle n'avait pas réfléchi à l'effet que ses paroles auraient sur lui. Peut-être aurait-elle dû lui demander de sortir. Cela dit, il ne l'aurait sans doute pas écoutée.

– Les rêves, les cauchemars nous préparent à survivre, dit Hypnos. Ils donnent vie à nos angoisses afin qu'on puisse les combattre. Tu n'es en rien différente, déesse.

– Mais j'ai survécu, rétorqua Perséphone.

– Penses-tu que tu survivrais si cela se produisait à nouveau ?

Elle s'apprêtait à répondre quand il l'interrompit.

– Pas dans la même situation. Une situation différente : peut-être si un dieu plus puissant te kidnappait.

Elle referma la bouche.

– Tu n'as pas besoin d'une potion, dit-il. Tu as besoin de prévoir comment tu te battras dans ton prochain rêve. Changes-en la fin, et les cauchemars cesseront.

Sur ces mots, le dieu se leva.

– Et pour l'amour des dieux, dors, putain !

Il disparut sans prévenir, et Perséphone regarda Hadès.

– Eh ben, il est sympa…

Le regard d'Hadès lui dit tout ce qu'elle avait besoin de savoir du dieu du Sommeil. C'est alors qu'il baissa les yeux et fronça les sourcils.

– Pourquoi est-ce que ta chemise est tachée de sang ?

Perséphone écarquilla les yeux et vit une tache rouge. Elle ne l'avait pas remarquée en partant du chalet d'Hécate. Eh bien, c'était le moment de parler à Hadès de son entraînement.

– Ah… je me suis entraînée avec Hécate, dit-elle.

– Entraînée à quoi ?

– À guérir.

– Il y a beaucoup de sang, dit Hadès en fronçant les sourcils.

– Ben… je ne pouvais pas me guérir sans être blessée, répondit-elle.

Elle devina en regardant Hadès que ce n'était pas la bonne réponse. Il pencha la tête sur le côté et sa bouche se pinça.

– Elle veut que tu t'entraînes sur toi d'abord ?

Perséphone hésita une seconde.

– Oui… c'est mal ?

– Tu devrais t'entraîner sur des putains de… fleurs, pas sur toi-même ! Qu'est-ce qu'elle t'a fait faire ?

– C'est vraiment si important ? Je me suis guérie. J'ai réussi, répondit-elle fièrement. Et puis, je n'ai pas beaucoup de temps. Tu sais ce qui est arrivé à Adonis, et tu as vu ce qui est arrivé à Harmonie.

– Tu crois que je laisserai la même chose t'arriver ? demanda Hadès.

– Ce n'est pas ce que je dis… répondit Perséphone en pesant ses mots, consciente qu'Hadès s'en voulait déjà pour ce qui s'était passé avec Pirithoos. Je veux être capable de me protéger toute seule.

Hadès la dévisagea, baissant les yeux sur sa chemise tachée de sang, et Perséphone croisa les bras pour la cacher.

– Je te jure que je vais bien, dit-elle. Embrasse-moi, si tu penses que je mens.

Il leva à nouveau les yeux dans les siens et avança pour prendre son visage dans ses mains.

– Je te crois, mais je vais t'embrasser quand même.

Il l'embrassa délicatement, mais le baiser fut à la fois trop sage et trop court. Quand il recula, elle le regarda dans les yeux.

– Pourquoi tu ne m'as pas dit que j'avais la capacité de me guérir ?

– J'ai supposé qu'Hécate te le dirait, à un moment donné. Et en attendant, je me faisais un plaisir de m'en occuper.

Perséphone rougit non pas à cause d'un souvenir particulier mais au son de la voix d'Hadès, une voix d'amant, chaude et hypnotique. Elle étudia ses lèvres pulpeuses et séduisantes.

– Qu'aimerais-tu faire ce soir, chérie ?

Elle esquissa un sourire coquin.

– J'ai très envie de jouer aux cartes.

CHAPITRE XVI

CACHE-CACHE

– On joue selon mes règles, dit Perséphone.

Ils étaient assis face à face devant la cheminée, dans leur chambre, un jeu de cartes posé sur la table basse.

Hadès haussa un sourcil.

– Tes règles ? En quoi sont-elles différentes des règles établies ?

– Il n'y a pas de règles établies, dit-elle. C'est ce qui rend ce jeu si amusant.

Hadès fronça les sourcils. Perséphone savait que c'était justement le genre de jeu qu'il détestait. Le dieu des Morts avait besoin d'une structure, de lignes directrices, de contrôle.

– Contente-toi d'écouter. Le but du jeu est de rassembler toutes les cartes, expliqua Perséphone. Chacun doit poser une carte en même temps. Si la somme des cartes équivaut à dix, ou si l'un de nous pose un dix, il faut frapper le tas de cartes.

– On… *frappe* le tas ?

– Oui.

– Pourquoi ?

– Parce que c'est comme ça qu'on gagne les cartes.

Il se racla la gorge.

– Continue.

– En plus de la règle des dix, il y a une règle pour les figures, expliqua-t-elle.

Elle devait reconnaître qu'Hadès faisait un effort pour s'intéresser aux règles du jeu, sans doute parce qu'il attendait de connaître la mise.

– En fonction de la figure qu'on pose, l'autre joueur a un certain nombre de chances pour essayer d'obtenir une autre figure. Sinon, le joueur qui a posé la première figure remporte toutes les cartes.

– D'accord… dit-il très sérieusement.

– Et enfin, si tu frappes le tas au mauvais moment, tu dois mettre deux cartes sous la pile.

– Ok. Bien sûr. Comment s'appelle ce jeu, déjà ?

– La Bataille Égyptienne, dit Perséphone.

– Pourquoi ?

– Je… je ne sais pas. C'est comme ça, répondit Perséphone en fronçant les sourcils.

– Eh bien, ça devrait être amusant. Mais passons aux choses sérieuses, la mise. Qu'est-ce que tu gagnes si c'est toi qui obtiens ce… tas de cartes ?

Perséphone réfléchit un instant.

– Je voudrais un week-end. Seule. Avec toi.

Hadès sourit.

– Tu paries pour gagner quelque chose que je t'offrirais volontiers et que je t'ai déjà offert plusieurs fois.

– Je ne parle pas d'un week-end, enfermés dans ta chambre, rétorqua-t-elle en levant les yeux au ciel. Je veux un week-end… sur une île, ou à la montagne, ou dans un chalet. Des… vacances.

– Hmmm. Tu ne me donnes pas beaucoup de raisons de gagner, dit-il.

Perséphone sourit.

– Et toi ? Qu'est-ce que tu veux ?

– Un fantasme. Réalisé.

– Un… fantasme ?

– Sexuel.

Il fallut à Perséphone un effort surhumain pour ne pas bégayer.

– Bien sûr, dit-elle d'une voix suave.

Elle n'avait plus très envie de gagner, elle non plus.

– Est-ce que je peux demander ce qu'implique ce fantasme ?

Ses yeux se mirent à pétiller.

– Non, répondit-il. Tu acceptes ?

– J'accepte, répondit-elle en serrant les cuisses.

Elle sentit son entrejambe s'embraser et espéra qu'elle réussirait à se concentrer suffisamment pour gagner.

Elle coupa le tas et distribua vingt-six cartes à chacun. La première qu'elle posa fut un deux de pique, et Hadès posa une reine de trèfle.

– Ça veut dire que j'ai trois chances de poser une autre figure, expliqua-t-elle.

La carte suivante fut un roi.

– Maintenant, tu as quatre chances de poser une figure.

– Ça marche.

Il posa d'abord un cinq de carreaux, puis un trois de trèfle, puis un valet de cœur. Puis ce fut au tour de Perséphone et elle eut de la chance, posant aussitôt une figure.

– Tu as une chance de tirer une figure, dit-elle.

Il retourna un dix de pique.

Rapide comme l'éclair, Hadès tendit le bras pour frapper le tas de toutes ses forces.

Perséphone sursauta et lui fit de gros yeux. Elle ne s'était pas attendue à ce qu'il soit aussi rapide ni qu'il se souvienne aussi bien des règles.

– Quoi ? s'étonna-t-il. Tu as dit qu'il fallait frapper.

– Oui, mais pas démonter la table.

Il sourit.

– C'est juste que j'ai très envie de gagner.

– Je croyais que ma mise t'intéressait ? répondit-elle en haussant un sourcil.

– C'est le cas, mais je peux réaliser ton souhait n'importe quand.

– Et tu ne crois pas que je peux réaliser ton fantasme n'importe quand ?

– C'est le cas ? s'enquit Hadès avec un sourire narquois.

Ils se regardèrent quelques secondes et l'atmosphère se chargea d'une tension sexuelle lourde comme un orage. Une part d'elle avait envie de mettre de côté les cartes pour se jeter sur lui.

– On continue ? demanda Hadès d'une voix rauque.

Leur jeu se poursuivit et ils échangèrent sans cesse leurs cartes. À un moment, il ne restait plus qu'une carte à Hadès, la victoire était presque entre les mains de Perséphone. Elle était si excitée qu'elle en avait l'eau à la bouche.

– N'aie pas l'air aussi sûre de toi, chérie. Je vais revenir avec cette carte, promit-il.

Lorsqu'il la posa, c'était un dix.

Il frappa le tas et remporta les cartes, gagnant la partie.

– Tu as triché ! l'accusa-t-elle.

– C'est typiquement ce que disent les perdants.

– Attention, Milord, tu as peut-être gagné, mais c'est moi qui suis responsable de l'expérience. Tu veux qu'elle soit bonne, non ?

Elle ne savait même pas ce qu'il allait demander, quel serait son fantasme. Que voulait-il ? Elle repensa au jour où il l'avait menacée de la prendre dans son bureau vitré. Peut-être avait-il des pulsions plus sombres, de soumission, de bondage ou de jeux de rôle. Elle retint son souffle en attendant qu'il parle, qu'il donne ses instructions.

Il se leva, desserra sa cravate et retira ses boutons de manchette. Perséphone pencha la tête en arrière pour reluquer son corps musclé.

– Dix secondes, dit-il.

Perséphone fronça les sourcils. Elle s'attendait à ce qu'il dise quelque chose comme… « déshabille-toi », ou peut-être « à genoux ».

– Quoi ?

Peut-être avait-elle mal compris. Mais elle n'avait pas pu mal interpréter la tension sexuelle qui frémissait entre eux. Elle baissa les yeux sur son érection, sous son pantalon.

Elle n'avait pas mal compris.

– Tu as dix secondes pour te cacher. Après ça, je viens te chercher.

– Ton fantasme est de jouer à cache-cache ?

– Non. Mon fantasme est de te pourchasser. Et quand je te trouverai, je m'enfouirai si profondément en toi que tu ne seras plus capable de parler, sauf pour crier mon nom.

Cela semblait plutôt juste.

Elle fit mine de réfléchir à sa proposition.

– Tu vas utiliser ta magie ?

Il sourit de plus belle.

– Oh, mais ce sera bien plus amusant avec de la magie, chérie.

– Mais on est dans ton royaume. Tu vas savoir où je vais.

– Tu veux dire que tu ne veux pas que je t'attrape ?

Ce fut au tour de Perséphone de sourire. Sans un autre mot, elle se téléporta dans le jardin d'Hadès, sur le sentier de pierres noires qui serpentait entre les parterres de fleurs et les arbres. Elle courut dans les buissons, se baissant pour se cacher sous les rideaux de glycine et de saule.

Elle sentit Hadès apparaître. Il était la chaleur incarnée, comme une flamme collée à sa peau, et elle fut attirée à lui comme un papillon de nuit. Elle recula pour s'appuyer contre le tronc du saule et l'observa à travers les branches.

Il se tourna et avança vers elle d'un pas déterminé.

– J'ai pensé à toi toute la journée, dit-il.

Elle frissonna des pieds à la tête et se décolla du tronc pour longer le bord du jardin. Hadès continua de la suivre en parlant.

– À ton goût, à la sensation de ma queue quand je glisse en toi, à tes gémissements quand je te prends.

Perséphone atteignit le mur du jardin et les battements de son cœur accélérèrent. Elle était piégée. Elle se tourna et vit qu'Hadès lui barrait la route, la scrutant d'un regard de braise. Il tendit un bras, puis l'autre, posant ses mains de part et d'autre de ses épaules.

– J'ai envie de te prendre si fort que les vivants entendront tes cris, susurra-t-il, chatouillant sa peau de son souffle.

Perséphone sourit et approcha sa bouche de la sienne pour effleurer ses lèvres du bout de la langue.

– Qu'est-ce que tu attends ?

Et elle disparut.

Elle atterrit à Asphodèle, au milieu des rues bondées. C'était le jour du marché et toutes les âmes étaient de sortie, troquant les biens qu'elles fabriquaient ou faisaient pousser chez elles. L'odeur de pain, le parfum amer du thé et les effluves sucrés de la cannelle embaumaient les rues.

– Lady Perséphone !

– Milady !

– Perséphone !

Les âmes l'appelèrent et l'entourèrent, en particulier les enfants, qui s'agglutinèrent pour enserrer ses jambes ou lui prendre la main.

– Viens jouer avec nous, Perséphone !

– Je suis désolée, mais je... je joue à un jeu avec Lord Hadès.

– Quel genre de jeu ? demanda un enfant.

– On peut jouer, nous aussi ? s'enquit un autre.

Elle aurait mieux fait de se taire. Quand Hadès apparut, les âmes se concentrèrent sur lui.

– Hadès ! s'exclamèrent les enfants en courant vers lui.

Le dieu des Enfers en attrapa un – Théo, le plus petit – et le souleva au-dessus de sa tête. Théo éclata de rire et Hadès sourit de cet air merveilleusement joyeux qui frappait toujours Perséphone en plein cœur. Une fois encore, elle se surprit à imaginer Hadès en père.

Elle déglutit.

– Hadès, joue avec nous ! dirent-ils.

– Je crains d'avoir fait une promesse à Lady Perséphone que je ne peux pas rompre, dit-il. Mais je vous promets que Lady Perséphone et moi reviendrons vous voir dès que possible.

Il la regarda dans les yeux et elle n'eut aucun doute quant à sa détermination.

– On revient bientôt ! promit-elle avant de se téléporter.

Hadès la suivit, elle sentit sa magie se mêler à la sienne et ils apparurent dans le Pré d'Asphodèle.

Il l'embrassa et Perséphone oublia un instant qu'ils étaient au beau milieu d'une course-poursuite. Le baiser était brutal et il dévora sa bouche, comme s'il cherchait à avaler son âme. Elle planta ses ongles dans ses bras musclés et le retint contre elle, se noyant dans son pouvoir.

Elle parvint à retrouver ses esprits et à reculer, et le regard d'Hadès noircit de surprise. Il saisit le devant de sa robe et l'attira contre lui, déchirant le tissu, exposant ses seins. Il les prit dans ses mains avant de les couvrir avec sa bouche, titillant ses tétons jusqu'à ce qu'ils durcissent, puis il remonta le long de sa gorge en l'embrassant, remplaçant sa langue par ses doigts.

Perséphone pencha la tête en arrière en gémissant et Hadès grogna d'un ton guttural.

– Rends-toi.

Elle avait le tournis, envoûtée par son odeur. Hadès avait suffisamment reculé pour qu'elle voie son visage, et elle le regarda dans les yeux.

– Non.

Ce fut l'une des choses les plus difficiles qu'elle ait jamais eu à faire.

Elle disparut.

Cette fois, elle se matérialisa dans l'immense salle du trône d'Hadès. Malgré ses nombreuses fenêtres, la salle était toujours plongée dans la pénombre. Elle gravit les marches et s'installa sur le trône en obsidienne. La pierre était froide contre ses bras et son dos. Elle prit une pose régalienne, bien droite, ses seins toujours à l'air libre dans sa robe déchirée.

Si Hadès pensait avoir gagné, il se trompait.

Quand il apparut et la vit sur son trône, son regard sembla noircir de plus belle et il esquissa un sourire séducteur. Il était affamé et son désir remplissait tout l'air de la salle. Il sentait les épices et la fumée et elle se pencha vers lui, impatiente de le goûter.

– Ma reine, dit-il en marchant vers elle.

– Stop ! ordonna-t-elle.

Elle fut surprise qu'Hadès obéisse. Il serra les poings, sa mâchoire se contracta et son dos se raidit. Elle lui donna un nouvel ordre avant qu'il ne puisse protester.

– Déshabille-toi.

Il l'étudia un moment et sourit.

– Pour quelqu'un qui n'aime pas les titres, tu aimes beaucoup donner des ordres.

– Dois-je me répéter ?

Hadès souriait jusqu'aux oreilles, à présent. Il leva la main et Perséphone l'arrêta.

– Pas avec ta magie. Déshabille-toi comme les mortels. Lentement.

– Comme tu le souhaites.

Il prit son temps pour déboutonner sa chemise et son pantalon. Il enleva d'abord sa chemise, révélant sa peau brune et les muscles de ses bras et de son torse. Il retira ensuite son pantalon, révélant son érection lourde et épaisse.

Il se tint nu devant elle, et Perséphone était au bord du trône, agrippant les accoudoirs aussi fort que possible. Elle envisagea de prendre son sexe dans sa main, mais elle se retint.

– Et tes cheveux, dit-elle. Lâche-les.

Il leva la main, gonflant son biceps, et retira l'élastique de sa queue-de-cheval. Ses longues mèches noires ondulées tombèrent sur ses épaules, lui donnant un air sauvage.

Il y avait encore une chose que Perséphone désirait.

– Retire ton Charme, dit-elle.

Il sourit de plus belle.

– Je le ferai si tu le fais aussi.

Elle le dévisagea quelques instants avant de relâcher sa magie. Ce fut comme une lourde cape qui glissait à terre, ou comme se débarrasser d'une peau devenue trop serrée et légèrement inconfortable. Hadès l'observa de la tête aux pieds, de ses fines cornes blanches qui montaient en spirale dans ses boucles dorées jusqu'à ses pieds nus couverts de terre après avoir couru dehors. Cela n'aurait pas dû lui sembler intime, car elle connaissait sa façon de la regarder mais, quand ses yeux plongèrent dans les siens, Perséphone crut qu'elle allait exploser sous l'intensité de son regard.

Il retira son Charme à son tour. Perséphone adorait voir Hadès se transformer. Sa magie s'évaporait comme de la fumée, quittant son corps pour révéler le dieu ancien qu'il était. Hadès se présentait rarement sous sa forme divine, ce qui était étrange étant donné qu'il encourageait Perséphone à garder la sienne. Ses cornes étaient noires et fatales tout en étant pleines de grâce, élancées comme celles d'une gazelle. Le noir de ses yeux disparut pour révéler ses iris d'un bleu électrique.

Perséphone se leva du trône et l'étudia avec la même intensité, tout en avançant vers lui.

– Ne bouge pas, chuchota-t-elle.

Elle crut l'entendre grogner, mais n'en fut pas certaine.

Elle posa la main sur son torse, découvrant que son corps était brûlant comme le fleuve Phlégéton. Sa peau était douce et ses muscles durs. Elle explora son torse, ses abdos, sa taille, descendant lentement sa main jusqu'à trouver son érection. Quand elle la saisit, Hadès inspira et il serra les poings si fort qu'elle fut persuadée qu'il s'était coupé.

Elle leva les yeux vers lui en le branlant jusqu'à sentir une goutte de liquide sur son gland. Elle l'essuya et mit son doigt dans sa bouche, Hadès la regardait avec un air prédateur. Elle repoussait ses limites, et c'était justement ce qu'elle voulait.

Elle marcha à reculons vers son trône, sans jamais le quitter des yeux, le goût de son essence sur les lèvres.

– Viens.

Hadès sourit.

– Seulement pour toi.

Elle envisagea de disparaître à nouveau, mais Hadès la rejoignit en une enjambée. Il déchira le reste de ses vêtements et la souleva par la taille. Elle n'avait aucune raison de lui résister. Elle se laissa fondre contre lui, poitrine contre torse, entourant ses jambes avec sa taille, sa peau douce contre ses muscles bandés.

Hadès la pénétra et un cri guttural leur échappa.

– Je commençais à croire que tu allais te contenter de me regarder, dit-il contre sa peau.

Elle répondit par un gémissement tandis qu'il entreprenait ses va-et-vient. Chaque millimètre de sa queue la remplissait au point qu'elle pensa exploser.

– J'avais envie de toi, parvint-elle à dire. J'ai eu envie de baiser dès qu'on a été seuls, chuchota-t-elle d'une voix rauque et débordante de plaisir.

Elle cessait de parler à chaque coup de bassin, savourant le plaisir qui déferlait dans ses veines.

– Et au lieu de baiser, tu as voulu jouer. Pourquoi ?

– J'aime les préliminaires, répondit-elle en mordillant son oreille.

Le rire d'Hadès se transforma en rugissement et il l'embrassa de façon féroce en la percutant avec des allers-retours incontrôlés. Les cris de Perséphone résonnèrent dans la salle du trône, mais diminuèrent quand Hadès ralentit. C'était une délicieuse torture, il la traînait au bord du précipice et l'empêchait de tomber en ne la tenant qu'à un fil.

Hadès était l'addiction ultime. Il était une ivresse merveilleuse, un bonheur intoxiquant dont elle avait constamment envie.

– Je déteste t'attendre, dit-elle.

– Alors viens me trouver, répondit Hadès en l'embrassant dans le cou.

– Tu es occupé.

– Occupé à rêver d'être en toi.

Perséphone parvint à rire, à bout de souffle.

– J'aime tellement ce rire, dit-il en l'embrassant.

– C'est toi que j'aime tellement.

Sur ces paroles, quelque chose changea entre eux. Hadès plongea ses yeux dans les siens et soutint son regard en s'asseyant au bord du trône. Perséphone resserra ses jambes autour de sa taille.

– Redis-le, dit-il.

Elle l'étudia quelques secondes avant de passer ses mains dans ses cheveux. Elle savait qu'elle allait devoir s'accrocher à quelque chose, car elle connaissait cette voix et elle connaissait cette façon de la regarder. Il s'apprêtait à la consumer.

– Je t'aime, Hadès, dit-elle d'une voix douce.

Il esquissa un sourire éblouissant et l'embrassa en la soulevant et en la rabaissant sur sa verge.

– Je t'aime. Tu es parfaite, dit-il en empoignant ses fesses. Tu es ma maîtresse. Tu es ma reine.

Il se pencha en arrière pour glisser sa main entre eux et une sensation nouvelle la saisit quand il caressa son clitoris. Elle poussa un grognement et prit les rênes, le chevauchant plus fort, plus vite, le sentant s'enfoncer en elle plus profondément que jamais.

Hadès répondit en soulevant son bassin pour rencontrer le sien. Le martèlement de leurs corps était féroce et ils jouirent de façon si brutale que Perséphone s'écroula contre lui. Leurs corps étaient chauds et luisants, leurs souffles erratiques.

Au bout d'un moment, Hadès l'embrassa sur le front.

– Pourquoi c'est la première fois que j'entends parler de tes fantasmes ? demanda-t-elle.

Il ne répondit pas tout de suite et elle bougea pour le regarder.

– Comment je suis censé verbaliser ce genre de chose ? demanda-t-il.

Perséphone haussa les épaules.

– Je suppose que tu… tu me dis ce que tu veux, dit-elle. Ce n'est pas ce que tu me demanderais de faire ?

Il sourit.

– Oui. Alors dis-moi, quel est ton fantasme ? demanda-t-il.

Perséphone ne s'attendait pas à cette question et elle avait beau être nue dans les bras de son amant, couverte de sueur après qu'ils avaient fait l'amour, elle se sentit rougir.

– Je… je ne crois pas que j'en aie, dit-elle.

– Tu me pardonneras de ne pas te croire.

– Non, rétorqua-t-elle. Je ne te le pardonne pas, c'est dans ta nature de détecter les mensonges.

Hadès éclata d'un rire bref.

– Alors, que dois-je faire ? Pour connaître tes fantasmes ?

Perséphone ne répondit pas tout de suite, caressant son torse du bout du doigt.

– Un jour… j'aimerais… que tu m'attaches, dit-elle.

Elle vit Hadès déglutir, il ne rit pas, elle lui en fut reconnaissante.

– Je ferai toujours ce que tu me demanderas de faire, dit-il.

Ils furent silencieux un moment.

– Et toi ? chuchota-t-elle. Quels autres fantasmes caches-tu dans ta tête ?

Hadès rit et la serra plus fort contre lui.

– Chérie, te faire l'amour est chaque fois un fantasme.

CHAPITRE XVII

UNE TOUCHE D'OMBRE

Le lundi matin, Perséphone se rendit tôt à son bureau. Elle avait reçu un mail d'Hélène, la veille, lui demandant de la voir dès que possible. Apparemment, elle avait des infos sur la Triade et ses dirigeants, et Perséphone avait hâte de découvrir ce qu'elle avait appris. Elle profita du trajet pour se mettre au courant des dernières nouvelles ; un titre attira son attention sur sa tablette, sous un bandeau rouge BREAKING NEWS.

Un individu s'identifiant comme un membre du mouvement Renaissance, une secte d'Impies, prétend avoir réussi à décorner une déesse

L'estomac de Perséphone se noua de crainte et d'espoir. Hadès s'était attendu à ce que l'information finisse par sortir. C'était l'occasion pour eux de traquer ceux qui avaient agressé et mutilé Harmonie, et assassiné Adonis.

En lisant l'article, elle fut surprise de découvrir qu'il révélait peu de faits et que même l'auteur était sceptique. Apparemment, un individu avait contacté le journaliste pour lui parler de l'incident sans entrer dans les détails. Il disait que le groupe avait réussi à « maîtriser une déesse » et à « couper ses cornes ».

Lorsque des preuves de l'incident lui ont été demandées, l'informateur a répondu : « Le monde en aura quand nous porterons les cornes des dieux sur le champ de bataille. »

Difficile de déterminer la véracité de l'information, donc. Mais s'il y a bien une chose qui n'est pas à prouver, c'est le caractère violent de Renaissance. Une violence du pire genre, car les membres du mouvement sont convaincus de se battre pour le bien collectif.

« Nous sommes un bouclier pour ceux qui ne veulent plus être dirigés par les dieux. Nous couperons les fils de nos destins et libérerons ceux qui sont sous le charme de leur Divinité. Nous incarnons la liberté. »

C'était une promesse et une déclaration de guerre.

La douce voix d'Antoni la sortit de ses pensées.

– Milady ?

Perséphone leva les yeux et le regarda dans le rétroviseur central.

– Est-ce que ça va ?

– Oui. Je lisais quelque chose de… perturbant.

– Est-ce que je peux faire quelque chose ?

– Non, Antoni, mais merci.

Perséphone rangea sa tablette et le chauffeur se prépara à sortir du véhicule.

– Ne bouge pas, Antoni, il fait trop froid.

– Permettez-moi de vous accompagner à la porte. Le trottoir et les marches sont glissants.

– Raison de plus pour que tu restes là, répondit-elle.

– Si vous insistez, dit-il. Je serai là ce soir.

– Bien sûr. Bonne journée, Antoni.

– À vous aussi, Milady.

Perséphone ne savait pas ce que le cyclope faisait durant la journée. Une fois, quand il était venu la chercher, il avait des sacs de pressing dans la voiture, mais quand elle lui avait demandé si c'était pour Hadès, il avait répondu que non.

Une autre fois, il avait des caisses de vin rouge pour Milan. Quoi qu'il fasse, Antoni semblait toujours ravi d'accomplir sa mission.

Elle quitta l'habitacle douillet de la Lexus et s'engouffra dans le vent glacial. Le trottoir était glissant, mais une couche de sel et de sable permettait d'y marcher sans trop de difficultés. Une fois à l'intérieur, elle salua Ivy, accepta avec joie la tasse de café qu'elle lui tendait et monta dans l'ascenseur, tenant la boisson contre ses joues et son nez pour les réchauffer. Elle garda son blouson même après être entrée dans son bureau. Était-ce son imagination ou faisait-il plus froid, ici ? Il faisait clairement plus froid. Perséphone savait que les conditions météorologiques pouvaient provoquer des coupures de courant et elle n'avait aucun doute quant au fait que Déméter allait continuer jusqu'à ce que ce soit le cas. D'ailleurs, elle ne serait pas surprise que ce soit le prochain moyen que choisirait sa mère pour tuer : faire mourir les mortels de froid.

On frappa à sa porte et Perséphone leva les yeux sur Hélène. Elle portait un pull en laine noir et une jupe en tissu écossais noir et blanc, avec des collants épais et des bottes qui lui arrivaient aux genoux, ses cheveux étaient attachés en chignon banane. Elle avait parfait le tout avec des boucles d'oreilles en perle. Si Hélène avait toujours l'air chic, Perséphone se dit qu'elle paraissait particulièrement apprêtée, aujourd'hui.

– Tu es canon, dit Perséphone.

– Merci, répondit Hélène en rougissant. Je… je rejoins quelqu'un pour déjeuner.

– Ah bon ? Quelqu'un que je connais ?

– Je ne crois pas. Enfin, pas encore, en tout cas.

Perséphone en déduisit qu'Hélène comptait lui présenter cette personne mystère et elle n'insista pas. Hélène était là pour parler travail et même si Perséphone l'adorait, tout comme Leucé, elle aimait rester aussi professionnelle que possible quand elles étaient au bureau.

Il y eut un petit silence et Perséphone désigna le fauteuil face au sien.

– Installe-toi, dit-elle. Je crois que tu voulais me parler de quelque chose ?

– Oui. Je voulais discuter de mon article. J'ai décidé de partir dans une autre direction.

– Ok, raconte-moi, l'encouragea Perséphone, curieuse.

Elle prit son stylo et se prépara à prendre des notes.

Hélène hésita.

– J'ai fait ce que tu m'as dit, expliqua-t-elle d'un ton qui mit Perséphone mal à l'aise. J'ai contacté les membres de la Triade et j'ai réussi à obtenir un entretien avec l'un de ses dirigeants : un grand lord.

– Un grand lord ?

– Ils ont une sorte de… hiérarchie. Pour protéger ceux qui ne peuvent pas se défendre eux-mêmes.

– Tu veux dire que ceux qui ont du pouvoir sont au sommet, dit Perséphone.

– Oui, mais un vrai pouvoir, Perséphone, répondit Hélène, comme si la déesse ne savait pas ce qu'était le vrai pouvoir.

– Tu veux dire, comme des dieux ?

– Oui et non. Ils ont le pouvoir des dieux, mais ils s'en servent pour protéger. Ils exaucent les prières, Perséphone. Ils écoutent.

– Hélène… commença Perséphone en posant son stylo, tu fais fausse route.

– Pas du tout. Je l'ai vu.

– Tu l'as vu ? répéta froidement Perséphone. Qu'est-ce que tu as vu ? Donne-moi un exemple.

– Je suis allée à leurs réunions, j'ai entendu des témoignages.

Perséphone se promit de revenir sur ce qu'Hélène venait de dire. Des réunions ? Quelles réunions ?

– Il y avait un homme qui avait un cancer, poursuivit Hélène. Il avait prié Apollon de le sauver, il lui avait offert des sacrifices et il était même allé à un de ses concerts pour le supplier de l'aider. Aucune réponse, pas un mot. Il est allé voir la Triade, et un des grands lords l'a guéri.

Perséphone se crispa en écoutant le récit d'Hélène, qui lui semblait un peu trop familier.

– À aucun moment tu ne t'es demandé pourquoi les dieux n'ont pas répondu à ses prières ?

– Si ! Mais on en revient toujours à pourquoi ? Pourquoi devrait-on souffrir d'une maladie et mourir quand les dieux sont en perpétuelle bonne santé et immortels ?

Perséphone n'avait pas la réponse, mais après avoir perdu Lexa, elle était convaincue que chaque fibre tissée dans l'immense tapisserie qu'était le monde servait une cause plus grande. Peut-être, parfois, une amie devait mourir pour qu'une déesse puisse s'élever.

Elle dévisagea Hélène en se demandant ce qui l'avait poussée à se ranger aussi rapidement du côté de la Triade.

– Sans rire, Perséphone, je pensais que tu comprendrais, après ce qui est arrivé à Lexa.

– Je t'interdis de dire son nom, rétorqua Perséphone d'une voix tremblante.

– Si tu en avais eu la possibilité, tu ne lui aurais pas permis de vivre pour toujours ?

– Ce que je désire n'a pas d'importance. Tu parles de choses que tu ne comprends pas. C'est une chose de dire que les dieux devraient répondre de leurs actions, et je suis entièrement d'accord. Mais c'en est une autre de perturber volontairement l'équilibre du monde.

D'ailleurs, Perséphone avait appris les conséquences de ce genre d'actions à ses dépens.

Hélène leva les yeux au ciel.

– On t'a lavé le cerveau, tu as passé trop de temps sur le sexe d'Hadès.

– Tu vas trop loin ! gronda Perséphone en se levant. Si c'est la direction que tu comptes prendre avec ton article, je n'en approuverai pas la publication.

Hélène haussa le menton et la défia du regard.

– Ce n'est pas grave, répondit-elle d'un ton arrogant. Je vais le proposer à Demetri.

– Fais-toi plaisir, dit Perséphone. Mais tu le regretteras.

– C'est une menace ?

– Ça dépend. Tu as peur ?

La déesse nota le doute qui emplit brièvement le regard d'Hélène, et elle prit son téléphone pour appeler Ivy.

– Lady Perséphone ?

– Ivy. Fais venir Zofie, dit-elle avant de raccrocher.

– C'est toi qui as peur, lança Hélène. Tu as peur de perdre ton statut quand Hadès sera déchu.

Perséphone posa ses mains à plat sur son bureau et se pencha en avant en retirant le Charme qui cachait l'intensité de ses yeux émeraude.

– Tu vois, *ça*, ça sonne comme une menace, dit Perséphone d'une voix grave et calme. C'était une menace ?

Hélène écarquilla les yeux, mais n'eut pas le temps de répondre car on tambourinait à la porte. Les deux femmes restèrent immobiles, figées par la tension qui régnait dans la pièce sous la magie de Perséphone.

On frappa à nouveau et, cette fois, Zofie ouvrit la porte. Elle était vêtue d'une tunique noire, d'un pantalon assorti et de bottes, et ses cheveux étaient tressés comme d'habitude.

Habillée ainsi, personne ne pouvait se douter qu'elle avait été élevée et entraînée pour être une guerrière.

– Milady, tu as besoin d'aide?

– Oui, Zofie. Escorte Hélène hors du bâtiment. Elle n'a le droit de parler à personne en partant.

– J'ai besoin de ranger mes affaires, rétorqua Hélène.

Perséphone ne la regarda même pas, rivant ses yeux sur l'Aegis.

– Zofie, assure-toi qu'elle récupère seulement ses affaires personnelles.

– Comme tu voudras, Milady, acquiesça Zofie en s'inclinant avant de se tourner vers Hélène. Bouge! gronda-t-elle.

Hélène marcha vers la porte, mais elle s'arrêta et se tourna vers Perséphone.

– Une nouvelle ère arrive, Perséphone. Je pensais que tu aurais l'intelligence d'être au premier rang pour l'accueillir. J'avais tort, apparemment.

Sans prévenir, Zofie poussa Hélène, la faisant trébucher.

La mortelle parvint à retrouver son équilibre et se tourna vers Zofie.

– Comment oses-tu?

Zofie tira un poignard de sous sa tunique dont la lame brilla sous les lumières blafardes du couloir.

– Lady Perséphone n'a pas dit que tu devais sortir du bâtiment en marchant. Alors bouge!

Quand elles furent parties, Perséphone se laissa tomber sur sa chaise, épuisée. Elle n'en revenait pas de la conversation qu'elle venait d'avoir avec Hélène. Elle ne s'était jamais doutée qu'elle changerait de point de vue sur la Triade après une enquête aussi courte. Cela dit, elle ne savait pas grand-chose d'Hélène en dehors de son attitude au travail, qui avait toujours semblé dévouée et enthousiaste.

Elle n'avait pas perdu ces qualités, elle les avait simplement appliquées ailleurs.

Peut-être y avait-il autre chose, derrière tout ça, que Perséphone n'avait pas vu, quelque chose dans la vie privée d'Hélène qui l'avait poussée à rejoindre le camp de la Triade ?

Frustrée, la déesse quitta son étage pour se rendre au bureau d'Hadès, qu'elle trouva vide. Il n'y avait qu'un vase contenant des narcisses blancs sur le bureau, ainsi qu'un cadre photo. Ivy rafraîchissait les narcisses tous les jours car, étant une dryade, elle avait un talent particulier pour maintenir les fleurs en vie plus longtemps.

Même en son absence, l'odeur d'Hadès l'apaisa et elle décida d'y rester, s'approchant de la fenêtre pour observer la ville enneigée. En contrebas, elle vit Hélène qui attendait sur le trottoir gelé, les bras croisés en grelottant. Au bout d'une minute, une limousine noire s'arrêta devant l'entrée de la tour.

Perséphone fronça les sourcils en se demandant qui était venu la chercher. Hélène avait l'habitude de venir au travail et de rentrer chez elle en bus. Peut-être était-elle plus impliquée dans la Triade que Perséphone ne l'imaginait. Le chauffeur ne lui servit pas davantage d'indices, car il était vêtu d'un costume sans insigne particulier. Il ouvrit la portière et Hélène monta à l'arrière, puis la limousine repartit.

Hadès se manifesta soudain derrière elle. Elle s'attendait à ce qu'il la prenne par la taille, mais il posa ses mains sur la vitre, de part et d'autre de ses épaules.

– Attention, dit-elle. Si tu laisses des traces, Ivy va te gronder.

– Tu crois qu'elle me grondera si je te prends contre la fenêtre ?

Perséphone se retourna vers lui et l'étincelle amusée disparut aussitôt du regard d'Hadès.

– Qu'est-ce qui ne va pas ?

Elle lui raconta tout, y compris la menace qu'Hélène avait formulée à l'encontre d'Hadès, « *quand Hadès sera déchu* ». Le dieu retira lentement ses mains de la vitre et baissa les bras. Il fronça les sourcils et esquissa une grimace.

– Tu as peur pour moi ?

– Oui. Oui, espèce d'imbécile ! Regarde ce qu'ils ont fait à Harmonie !

– Perséphone…

– Hadès, ne minimise pas ma peur de te perdre. Elle est parfaitement justifiée.

– Pardon, susurra-t-il.

– Je sais que tu es puissant, dit-elle. Mais… je ne peux pas m'empêcher de penser que la Triade est sur le point de déclencher une nouvelle Titanomachie.

Elle détestait le dire, elle détestait lui rappeler un souvenir qui lui avait causé tant de mal, mais elle avait besoin de le verbaliser. Elle pensait qu'une fois formulée à voix haute, sa peur paraîtrait ridicule et complètement disproportionnée.

Mais ce ne fut pas le cas.

Elle était certaine que les dieux originels et les Titans s'étaient sentis intouchables, ça ne les avait pas empêchés de tomber.

Hadès prit le visage de Perséphone entre ses mains.

– Je ne peux pas te promettre qu'il n'y aura pas mille guerres au cours de notre existence, dit-il. Mais je te promets que je ne te quitterai jamais volontairement.

– Est-ce que tu peux me promettre que tu ne me quitteras jamais, tout court ?

Hadès esquissa un petit sourire plein de tristesse avant de l'embrasser. Il plongea ses mains dans ses cheveux, puis les promena sur son dos et ses hanches. Perséphone avait envie de ça plus qu'elle n'avait envie de penser au fait qu'il n'avait pas répondu à sa question, et elle caressa son érection à travers son pantalon, lui arrachant un grognement guttural. Il répondit en empoignant ses hanches pour se frotter à elle, mais Perséphone le poussa légèrement en arrière pour le regarder dans les yeux.

– Laisse-moi faire, dit-elle.

– Qu'est-ce que tu veux ?

Elle prit ses mains et l'emmena derrière son bureau, le poussant sur son fauteuil avant de s'agenouiller entre ses cuisses. Elle défit le bouton et la braguette de son pantalon, libérant son sexe dur et épais.

Elle soutint son regard en le prenant dans sa main pour le branler. Si le regard d'Hadès avait été du feu, elle se serait laissée enflammer avec plaisir. Elle sourit en le voyant contracter sa mâchoire, et ses phalanges devinrent blanches quand il s'agrippa aux accoudoirs de son fauteuil. Elle baissa alors la tête et promena sa langue sur son gland, savourant son goût amer, sa chaleur et son parfum épicé.

– Oui… grogna-t-il à voix basse. Ça. Je rêve constamment de ça.

Perséphone avait plein de questions, de quoi rêvait-il exactement ? De sa bouche ? De se faire sucer ici ? Dans son bureau vitré ? Mais elle se tut, encouragée par son souffle laborieux et rauque.

– Lord Hadès, dit la voix d'Ivy.

Elle sentit Hadès se crisper et il se tint plus droit. Cependant, la présence de la secrétaire n'empêcha pas Perséphone de poursuivre. Elle redoubla même d'efforts.

– Pourquoi êtes-vous assis ?

Ivy semblait perplexe et Perséphone ne put s'empêcher de rire, même avec la verge d'Hadès dans la bouche.

– Je travaille, répondit Hadès en empoignant les cheveux de Perséphone.

– Il n'y a rien sur votre bureau.

– Ça… arrive, déclara-t-il en tirant sur ses cheveux.

– D'accord, eh bien, quand vous aurez un instant…

– Pars, Ivy. Maintenant.

Perséphone n'entendit plus rien et elle supposa que la secrétaire était partie quand Hadès posa son autre main sur sa joue. Elle leva les yeux vers lui.

– Prends-moi tout entier, dit-il avant de s'enfoncer dans sa bouche.

Il s'enfouit de façon si profonde qu'elle en eut les larmes aux yeux, mais elle voulait combler ses désirs.

– Oui, siffla-t-il. Comme ça.

Il poursuivit ses va-et-vient et Perséphone s'étouffa presque, puis il ne bougea plus, gonflant dans sa bouche jusqu'à jouir et éjaculer. Elle l'avala et quand il se retira, elle chercha son souffle, le front appuyé contre son genou pendant qu'Hadès lui caressait les cheveux.

– Tu vas bien ? demanda-t-il.

– Oui, répondit-elle en le regardant dans les yeux. Je suis fatiguée.

Il caressa ses lèvres du bout des doigts.

– Ce soir, je promets de te faire jouir aussi fort.

– Dans ta bouche ou sur ta queue ?

Il sourit.

– Les deux.

Hadès se rhabilla avant d'aider Perséphone à se lever.

– Je sais que cette journée est difficile, dit-il. Je n'aime pas partir, mais je suis venu te dire que j'ai une réunion avec Zeus.

– Pourquoi ?

Deux raisons lui vinrent à l'esprit.

– Je crois que tu le sais, dit-il. J'espère obtenir son consentement pour notre mariage.

– Tu vas le confronter au sujet de Lara ?

– Hécate l'a déjà fait. Il devrait en avoir pour deux ans avant que ses couilles ne repoussent.

– Elle l'a… castré ? s'exclama Perséphone en haussant les sourcils.

– Oui. Et connaissant Hécate, ça a été sanglant et douloureux.

– À quoi sert la punition s'il peut simplement se régénérer ?

– C'est un pouvoir qui ne peut lui être retiré, hélas. Mais au moins, pendant quelque temps, Zeus posera… moins de problèmes.

– À moins qu'il refuse nos noces.

– En effet, admit Hadès.

Elle voulait qu'il la rassure, qu'il lui dise qu'il ne laisserait pas Zeus refuser leur union, que son frère n'oserait pas le faire. Hadès sembla deviner ses craintes et il posa ses mains sur son cou pour approcher son front du sien.

– Fais-moi confiance, chérie. Je ne laisserai personne, ni roi, ni dieu, ni mortel, m'empêcher de faire de toi ma femme.

***

Perséphone retourna à son étage et trouva Sybil, Leucé et Zofie autour du bureau d'Hélène. La pièce jouxtait celle de Perséphone et était décorée de façon simple, avec du marbre blanc et des touches dorées.

– Qu'est-ce qui se passe ?

– Zofie nous a mises au courant pour Hélène, dit Leucé. Alors j'ai décidé de fouiner dans ses affaires.

– Parce que… ?

– Parce qu'elle cachait des trucs, répondit la nymphe.

– Comment tu le sais ?

– Je la surveillais. Elle sortait du bureau pour répondre à des appels, et j'ai trouvé ça bizarre. Alors, un jour, je l'ai suivie.

– Et ?

– Et elle a rejoint un mec qui passait son temps à vanter les mérites de la Triade… et les siens aussi, d'ailleurs. Je crois qu'ils couchent ensemble.

– Il était comment ?

– Il ressemblait à un demi-dieu, dit-elle d'un air dégoûté. Un fils de Poséidon, à mon avis. Ça se voyait à ses yeux.

Thésée, pensa Perséphone.

– Tu pensais m'en parler quand ?

– Aujourd'hui, répondit Leucé. C'est pour ça qu'Hélène voulait te voir ce matin ; elle voulait prendre les devants.

Perséphone baissa les yeux sur le bureau d'Hélène qui était propre et bien rangé. Plusieurs dossiers étiquetés étaient empilés, Sybil était en train de consulter un petit carnet noir.

– C'est quoi ? demanda Perséphone.

– Des notes, dit l'Oracle. Je voulais voir si je trouvais quelque chose d'utile.

– Moi, je dis qu'on devrait brûler ses affaires, déclara Zofie. Pour ne laisser aucune trace de sa trahison.

– Je n'irais pas jusqu'à dire que c'est une traîtresse, répondit Perséphone, cherchant le terme approprié.

Perturbée, naïve, délirante.

– C'est une arriviste, dit Sybil. Elle cherche un moyen d'arriver en haut le plus vite possible. C'est pour ça qu'elle a quitté le *New Athens News* avec toi. Elle pensait qu'elle atteindrait le sommet à tes côtés.

– Tu l'as vu dans ses couleurs ?

– Elle était rouge, jaune, orange, avec une pointe de vert pour la jalousie.

– Tu as su tout ça en la regardant et tu ne nous as pas prévenues ? s'étonna Leucé.

Sybil leva la tête du carnet.

– J'ai vu de l'ambition. Ça peut être positif ou négatif. Je ne savais pas ce qu'elle allait en faire.

– Je crois que personne ne s'en est douté, admit Perséphone.

– Sephy, c'est l'heure de déjeuner !

Hermès apparut soudain à ses côtés. Elle sursauta, surprise de le voir, mais elle se rendit compte en regardant la pendule qu'il était presque midi. Elle n'avait pas vu passer le temps.

– J'arrive dans quelques minutes, Hermès. Comment es-tu habillé ?

C'était une sorte de combinaison couleur kaki.

Le dieu mit ses mains dans ses poches et se tourna d'un côté puis de l'autre.

– Tu n'aimes pas ? C'est ma tenue décontractée.

– Et… tu vas déjeuner comme ça ?

Hermès la fusilla du regard.

– Tu n'as qu'à dire que tu n'aimes pas, Sephy. Tu ne vas pas me vexer. Et je compte déjeuner dans cette tenue.

– Euh… Perséphone, l'interrompit Sybil. Je crois que tu devrais jeter un œil à ça.

– Ah non ! s'exclama Hermès en saisissant Perséphone par le bras.

– Hermès, lâche-moi.

– Mais… j'ai faim ! râla-t-il.

Elle lui fit les gros yeux et il la lâcha.

– D'accord… grommela-t-il.

L'Oracle lui tendit le carnet ouvert. Sur l'une des pages, Hélène avait dessiné un triangle et avait noté une date, une adresse et un horaire. La date était celle d'aujourd'hui, et l'horaire indiquait vingt heures.

– Leucé, tu peux faire des recherches sur ce truc ?

– Attends. Laisse-moi voir, dit Hermès.

– Je croyais que tu avais faim, rétorqua Perséphone.

– Arrête de me le rappeler, siffla le dieu avant de lui arracher le carnet des mains.

Il l'étudia une minute avant de relever la tête.

– C'est l'adresse du Club Aphrodisia.

– Est-ce qu'il… appartient à Aphrodite ?

– Non, à un mortel, dit-il. Il se fait appeler *Maître*.

Sybil et Leucé gloussèrent.

– C'est quel genre de club ? demanda Perséphone, même si elle avait sa petite idée.

– Le genre où il y a du sexe, dit-il. Enfin, non pas que j'y aie été.

Perséphone haussa un sourcil.

– Tu veux dire qu'Hélène a un rendez-vous dans un club échangiste ? demanda Leucé.

– Peut-être qu'elle est plus coquine que vous ne le pensez, dit Hermès. Qui sommes-nous pour juger les préférences sexuelles des autres ?

– Je pense qu'on devrait y aller jeter un œil, déclara Perséphone.

Hermès éclata de rire.

– Tu crois qu'Hadès va te laisser aller dans un club échangiste ?

– Je le ferai venir.

– Je n'en doute pas, Sephy, mais pas là-bas, répondit le dieu d'un ton lourd de sous-entendus.

Perséphone leva les yeux au ciel.

– Si tu ne comptes pas te rendre utile, tu peux manger tout seul.

– Je dis juste qu'Hadès casserait l'ambiance. Si tu veux qu'on y aille, il ne peut pas venir avec nous.

– Alors dis-lui, toi. Je n'irai pas sans qu'il le sache.

– Ah non ! Il va me faire jurer de te protéger au péril de ma vie.

– Et tu ne le ferais pas ? demanda-t-elle.

Hermès ouvrit la bouche pour répondre, mais il s'arrêta et son regard s'adoucit.

– Bien sûr que je te protégerais.

Perséphone esquissa un petit sourire.

– On peut y aller, nous, proposa Leucé. Sybil et moi.

– Non. Pas seules, et pas sans moi.

C'était une affaire personnelle pour Perséphone, non seulement parce que cela concernait Hélène, qu'elle avait prise pour une amie en plus d'être son employée, mais aussi parce qu'elle craignait que ses amies ne deviennent à leur tour des cibles. Si ce rendez-vous concernait la Triade et leurs futurs projets, elle avait besoin d'y être.

– Prépare-toi à prêter serment, dit-elle à Hermès, et à me protéger au péril de ta vie.

***

Hadès accepta à contrecœur de laisser Perséphone se rendre au Club Aphrodisia, mais il fit comme prévu et força Hermès à jurer de la protéger.

– Ça veut dire quoi, exactement ? avait demandé Perséphone à Hermès quand il était revenu lui dire qu'il avait obtenu la permission d'Hadès.

– Ne t'en fais pas, Sephy. Je gère, avait-il répondu. Et mets un truc sexy !

Perséphone avait secoué la tête en essayant de ne pas rire alors que le dieu était parti à toute vitesse.

Elle rentra aux Enfers après le travail, mais avant de se préparer, elle se téléporta aux Champs Élysées. Cela faisait un moment qu'elle n'avait pas rendu visite à Lexa et après ce qui venait de se passer avec Hélène, elle avait vraiment besoin de voir sa meilleure amie.

Elle prit son temps pour arpenter le pré parsemé d'arbres verdoyants et de coquelicots qui se mêlaient aux brins d'herbe. Un jour, avant que Thanatos n'autorise Perséphone à approcher Lexa, elle lui avait demandé ce que représentaient les coquelicots.

– Ce sont des lieux de repos éternel, avait-il répondu.

– Tu veux dire que…

– Lorsqu'une âme ne souhaite plus exister dans le royaume des vivants ni aux Enfers, elle est libérée de ce monde.

Il lui avait ensuite expliqué que l'énergie de leur âme agissait souvent comme de la magie.

– Elle donne naissance à des coquelicots et à des grenadiers, avait-il dit.

Elle avait d'autres questions à poser. Quand une âme décidait-elle qu'elle ne voulait plus exister ? Bien évidemment, elle avait pensé à Lexa et la réponse de Thanatos l'avait surprise.

– Parfois, ce n'est pas eux qui choisissent. Parfois, ils nous parviennent si brisés que continuer à exister serait une torture.

C'est alors que Perséphone avait compris qu'elle avait eu de la chance avec Lexa. Au moins, elle avait seulement dû boire l'eau du Léthé. Apparemment, il y avait de pires destins que le sien.

Quand Perséphone atteignit le sommet de l'une des nombreuses collines, elle s'arrêta pour chercher les boucles brunes d'Adonis, mais elle ne les vit nulle part. Peut-être ne le reconnaîtrait-elle même pas, ici. Même si elle paraissait familière, Lexa était différente, et cela faisait des mois qu'elle n'avait pas vu le mortel favori d'Aphrodite. Cela dit, même si elle l'avait vu, elle n'aurait pas pu l'approcher. Les Champs Élysées étaient un lieu de guérison. Les âmes ne recevaient pas de visite ici, ils ne se parlaient même pas entre eux.

Lexa était l'exception à la règle, et c'était sans doute grâce à Hadès, même si elle ne lui avait jamais posé directement la question.

Elle continua de balayer le pré du regard quelques instants, puis elle se remit en route pour chercher Lexa.

Elle prit son temps, profitant du sentiment de paix qu'elle ressentait quand elle était dans cette partie des Enfers. Ici, il lui était facile d'oublier la menace de sa mère, de la Triade, ainsi que le revirement dans le comportement d'Hélène. C'était comme si cet environnement chassait les pensées lugubres. Elle se disait toujours que si elle restait ici suffisamment longtemps, elle en viendrait à oublier de repartir.

Elle gravit une autre colline et, en redescendant dans une autre vallée arborée où Lexa avait coutume de passer son temps, elle aperçut deux silhouettes assises sous des branches feuillues. Elles étaient épaule contre épaule, tête baissée, et Perséphone faillit détourner son regard de peur d'interrompre un moment intime. Mais elle réalisa soudain qu'il s'agissait de Thanatos et Lexa. Côte à côte, ils étaient le contraire l'un de l'autre. Thanatos avec ses cheveux blancs resplendissants à côté de la crinière noire de Lexa. Leur seul point commun était leurs yeux bleus et, ici, leur souffle et l'espace qu'ils partageaient.

Elle se demanda quoi faire, partir et revenir plus tard ? Se cacher pour les observer de loin ? Aller les voir et les obliger à se séparer ? Toutefois, elle n'eut pas l'occasion de le décider car Thanatos l'aperçut. Il se leva d'un bond, s'éloignant rapidement de Lexa qui fronça les sourcils en voyant Perséphone.

Mal à l'aise, saisie de doutes, Perséphone marcha vers eux. Elle hésita quand Thanatos se dirigea vers elle ; Lexa était restée assise contre l'arbre, les yeux fermés.

– Tu n'es pas venue à ton heure habituelle, remarqua-t-il.

– Non, acquiesça-t-elle sans pour autant s'excuser.

Il avait beau surveiller les Champs Élysées, Hadès était le roi des Enfers.

– J'ai quelque chose à faire ce soir, donc je suis venue voir Lexa plus tôt.

– Elle est fatiguée, dit-il.

– Elle te parlait, pourtant, remarqua Perséphone.

– Je comprends qu'elle te manque, dit Thanatos, mais tes visites n'auront pas l'effet escompté.

Ses propos lui firent l'effet d'une gifle et le dieu écarquilla légèrement les yeux. Il fit un pas vers elle, comme s'il réalisait la tristesse qu'il avait provoquée en elle.

– Perséphone…

– Non, gronda-t-elle en reculant.

Elle n'avait pas besoin qu'il lui rappelle que Lexa ne serait plus jamais la même. Elle faisait le deuil de son amie tous les jours. Tous les jours, elle luttait contre sa culpabilité, contre le fait que tout ça était de sa faute.

– Je ne voulais pas te blesser.

– Mais tu l'as fait, répondit-elle avant de disparaître.

Comme elle ne pouvait rendre visite à Lexa aux Enfers, Perséphone se téléporta au Cimetière d'Ionie, sur sa tombe encore nouvelle. C'était un monticule de terre vierge avec une pierre tombale sur laquelle on pouvait lire : *Notre très chère fille, emportée trop tôt.* Les mots s'emparèrent de son cœur et lui nouèrent la gorge, pour deux raisons – parce que si Lexa avait bien été emportée trop tôt, l'épitaphe était fausse. En fin de compte, Lexa avait choisi de mourir.

« *J'ai accompli ce que je devais faire* », avait dit son amie, juste avant de partir avec Thanatos pour boire dans le Léthé, juste avant que plus rien ne soit comme avant.

C'était la première fois que Perséphone venait ici depuis les obsèques. En tremblant, elle prit une grande inspiration et s'agenouilla à côté de la tombe qui était couverte de neige, et lorsqu'elle posa sa main sur la terre froide, un tapis d'anémones blanches jaillit du sol. La magie fut facile à libérer, car elle provenait d'émotions si vives et douloureuses qu'elle était à deux doigts de percer sa peau.

Elle prit le temps d'épousseter la neige sur les fleurs et la pierre tombale.

– Tu ne sais pas combien tu me manques, dit-elle à voix haute

C'était des mots qu'elle ne pouvait dire aux Enfers, car Lexa ne les aurait pas compris. C'est pour cela qu'elle était venue ici, pour parler à sa meilleure amie.

Elle s'assit par terre, laissant la neige tremper ses vêtements et glacer sa peau. Elle soupira et appuya sa tête contre la pierre derrière elle, levant la tête vers le ciel, vers les tourbillons de neige qui fondaient sur sa peau.

– Je vais me marier, Lex, dit-elle. J'ai dit oui.

Elle éclata de rire. Elle pouvait presque entendre Lexa hurler de joie. Son amie aurait sautillé sur place avant de la prendre dans ses bras. Perséphone se sentit joyeuse de l'imaginer, et pourtant, cela ne fit que l'attrister davantage.

– Je n'ai jamais été aussi heureuse, dit-elle. Ni aussi triste.

Elle resta silencieuse un long moment, laissant les larmes couler sur ses joues.

– Sephy ?

Elle leva la tête. Hermès se tenait quelques mètres plus loin, comme une statue dorée contre la neige blanche.

– Hermès, qu'est-ce que tu fais ici ?

– Je crois que tu peux le deviner, dit-il en se passant la main dans les cheveux et en s'asseyant à ses côtés.

Il était habillé de façon décontractée, en jean bleu marine et en chemise à manches longues.

– Tu as laissé tomber ta combi ?

– Je la garde pour les occasions spéciales, répondit-il.

Ils se sourirent et Perséphone essuya ses larmes.

– Tu savais que j'ai perdu un fils ? dit-il après un long silence.

Perséphone tourna la tête vers lui, ne voyant que son profil élégant, mais elle devina à la teinte foncée que prenaient ses yeux dorés et à sa mâchoire crispée qu'il ne lui était pas facile d'en parler.

– Non, chuchota-t-elle. Je suis sincèrement navrée.

– Tu as entendu parler de lui, dit Hermès. Il s'appelait Pan. C'était le dieu de la Nature, le protecteur des bergers et des troupeaux. Il est mort il y a de nombreuses années et je le pleure encore… il y a des jours où j'ai l'impression de l'avoir perdu hier.

Elle aurait voulu lui demander comment il était mort, comme tout le monde devait le faire. Cependant, elle s'interdit de lui poser la question, car elle savait qu'il n'aurait pas envie d'y répondre.

– Parle-moi de lui, dit-elle plutôt.

Il esquissa un sourire timide.

– Tu l'aurais adoré, dit-il en la bousculant tendrement. Il était comme moi, sublime et hilarant. Il adorait la musique. Tu savais qu'il avait inventé la flûte ? Il a défié Apollon à un concours, une fois. Il a perdu, bien sûr. Il était… fun.

Il continua de lui parler de Pan, de ses grandes amours et de ses amours déchues, de ses aventures et, enfin, de sa mort.

– Sa mort a été soudaine. Il existait et, l'instant d'après, il n'était plus, et j'ai appris sa disparition dans le vent, dans les cris des mortels qui le pleuraient. Je n'y ai pas cru, alors je suis allé voir Hadès, qui m'a dit la vérité. Les Moires avaient coupé son fil.

– Je suis vraiment désolée, Hermès.

Il lui sourit tristement.

– La mort existe, dit-il. Même pour les dieux.

Sur ses paroles, Perséphone frissonna si fort qu'ils ne purent l'ignorer.

– On devrait rentrer, dit-il en se levant et en lui tendant la main. On doit aller au Club Aphrodisia, et tu ne peux clairement pas y aller comme ça.

Elle rit quand il l'aida à se relever, et, alors qu'ils s'apprêtaient à se téléporter chacun de leur côté, Hermès la regarda dans les yeux.

– Personne n'a jamais dit que tu devais faire semblant d'aller bien, dit-il. Le deuil implique qu'on a aimé de façon intense… et si c'est la seule chose qu'on dit de nous lors de notre mort, je crois qu'on aura vécu une belle vie.

CHAPITRE XVIII

LE CLUB APHRODISIA

Perséphone était emmitouflée dans son manteau le plus chaud, mais elle fut tout de même frigorifiée en sortant de la limousine d'Hadès. Sous son blouson, elle avait enfilé une petite robe noire qui révélait plus de peau qu'il n'en fallait par ce froid glacial. Un décolleté plongeant accentuait la courbe de ses seins et de longues fentes laissaient entrevoir ses cuisses. Elle avait eu du mal à décider si Hadès approuverait la robe, mais elle avait fini par se dire qu'il serait aussi tiraillé qu'elle en la voyant, hésitant entre sa frustration et son désir de la prendre sauvagement.

Sybil était également en noir, vêtue d'une robe plus courte qui ressemblait à une nuisette. Cela lui rappela une des tenues d'Aphrodite. Leucé était en rouge, avec un haut transparent et un jean moulant, et Zofie semblait avoir retourné son armoire, choisissant finalement un pantalon noir et un corset assorti qui mettait en valeur son physique athlétique. Étonnamment, Hermès avait une tenue plus sage, un pull à col roulé blanc, une veste grise et un jean bleu foncé. Perséphone avait secrètement espéré qu'il se pointerait en combinaison.

– Passez une bonne soirée ! dit Antoni.

– Je t'appellerai quand on sera prêts, promit Perséphone.

– Je ne vois pas de club échangiste, dit Leucé en étudiant les immeubles le long du trottoir.

Elle avait raison, il n'y avait aucun panneau ni aucune pancarte indiquant le Club Aphrodisia. Il n'y avait qu'un restaurant, un bar et un bâtiment désaffecté.

– C'est à l'arrière, dit Hermès.

Elles le suivirent dans la ruelle sombre qui avait été déblayée et salée.

Le club était si discret que rien n'indiquait que c'en était un, il n'y avait qu'une double porte émeraude éclairée par un spot et gardée par deux videurs. Les vigiles demandèrent à voir leurs pièces d'identité, puis ils leur ouvrirent les portes. Ils furent accueillis par un homme vêtu d'un costume noir impeccable.

– Ah, Maître Hermès, dit-il. Bienvenue.

– Sebastian, sourit le dieu de la Ruse.

L'homme étudia tour à tour Perséphone, Sybil, Leucé et Zofie.

– Vous avez des invitées. Des femmes ? s'étonna Sebastian.

Hermès se racla la gorge.

– Oui. Ce sont mes amies. Vous avez entendu parler de Lady Perséphone. Elle est la future épouse de Lord Hadès.

– Bien sûr. Comment pourrais-je ignorer votre beauté ? Je ne savais pas que Lord Hadès était partageur.

– Il ne l'est pas, dit Perséphone.

Hermès se racla la gorge à nouveau.

– Et voici ses amies, Sybil, Leucé et Zofie.

– Nous sommes honorés. J'espère que vous passerez ici un moment agréable. Suivez-moi.

Sebastian les emmena à l'étage et Perséphone donna un coup de coude à Hermès.

– Alors comme ça, tu n'es jamais venu ?

– Juste une fois ou deux.

Perséphone le regarda du coin de l'œil en fronçant les sourcils.

– Deux fois, et tu es connu à ce point ?

Il sourit.

– Que dire ? Mes talents sont légendaires !

Perséphone leva les yeux au ciel et lui mit un autre coup.

– Aïe ! Quoi ? J'ai eu beaucoup d'entraînement !

Elle secoua la tête. Elle avait envie de rire, mais elle se souvint d'une conversation qu'elle avait eue avec Hadès après qu'ils avaient joué à « Jamais je n'ai ». Perséphone apprenait encore tout de la vie. Parfois, elle se demandait si elle comblait vraiment les désirs d'Hadès ; surtout après la façon dont il avait pris le contrôle ce matin, dans son bureau. Il avait été brusque et sans retenue en s'enfonçant dans sa gorge. Ce n'était pas la première fois qu'ils s'envoyaient en l'air de façon sauvage, ni la première fois qu'elle sentait qu'il avait besoin de plus que leurs ébats habituels. Peut-être ce club lui donnerait-il des idées.

Ils arrivèrent en haut de l'escalier et se retrouvèrent dans un couloir sombre. Perséphone tendit la main pour se tenir au mur et découvrit qu'il était doux, couvert de velours. Ils passèrent devant plusieurs portes baptisées Charnel, Passion, Désir, juste avant d'atteindre celle qui portait l'écriteau Folle Envie.

Dans la suite, la lumière tamisée projetait des ombres partout. Il y avait deux grands canapés qui ressemblaient à des lits, ainsi qu'un banc avec des chaînes sur lequel était posée une cravache. Perséphone, qui avait gardé son manteau, marcha vers le balcon noyé sous une lumière rouge.

En contrebas se trouvaient plusieurs lits, de larges canapés, des bancs et deux cages. La salle était bondée. Certains clients portaient des masques, d'autres non, certains s'envoyaient en l'air tandis que d'autres étaient assis et discutaient en observant. Il y avait également une petite piste où quelques personnes dansaient et s'exploraient les unes les autres. Perséphone ne s'était pas attendue à trouver un tel silence dans la salle.

En fait, elle avait imaginé que cela ressemblerait davantage au sexe qu'elle pratiquait avec Hadès, mais elle se rendit compte que ses ébats avec lui étaient bien plus intenses. Il n'était pas question pour eux de partager, contrairement à ce qui se passait ici.

Ici, les gestes étaient lents, bienveillants et respectueux. Une femme se faisait fesser par un homme pendant qu'elle en suçait un autre, plusieurs couples baisaient, leurs visages déformés par le plaisir, et une autre femme était ligotée pendant qu'un homme la faisait grimper au septième ciel. Perséphone resta longtemps concentrée sur eux. Elle eut du mal à comprendre pourquoi ils la fascinaient autant. Puis elle comprit que c'était parce qu'elle avait toujours perçu le fait d'être menottée comme une perte de contrôle, alors que ce qu'elle voyait était très différent. C'était à la fois sensuel, taquin et tendre. Elle y voyait un rapport de confiance.

Une vague de chaleur la saisit et elle se racla la gorge. Elle avait offert à Hadès ce qu'elle considérait comme son plus beau travail, ce matin. Cela avait été chaud et intense, et elle avait eu désespérément envie de lui. Elle serra plus fort la rambarde du balcon.

– Alors, tu en penses quoi ? demanda Hermès en la rejoignant.

– C'est… différent, admit-elle.

Il haussa un sourcil.

– Ce n'est pas aussi sordide que tu le pensais ?

– Non. En fait, c'est presque… sage.

– Tu as vu quelque chose que tu aimerais essayer ?

Perséphone le dévisagea.

– Avec Hadès, bien sûr, précisa-t-il.

Elle leva les yeux au ciel et changea de sujet.

– Où penses-tu que le rendez-vous a lieu ?

– Je suppose que ça dépend du genre de rendez-vous qui l'attend, répondit Hermès.

Sybil, Leucé et Zofie les rejoignirent à leur tour.

– Je constate qu'il y a des choses qui ne changent jamais, dit Leucé en riant.

Perséphone supposa que la nymphe faisait référence au fait que, durant la Grèce antique, la société était hyper-sexualisée. À vrai dire, les choses n'avaient pas beaucoup changé, même en Nouvelle Grèce, la prostitution était parfaitement légale.

– Vite, couvre-toi les yeux, Zofie, plaisanta Leucé.

– Pourquoi ? rétorqua l'Amazone. Le sexe n'a rien de nouveau pour moi.

Tout le monde la dévisagea en écarquillant les yeux.

– Quoi ? dit-elle d'un ton exaspéré. C'est vrai que je ne connais pas la société moderne, mais le sexe n'a rien de moderne.

Hermès gloussa et Sybil esquissa un sourire narquois.

– Donc tu as déjà couché avec quelqu'un ? demanda Leucé.

– Bien sûr, répondit Zofie en levant les yeux au ciel.

– Mais… on a joué à « Jamais je n'ai » et tu n'as pas bu ! répondit la nymphe. Pas une seule fois !

Zofie resta silencieuse un moment et finit par froncer les sourcils.

– Je crois que j'avais mal compris le jeu.

Ils éclatèrent de rire et observèrent ce qui se passait, commentant certains actes et certaines positions. Les couples déambulaient et s'échangeaient, s'adonnant à différentes activités, mais au bout d'un moment, Perséphone remarqua que certains partaient, un par un, disparaissant dans la pénombre.

Elle se crispa.

– Où pensez-vous qu'ils vont ? demanda Sybil.

– Je ne sais pas, répondit Perséphone.

– On va enquêter ? proposa Hermès.

– Il faut que quelqu'un reste ici pour voir Hélène arriver, dit Perséphone. Sybil, Leucé, vous pouvez faire le guet et m'écrire quand elle arrive ?

– Bien sûr, dit Sybil.

– Zofie, j'ai besoin que tu restes ici avec elles.

– J'ai pour ordre de te protéger, Milady.

– En fait, j'ai prêté serment que je la protégerai ce soir, dit Hermès. Tu m'excuseras si je ne fais confiance à personne pour le faire à ma place.

L'Amazone fusilla Hermès du regard et s'apprêtait à protester quand Perséphone intervint.

– C'est important, Zofie. Je t'ordonne de protéger mes amies. Si Hélène est ici avec la Triade et nous reconnaît, on aura des ennuis.

– Très bien, Milady, admit-elle en continuant de faire les gros yeux à Hermès.

Perséphone enleva son manteau et les deux dieux mirent des masques avant de sortir de la suite. Hermès s'arrêta dans la pénombre de la cage d'escalier.

– Fais comme moi, dit-il en passant son bras sous le sien avant de déambuler parmi les gens.

Ils prirent leur temps, serpentant entre les lits, les membres entremêlés et les canapés sur lesquels des hommes et des femmes s'oubliaient, en proie à leur passion. Ce qui marqua Perséphone fut le silence qui régnait, malgré la musique et les gémissements.

Un couple leur sourit, l'homme s'arrêta, la tête entre les cuisses de sa partenaire.

– Vous voulez vous joindre à nous ? demanda-t-il.

– Nous préférons regarder, répondit Hermès.

Cela ne sembla pas les déranger et l'homme replongea la tête entre les jambes de la femme. Perséphone détourna le regard, prise d'une sensation étrange alors qu'elle observait les gens s'adonner si librement au sexe. Elle n'était pas certaine de pouvoir faire ça, de se sentir à l'aise en étant observée. Perséphone était possessive, Hadès aussi. Ça ne finirait pas bien.

Ils atteignirent bientôt l'autre côté et empruntèrent un couloir au bout duquel se tenait un homme.

– Milady, dit-il.

Perséphone se crispa, mais elle comprit, quand Hermès lui lâcha le bras, que cet homme était là pour l'aider à descendre les marches. Elle accepta sa main et précéda Hermès dans une pièce circulaire entourée de colonnes et d'arches couvertes. C'était un petit amphithéâtre avec une scène en contrebas, où se tenait une déesse.

Elle était ligotée sur une table noire. Elle n'était pas consciente, et du sang coulait d'une plaie sur sa tête.

Perséphone se figea et un frisson de peur parcourut son échine. Elle ne reconnut pas la déesse, mais elle décela qu'elle était vivante. Les spectateurs la huaient et jetaient des objets sur elle tandis que d'autres criaient : « Coupez-lui les cornes. »

– C'est Tyché, dit Hermès.

Perséphone sursauta. Elle ne l'avait pas senti approcher, mais elle se détendit légèrement en sa présence.

– Tyché, chuchota Perséphone. La déesse de la Fortune et de la Prospérité ?

– La seule et l'unique, répondit-il d'un ton lugubre.

Elle tourna la tête vers lui et nota sa mâchoire crispée ainsi que son regard froid.

– Qu'est-ce qu'on va faire ? demanda-t-elle.

Ils devaient l'aider.

– On attend. On ne sait pas de quels moyens ils disposent pour se défendre. Ni qui est de leur côté.

Perséphone tressaillit de peur, accablée par une appréhension qui semblait la happer comme le courant des océans. Elle pensa à l'arme qui avait piégé Harmonie, et à sa mère dont la magie l'avait nourrie. Qu'allaient-ils affronter ici ?

Elle balaya la foule du regard, mais ne vit pas Hélène.

D'autres personnes arrivèrent et la salle fut bientôt pleine. Il faisait chaud et son masque collait à son visage trempé de sueur. La colère et les moqueries des personnes qui arrivaient étaient de plus en plus virulentes. L'air crépitait de violence et Perséphone se colla contre Hermès, de plus en plus mal à l'aise. Le dieu la serra plus fort contre lui, ce qui aurait été plus réconfortant s'il n'avait pas été aussi tendu qu'elle.

Tout à coup, des applaudissements retentirent et elle vit un homme monter sur la scène. Il était vêtu d'un costume bleu marine qui semblait fait sur-mesure pour son corps massif. Il avait des cheveux blonds et ondulés et des yeux d'un bleu si vif que Perséphone les vit scintiller, même de loin.

Un demi-dieu, pensa-t-elle.

– C'est Okéanos, dit Hermès.

– Qui est Okéanos ?

– Un fils de Zeus. Il a un jumeau, Sandros. En général, ils ne sont jamais loin l'un de l'autre.

Perséphone regarda Okéanos, qui tournait autour de Tyché comme un prédateur, affichant une expression de dégoût. Il s'arrêta près de sa tête, prit l'une de ses cornes et la coupa d'un geste, sans effort. De la bile remonta dans la gorge de Perséphone, la foule applaudit. Il rompit ensuite son autre corne et les tint en l'air comme un trophée, le public l'acclamait, tel un héros des temps anciens.

Il les jeta par terre comme de vulgaires déchets, d'un geste nonchalant, comme s'il ne venait pas de mutiler la déesse qui était ligotée sur la table.

– Les Olympiens bafouent le pouvoir ! cria-t-il. Ils paradent comme des célébrités obsédées par leur image et leur richesse, blessant plus souvent les mortels qu'ils n'exaucent vos prières désespérées !

Le public rugit.

– C'est une histoire aussi vieille que la nuit des temps. Les dieux outrepassent leur utilité dans le monde et doivent être remplacés par des dieux nouveaux, des dieux qui le comprennent et voient son potentiel. *Nous sommes* ces dieux. Il est temps pour nous de nous réapproprier notre monde.

La foule continuait de l'acclamer.

Perséphone avait envie de vomir. Elle s'était attendue à ce discours, c'était le même que celui d'Hélène. Ces demi-dieux voulaient réellement renverser les Olympiens. Le problème était que ces gens – Adonis, Harmonie, Tyché – n'étaient pas Olympiens, justement. Ils étaient innocents. Quel était l'intérêt de leur faire du mal ?

Tyché remua, attirant l'attention d'Okéanos, qui continua de parler en tournant autour d'elle.

– Nous aurons notre renaissance ! Un monde nouveau où vos prières seront exaucées, où les dieux n'interféreront que lorsqu'on leur demande, où ils guériront plutôt que de blesser. Mais le prix sera élevé.

Il prit un couteau qui devait être près de la tête de Tyché. La lame brilla, aiguisée, fatale.

– Êtes-vous prêts à le payer ? demanda-t-il en regardant la foule, qui cria « oui » à l'unisson.

C'est alors que Perséphone sentit la magie de sa mère, attirant son attention, faisant battre son cœur plus vite. Elle fut d'abord prise de panique, son souffle devint laborieux et rapide et elle se mit à voir flou. La magie disparut aussi vite qu'elle était arrivée, et quand elle regarda à nouveau la scène, Okéanos soulevait le poignard.

– Non ! cria Perséphone en tendant les bras.

Plusieurs personnes tournèrent la tête vers elle et se figèrent, tous sauf Okéanos, qui riva ses yeux sur elle.

Merde !

Les demi-dieux n'étaient peut-être pas aussi puissants que d'autres dieux, mais il était impossible de savoir de quelle magie ils avaient hérité. Apparemment, Okéanos contrôlait le temps. Sans un mot, il tendit le bras et un éclair de lumière fonça sur elle.

Perséphone écarquilla les yeux et plongea pour l'éviter. En atterrissant par terre, quelqu'un se matérialisa devant elle, une déesse.

– Aphrodite…

La déesse tendit le bras et, l'instant d'après, Okéanos se cambra, son cœur jaillit de son torse pour voler dans la main d'Aphrodite. Il écarquilla les yeux et tomba à genoux. Perséphone perdit le contrôle de sa magie et le public se remit à bouger.

Il y eut un lourd silence, le temps que la foule comprenne ce qui venait de se passer.

– Des dieux ! Il y a des dieux parmi nous ! cria quelqu'un.

Ce fut aussitôt le chaos, certains hurlèrent et s'enfuirent en courant, d'autres ôtèrent leur masque et cherchèrent des armes dans l'amphithéâtre.

– Hermès ! cria Perséphone. Prends Tyché !

Le dieu de la Ruse apparut aussitôt près de la déesse inconsciente. La foule se jeta sur lui pour l'attaquer, mais ses yeux s'étaient mis à luire, et certains s'arrêtèrent.

– Aphrodite ! hurla Perséphone en se levant.

La déesse ne semblait pas l'entendre. Ses yeux étaient rivés sur le cœur qui battait dans sa main et la couvrait de sang.

Perséphone vit alors un mortel se précipiter sur Aphrodite, armé d'un grand bougeoir en argent.

– Aphrodite !

La déesse garda son calme, tournant lentement la tête vers le mortel. Elle tendit le bras et le projeta en arrière, sur la foule, dispersant les mortels avant d'atterrir avec un bruit sourd sur le mur opposé.

Perséphone s'attendait à ce que le public s'enfuie, mais les mortels se jetèrent à nouveau sur elle.

Une main empoigna ses cheveux, tirant sa tête en arrière avant de lui arracher son masque. Le geste fut si violent que Perséphone en resta figée, stupéfaite, et il lui fallut un moment pour voir le visage du mortel.

– Jaison ?

Elle ne l'avait pas vu et n'avait pas eu de ses nouvelles depuis les obsèques de Lexa. Elle comprenait pourquoi, maintenant. Ses boucles brunes étaient plus longues et il portait la barbe, il avait l'air sauvage et enragé.

– Bien, bien, bien, la pute favorite d'Hadès est venue infiltrer notre réunion.

– Jaison…

Elle dit son nom et leva le bras pour retirer sa main de ses cheveux, surprise qu'il la lâche. Elle tituba, mais fut aussitôt poussée par quelqu'un d'autre et à nouveau bousculée violemment. Cette fois, elle parvint à se stabiliser avant qu'on ne la touche à nouveau, mais elle était encerclée.

– Pourquoi ? demanda-t-elle à Jaison.

– C'est évident, non ? Hadès aurait pu sauver Lexa. Tu aurais pu la sauver.

– Je t'interdis de dire ça, gronda-t-elle, les larmes aux yeux.

– Si tu avais fait ce qu'il fallait dès le début, elle ne serait pas partie. Elle n'était pas la même quand elle est revenue.

– Parce qu'elle voulait mourir ! s'écria Perséphone. Elle était fatiguée, mais tu étais trop égoïste pour le voir. Et moi aussi.

– Ne fais pas semblant d'avoir tenu à elle. Si c'était le cas, tu n'épouserais pas Hadès.

Le cercle se referma sur elle et elle se crispa.

– Ne faites pas ça, dit-elle. Vous allez le regretter.

– On n'a pas peur d'Hadès, rétorqua Jaison.

– Ce n'est pas d'Hadès que vous devriez avoir peur, dit-elle. C'est de moi.

Il éclata de rire et les autres se joignirent à lui, mais Perséphone sentait sa colère prendre le dessus. Quelqu'un tendit la main vers elle et elle explosa, littéralement. Des épines jaillirent de ses bras, de ses jambes et de ses paumes de main, fendant l'air comme des lames, se plantant dans les mortels qui l'entouraient, dans leur tête, leur gorge, leur torse ou leur ventre, y compris Jaison. Elle hurla et déversa toute sa colère face au carnage et à la douleur, mais lorsqu'elle fut vidée, les épines se rétractèrent et rentrèrent dans son corps comme si elles faisaient partie d'elle. Mais Perséphone resta entaillée sur tout le corps, se vidant de son sang.

Elle tomba à genoux au milieu du massacre, pliée en deux, essoufflée, un goût de sang dans la bouche.

Guéris-toi, pensa-t-elle. *Tu dois te guérir.*

Elle perçut alors la présence caractéristique d'Hadès. Elle vit d'abord ses chaussures et elle releva lentement la tête vers son visage. Quand elle le vit, elle vit un dieu, un dieu ancien, plein de rage, de noirceur et de mort.

Il fallut un moment à Perséphone pour comprendre pourquoi la salle était devenue silencieuse, tout le monde était mort. Était-ce elle qui avait fait ça ? Ou bien Hadès ?

– *Hadès…*

Elle essaya de dire son nom, mais elle avait tant de sang dans la bouche qu'elle s'étouffa, aspergeant ses chaussures en crachant. Elle eut le vertige et s'écroula sur le sol.

Hadès se baissa pour la prendre dans ses bras, elle ne l'avait jamais vu ainsi, aussi hanté, aussi désemparé, et elle sut immédiatement qu'il luttait contre quelque chose d'horrible et de lugubre. Elle voulait le rassurer, sa seule pensée fut qu'elle espérait qu'il savait combien elle l'aimait.

Puis tout devint noir.

DEUXIÈME PARTIE

« Car je hais à l'égal des portes d'Hadès,
celui qui dans son cœur cache une chose
et sur les lèvres en a une autre. »
Homère, *L'Iliade*

CHAPITRE XIX

L'ILE DE LAMPRI

Perséphone ne reconnut pas le lit dans lequel elle se réveilla. Sa langue lui semblait enflée, mais elle pouvait respirer et sa gorge n'était plus remplie de sang. Elle leva les bras et vit que sa peau était lisse, sans aucune trace de la magie qui l'avait défendue dans le sous-sol du Club Aphrodisia. Mais si elle était guérie, elle ne pouvait quand même pas se débarrasser de l'impression qu'elle avait échoué, puisqu'elle n'avait pas pu se soigner toute seule.

Elle s'assit et balaya la chambre lumineuse du regard, cherchant Hadès qu'elle ne mit pas longtemps à trouver. Les portes-fenêtres étaient ouvertes sur le balcon où il était assis, et une brise fraîche et marine agitait les voilages qui entouraient le lit. Perséphone se leva, se couvrit avec le drap et le rejoignit.

Il était vêtu d'une robe noire et était penché en avant, les coudes sur les cuisses, un verre de whisky dans la main. Ses traits étaient tendus et ses sourcils froncés, sa mâchoire contractée. Il paraissait perdu dans ses pensées et si Perséphone craignait de le déranger, elle souhaitait cependant voir son regard.

– Hadès, chuchota-t-elle.

Il leva un regard tempétueux et elle se demanda quelle bataille faisait rage en lui.

– Tu vas bien ? demanda-t-elle.

– Non, répondit-il.

Il but une gorgée et baissa à nouveau les yeux sur ses pieds. Perséphone tendit une main hésitante pour caresser ses cheveux. Ils étaient mouillés et avaient une forte odeur d'épices, qu'elle inspira pour y chercher du réconfort.

– Hadès.

Cette fois, il lui fallut plus de temps pour lever la tête vers elle.

– Je t'aime, dit-elle.

Il déglutit avec difficulté et évita son regard. Elle soupira et lui prit son verre pour le poser sur la table basse. Elle s'assit sur ses genoux et entoura son visage de ses mains pour caresser ses joues avec ses pouces. Son visage était aussi superbe que torturé.

– Tu peux me dire ce que tu ressens ?

– Je ne crois pas qu'il y ait quoi que ce soit à dire, répondit-il.

Elle l'étudia longuement.

– Tu es en colère contre moi ?

– Je suis en colère contre moi, pour t'avoir laissée y aller, pour avoir confié ta protection à un autre.

– J'ai ordonné à Hermès…

– Il avait prêté serment, rétorqua-t-il sèchement en lui coupant la parole.

Perséphone se figea, décontenancée par sa colère. Elle n'était pas assez réveillée pour réfléchir à tout ça. Elle l'avait vu en ouvrant les yeux, et elle avait voulu être près de lui. Elle aurait dû se douter qu'il prendrait tout ça à cœur. Il se sentait coupable de ce que Pirithoos lui avait fait, il se sentirait forcément coupable de ce qui s'était passé au Club Aphrodisia.

Elle essaya néanmoins de s'expliquer.

– Hadès, dit-elle en posant ses mains sur son torse. Je… je me suis fait mal. C'est moi qui ai échoué. Je n'arrivais pas à me guérir.

La mâchoire d'Hadès se crispa de plus belle.

– Je vais bien, dit-elle. Je suis là.

– Tout juste, gronda-t-il.

Elle remarqua qu'Hadès ne la touchait pas, ses mains agrippaient les accoudoirs du fauteuil. Elle se leva et fit un pas en arrière, s'adossant à la rambarde du balcon.

– Je ne sais pas quoi faire, admit-elle.

– Tu peux arrêter, déclara-t-il, le regard plein de rage. Tu peux décider de ne pas t'en mêler. Tu peux cesser d'essayer de changer l'opinion du monde et de vouloir le sauver. Laisse les gens prendre leurs propres décisions et en assumer les conséquences. C'est ainsi que fonctionnait le monde avant toi, et c'est ainsi qu'il continuera de fonctionner.

Elle se décolla de la rambarde et se tint plus droite.

– C'est différent cette fois, Hadès, et tu le sais. On parle d'un groupe de gens qui ont réussi à capturer et à neutraliser des dieux.

– Je sais parfaitement de quoi il s'agit, aboya-t-il. J'ai déjà vécu ça et je peux t'en protéger.

– Je ne t'ai pas demandé de m'en protéger, répondit Perséphone en haussant légèrement le ton.

– Je ne peux pas te perdre, déclara-t-il.

Il se leva et posa ses mains sur la rambarde, de part et d'autre de sa taille.

– J'ai failli te perdre, tu le sais, ça ? Parce que je n'arrivais pas à me ressaisir pour te guérir. J'ai tenu des hommes, des femmes et des enfants dans mes bras, qui saignaient comme toi. Mon visage a été couvert de leur sang. Je les ai écoutés me supplier de les sauver, de leur rendre la vie alors que je ne pouvais ni la sauver ni la leur offrir, parce que je ne peux lutter contre leur destin. Mais toi, tu ne m'as pas supplié de te sauver. Tu n'étais même pas désespérée de vivre. Tu étais en paix.

– Parce que je pensais à toi ! rétorqua-t-elle.

Ses propos l'avaient poignardée en plein cœur et celui-ci s'en retrouvait ouvert, peinant à battre sous le poids de sa souffrance et de celle d'Hadès.

– Je ne pensais pas à la vie ou à la mort, ni à quoi que ce soit en dehors du fait que je t'aimais, et j'ai voulu te le dire, mais je n'ai pas pu…

Perséphone se tut. Elle n'avait pas besoin d'en dire plus, Hadès savait déjà pourquoi elle n'avait pas pu parler, et elle ne voulait pas lui rappeler l'horreur qu'il avait vécue en la trouvant inconsciente et le corps tout perforé. Il étudia longuement son visage, puis il posa sa tête sur son épaule et se mit à trembler des pieds à la tête. Perséphone resta silencieuse, les larmes chaudes d'Hadès coulaient sur sa peau. Il lui fallut un moment pour se calmer et, quand il recula, son regard était lugubre, ses yeux rougis. Elle ne l'avait jamais vu ainsi, accablé par une souffrance aussi violente et brute.

Elle posa sa main sur sa joue.

– Tu viens au lit ?

– Non, je vais te faire venir ici, dit-il en l'embrassant.

Il parlait tout contre sa bouche et Perséphone savourait son goût de sel et de whisky.

– Ensuite, je te prendrai sur le lit, dans la douche et sur la plage. Je te prendrai sur toutes les surfaces de cette maison et dans tous les recoins de cette île.

Il saisit ses hanches et l'attira contre lui avant de se rasseoir sur la chaise. Elle laissa tomber le drap pour le chevaucher et Hadès s'empara de ses seins pour prendre ses tétons dans sa bouche. Perséphone plongea ses doigts dans ses cheveux, le souffle rauque, se frottant à son érection qui restait cachée sous ses robes. Elle était de plus en plus frustrée de ne pas sentir sa peau contre la sienne et elle ouvrit son vêtement pour exposer son torse, ondulant contre lui, de plus en plus excitée.

Hadès étreignit ses fesses, elle se déhanchait sur lui, puis il glissa ses doigts en elle et elle tressauta. Elle passa quelques minutes à savourer le plaisir qu'il lui procurait, puis elle eut besoin de plus. Elle saisit son poignet pour retirer ses doigts, puis guida son érection en elle. Elle s'écrasa contre lui, déchaînée et désespérée, excitée par ses poils qui chatouillaient son clitoris. Elle prit le contrôle et Hadès s'assit sur la chaise, levant les bras pour s'agripper au dossier. Il étudia son visage, le regard scintillant mais toujours sombre.

Il posa bientôt les mains sur sa taille pour guider ses mouvements, soulevant son bassin pour rencontrer le sien. Sentir sa verge en elle était le meilleur des tonifiants et elle le savourerait jusqu'à la fin de sa vie. Il lui donnait de l'énergie et embrasait son âme. Il embrassa son épaule avant de la mordiller, leurs souffles s'entremêlèrent et leurs gémissements accélérèrent. Perséphone sentit son bas-ventre se tendre et son sexe se contracter sur la verge d'Hadès, et il se déversa en elle.

Elle s'écroula contre lui, à bout de souffle. Après un long silence, elle recula pour embrasser son torse et elle se redressa en souriant.

– Tu es fatigué ?

– Je n'ai jamais été aussi vivant, dit-il.

Il sembla à Perséphone que son regard était moins noir. Elle l'embrassa lentement, langoureusement, titillant sa langue jusqu'à le sentir durcir à nouveau en elle, puis elle rompit le baiser et appuya sa tête contre son torse. Elle aurait pu rester ainsi jusqu'à la fin des temps.

– Où sommes-nous ? chuchota-t-elle.

– Sur l'île de Lampri, notre île.

– Notre île ?

– Je l'ai depuis longtemps, mais j'y viens rarement. Quand je t'ai trouvée dans le club, je n'ai pas voulu rentrer aux Enfers. Je voulais être seul avec toi. Alors, je suis venu ici.

Un silence s'installa entre eux.

– Tu sais si Tyché a survécu ?

Hadès la serra plus fort.

– Non, elle n'a pas survécu.

***

Plus tard, Hadès donna son téléphone à Perséphone et elle put prendre des nouvelles de Sybil, Leucé et Zofie, qui avaient créé un groupe de discussion dans lequel elles lui écrivaient qu'elles l'aimaient. Elle eut les larmes aux yeux en lisant leurs messages, et elle leur répondit de ne pas s'inquiéter avant de leur demander comment elles allaient.

On va bien. Zofie s'est assurée qu'on rentre en sécurité, dit Sybil avant d'expliquer ce qui s'était passé à l'étage principal du club. On a su que quelque chose n'allait pas quand les gens sont arrivés dans la salle en hurlant qu'un dieu attaquait les mortels. On ne savait pas si c'était Hermès ou... Hadès.

Mais ce n'était ni l'un ni l'autre.

C'était Aphrodite.

Et soudain Perséphone se rappela le carnage qu'elle avait causé. Combien de gens avait-elle tués ?

Elle posa le téléphone et quand Hadès revint dans la chambre, il marqua un temps d'arrêt.

– Qu'est-ce qui ne va pas ?

– J'ai tué combien de personnes ? chuchota-t-elle.

Hadès mit quelques secondes à répondre.

– De quoi te souviens-tu ?

– Hadès…

– Est-ce que ça va t'aider de le savoir ?

Elle ouvrit la bouche pour répondre, mais elle ne sut pas quoi dire.

– Penses-y, dit-il. Je dis ça en tant que dieu qui connaît la réponse.

Ils allèrent marcher sur la plage et Perséphone fut déstabilisée de voir Hadès sous une lumière aussi vive, vêtu d'un simple tissu noué autour de la taille. Sous les rayons du soleil, sa peau bronzée devenait de plus en plus dorée.

– Pourquoi tu me regardes comme ça ?

– Ça te dérange ?

– Non. Ça me donne envie de baiser.

Elle lui sourit.

Quand ils atteignirent le rivage, Perséphone courut dans l'océan en criant de joie, les vagues trempaient le bas de sa robe blanche. Elle se retourna et vit qu'Hadès marchait vers elle.

– Ça fait combien de temps que tu n'es pas allé dans l'océan ? demanda-t-elle.

– Pour le loisir ? Je ne sais pas.

– Alors je veux que ce soit mémorable, déclara-t-elle en s'accrochant à ses épaules pour se hisser dans ses bras et entourer sa taille avec ses jambes.

Sa verge se nicha contre son sexe et elle mordilla sa lèvre.

– Je t'aime, chuchota-t-elle.

Leurs bouches fusionnèrent et son cœur se mit à battre si fort qu'elle ne put plus réfléchir. Ils se touchèrent partout, savourant leurs sensations respectives. Quand Hadès empoigna ses fesses et frotta férocement sa verge contre son sexe, ils rompirent le baiser et se regardèrent, les lèvres en feu.

– Je veux te montrer quelque chose, dit-il.

Elle haussa un sourcil tandis que son désir éclipsait toute pensée rationnelle.

– Ta queue ?

Le dieu gloussa.

– Ne t'en fais pas, ma chérie. Je te donnerai ce que tu veux, mais pas ici.

Ils sortirent de l'eau et Hadès l'emmena le long de la plage, vers un bosquet composé de plantes et d'arbres tropicaux. Plus loin, un sentier rocailleux les mena jusqu'à une grotte où se trouvait un escalier en spirale et, en bas, un bassin d'eau turquoise entouré de plantes verdoyantes. Au-dessus, le plafond était percé et les rayons du soleil plongeaient dans l'eau.

Perséphone admira le lieu, émerveillée par tant de beauté.

– Ça te plaît ? demanda Hadès.

– C'est sublime.

Hadès sourit et descendit les marches jusqu'au bord de l'eau. Il retira le tissu et se retrouva nu avant de se tourner vers elle. Perséphone se rapprocha et Hadès plongea dans l'eau, émergeant plus loin.

Son regard scintillait, sombre et révérencieux.

– Tu me rejoins ?

Elle passa sa robe par-dessus sa tête et plongea à son tour. Hadès l'attrapa par la taille et pressa ses lèvres contre les siennes au moment où elle sortait la tête de l'eau. Il se laissa flotter en faisant l'amour à sa bouche et Perséphone empoigna sa verge pour la guider entre ses jambes. Hadès lâcha ses lèvres pour mordiller sa mâchoire, et elle retint son souffle.

– Je construirai des temples en l'honneur de notre amour, et je te vénérerai jusqu'à la fin des temps. Il n'y a rien que je ne sacrifierais pour toi, dit-il avant de reculer le visage pour la scruter de son regard scintillant. Tu comprends ?

– Oui, dit-elle en s'agrippant plus fort à lui. Je te donnerai tout ce que tu as toujours voulu, même les choses sans lesquelles tu pensais vivre.

Leurs bouches se trouvèrent à nouveau et Hadès la tint contre lui en reculant contre un rocher sur lequel tombait une petite cascade, cachant une grotte plus grande. Il la souleva et la plaqua contre la paroi rocheuse. Il appuya une main au-dessus de leurs têtes et l'autre à côté du visage de Perséphone, qui soutint son regard de braise.

– Une chose noire vit en moi, dit-il. Tu l'as vue. Tu la reconnais à présent, n'est-ce pas ?

Elle hocha la tête.

– Cette noirceur te désire de façons qui t'effraieraient.

Lui disait-il cela pour lui faire peur ? Car cela eut l'effet inverse et Perséphone sentit un frisson de plaisir parcourir son échine.

– Dis-moi, susurra-t-elle.

– Cette part de moi veut te voir prier pour ma queue. Elle veut te voir gigoter sous moi pendant que je te pénètre. Que tu supplies mon sperme de te remplir.

Perséphone pressa ses mains contre la paroi, plantant ses ongles dans la roche. Elle le regardait dans les yeux, à la fois timide et audacieuse.

– Comment veux-tu recevoir ma prière, Milord ?

– À genoux, dit-il.

Elle soutint son regard et s'agenouilla. Hadès empoigna ses cheveux et les enroula sur sa main jusqu'à ce que des picotements lui tiraillent le crâne.

– Suce-moi, ordonna-t-il, et elle obéit.

Elle le prit dans sa bouche. Hadès gémit et tira plus fort sur ses cheveux, elle en eut les larmes aux yeux, mais elle continua, voulant jouer avec la noirceur qui l'incitait à la tenir ainsi. Quand il se mit à avancer et reculer le bassin, elle ne put plus que le recevoir, servant de réceptacle à son plaisir. Il prit son visage dans ses mains, les muscles bandés, le souffle rauque. Elle le croyait sur le point de jouir, mais il se retira subitement et saisit ses épaules pour la relever et plaquer son corps contre le sien. Elle écarta les jambes et il plaça son sexe contre son sexe trempé de désir.

– Hadès, le supplia-t-elle d'une voix rauque.

Il répondit à sa prière en la saisissant par les hanches. Il la souleva pour la plaquer contre le mur et son autre main se posa sur son cou, sa joue collée à la sienne. Chaque coup de bassin lui soutirait un gémissement désespéré et elle planta ses ongles dans ses épaules. Sa bouche revint sur la sienne et il l'explora avec sa langue tout en mordillant ses lèvres. Il l'embrassait et la prenait avec une férocité qu'elle n'avait jamais sentie auparavant et elle se surprit à susurrer des saletés.

– Je veux te sentir jouir, dit-elle en se cambrant, plantant ses épaules dans la roche saillante. Je veux sentir ton foutre en moi, gronda-t-elle. Je veux le sentir couler sur mes cuisses, ajouta-t-elle.

Elle planta ses talons dans ses fesses et l'attira contre elle.

– Je veux être tellement pleine de toi que je n'aurai plus que ton goût en moi pendant des jours, déclara-t-elle avant de sucer le lobe de son oreille.

Hadès continuait de la baiser et il baissa la tête pour sucer son cou puis le mordre. La douleur était délicieuse et elle cria quand les frémissements de son orgasme parcoururent ses veines. Mais au lieu d'augmenter en intensité, le plaisir dura, encore et encore, jusqu'à ce qu'elle tremble de tout son corps, et quand Hadès poussa un rugissement animal, elle sentit enfin la chaleur de son sperme en elle.

Ils restèrent collés l'un à l'autre un long moment, jusqu'à ce qu'Hadès recule et se retire pour la prendre dans ses bras et se téléporter dans la chambre où il la déposa sur le lit.

Elle s'attendait à ce qu'il s'allonge à ses côtés, mais il s'agenouilla entre ses cuisses, qu'il embrassa de bas en haut jusqu'à trouver son clitoris et laper sa chair enflée.

– Hadès, chuchota-t-elle, encore et encore.

Elle plongea ses doigts dans ses cheveux avant d'empoigner les draps quand un nouvel orgasme déferla en elle. Ce n'est que lorsqu'elle revint à elle qu'Hadès s'allongea.

Épuisée, Perséphone sombra dans un profond sommeil.

Quand elle se réveilla, plus tard, Hadès dormait. Il était sur le ventre et lui tenait la main. Il paraissait paisible et il sembla à Perséphone que les griffes lugubres qui l'avaient emprisonné plus tôt avaient desserré leur étreinte sous l'effet du sommeil. Elle l'étudia longuement avant de libérer délicatement sa main, puis elle enfila un peignoir et sortit sur le balcon où elle s'appuya contre la rambarde pour observer la nuit. C'était paisible ici, l'île avait été épargnée par la colère destructrice de sa mère.

Pourtant il sembla à Perséphone qu'elle n'aurait pas dû être ici, qu'elle ne devrait pas être aussi heureuse alors qu'un tel chaos régnait dans le monde mortel.

– Pourquoi fronces-tu les sourcils ? demanda Hadès.

Sa voix la fit sursauter et elle se tourna vers la porte-fenêtre. Hadès était nu, éclairé par la lumière de la chambre. Une vague de chaleur naquit dans son bas-ventre quand elle remarqua son érection, se rappelant son regard bestial dans la grotte et ses promesses érotiques.

Elle déglutit et se força à penser à autre chose.

– Tu sais qu'on ne peut pas rester ici, dit Perséphone. Pas après ce qu'on a laissé derrière nous.

– Une nuit de plus, la supplia Hadès.

– Et si c'est trop tard ?

Hadès ne répondit rien, mais il s'approcha d'elle et prit son visage dans ses mains pour scruter son regard.

– Je ne peux pas te convaincre de rester ici ? demanda-t-il. Tu serais en sécurité, et je reviendrais chaque fois que j'aurais un instant de libre.

Elle empoigna ses avant-bras.

– Hadès, chuchota-t-elle. Tu sais bien que je ne peux pas. Quelle reine je serais si j'abandonnais mon peuple ?

Il esquissa un léger sourire, mais son regard resta triste.

– Tu es la reine des Morts, pas celle des vivants.

– Les vivants finissent par devenir les nôtres, Hadès. À quoi servons-nous si nous les négligeons de leur vivant ?

Hadès soupira et appuya son front contre le sien.

– J'aimerais que tu sois aussi égoïste que moi, dit-il.

– Tu n'es pas égoïste. Tu ne partirais que pour leur venir en aide.

Il baissa les yeux sur sa bouche et l'embrassa en caressant sa taille, puis son sexe.

– Hadès, gémit-elle contre ses lèvres.

– Si tu refuses de rester une autre nuit, accorde-moi au moins une autre heure, dit-il.

Comment lui dire non ?

Elle passa ses bras autour de son cou et il la souleva pour l'installer sur la rambarde du balcon avant de plonger ses doigts en elle, lui arrachant un gémissement.

– Tu te trompes, dit-il en portant sa main à sa bouche. Je suis égoïste.

Elle le regarda sucer ses doigts et écarta les jambes en l'invitant à y revenir.

– Juste une heure, rappela-t-elle au dieu.

Elle vit un minuscule sourire apparaître sur ses lèvres et il s'apprêtait à fusionner à nouveau avec elle quand il poussa un grognement et tira Perséphone en avant pour la faire descendre de la rambarde.

– Putain, cracha-t-il. Hermès !

– J'adorerais me joindre à vous, merci, dit le dieu en apparaissant près d'eux sur le balcon. Mais une autre fois, peut-être.

Perséphone lui tourna le dos pour nouer son peignoir. Quand elle se retourna, elle vit que le sublime visage du dieu était défiguré par une entaille qui allait du coin de son œil à sa bouche.

– Hermès, qu'est-ce qui t'est arrivé ? demanda-t-elle, éberluée.

Il lui sourit tendrement malgré sa réponse.

– J'ai failli à mon serment.

Perséphone resta muette. Elle tourna la tête vers Hadès qui ne la regardait pas, trop énervé et concentré sur le dieu de la Ruse.

– Qu'est-ce que tu veux, Hermès ? On était sur le point de revenir.

– C'est combien de temps, « sur le point » ? demanda-t-il avec un sourire dépourvu d'humour.

Perséphone n'aimait pas la mélancolie qu'elle décelait en lui. Était-il en deuil après la mort de Tyché ou était-ce autre chose ?

– Hermès… commença Hadès.

– Zeus vous convoque tous les deux à Olympe, dit-il, coupant la parole à Hadès. Il a réuni le Conseil. Ils souhaitent discuter de votre séparation.

CHAPITRE XX

LE CONSEIL DES OLYMPIENS

– Notre séparation ? répéta Perséphone en regardant Hadès. Il n'y a pas de sujet plus pressant, comme le fait que la Triade a assassiné une déesse et en a attaqué une autre ?

– Je vous dis seulement la raison que Zeus a donnée pour rassembler le Conseil, dit Hermès. Ça ne veut pas dire que d'autres sujets ne seront pas abordés.

– J'arrive bientôt, Hermès, dit Hadès, qui n'avait toujours rien fait pour se couvrir.

Hermès hocha la tête avant de regarder Perséphone.

– À tout de suite, Sephy, dit-il en lui faisant un clin d'œil.

Il disparut, et la déesse supposa qu'il avait voulu amoindrir la culpabilité qu'elle ressentait en le voyant défiguré.

– C'est toi qui as fait ça à Hermès ?

– Tu me poses la question alors que tu connais déjà la réponse.

– Tu n'étais pas…

– Si, j'étais obligé, gronda-t-il. Sa punition aurait pu être pire. Certaines de nos lois sont sacrées, Perséphone, et avant de te sentir coupable de ce qui est arrivé à Hermès, rappelle-toi qu'il était parfaitement au courant de ce qu'impliquait son serment, même si toi, tu ne l'étais pas.

Ses propos sonnèrent comme un reproche et elle fuit son regard.

– Je ne savais pas, admit-elle.

Hadès soupira d'un ton frustré, mais il prit sa main et l'attira dans ses bras.

– Pardon, dit-il en posant sa paume contre sa joue. Je voulais te réconforter.

– Je sais, admit-elle. Ce doit être épuisant de… de constamment avoir à tout m'apprendre.

– Je ne me lasse jamais de t'instruire, répondit-il d'une voix douce. Ma frustration vient d'ailleurs.

– Peut-être que je pourrais t'aider… si tu m'en disais plus ? suggéra-t-elle.

Hadès évita son regard et réfléchit avant de répondre.

– J'ai peur de dire ce qu'il ne faut pas, et que mes intentions te semblent barbares.

Perséphone fronça les sourcils, mais elle n'était pas surprise qu'il ressente cela. Elle l'avait traité de pire dieu qui soit. Elle avait supposé que ses contrats avec les mortels ne servaient qu'à le divertir quand ils étaient une tentative sincère de sauver leurs âmes.

– Je suis désolée. Je crois que je t'ai donné cette peur quand on s'est rencontrés.

– Non, répondit-il. Je l'avais avant toi, mais ça n'a pris de l'importance qu'en te rencontrant.

– Je comprends la punition d'Hermès, dit-elle. Et je suis soulagée.

Hadès ne semblait pas convaincu par ses propos, mais il se pencha pour l'embrasser sur le front. Elle ferma les yeux contre ses lèvres qui la réchauffèrent des pieds à la tête. Quand il recula, elle chercha son regard.

– Tu veux m'accompagner au Conseil ?

– Sérieusement ? s'étonna-t-elle.

– J'ai des conditions, dit-il en souriant. Mais si les Olympiens doivent parler de nous, je trouve normal que tu sois présente.

Elle sourit jusqu'aux oreilles.

– Viens, allons nous préparer, dit-il.

Et elle sentit sa magie l'envelopper.

Elle s'attendait à apparaître dans leur chambre, mais Hadès l'avait emmenée dans une pièce remplie d'armes.

– Est-ce que c'est…

– Mon arsenal, répondit-il.

La pièce était circulaire avec un sol en marbre noir, comme le reste du palais. La plupart des murs étaient couverts d'étagères et d'armoires remplies de poignards, de lances, de javelots, de frondes, d'arcs et de flèches. Il y avait des armes modernes, aussi, des fusils et des grenades, ainsi que de l'artillerie lourde. Et aussi des boucliers, des casques, des cottes de maille et des plastrons en cuir, mais ce qui attira Perséphone se trouvait au milieu de la pièce, sur une petite estrade. C'était l'armure d'Hadès. Elle était à la fois menaçante et mortelle. Des piques pointues recouvraient les épaules, les bras et les jambes et une cape noire tombait sur une épaule. Un casque du même métal noir était posé au pied de l'armure.

Perséphone s'approcha et effleura des doigts le métal froid du casque. Elle essaya d'imaginer Hadès en armure, il était déjà si massif et imposant… il serait carrément monstrueux sur un champ de bataille.

– Ça fait combien de temps ? chuchota-t-elle. Que tu ne l'as pas portée ?

– Un moment, répondit-il. Je n'en ai besoin que lorsque je combats des dieux.

– Ou contre une arme qui peut te tuer.

Hadès ne répondit pas, tendant le bras pour prendre le casque.

– C'est le Casque de Kunée, dit-il. Il offre l'invisibilité à celui qui le porte. Ce sont les cyclopes qui l'ont fabriqué pour moi durant la Titanomachie.

Elle connaissait les Trois Armes : le Casque de Kunée d'Hadès, le Foudre de Zeus et le Trident de Poséidon. Il y avait toujours un point de rupture dans chaque guerre, un tournant pour le pire ou le meilleur, dans un camp ou dans l'autre. Or c'étaient ces armes qui avaient changé le destin des Olympiens et leur avaient permis de vaincre les Titans.

Perséphone fut saisie d'appréhension en voyant le casque. Elle soupçonnait la Triade de vouloir la guerre, verrait-elle bientôt Hadès vêtu de son armure ?

– Pourquoi tu as besoin du casque ? demanda-t-elle. L'invisibilité fait partie de tes pouvoirs.

– L'invisibilité est un pouvoir que j'ai obtenu au fil du temps, en devenant plus fort, répondit-il avant de lui sourire. Mais en dehors de ça, j'aime protéger ma tête durant les combats.

Il essayait d'être drôle, mais Perséphone fronça les sourcils quand il lui tendit le casque. Elle le tint entre ses mains et étudia les rayures et les coups visibles sur sa surface. Elle avait toujours imaginé que personne ne pouvait s'approcher suffisamment d'Hadès pour le blesser, mais ces marques prouvaient le contraire.

– Je veux que tu le mettes au Conseil, dit-il.

– Pourquoi ?

– Le Conseil n'est que pour les Olympiens. Et je ne suis pas pressé de te présenter à l'un ou l'autre de mes frères, surtout dans ces circonstances. Tu vas entendre des choses qui ne vont pas te plaire.

– Tu as peur que ma bouche sabote nos fiançailles ? demanda-t-elle en haussant un sourcil.

Hadès sourit, enfin. C'était rafraîchissant, après l'air sérieux qu'il arborait depuis qu'il l'avait trouvée au Club Aphrodisia.

– Oh chérie, je suis persuadé que ta bouche ne peut que les rendre plus belles.

Ils se dévisagèrent, puis elle baissa les yeux pour reluquer ses muscles et son sexe encore dur.

– Comptes-tu aller au Conseil à poil, Milord ? Si c'est le cas, j'insiste pour être présente.

– Si tu continues de me regarder comme ça, nous n'irons pas du tout à Olympe, répondit-il.

Soudain, d'un seul petit mouvement de la main d'Hadès, ils furent tous les deux vêtus de noir. Lui était en costume et Perséphone en robe fourreau. La déesse se demanda comment les autres s'habillaient pour aller au Conseil. Arboreraient-ils les parures des dieux anciens ?

Hadès lui offrit sa main.

– Tu es prête ?

En vérité, elle n'en était pas certaine, mais Hadès et son casque la réconfortaient. C'était une des dernières fois où elle avait le temps de se demander si elle était prête. Viendrait un jour où elle n'aurait plus le temps, où tout dépendrait de décisions et d'actions rapides.

Elle plaça sa main dans la sienne et ils se téléportèrent.

Ils apparurent dans l'ombre d'une immense colonne. Quand Perséphone regarda sur le côté, elle vit qu'ils se trouvaient derrière une série de piliers entourant la salle où résonnaient les voix rugissantes et frustrées des dieux.

– Cette tempête doit cesser, Zeus ! Mon royaume m'implore d'en être débarrassé.

Perséphone n'en était pas certaine, mais à entendre la voix calme de la déesse, elle supposa que c'était Hestia qui venait de parler.

– Je ne suis pas pressé que la tempête prenne fin, dit Zeus. Les mortels sont devenus trop effrontés, ils méritent qu'on leur donne une leçon. Peut-être que mourir de froid leur rappela qui fait la loi dans leur monde.

Perséphone chercha le regard d'Hadès. Les propos de Zeus posaient véritablement un problème, c'était à cause de ce genre de discours qu'Harmonie avait été attaquée et que Tyché était morte. Les mortels étaient las de ce comportement, et c'était pour cela qu'ils se rebellaient.

Hadès plaqua son index contre ses lèvres, prit le casque de ses mains et le lui mit. Elle ne se sentit pas différente, mais il était lourd et trop grand pour elle. Il embrassa ses phalanges avant de partir, se déplaçant dans l'ombre sans être vu. Elle sut qu'il était apparu devant les Olympiens car il parla d'une voix lugubre empreinte de mépris.

– Tu ne leur rappelleras rien, sauf le fait qu'ils te détestent, qu'ils nous détestent, dit-il.

– Hadès ! grogna Zeus.

Perséphone longea l'extérieur des colonnes. De l'autre côté des piliers, elle pouvait voir plusieurs trônes, dos à elle, ainsi que trois autres qui lui faisaient face, Poséidon, Aphrodite et Hermès. Chaque trône symbolisait le dieu qui y siégeait : celui de Poséidon était un trident, celui d'Aphrodite un coquillage rose et celui d'Hermès était son caducée.

Elle étudia longuement Aphrodite en se remémorant sa posture quand elle tenait le cœur d'Okéanos dans sa main, indifférente à la barbarie de sa magie. Devrait-elle affronter des conséquences après avoir tué l'un des fils de Zeus ? Perséphone ne connaissait pas les règles des Olympiens, mais elle supposait que la déesse avait dû s'expliquer auprès du dieu de la Foudre, car elle siégeait au Conseil, comme s'il ne s'était rien passé.

Perséphone se rapprocha jusqu'au trône qu'elle supposait appartenir à Apollon, puisque des rayons de soleil dépassaient du haut du dossier.

– D'après ce que j'ai compris, Hadès, la tempête est de ta faute. Il a fallu que tu mettes ta bite dans la fille de Déméter, hein ?

– Tais-toi, Arès ! dit Hermès.

Perséphone nota l'ombre qui noircissait le regard du dieu et faisait ressortir ses pommettes.

– Pourquoi se tairait-il ? Il dit la vérité, dit une voix sur la droite, qui sonnait comme celle d'Artémis.

– Parmi les millions de femmes que tu aurais pu baiser, il a fallu que tu t'entiches de la fille de la seule déesse qui te déteste plus qu'elle n'aime l'humanité, poursuivit Arès.

– Ce doit être une chatte en or, dit Poséidon.

Un goût amer remonta dans la gorge de Perséphone et elle fut saisie d'appréhension quand elle sentit la magie d'Hadès surgir, puissante et vibrante.

– Je couperai personnellement le fil du prochain qui osera dire quoi que ce soit sur Perséphone.

– Tu n'oserais pas, dit la voix d'Héra. Les conséquences qui découlent de tuer un dieu sans que les Moires ne l'aient décidé sont lourdes. Tu pourrais perdre ta chère déesse.

Il s'ensuivit un silence tendu et Perséphone essaya d'imaginer l'expression d'Hadès. Sans doute véhiculait-elle quelque chose du genre « *attends un peu pour voir* ».

– Le fait est que la tempête de neige fait beaucoup de dégâts, dit la voix soyeuse et autoritaire d'Athéna.

– Alors nous devons discuter des solutions qui mettront fin à sa colère, dit Hadès.

– Rien ne la convaincra de cesser son assaut en dehors de votre séparation, dit Héra.

Si c'était vraiment le cas, cela impliquait qu'il n'y avait aucun autre moyen d'apaiser la fureur de Déméter.

– C'est hors de question, déclara le dieu des Morts.

– Est-ce que cette fille souhaite être avec toi, au moins ? lança Héra d'un ton défiant. N'est-il pas vrai que tu l'as liée à un contrat pour la forcer à passer du temps avec toi ?

Perséphone serra les poings.

– C'est une femme, dit Hermès. Et elle aime Hadès. Je l'ai vu.

– Et on devrait sacrifier la vie de milliers de mortels pour sauver l'amour de deux dieux ? dit Artémis. C'est ridicule.

– Je ne suis pas venu au Conseil pour parler de ma vie amoureuse, dit Hadès.

– Non, mais hélas pour toi, dit Zeus, ta vie amoureuse provoque la panique sur Terre.

– Tout comme ta queue, dit Hadès. Et personne n'a jamais réuni le Conseil pour en parler.

– En parlant de bites et des problèmes qu'elles causent, interrompit Hermès, personne ne compte parler des problèmes que cause ta progéniture ? Tyché est morte. Quelqu'un nous attaque… parvient à nous tuer… et tu veux te chamailler à propos de la vie sentimentale d'Hadès ?

Perséphone ne put se retenir de sourire en entendant les propos d'Hermès, mais les autres dieux mirent vite fin à sa joie.

– Nous n'aurons plus à nous en inquiéter si la tempête de Déméter continue, dit Artémis. Les mortels seront tous morts de froid.

– Tu crois que la colère de Déméter est le pire qui puisse arriver ? gronda Hadès d'un ton menaçant. Tu ne connais pas la mienne.

C'était une menace, or cela ne les mènerait nulle part. Hadès lui avait demandé de ne pas se montrer, mais le fait était que ces dieux parlaient d'elle, de ses pensées, de ses sentiments, de ses choix, et ils n'avançaient pas d'un iota à propos de ce qui comptait le plus : savoir ce que Déméter prévoyait de faire avec la Triade. Elle s'éloigna du trône d'Apollon et longea l'extérieur du cercle dessiné par les colonnes. Quand elle arriva du côté où était assis Arès, elle retira le casque d'Hadès et le posa par terre. Elle se débarrassa alors de son Charme et marcha jusqu'au centre du cercle, soudain entourée par onze Olympiens.

Elle chercha le regard d'Hadès et le soutint. Il était crispé et s'agrippait au bord de son trône mais, grâce à lui, Perséphone parvint à se tenir plus droite et à hausser le menton. Elle n'avait pas la moindre idée de la manière dont ces dieux anciens la percevaient. Sans doute leur paraissait-elle jeune et inexpérimentée mais, au moins, ils la voyaient et la connaîtraient et, après ça, ils la respecteraient.

– Hadès, lui dit-elle en souriant, et il sembla se calmer.

– Bien, bien, bien. La fille de Déméter, gronda Zeus d'une voix qui fit vibrer le sol sous ses pieds.

– C'est moi, lui répondit-elle, détestant le regard lubrique qu'il posa sur elle.

Elle avait vu le roi de nombreuses fois en photo ou de loin. Il était massif et imposant et son corps remplissait son trône. Il avait beau être le plus jeune des trois frères, ses cheveux poivre et sel lui donnaient l'air plus âgé. Elle ne savait pas pourquoi il était ainsi, peut-être pensait-il que cela lui donnait plus d'autorité, ou avait-il troqué sa jeunesse contre le pouvoir. À ses côtés, Héra la regardait d'un air lourd de jugement. Les traits nobles de son beau visage étaient tirés et cyniques.

Elle regarda vers la gauche, trouvant le visage doré et passif d'Athéna, le trône vide de sa mère, puis Apollon et Artémis. Apollon inclina brièvement la tête. Ce fut le seul signe de reconnaissance qu'il lui offrit, son regard resta impassible et il ne lui sourit pas. Elle essaya de ne pas se laisser déstabiliser par sa froideur et elle se tourna vers la droite, où elle découvrit Poséidon qui l'observait sans vergogne d'un air affamé. Il y avait ensuite Hermès, Hestia et Arès.

Hermès lui sourit et l'étudia tendrement.

– Tu causes beaucoup de problèmes, dit Zeus, attirant son attention sur son regard terne.

– Tu veux dire que ma mère cause beaucoup de problèmes, je crois, répondit-elle. Or, tu sembles déterminé à punir Hadès.

– Je souhaite simplement résoudre ce problème de la façon la plus simple.

– Ce serait peut-être vrai si Déméter n'était responsable que d'une tempête. Mais j'ai des raisons de croire qu'elle collabore avec les demi-dieux.

Il y eut un blanc.

– Quelles raisons ? demanda le roi des dieux.

– J'étais là le soir où Tyché est morte, dit Perséphone. Ma mère y était. J'ai senti sa magie.

– Peut-être était-elle là pour te récupérer, proposa Héra. D'après la loi divine, elle serait dans son droit, puisqu'elle est ta mère.

– Puisque nous fondons nos décisions sur des lois archaïques, je suis forcée d'être en désaccord, répondit Perséphone.

Le regard d'Héra devint glacial et Perséphone comprit qu'elle n'aimait pas qu'on la défie.

– Et sur quels fondements ?

– Hadès et moi baisons, déclara Perséphone. D'après la loi divine, nous sommes donc mariés.

Hermès réprima un éclat de rire, mais tous les autres restèrent silencieux. Elle regarda Zeus car même si elle détestait l'idée, c'était lui qu'elle avait besoin de convaincre.

– C'est la magie de ma mère qui a empêché Tyché de se défendre, dit-elle.

Le dieu la regarda un moment avant de se tourner vers Hermès.

– C'est vrai, Hermès ?

Elle serra les poings.

– Perséphone ne mentirait jamais, répondit le dieu de la Ruse.

– La Triade est un ennemi sérieux, dit Perséphone. Il y a de fortes raisons de les craindre.

Des rires éclatèrent autour d'elle et elle étudia les dieux les uns après les autres.

– Vous n'avez pas entendu ce que j'ai dit ?

– Harmonie et Tyché sont des déesses, certes, mais ce ne sont pas des Olympiennes, dit Poséidon.

– J'imagine que les Titans ont dit la même chose de vous, rétorqua-t-elle. D'autant que Déméter est Olympienne, elle.

– Elle ne serait pas la première à essayer de me détrôner, et à échouer, répondit Zeus.

Elle le vit regarder à gauche et à droite. Ils avaient beau être assis en cercle, unis, les Olympiens étaient divisés et la haine qui clivait le conseil était épaisse comme de la fumée.

– C'est différent, dit Perséphone. Cette fois, le monde est prêt à changer d'allégeance et à obéir à des gens qu'il croit plus mortels que les dieux, et la tempête de ma mère va encourager cette décision.

– Nous en revenons donc au véritable problème, dit Héra. Toi.

Perséphone la fusilla du regard et grinça des dents.

– C'est si vous me rendez à ma mère que je deviendrai un vrai problème, promit-elle. Je serai la raison de votre misère, de votre désespoir, de votre ruine. Je vous promets que vous sentirez mon venin.

Personne ne rit, et personne ne parla. Il n'y eut qu'un lourd silence et Perséphone étudia Hadès, dont le regard brûlant plongea dans le sien. Elle ne le sentait pas déçu, mais il était à cran. Il était prêt à intervenir si besoin.

– Tu parles de ce que l'on ne fait pas, dit Zeus. Mais que souhaiterais-tu qu'on fasse ? Alors que le royaume des mortels souffre d'une tempête créée par ta mère ?

– N'étais-tu pas prêt à le regarder souffrir, il y a quelques minutes à peine ? rétorqua Perséphone.

Ce n'était pas ce qu'elle souhaitait, bien sûr, c'était tout l'inverse, en fait. Mais elle avait l'impression que les dieux étaient à deux doigts de la renvoyer auprès de sa mère, et Perséphone n'irait pas. Elle resterait avec Hadès. Le monde serait à elle, d'une façon ou d'une autre.

– Est-ce que tu suggères qu'on la laisse continuer ? demanda Hestia.

– Je suggère que vous punissiez la source de la tempête.

– Tu oublies que personne n'a pu localiser Déméter.

– N'a-t-il pas un dieu qui voit tout ?

Il y eut des rires.

– Tu parles d'Hélios, dit Artémis. Il ne nous aidera pas. Il ne t'aidera pas, parce que tu aimes Hadès et qu'Hadès a volé son bétail.

Perséphone continua de fusiller Zeus du regard.

– N'es-tu pas le roi des dieux ? Est-ce qu'Hélios n'est pas là par ta grâce ?

– Hélios est le dieu du Soleil, dit Héra. Son rôle est important, plus important qu'une déesse mineure et son amour obsessionnel.

– S'il est si puissant, est-ce qu'il ne peut pas faire fondre la neige qui ravage la Terre ?

– Assez ! gronda Zeus, et sa voix résonna dans la salle.

Il posa un regard assassin sur elle.

Perséphone sentit ses entrailles se recroqueviller. Elle ne faisait pas confiance au regard du roi, elle n'aimait pas les pensées qui l'animaient, quelles qu'elles soient. Néanmoins, quand il parla, ses propos lui plurent.

– Tu nous as donné beaucoup à réfléchir, déesse. Nous chercherons Déméter, nous tous. Si elle est alliée à la Triade, qu'elle l'admette et qu'elle en affronte les conséquences. D'ici là, toutefois, je repousserai ma prise de décision concernant ton mariage avec Hadès.

Héra fusilla son mari du regard. À l'évidence, elle n'était pas d'accord avec son choix.

– Merci, Lord Zeus, dit Perséphone en inclinant la tête.

Elle détesta prononcer ces paroles et elle préféra ne pas s'attarder sur les raisons de son choix. Elle avait l'impression qu'il cherchait, d'une façon ou d'une autre, à obtenir sa Faveur.

Perséphone tourna la tête vers Hadès, Zeus reprit la parole.

– Cette nuit, nous dirons adieu à Tyché.

Un par un, les dieux disparurent de la salle.

– À toute, Sephy ! lança Hermès.

Hadès se leva de son trône pour rejoindre Perséphone.

– Je suis désolée. Je sais que tu m'as demandé de rester cachée, mais je n'ai pas pu. Pas quand ils voulaient…

Il la fit taire avec un baiser qui brûla ses lèvres et sa bouche.

– Tu étais merveilleuse, dit-il. Vraiment.

Ses yeux se remplirent de larmes.

– Je pensais qu'ils allaient m'éloigner de toi.

– Jamais, chuchota-t-il, répétant le mot comme une prière, une supplication désespérée, jusqu'à ce que Perséphone en soit presque convaincue.

CHAPITRE XXI

UNE TOUCHE DE PEUR

Le bûcher sur lequel reposait Tyché était sublime, en marbre incrusté d'émeraudes, de rubis et d'or. La pierre était recouverte de bois. Le corps de Tyché était pâle au clair de lune, elle était drapée dans un linge de soie noire. Ses cheveux ébène tombaient sur les bords du bûcher.

Les dieux étaient à quelques mètres, en arc de cercle, les résidents d'Olympe qui s'étaient joints à eux se tenaient plus loin. Héphaïstos alluma le bûcher grâce à sa magie, en silence, avec de petites flammes qui consommèrent vite le bois. Perséphone était incapable de détourner le regard.

C'est ma mère qui a fait ça, pensa-t-elle et ses yeux se remplirent de larmes. La fumée les enveloppa et les branches de lavande et de romarin ne suffirent pas à cacher l'odeur de chair calcinée.

– La mort de Tyché n'est pas ta faute, dit Hadès en la serrant plus fort contre lui.

Elle ne sentait pas responsable, mais elle se demandait ce qui allait se passer, à présent. Combien de temps faudrait-il à sa mère et à la Triade pour frapper à nouveau ?

– Où vont les dieux quand ils meurent ? demanda Perséphone.

– Auprès de moi, sans leurs pouvoirs. Et je leur attribue un rôle aux Enfers.

– Quel genre de rôle ?

Perséphone était curieuse, étant donné les contrats qu'il proposait aux mortels.

– Ça dépend des difficultés qu'ils ont rencontrées de leur vivant. Mais Tyché a toujours voulu être mère. Donc je vais lui offrir le jardin des Enfants.

La gorge de Perséphone se noua et il lui fallut plusieurs secondes avant de pouvoir déglutir.

– Est-ce qu'on va pouvoir lui parler ? Au sujet de sa mort ?

Perséphone regretta aussitôt de lui avoir posé la question, mais elle avait besoin d'entendre le récit de Tyché, comme elle avait eu besoin d'entendre celui d'Harmonie.

– Pas tout de suite, répondit-il. Mais dans quelques jours, oui.

Perséphone n'avait pas envie de forcer Tyché à revivre sa mort, surtout une fois qu'elle serait aux Enfers. C'était censé être un lieu de renouveau et de guérison, mais ils ne pouvaient pas combattre cet ennemi sans savoir à quoi s'attendre.

Elle garda les yeux rivés sur les flammes qui consumaient la déesse, jusqu'à ce qu'il ne reste plus que la lumière vive et rougeoyante des braises.

***

Il était tard lorsque Perséphone se réveilla. La lumière pâle des Enfers entrait par la fenêtre et elle roula sur le côté, surprise de trouver Hadès allongé avec elle.

– Tu es réveillée, murmura-t-il en roulant à son tour sur le côté.

Ses cheveux étaient lâches et ses paupières étaient sombres.

– Oui, chuchota-t-elle. Tu as dormi ?

– Ça fait un moment que je suis réveillé.

C'était sa façon de dire non.

– Te regarder dormir est une bénédiction, dit-il en caressant ses lèvres.

Il s'était passé tellement de choses que Perséphone n'avait plus pensé à ses cauchemars. Elle n'en avait plus eu depuis qu'Hadès avait fait venir Hypnos, mais elle se doutait que cela avait moins à voir avec le dieu du Sommeil qu'avec le fait qu'elle se remettait de graves blessures et avait besoin de repos.

Ils se regardèrent longuement, puis Perséphone posa sa tête sur le torse d'Hadès. Il était chaud et elle sentit battre son cœur sous son oreille.

– Est-ce que Tyché a traversé le Styx ? demanda-t-elle.

– Oui. Hécate l'a accueillie. Elles sont très bonnes amies.

Perséphone fut soulagée. Hadès caressait lentement son dos avec son pouce, un geste qui l'apaisait et la berçait lentement, ses paupières devinrent à nouveau lourdes.

– J'aimerais m'entraîner avec toi, aujourd'hui, dit Hadès au bout d'un long moment.

– Ça me plairait.

Elle s'était déjà entraînée avec lui et elle apprenait toujours quelque chose. Le dieu des Morts était doux et patient dans ses instructions, et cela finissait toujours par une partie de jambes en l'air.

– J'en doute, dit-il.

Perséphone leva la tête pour le regarder dans les yeux.

– Pourquoi tu dis ça ?

Il plongea son regard dans le sien et elle y vit une noirceur aussi profonde et ancienne que sa magie.

– Souviens-toi seulement que je t'aime.

***

Perséphone se tenait face à Hadès, au milieu de son bosquet, pleine d'appréhension, car il la regardait sans la moindre chaleur ni tendresse. Il était vêtu d'un chiton noir et court qui révélait ses bras et ses cuisses puissantes. Elle promena son regard sur sa peau, sur les bosses et les creux de ses muscles, et quand elle trouva à nouveau ses yeux, un manque puissant comprima sa poitrine. Il la dévisageait, froidement, alors que son regard avait l'habitude de s'embraser.

Quand il parla, sa voix grave et rauque la fit frissonner.

– Je refuse de te regarder saigner à nouveau, dit-il.

– Apprends-moi, susurra-t-elle.

Elle lui avait demandé la même chose le soir où ils s'étaient rencontrés, quand elle l'avait invité à jouer aux cartes avec elle. Elle ne savait pas, à l'époque, ce qu'elle lui demandait ; elle ne le savait pas non plus, maintenant, mais la différence était que le dieu l'aimait.

– Tu m'aimes, chuchota-t-elle.

– Oui.

Pourtant, son amour ne se lisait pas sur son visage. Ses traits étaient sévères, ses joues creusées et cernées. Soudain, l'air changea autour d'eux, devenant lourd. Elle avait déjà senti cela dans la Forêt du Désespoir, quand la magie d'Hadès s'était élevée pour défier la sienne. Elle en eut des frissons et son cœur lui sembla battre moins vite et plus fort.

Tout devint silencieux.

Perséphone n'avait jamais remarqué le bruit auparavant, elle sut seulement qu'il était absent à présent. Elle regarda les arbres argentés qui les entouraient, la canopée sombre qui s'étendait au-dessus de leurs têtes, puis elle perçut des mouvements à sa droite et à sa gauche. Elle n'eut pas le temps de réagir quand une ombre la traversa, faisant trembler ses os, percutant son âme. Ce n'était pas vraiment douloureux, mais elle en eut le souffle coupé. Elle tomba à genoux et son estomac se souleva. Elle eut envie de vomir.

C'était quoi, ce truc ?

– Les spectres sont la mort et la magie de l'ombre, dit Hadès d'un ton factuel. Ils essaient de voler ton âme.

Perséphone peina à retrouver son souffle et leva les yeux vers Hadès, dont l'expression provoqua en elle une peur qui glaça son sang. Le plus agaçant était qu'elle ne l'avait jamais craint jusque-là.

– Est-ce que… tu essaies de me tuer ?

Le rire lugubre d'Hadès la fit frissonner.

– Les spectres ne peuvent s'emparer de ton âme que si ton fil a été coupé, mais ils peuvent te rendre très malade.

Perséphone déglutit, sentant une pellicule amère tapisser le fond de sa gorge, puis elle se leva sur des jambes tremblantes.

– Si tu affrontais n'importe quel Olympien, n'importe quel ennemi, il ne t'aurait jamais laissée te relever.

– Comment puis-je me battre sans savoir quel pouvoir tu vas utiliser contre moi ?

– Tu ne le sauras jamais, dit-il.

Elle le dévisagea un moment. C'est alors que quelque chose jaillit du sol à ses pieds, une main de cadavre, noire, avec de longues griffes. Elle attrapa sa cheville et tira, faisant tomber Perséphone par terre avant de la traîner vers l'abîme dont elle était sortie. La déesse tendit les bras pour se rattraper et sentit une douleur vive dans son poignet.

– Hadès ! cria-t-elle en plantant ses ongles dans le sol pour se retenir.

Son cœur battait la chamade sous l'effet de la peur et de l'adrénaline. Elle roula sur le côté et s'assit aussi vite que possible. Elle voulut retirer la main de sa cheville, mais quand elle essaya de l'enlever, des pointes en jaillirent et se plantèrent dans sa peau.

La jeune femme bondit en arrière et poussa un grognement avant d'invoquer une épine épaisse qui surgit de sa propre peau pour transpercer la main. Du sang noir en dégoulina, elle lâcha sa cheville et disparut dans la terre. Perséphone n'eut pas le temps de se retourner, un autre spectre la traversa. Cette fois, elle se cambra et tomba sur le sol en criant. Allongée par terre, elle peinait à respirer et sa vision devint floue.

– C'est mieux, dit Hadès, mais tu m'as tourné le dos.

Il était penché sur elle en véritable dieu des Morts, comme une ombre qui noircissait sa vue.

Elle détestait le percevoir comme un ennemi. Elle tourna la tête pour qu'il ne voie pas les larmes au coin de ses yeux et elle serra les poings. Des ronces jaillirent du sol, mais Hadès disparut avant qu'elles ne puissent s'enrouler sur lui. Elle roula sur le côté et se mit à quatre pattes, le trouvant de l'autre côté de la clairière.

– Ta main a trahi tes intentions. Invoque ta magie avec ton esprit, sans bouger.

– Je croyais que tu avais dit que tu allais m'apprendre, dit-elle d'une voix tremblante.

– C'est ce que je fais. C'est ce qui t'arrivera si tu affrontes un dieu au combat. Tu dois être prête à tout.

Perséphone regarda ses mains. Elles étaient ensanglantées et sales, et cela ne faisait que cinq minutes qu'ils avaient commencé. Or cela avait suffi à Hadès pour prouver combien elle n'était pas prête à se battre. Elle se souvint alors du discours d'Hécate – « *Crois-moi, Perséphone, tu vas devenir l'une des déesses les plus puissantes de notre époque.* » Un rire sans joie lui échappa. Comment était-elle censée devenir puissante à ce point alors qu'elle faisait face à des dieux qui avaient eu des vies entières pour maîtriser leurs pouvoirs ?

Cependant, il était vrai qu'elle avait révélé un pouvoir immense dans la Forêt du Désespoir. Elle avait retourné la magie d'Hadès contre lui, cela avait été cruel et lui avait laissé un goût atroce, amer et âcre.

– Debout, Perséphone. Aucun autre dieu n'aurait attendu.

« *Laisse-moi extirper la noirceur qui est en toi* », avait-il chuchoté avant d'explorer son corps pour la première fois. Le souvenir de ses propos s'enfonça en elle et déroula des fils noirs. Elle se leva en frissonnant. Pas de fatigue ou de douleur, mais de frustration et de colère.

Le sol se mit à trembler et des morceaux de rocher en surgirent. La magie d'Hadès répondit et l'entoura d'une armée de fumée et de spectres. Cela aurait dû lui sembler mal, contraire à sa magie, mais Hadès n'avait jamais été l'ennemi.

Sauf maintenant, se rappela-t-elle. *Maintenant, il l'est.*

Les rochers et la terre s'élevèrent, les ombres d'Hadès en firent de même et se précipitèrent sur elle. Elle les regarda et se concentra sur elles en les forçant à ralentir, puis elle tendit la main, pas pour les arrêter mais pour en prendre le contrôle. La magie pénétra dans son corps dans une sensation étrange et frappante. Elle se mélangeait à son sang et quand Perséphone ouvrit la main, des griffes noires jaillirent de la pointe de ses doigts.

Hadès sourit.

– Bien, dit-il.

Puis Perséphone se retrouva à genoux.

Il lui semblait que sa poitrine avait explosé et son souffle fut coupé par la force invisible qui l'avait percutée. Une fois à terre, toutes les peurs qu'elle avait ressenties au cours de sa brève vie lui nouèrent la gorge.

Soudain, Déméter se tint devant elle.

– Mère…

Elle saisit Perséphone par le poignet qu'elle s'était blessé en tombant, et la douleur s'amplifia.

Elle hurla et Déméter éclata de rire.

– Coré, dit-elle, et Perséphone grimaça. Je savais que ce jour viendrait.

Perséphone essaya de se libérer, de se ressaisir de ses pouvoirs, mais ils refusaient de répondre à ses appels.

– Tu seras mienne. Pour toujours.

– Mais les Moires…

– Ont changé ton destin, dit-elle.

Et elles se téléportèrent.

L'odeur de la magie de Déméter donna la nausée à Perséphone. Elle apparut dans une boîte de verre, Déméter se trouvait de l'autre côté de la vitre. Perséphone se jeta sur la paroi et la frappa en hurlant.

– Je te déteste ! Je te déteste !

– Maintenant, peut-être, dit-elle. Mais dans mille ans, tu n'auras plus que moi. Savoure de voir ton monde mourir.

Tout devint noir et Perséphone fut entourée d'images, d'écrans sur lesquels elle vit défiler la vie de ses amis et de ses ennemis, alors qu'elle restait dans sa prison de verre. Même Lexa avait un écran, une image figée sur sa pierre tombale couverte de mousse et de feuilles mortes. Elle regarda les vies de Sybil, Hermès, Leucé, Apollon qui continuaient sans elle. Sybil s'épanouit puis mourut, Hermès et Apollon montèrent en puissance et Leucé retourna auprès d'Hadès. Hadès, son amant, sa véritable âme sœur, qui l'accueillit dans son lit. Elle le vit trouver du réconfort dans le corps d'une autre, celui de Leucé, qu'il quitta, puis d'une autre femme qu'elle ne reconnut pas. Les femmes s'enchaînaient, entrant par une porte à tambour, et Hadès se vidait dans chacune d'elles, pantelant dans le creux de leur cou jusqu'à ce qu'il soit à nouveau vidé et seul.

Perséphone planta ses ongles dans ses paumes, et sa gorge se mit à saigner tant elle hurla et jura.

Tu avais dit que tu réduirais le monde en cendres pour moi, or le monde vit toujours, il s'épanouit, et tu y existes. Sans moi.

Elle déversa sa colère sur les murs vitrés, mais même sa rage n'était pas assez puissante pour réveiller ses pouvoirs. Elle se tint debout, regardant le monde d'Hadès continuer sans elle, et elle jura de l'anéantir. D'anéantir Hadès.

– *Perséphone.*

Son nom, la façon dont il était prononcé, dans un chuchotement doux, attira son attention et elle rencontra le regard d'Hadès. Soudain, le monde bascula, comme si elle avait échappé à sa cage pour se retrouver au milieu d'un champ de bataille. Hadès se trouvait à ses pieds, les yeux vitreux, les lèvres ensanglantées, le visage strié de sang.

Perséphone tomba à genoux.

– Hadès, dit-elle d'une voix étrangement tendue.

Elle coiffa ses cheveux en arrière et, malgré le sang, il lui sourit.

– Je croyais… je ne croyais plus jamais te revoir.

– Je suis là, chuchota-t-elle.

Il leva la main pour caresser sa joue. Elle ferma les yeux et inspira pour savourer sa caresse et lorsque sa main disparut, elle ouvrit les yeux, découvrant que les siens s'étaient fermés.

– Hadès !

Elle posa ses mains sur son visage et il entrouvrit les yeux.

– Hmmm ?

– Reste avec moi, supplia-t-elle.

– Je ne peux pas.

– Comment ça ? Tu peux te guérir. Guéris-toi !

Il ouvrit un peu plus les paupières, révélant toute la tristesse de son regard.

– Perséphone, dit-il. C'est fini.

– Non, répondit-elle en secouant la tête.

Elle plongea ses doigts dans ses cheveux collants avant de les poser sur son torse.

Hadès prit ses mains dans les siennes.

– Perséphone, regarde-moi, ordonna-t-il.

Sa voix n'avait pas été aussi forte depuis qu'elle l'avait trouvé par terre.

– Tu étais mon seul amour, mon cœur et mon âme. Mon monde a commencé et fini avec toi, mon soleil, mes étoiles, mon ciel. Je ne t'oublierai jamais, mais je te pardonne.

Les larmes brûlèrent ses yeux et sa gorge.

– Tu me pardonnes ?

Ses paroles la surprirent et elle prit conscience d'où elle était, de l'horreur qui l'entourait. Elle comprit soudain et se souvint des événements qui avaient précédé ce moment. Elle était aux Enfers, et ceux-ci brûlaient. Il ne restait rien de la beauté élégante et luxuriante d'Hadès, ni les jardins, ni le village d'Asphodèle, ni même le palais qui avait toujours noirci l'horizon. Au lieu de cela, il n'y avait que des feux et des ronces épaisses dont les épines avaient recueilli les débris du royaume. Et c'était une de ces branches qui avait transpercé le ventre d'Hadès.

– Non !

Elle ordonna à la branche de disparaître et comme cela ne fonctionnait pas, elle essaya de la casser avec ses mains, mais celles-ci glissaient sur le sang d'Hadès.

– Non, s'il te plaît, Hadès. Je ne voulais pas…

– Je sais, chuchota-t-il. Je t'aime.

– Ne fais pas ça, supplia-t-elle en sanglotant. Tu avais dit que tu ne me quitterais jamais. Tu avais promis.

Mais Hadès ne bougeait plus, et les cris de Perséphone remplirent le silence alors que sa douleur se transformait en noirceur.

Plus tard, elle se réveilla entourée par l'odeur familière d'épices et de cendres, blottie contre un torse ferme. Elle ouvrit les yeux et comprit qu'elle était dans les bras d'Hadès. Sa peau lui semblait trop étroite et brûlante, elle n'arrivait pas à se remettre de le voir en bonne santé.

– Tu t'en es bien sortie, dit-il.

Ses propos déclenchèrent en elle une nouvelle vague d'émotion, ses lèvres se mirent à trembler. Elle cacha son visage dans ses mains pour pleurer.

– Tout va bien, dit Hadès en la serrant plus fort contre lui et en l'embrassant sur la tête. Je suis là.

Mais Perséphone sanglotait de plus belle. Elle s'efforça de se calmer, de contrôler ses émotions, parce qu'elle avait besoin de prendre ses distances et de quitter cet endroit où elle avait vécu une horreur qui lui avait paru si réelle.

Elle se débattit contre lui.

– Perséphone…

Elle se leva avant de lui faire face. Il était assis par terre avec la même expression que lorsqu'ils avaient commencé, inchangé par ce qui s'était passé, et cela ne fit que nourrir la colère de la déesse.

– C'était cruel, dit-elle d'une voix rauque et enrouée. Quoi que tu aies fait, c'était cruel.

– C'était nécessaire, dit Hadès. Tu dois apprendre…

– Tu aurais pu me prévenir. Est-ce que tu sais ce que j'ai vu ?

Sa mâchoire se crispa et elle sut que oui.

– Et si les rôles avaient été inversés ?

Son regard devint soudain froid.

– Mais ils ont été inversés, dit-il.

Elle grimaça.

– Alors tu as voulu me punir, c'est ça ?

– Perséphone…

Il tendit la main, mais elle fit un pas en arrière.

– Non ! gronda-t-elle en levant les mains, paumes vers lui. J'ai besoin de temps. Seule.

– Je ne veux pas que tu partes, dit-il.

Elle ne savait pas quoi dire et elle haussa les épaules.

– Je ne crois pas que tu aies le choix.

Elle disparut, mais pas avant d'entendre Hadès pousser un grognement guttural.

CHAPITRE XXII

UNE TOUCHE DE REGRETS

Perséphone apparut dans une salle de bains où elle s'effondra à genoux pour vomir dans les toilettes. Elle entendit la voix de Sybil qui semblait déroutée.

– Perséphone ?

La déesse leva la tête et trouva l'Oracle dans l'embrasure de la porte, un couteau à la main.

– Mes dieux, qu'est-ce qui s'est passé ? demanda la jeune femme en entrant dans la pièce.

Perséphone leva la main pour l'empêcher d'approcher.

– Ça va, je vais bien, dit-elle avant de vomir à nouveau.

Elle resta plusieurs longues secondes sans pouvoir parler et Sybil s'approcha d'elle pour dégager ses cheveux de son visage et poser un gant frais sur son front. Quand la nausée fut passée, Perséphone s'affaissa contre la baignoire, épuisée, et Sybil s'assit tout près d'elle. La déesse regarda ses mains et devina qu'elle devait faire peur à voir. Ses doigts étaient sales et couverts de bleus, ses ongles cassés et ensanglantés, et son poignet douloureux lui rappela sa chute.

– Tu vas me dire ce qui s'est passé ? demanda Sybil.

– C'est une longue histoire.

En vérité, elle n'avait pas envie d'y repenser car elle voulait éviter de vomir encore une fois, surtout avec l'estomac vide. Celui-ci fit un saut périlleux rien qu'en envisageant de revivre les événements.

– J'ai le temps, dit Sybil.

Il y eut un mouvement près de la porte et Perséphone crut qu'Hadès l'avait suivie chez Sybil, mais c'était un autre visage familier qui l'étudiait.

– Harmonie ? dit la déesse en fronçant les sourcils. Qu'est-ce que tu fais ici ?

Elle sourit, tenant Opale dans ses bras.

– On traîne. Est-ce que ça va ?

– Oui, ça ira, répondit Perséphone en regardant Sybil. Est-ce que… je peux prendre un bain ?

– Bien sûr. Je vais… te chercher des vêtements.

Perséphone attendit que Sybil revienne pour bouger. Son amie posa des habits sur le meuble du lavabo, ainsi qu'une serviette et un gant de toilette.

– Merci, Sybil, chuchota-t-elle.

L'Oracle marqua un temps d'arrêt près de la porte en fronçant les sourcils.

– Tu es sûre que ça va ?

– Ça ira mieux bientôt, répondit-elle en souriant. Promis.

– Je prépare du thé, dit son amie en refermant la porte.

Perséphone se leva pour ouvrir l'eau et la salle de bains se remplit bientôt de vapeur. Elle retira ses vêtements et s'assit dans la baignoire pendant qu'elle se remplissait. Une fois immergée, elle ferma les yeux et se concentra pour guérir tous les endroits qui lui faisaient mal, sa gorge écorchée, les hématomes sur son corps, l'entorse de son poignet. Lorsqu'elle se sentit un peu plus en forme, elle ramena ses genoux contre sa poitrine, enfouit son visage dans ses bras et fondit en larmes. Elle pleura jusqu'à ce que l'eau refroidisse, puis elle sortit du bain, se sécha et se rhabilla.

Elle trouva Sybil seule dans son salon, une tasse de thé posée sur la table basse. Elle était assise en tailleur et la télévision était allumée, mais Perséphone ne connaissait pas l'émission et son amie ne semblait pas y prêter attention. Elle avait un tas de cartes dans les mains et elle était occupée à les mélanger.

– Où est Harmonie ? demanda Perséphone.

– Elle est partie.

– Ah. J'espère qu'elle n'est pas partie à cause de moi, répondit la déesse en s'asseyant.

Elle avait l'impression d'avoir interrompu quelque chose, et elle supposa que c'était le cas. Elle était venue chez Sybil, car c'était le dernier endroit qui lui restait pour se réfugier et être en sécurité.

– Bien sûr que non, répondit Sybil. Elle est partie parce qu'Aphrodite allait la chercher.

– Elle est très protectrice avec sa sœur, dit Perséphone. Je… je ne savais pas que vous étiez amies.

– On s'est revues peu de temps après s'être rencontrées à ton bureau.

Il y eut un long silence et Sybil continua de battre les cartes, puis elle finit par s'arrêter et regarder Perséphone.

– Tu veux me dire ce qui s'est passé ?

Perséphone ne répondit pas tout de suite, but une gorgée de thé avant de reposer sa tasse.

– Tout s'effondre autour de moi, chuchota-t-elle.

– Oh, Perséphone. Tout se réunit, au contraire.

Sur ses mots, la déesse posa sa tête sur les cuisses de l'Oracle et fondit à nouveau en larmes.

***

Perséphone se réveilla plus tard au son du réveil de Sybil. Elle s'était endormie sur son canapé sans rentrer aux Enfers. Elle se leva pour se préparer et emprunta des vêtements à Sybil, des collants épais, une jupe et une chemise.

– On était censés visiter le chantier du Projet Alcyon, tout à l'heure, mais on a dû reporter à cause de la météo, dit Sybil en lui servant un café.

La déesse fronça les sourcils. Elle espérait que Zeus tiendrait sa promesse et chercherait vraiment Déméter, mieux encore, elle espérait que les Olympiens la convaincraient de mettre fin à son carnage.

– Ce n'est pas ta faute, tu sais, dit Sybil.

– Si, ça l'est. Je suis sûre que tu as prédit tout ça avant même que ça ne commence.

L'Oracle secoua la tête.

– Non, je ne pourrais voir que ce que mon dieu veut que je voie. Tu ne contrôles pas les actions de ta mère, tu sais ?

– Alors pourquoi je me sens aussi responsable ?

– Parce qu'elle fait souffrir les gens en rejetant la faute sur toi, dit Sybil. Et elle a tort de le faire.

Déméter avait beau avoir tort, ça ne rendait pas le fardeau moins lourd à supporter. Perséphone pensa aux gens qui étaient morts dans cet horrible accident, sur l'autoroute. Elle n'oublierait jamais le jour où elle avait accueilli d'un seul coup autant de gens aux Enfers, ni qu'elle avait regardé leurs rêves les quitter lorsqu'ils passaient sous l'orme, ni la culpabilité qui continuait de s'accrocher à une âme, même après qu'elle avait passé la porte des Enfers. Elle savait que cela se reproduirait, mais elle aurait préféré que sa mère n'en soit pas responsable, à l'avenir.

Perséphone soupira et but son café avant de partir avec Sybil. Malgré le froid, elles décidèrent de marcher jusqu'à la Tour Alexandria, qui n'était pas très loin. Perséphone avait envisagé de se téléporter, mais une part d'elle avait envie de faire l'expérience de la magie de sa mère. Elle avait envie de nourrir sa colère et sa frustration, et cela fonctionna. La marche fut terrible, la neige et la grêle fouettaient leurs visages et elles glissaient sur le verglas qui recouvrait les trottoirs. Des stalactites et des plaques de glace tombaient du haut des gratte-ciel et s'écrasaient sur le sol avec suffisamment de force pour blesser les mortels et causer de gros dégâts matériels.

Quand elles arrivèrent enfin au pied des marches verglacées de la tour, elles étaient frigorifiées.

– Bonjour, Milady ! dit Ivy en faisant le tour de son bureau, un café dans chaque main. Bonjour, Mademoiselle Kyros.

Elle leur tendit les tasses.

– Ivy, tu ne serais pas magicienne ? demanda Perséphone en buvant une gorgée, laissant la vapeur réchauffer son nez.

– Je suis toujours prête, Milady, répondit la jeune femme.

Sybil gravit l'escalier et Perséphone s'apprêtait à la suivre quand Ivy l'interpella.

– Milady, je ne sais pas si vous avez eu le temps de lire la presse, ce matin, mais vous devriez commencer par le *New Athens News*.

L'estomac de Perséphone se noua.

– Ce n'est pas bon, ajouta-t-elle en étudiant Perséphone de ses yeux verts.

– Je m'en serais doutée.

Perséphone fila dans son bureau, s'installa et alla sur la page d'accueil de son ancien journal.

Entretien avec Thésée, le demi-dieu à la tête de la Triade

L'article était écrit par Hélène et commençait par une présentation de Thésée, un fils de Poséidon qu'elle décrivait comme charmant et bien éduqué. Le portrait qu'elle en faisait donna la nausée à Perséphone, elle avait rencontré le demi-dieu et il l'avait mise mal à l'aise.

L'article poursuivait :

Thésée a rejoint la Triade quand il a vu plusieurs hommes s'en tirer après avoir commis un meurtre, bien que des mortels et des dieux aient été directement témoins de leurs crimes.

« Je me souviens encore de leurs noms, nous dit Thésée. Épidaure, Sinis, Sciron. C'étaient des brigands et des assassins, et on leur a permis de continuer leurs crimes malgré les prières des locaux. J'en ai eu assez de voir le monde vénérer des dieux pour leur beauté et leur pouvoir plutôt que leurs actions. »

Thésée ajoutait :

« Les dieux ne réfléchissent pas en termes de bien ou de mal, de justice et d'injustice. Je vais vous donner un exemple. Hadès, le dieu des Enfers, permet aux criminels de continuer à enfreindre la loi, du moment que c'est lui qu'ils servent. »

Perséphone grinça des dents et serra plus fort sa tablette. Si ce n'était pas complètement faux, la déclaration de Thésée était trompeuse. Perséphone avait appris, lors de sa première visite à L'Iniquité, qu'Hadès était lourdement impliqué dans les bas-fonds de la Nouvelle Grèce. Perséphone ne connaissait pas l'étendue de l'emprise d'Hadès, mais elle savait qu'il possédait un réseau de criminels qui répondaient à ses ordres, et que tous le payaient pour poursuivre leurs activités sous la forme d'œuvres caritatives.

Perséphone poursuivit sa lecture.

Thésée, fils d'un Olympien, s'est bientôt retrouvé à la tête de la Triade, qu'il compte mener sur un nouveau chemin, un chemin de paix.

« J'ai été horrifié par les débuts de la Triade ; les bombes et les fusillades. C'était barbare. En fait, pourquoi ne pas laisser les dieux parler d'eux-mêmes ? Je savais qu'il ne faudrait pas

longtemps pour qu'un dieu, ou plusieurs, déversent leur colère sur le monde. J'avais raison. »

Folle de rage, Perséphone jeta sa tablette contre le mur où elle se brisa. Il y eut un silence, puis la porte de son bureau s'entrouvrit sur Leucé.

– Ça va ?

La nymphe poussa la porte, cognant la tablette qui gisait sur le sol. Elle s'arrêta et la regarda avant de la ramasser.

– Hélène ne t'aurait pas énervée, par hasard ? demanda-t-elle.

– C'est intentionnel, répondit Perséphone. Elle cherche à m'atteindre, de la même façon que la Triade cherche à provoquer les dieux.

– Tu n'as pas tort, admit Leucé en posant la tablette sur le bureau de Perséphone. Hélène ne sait même pas en quoi elle croit. C'est une simple suiveuse. Je ne comprends pas comment, mais elle pense que l'avenir sera meilleur auprès de Thésée. Je suis persuadée qu'elle en viendra à regretter sa décision.

C'était évident, Perséphone en était convaincue.

– Je te commande une nouvelle tablette ?

– S'il te plaît, oui.

– Pas de souci.

Leucé partit et quand elle referma la porte, Hadès apparut dans des volutes de fumée noire. Il semblait épuisé, elle comprit en voyant ses traits tirés et ses yeux cernés qu'il n'avait pas dormi de la nuit. Perséphone se sentit coupable à l'idée qu'il avait dû se torturer l'esprit en repensant à ses actions et aux propos de Perséphone.

– Tu as besoin de quelque chose ? demanda-t-elle.

Hadès tendit la main derrière lui et tourna le verrou de la porte.

– Il faut qu'on parle, dit-il.

Perséphone poussa son fauteuil en arrière, mais resta assise.

– Alors parle !

Quand il s'approcha d'elle, son corps massif parut remplir toute la pièce. Il était tendu de la tête aux pieds et elle supposa qu'il était en colère contre elle, ce qui ne fit que la frustrer davantage. C'était lui qui avait été trop loin avec leur entraînement. Mais elle était forcée de reconnaître l'importance de ce qu'il lui avait enseigné, aucun autre dieu n'aurait fait preuve de clémence.

Hadès s'agenouilla devant elle et posa ses mains sur ses genoux.

– Je suis désolé, dit-il en la regardant dans les yeux. J'ai été trop loin.

Perséphone déglutit et fuit son regard. Elle avait du mal à le soutenir car elle restait obsédée par l'image du corps sans vie d'Hadès.

– Tu ne m'as jamais dit que tu avais le pouvoir d'invoquer les peurs, chuchota-t-elle.

– Y a-t-il eu une occasion d'en parler ?

Perséphone savait que non. Pourtant, elle avait envie de tout savoir de lui, les pouvoirs qu'il possédait, les œuvres caritatives qu'il gérait, les contrats qu'il établissait.

Comme elle ne répondait pas, Hadès reprit la parole.

– Si tu m'y autorises, j'aimerais t'entraîner différemment, dit-il. Je laisserai la magie à Hécate et je m'occuperai plutôt de t'aider à étudier les pouvoirs des autres dieux.

Perséphone haussa les sourcils.

– Tu ferais ça ?

– Je ferais n'importe quoi pour te protéger. Et comme tu n'es pas d'accord pour rester enfermée aux Enfers, c'est mon seul choix possible.

Elle lui sourit.

– Je suis désolée d'être partie.

– Je ne t'en veux pas, admit-il. J'ai plus ou moins fait la même chose en t'emmenant à Lampri. Parfois, il est difficile d'exister dans le lieu où on a vécu une chose horrible.

Perséphone déglutit, c'était exactement ce qui s'était passé, et cela lui avait semblé atrocement réel.

– Tu es en colère contre moi ? chuchota Hadès.

Perséphone le regarda à nouveau.

– Non. Je sais ce que tu cherchais à faire.

– J'aimerais te dire que je te protégerai de tout et de tout le monde. Et je le ferai. Je te garderais en sécurité entre les murs de mon royaume si je le pouvais, mais je sais que tu souhaites te protéger toi-même.

Perséphone hocha la tête et aperçut le conflit qui sévissait dans l'âme d'Hadès. Le dieu des Morts allait devoir la laisser souffrir pour qu'elle devienne puissante.

– Merci, chuchota-t-elle.

Il lui offrit un minuscule sourire avant de regarder le *New Athens News* posé sur son bureau.

– Je suppose que tu l'as lu, dit-elle.

– Ilias me l'a envoyé ce matin. Thésée joue avec le feu, et il le sait.

– Tu crois que Zeus va réagir ?

La dernière fois que Zeus s'était prononcé contre la Triade, de nombreux Fidèles parmi les mortels s'étaient réunis pour en pourchasser les membres. Le problème avait été que tous ceux qui se disaient Impies n'étaient pas membres de la Triade. Or ils avaient été tués quand même.

– Je ne sais pas, dit Hadès. Je ne crois pas que mon frère perçoive la Triade comme une menace. En revanche, il voit bien que le fait que ta mère y soit associée est dangereux, et c'est pour ça qu'il se concentre sur elle.

– Qu'est-ce qui lui arrivera si Zeus la trouve ?

– Si elle cesse d'attaquer le royaume des vivants… rien, sans doute.

Perséphone entendit à nouveau les paroles de Déméter dans sa tête.

« *Des conséquences pour les dieux ? Non, ma fille, il n'y en a aucune.* »

– Tu veux dire qu'elle va s'en tirer après le meurtre de Tyché ?

Hadès ne répondit rien.

– Elle doit être punie, Hadès.

– Elle le sera. Un jour.

– Je ne parle pas seulement du Tartare, Hadès.

– Elle le sera en temps voulu, Perséphone, insista-t-il d'une voix calme.

Il lâcha ses genoux pour prendre ses poings serrés dans ses mains.

– Personne parmi les dieux, et certainement pas moi, ne t'empêchera de te venger.

Il y eut un court silence, puis Hadès se leva.

– Viens, dit-il en entrelaçant leurs doigts pour l'aider à se lever.

– On va où ? demanda-t-elle en fronçant les sourcils.

– Je voulais juste t'embrasser.

Il baissa la tête et sa magie les enveloppa, elle sentit l'énergie de la téléportation. Quand ils rompirent le baiser, ils étaient au milieu d'une clairière, dans le royaume des vivants. Le sol était tapi de neige et ils étaient entourés d'arbres qui ployaient sous le poids du givre. Pourtant, ce n'en était pas moins beau, au contraire. Lorsqu'elle se retourna, Perséphone découvrit un bâtiment, l'Alcyon. Il était en cours de construction, mais elle devinait déjà qu'il allait être sublime.

– Oh ! chuchota-t-elle.

– Je ne voulais pas attendre le printemps pour te le montrer, dit Hadès. Tu vas adorer les jardins.

– Je l'adorerai tout entier. Je l'adore déjà.

Elle regarda les flocons de neige qui se posaient dans ses cheveux et sur ses cils.

– Je t'aime.

Hadès l'embrassa avant de la guider dans le bâtiment. Les murs étaient construits et il expliqua à quoi servirait chaque pièce, comme s'il connaissait les plans par cœur. L'accueil, la salle à manger, les chambres des résidents et les salles de réunion, ainsi que les divers bureaux pour les thérapies. Ils arrivèrent enfin au dernier étage après avoir gravi un petit escalier. Ils étaient dans une grande pièce qui donnait sur le jardin qui serait dédié au souvenir de Lexa. Au loin, des quatre coins de la pièce, Perséphone voyait l'horizon brumeux de Nouvelle Athènes.

C'était à couper le souffle.

– À quoi sert cette pièce ? demanda-t-elle.

– C'est ton bureau.

– Le mien ? Mais je…

– J'ai un bureau dans chaque entreprise que je possède, pourquoi il n'en serait pas de même pour toi ? Et même si tu ne travailles pas souvent ici, on saura l'utiliser.

Perséphone éclata de rire et Hadès lui sourit. Ils se regardèrent longuement dans les yeux. Perséphone voulait remédier à la tension qui les séparait, qui ne provenait ni de leur colère ni de leur éloignement mais de quelque chose de bien plus primitif qu'elle sentait jusque dans ses os et qui la tiraillait.

Elle frissonna.

– On devrait rentrer, dit Hadès.

Mais aucun des deux ne bougea.

– Hadès, chuchota Perséphone en guise d'invitation.

La seconde d'après, leurs bouches fusionnèrent et Hadès la serra contre lui, pressant son érection contre son bas-ventre en la plaquant contre un mur. Il saisit ensuite ses poignets et les joignit au-dessus de sa tête.

– J'ai besoin de toi, susurra-t-il en mordillant sa mâchoire et sa gorge.

Il lâcha ses poignets pour empoigner ses fesses et remonter sa jupe. Perséphone était déjà essoufflée et elle s'attaqua aux boutons de sa chemise. Elle avait besoin de sentir la chaleur de sa peau contre la sienne.

– Arrêtez !

Apollon apparut à quelques pas, l'air agacé, comme si c'était lui qu'on interrompait. Sa tenue était décontractée, un jean et une tunique blanche dont le col se fermait avec un lacet. Ses boucles étaient décoiffées et tombaient joliment sur son front.

– Sors d'ici, Apollon ! grogna Hadès sans cesser d'embrasser le cou de Perséphone.

– Hadès, dit-elle en agrippant le col de sa veste.

– Impossible, Lord des Enfers, répondit Apollon. Nous sommes attendus pour un événement.

Hadès soupira et s'arracha à Perséphone, qui fit de son mieux pour reprendre sa respiration en ajustant sa jupe et son chemisier.

– Comment ça, on a un événement ? demanda-t-elle.

– C'est le premier jour des Jeux panhelléniques, dit Apollon.

Elle avait complètement oublié les Jeux. La course de chars commençait ce soir.

– Ce n'est pas avant ce soir, rétorqua-t-elle.

– Et alors ? J'ai besoin de toi maintenant.

– Pourquoi ?

– Qu'est-ce que ça peut faire ? On a un…

– Ça suffit, gronda Hadès, et Apollon se tut. Elle t'a posé une question, Apollon. Réponds !

Perséphone regarda Hadès, surprise par sa réaction.

Les yeux violets du dieu s'étrécirent et il croisa les bras.

– J'ai merdé. J'ai besoin de ton aide, avoua-t-il avant de fuir leurs regards.

– Tu as besoin de son aide et tu veux l'obtenir en lui donnant des ordres ?

– Hadès…

– Il exige ton attention, Perséphone. Il n'a ton amitié que grâce au contrat que tu as avec lui, et quand tu avais besoin de lui devant les Olympiens, il est resté silencieux.

– Ça suffit, Hadès, dit Perséphone.

Elle n'en voulait pas à Apollon de n'avoir rien dit lors du Conseil, après tout, qu'aurait-il pu dire ?

– Apollon est mon ami, contrat ou pas. Je lui parlerai moi-même de ce qui m'agace.

Hadès la dévisagea longuement, puis il l'embrassa de nouveau, plus longtemps et bien plus langoureusement qu'il n'était approprié de le faire devant témoin.

– Je te rejoins aux Jeux plus tard, dit-il en reculant pour se téléporter.

Perséphone se tourna vers Apollon.

– Il ne t'aime vraiment pas.

Le dieu de la Musique leva les yeux au ciel.

– Ça n'a rien de nouveau. Viens, j'ai besoin d'un verre.

CHAPITRE XXIII

QUERELLE D'AMANTS

– Tu veux une vodka ? proposa Apollon en se servant un verre.

Il se tenait de l'autre côté de l'îlot, dans sa cuisine immaculée. Perséphone n'était venue qu'une fois au penthouse d'Apollon, le jour où elle avait aidé Sybil à déménager. L'appartement était moderne, avec de grandes baies vitrées et des couleurs sombres. Si elle n'avait pas su à quel point Apollon était organisé, elle aurait supposé que personne ne vivait ici. Mais le dieu était connu pour sa discipline, et cela s'étendait à tout son environnement. Tout était parfaitement propre et rangé, même son électroménager en inox n'affichait pas la moindre trace, ce qui en soi méritait une médaille.

– Il est dix heures du matin, Apollon, remarqua Perséphone en s'asseyant sur le tabouret en face de lui.

– Et alors ?

– Non, Apollon. Je ne veux pas de vodka, soupira-t-elle.

– Comme tu voudras, répondit-il en haussant les épaules avant de vider son verre.

– Tu es alcoolique.

– C'est Hadès qui est alcoolique, répondit le dieu.

Il n'avait pas tort.

– Alors, tu voulais mon avis ? s'enquit Perséphone pour changer de sujet.

Apollon se servit un autre verre, qu'il vida également d'un trait. Elle attendit qu'il parle en l'observant, et elle remarqua qu'il ressemblait énormément à Hermès, avec sa mâchoire carrée et ses sourcils froncés. Ils ne pouvaient pas nier qu'ils étaient frères.

– J'ai merdé, avoua-t-il enfin.

– J'avais compris, répondit-elle d'une voix calme en soutenant son regard alors qu'il prenait un air agacé.

– Espèce de garce, rétorqua-t-il.

Perséphone soupira.

– Et si tu me disais ce qui s'est passé, Apollon ?

Elle savait qu'il cherchait à gagner du temps, et elle voulait qu'il crache le morceau avant d'avoir vidé la bouteille de vodka, même s'il n'avait aucun mal à tenir l'alcool. Il fallait qu'il parle avant qu'elle ne décide qu'elle avait elle-même besoin d'un verre.

– J'ai embrassé Hector.

Perséphone cligna des yeux, surprise par son aveu.

– Je croyais que c'était Ajax qui te plaisait.

– Comment tu sais ?

– À la Palestre, tu le regardais tout le temps, dit-elle.

Elle garda pour elle le fait qu'il avait une odeur différente lorsqu'il était venu chez Aphrodite ; un autre parfum s'était mêlé à sa magie et elle avait reconnu celui d'Ajax, qui l'avait aidée lors de sa visite à Delphes.

Apollon fronça les sourcils.

– Pourquoi tu as embrassé Hector ?

Le dieu se frotta le visage.

– Je ne sais pas, dit-il avant de grogner. J'étais en colère contre Ajax, et Hector était là, et je me suis dit… pourquoi pas… voir ce que ça donne… et Ajax nous a surpris.

– Oh, Apollon…

Il avait l'air sincèrement misérable et cela lui pinça le cœur.

– Je ne sais même pas pourquoi ça m'atteint autant. Je m'étais juré de ne plus jamais faire ça.

– Faire quoi ?

– Ça ! Aimer !

Soudain, elle comprit. Apollon faisait référence à Hyacinthe, le prince spartiate dont il avait été amoureux il y a longtemps. Le mortel était décédé dans un terrible accident et Apollon avait supplié Hadès de le jeter au Tartare pour qu'il ne vive plus dans un monde sans son amour, mais Hadès avait refusé et Apollon s'était vengé dans les bras de Leucé.

– Apollon…

– Ne me… n'aie pas pitié de moi.

– Ce n'est pas le cas, dit-elle. Mais la mort de Hyacinthe n'était pas ta faute.

– Si, elle l'était. Je n'étais pas le seul dieu à aimer Hyacinthe et quand il m'a choisi, Zéphyr, le dieu du Vent de l'Ouest, est devenu jaloux. C'est son vent qui a changé la trajectoire de mon lancer. Son vent qui a causé la mort de Hyacinthe.

– Alors sa mort est la faute de Zéphyr, dit Perséphone, mais Apollon secoua la tête.

– Tu ne comprends pas. Maintenant, je vois la même chose se produire avec Ajax. Hector devient plus jaloux de jour en jour. Ce n'était pas la première fois qu'il provoquait une bagarre avec Ajax, l'autre jour.

– Et si tu plais à Ajax ? demanda Perséphone. Et s'il est prêt à se battre pour toi ? Est-ce que tu vas décider de ne pas le séduire, par peur ?

– Ce n'est pas de la peur… commença Apollon avant de fuir son regard.

– Alors c'est quoi ?

– Je ne veux pas tout gâcher. Je ne suis déjà pas… quelqu'un de bien. Il se passera quoi si je perds à nouveau quelqu'un ? Je deviendrai… horrible ?

– Apollon, chuchota Perséphone d'une voix tendre, si tu t'inquiètes de devenir horrible, c'est que tu possèdes plus d'humanité que tu ne le crois.

Elle comprit à son expression qu'il n'était pas convaincu.

– Tu devrais parler à Ajax, dit-elle.

Elle savait combien il pouvait être difficile de communiquer. C'était son plus gros défi dans sa relation avec Hadès. Et, quelque part, elle tenait sa mère pour responsable de ça. Au fil des années, Perséphone s'était habituée à rester silencieuse, même quand elle avait une opinion ou une envie, craignant les conséquences, la colère de sa mère. Hadès était la première personne à demander son avis, et elle devait admettre qu'elle avait encore du mal à croire qu'il voulait vraiment savoir ce qu'elle pensait.

– Il ne me veut pas.

– Tu n'en sais rien.

– Si, parce qu'il me l'a dit !

Perséphone le dévisagea. Elle nota sa bouche pincée et la douleur dans son regard, une douleur qui ressemblait à la détresse qu'elle avait ressentie dans la Forêt du Désespoir.

– Qu'est-ce qu'il a dit exactement ? demanda-t-elle.

Il soupira, clairement frustré.

– On s'embrassait, tout était génial, puis il m'a repoussé et il a dit… « Je ne peux pas faire ça », et il est parti.

Perséphone haussa un sourcil ; à l'évidence, il ne lui disait pas tout.

– Tu es sûr que c'est ce qu'il a dit ?

– Oui, grogna Apollon. Il a beau être sourd, il parle très bien, Perséphone.

– Ça ne veut pas dire qu'il ne veut pas de toi.

– Alors qu'est-ce que ça veut dire ?

– Ben, tu étais censé… je ne sais pas… lui courir après !

– La dernière fois que j'ai couru après quelqu'un, elle a supplié d'être transformée en arbre.

– Ce n'est pas pareil ! gronda Perséphone d'un ton frustré, avant de soupirer. Est-ce qu'Ajax t'a rendu ton baiser ?

Les joues d'Apollon se teintèrent de rose et Perséphone dut se mordre la joue pour se retenir de rire. Elle était surprise de voir le dieu de la Musique, toujours si confiant, être soudain aussi gêné.

– Oui, il m'a rendu mon baiser, et c'est pour ça que je ne comprends pas… comment… comment peut-il ne pas vouloir de moi ?

– Il n'a pas dit qu'il ne te voulait pas. Il a dit qu'il ne pouvait pas faire ça. Ça peut vouloir dire plein de choses. Ça peut dire qu'il ne peut pas faire ça maintenant. Mais tu ne le sauras pas tant que tu ne lui auras pas demandé.

– Mais je ne peux pas, maintenant, parce que j'ai embrassé Hector.

– C'est précisément pour ça que tu dois lui parler ! rétorqua Perséphone. Tu préfères laisser Ajax penser que tu ne tiens pas à lui ?

– Pourquoi je devrais me soucier de ce qu'il pense ?

Perséphone reconnut dans sa réponse un mécanisme de défense. Chaque fois que quelque chose ne se passait pas exactement comme il le voulait, Apollon décidait que cela ne valait pas la peine qu'il s'en soucie.

– Apollon, tu n'es qu'un imbécile.

– Tu es censée être mon amie ! dit-il en la fusillant du regard.

– Si tu cherches quelqu'un qui applaudisse toutes tes décisions, parle à tes fidèles. Les amis se disent la vérité.

Il refusa de la regarder, préférant observer le mur, alors elle poursuivit.

– Parle à Ajax, Apollon. Et à Hector.

– Hector ? Pourquoi ?

– Parce que tu lui dois une explication, à lui aussi. Tu l'as embrassé, donc maintenant, il a toutes les raisons de croire qu'il y a quelque chose entre vous.

Le dieu fronça longuement les sourcils.

– J'avais dit que je ne referais plus jamais ça, marmonna-t-il.

– Tu ne peux rien contre ce que tu ressens.

– Mais j'aurais dû faire preuve de discernement, rétorqua-t-il. Je ne suis bon pour personne, Seph.

Elle resta assise et secoua la tête. Elle avait de la peine pour lui.

– Hyacinthe n'a pas pensé ça, dit-elle d'une voix douce. Et je parie qu'Ajax ne le pense pas non plus.

Le dieu de la Musique ricana.

– Qu'est-ce que tu en sais ? Tu es seulement ici à cause d'un contrat, et tu es seulement liée par ce contrat parce que tu as refusé de communiquer avec Hadès.

Perséphone ferma la bouche et sa poitrine se comprima. Elle en était parfaitement consciente et elle était forcée de s'en souvenir chaque fois qu'elle voulait appeler ou parler à Lexa, ou déjeuner avec sa meilleure amie, chaque fois qu'elle allait aux Champs Élysées. Elle cligna plusieurs fois des yeux pour contenir ses larmes et se racla la gorge.

– Et je regretterai cette décision pour le restant de mes jours.

Elle ne s'expliqua pas plus avant de disparaître du penthouse.

CHAPITRE XXIV

LA COURSE DE CHARS

Perséphone arriva au Stade Talaria avec Sybil, Leucé et Zofie. L'arène avait été construite en marbre, avec des rangées de colonnes et des arches aux fenêtres réfléchissantes. Par une journée de juillet normale, les vitres auraient reflété la beauté du soleil couchant. Au lieu de cela, elles étaient couvertes de givre. Malgré la météo, les rues étaient pleines de gens qui affrontaient la neige pour rejoindre les nombreuses entrées du stade.

– Apparemment, huit héros vont s'affronter, dit Leucé en levant la tête de son téléphone.

La lumière bleue de l'écran faisait luire ses yeux blancs.

– Trois femmes et quatre hommes, ajouta-t-elle.

– Il devrait y avoir plus de femmes, dit Zofie qui était assise à côté de Leucé et la dépassait de presque deux têtes. On supporte bien mieux la douleur, remarqua-t-elle.

Elles éclatèrent de rire.

– Est-ce qu'Hadès a un héros dans les Jeux, Perséphone ? demanda Sybil.

Ses cheveux étaient coiffés en queue-de-cheval, puis bouclés, et elle avait mis une tenue plus décontractée après le travail, portant désormais un sweat rose de l'Université de Nouvelles Athènes ainsi qu'un jean.

– Pas que je sache, répondit Perséphone.

Hadès n'avait jamais choisi de héros, ni pour les Jeux ni durant la guerre, mais il en avait ramené à la vie.

– Les courses de chars n'ont jamais été mon épreuve favorite, dit Leucé en grimaçant.

Sans doute se rappelait-elle un événement qui avait eu lieu dans l'ancien monde.

– Pourquoi ? demanda Perséphone.

– Parce qu'elles sont trop sanglantes. Pourquoi crois-tu qu'ils commencent les Jeux par ça ?

– Pour trier les compétiteurs, répondit Zofie avec un regard menaçant.

La réponse de Zofie inquiéta Perséphone et elle pensa aux athlètes, et à Ajax en particulier. Elle savait qu'il était talentueux, mais s'il lui arrivait quoi que ce soit, Apollon serait anéanti.

– Ne t'en fais pas, dit Sybil. Ils s'entraînent pour ça.

– L'entraînement n'a aucune importance lorsque des animaux sont impliqués, remarqua Zofie.

Antoni contourna le stade et se gara devant une entrée privée, où seules quelques personnes attendaient. Elles quittèrent le confort de la limousine et sortirent dans la fraîcheur du début de soirée. Perséphone avait choisi une robe blanche, une veste de tailleur noire et des collants noirs et épais, qui ne la protégeaient pas suffisamment du vent. Une fois à l'intérieur, elles furent escortées jusqu'à un ascenseur qui les mena au dernier étage, où on les accompagna à une suite privée. La pièce était moderne et monochrome, avec un bar, des canapés en cuir noir et de grands écrans dans chaque coin de la pièce sur lesquels des images des Jeux précédents défilaient, ainsi que des interviews des héros. Une estrade avec des sièges était placée devant une baie vitrée donnant sur l'arène, qui ressemblait exactement à celle de la Palestre de Delphes.

– C'est sympa, ici, dit Leucé en approchant des fenêtres.

– On ne peut pas s'asseoir plus près ? demanda Zofie.

– Je n'ai pas envie de manger de la boue, répondit Leucé. Ni de mourir. Tu n'as jamais vu les chars sortir de la piste ?

Perséphone tourna la tête vers Sybil en se demandant si elle serait mal à l'aise d'être dans un lieu qui lui rappellerait Apollon, mais l'Oracle sourit.

– Je vais bien, Perséphone, dit-elle.

Les quatre femmes commandèrent à boire au bar.

– Un whisky, s'il vous plaît. Sec, dit Perséphone.

– Un whisky ? s'étonna Leucé en haussant un sourcil. Je croyais que tu aimais le vin.

Elle haussa les épaules.

– J'ai goûté celui d'Hadès, l'autre soir, et ça m'a plu.

Leurs boissons arrivèrent et Perséphone sirota son verre, savourant le goût et l'odeur qui lui firent regretter qu'Hadès ne soit pas déjà là.

– Sephy !

Elle se retourna. Hermès venait vers elle, vêtu d'une veste de costume blanche, d'un pantalon assorti et d'une chemise bleu ciel. Il semblait aussi à l'aise et charmant que d'habitude.

– Hermès ! Je ne savais pas que tu serais dans cette suite !

– Apparemment il y aura toi, moi, des Olympiens et leurs invités, répondit-il. Tu vas partager, Sephy !

Elle se retint de grogner. Elle n'avait pas envie d'être dans la même pièce que Zeus, Poséidon, Héra et Arès. Soudain, l'idée de Zofie de s'asseoir au premier rang lui parut tentante, en dépit du danger.

Perséphone but une plus longue gorgée.

Les dieux arrivèrent bientôt, accompagnés de leurs favoris, et la pièce se réchauffa et embauma leur magie. La première était Artémis, sublime et athlétique, vêtue d'une courte robe, les cheveux lissés et coiffés en queue-de-cheval. Quand elle entra, elle marqua un temps d'arrêt et fronça les sourcils en direction d'Hermès puis de Perséphone.

– C'est toi, dit-elle.

– Elle a un nom, Artémis, dit Hermès. Sois sympa.

– Je suis sympa, répondit-elle d'un ton menaçant. Je te trouve intrigante, déesse.

– Perséphone, insista Hermès, elle s'appelle Perséphone.

– Tu es toujours déterminée à épouser Hadès et à laisser le monde mourir ? demanda-t-elle.

Perséphone pencha la tête sur le côté.

– Tu n'es pas la déesse de la Chasse, toi ?

Artémis haussa le menton.

– Quel est le rapport ?

– J'aurais pensé que tu utiliserais ton talent pour localiser ma mère plutôt que de m'insulter.

La bouche de la déesse se pinça.

– Tu as une grande gueule, déesse.

Perséphone esquissa un sourire.

– Je crois que c'est la seule chose sur laquelle Hadès et toi êtes d'accord.

Artémis leva les yeux au ciel et s'éloigna.

– Ignore-la, dit Hermès. Elle a un balai dans le vagin.

Perséphone fit les gros yeux.

– Dans le cul, Hermès. Un balai dans le cul.

– Ils ne sont pas loin l'un de l'autre, rétorqua-t-il en haussant les épaules.

Elle essaya de ne pas rire.

D'autres arrivèrent bientôt. Zeus avec Héra, et Poséidon accompagné d'une superbe nymphe marine aux cheveux bleus. Les frères d'Hadès lui sourirent, mais seul Zeus lui parla. Il la mettait mal à l'aise, et elle se rendit compte qu'elle se crispait en le voyant l'approcher.

– Tu m'as l'air d'aller bien, Lady Perséphone.

– Merci, répondit-elle alors que les propos lui paraissaient totalement faux.

– Je présume qu'Hadès arrive bientôt, dit-il.

– Oui. On a hâte de savoir où tu en es pour ce qui est de trouver ma mère et de mettre fin à la tempête, dit-elle.

Le visage du dieu durcit et il hocha brièvement la tête.

– Bien sûr.

Il tourna les talons, laissant à Perséphone l'impression qu'il n'avait absolument pas repensé aux mortels qui vivaient sur terre pendant qu'il se prélassait à Olympe.

Aphrodite et Harmonie arrivèrent peu de temps après. Perséphone remarqua d'abord Harmonie, qui marcha tout droit vers elles et sourit en s'arrêtant aux côtés de Sybil.

– Je suis contente de te revoir, Harmonie. Comment tu vas ?

– Je vais bien, répondit-elle en souriant. Je suis désolée d'avoir dû partir…

Elle ne termina pas sa phrase car Aphrodite les rejoignait.

– Perséphone, dit-elle en saluant les autres d'un hochement de tête. Tout le monde…

Il y eut un silence gêné. En général, Perséphone était douée pour lancer les conversations, mais elle ne pouvait s'empêcher de se remémorer l'image d'Aphrodite, dans le sous-sol du Club Aphrodisia – ensanglantée, le cœur du demi-dieu dans la main. Elle se demanda comment elle avait eu connaissance du rassemblement. Était-elle satisfaite par le sang qui avait coulé ? Elle avait de nombreuses questions à lui poser, mais cela attendrait. La musique et un tonnerre d'applaudissements attirèrent leur attention sur l'arène.

– Oh, les Jeux commencent ! dit Zofie.

Ils s'installèrent et Perséphone fut soulagée qu'Hermès s'installe à sa droite, Sybil à sa gauche. Ils regardèrent la cérémonie d'ouverture et l'arrivée d'Apollon sur un palanquin porté par quatre hommes musclés, aux torses nus et bien huilés. Ils portaient des tuniques blanches, des manchettes en or et des feuilles de laurier dans les cheveux, comme Apollon. Le dieu de la Musique souriait et saluait la foule de la main, cachant à merveille l'angoisse qui l'écrasait quelques heures plus tôt. Il était suivi d'un groupe de femmes qui dansaient et jetaient des pétales sur le sol.

Ils firent le tour de l'hippodrome avant de rentrer à l'intérieur du stade.

– Est-ce qu'Apollon va venir s'asseoir avec nous ? demanda Perséphone.

– Non, il a son propre box, répondit Hermès.

Ensuite, les héros des dieux marchèrent au centre de l'arène, leur nom ainsi que celui de leur Divin étaient annoncés au micro. Elle reconnut plusieurs de ceux qui s'étaient entraînés à la Palestre, dont Hector et Ajax.

– Tu as un héros dans les Jeux ? demanda-t-elle à Hermès.

– Oui. Le troisième en partant de la gauche. Il s'appelle Ésope.

Perséphone le trouva dans la rangée d'athlètes. Il était fort tout en étant mince, et il avait les cheveux blond cendré.

– Tu n'as pas l'air très enthousiaste, remarque Perséphone.

– Il a du talent, mais il n'est pas fort comme Ajax ou percutant comme Hector. Ces deux-là sont de vrais compétiteurs.

Il y en avait d'autres, également. Damon appartenait à Aphrodite, et Castor était le héros d'Héra. Anastasia était sponsorisée par Arès, Demi par Artémis, et Cynisca était avec Athéna. Ils gonflaient leurs muscles en marchant sur la piste, prenant des poses qui faisaient hurler le public.

– Mesdames et Messieurs, Dieux et Déesses, Royautés divines qui êtes parmi nous, applaudissez encore une fois nos héros de Nouvelle Grèce !

Perséphone se pencha pour parler à Hermès malgré les rugissements de la foule.

– Tu as dit qu'Hector était percutant, dit Perséphone. Qu'est-ce que tu veux dire ?

– Tu verras.

Quand la trompette retentit, elle se pencha pour voir les huit chars qui entraient dans l'arène, chacun tiré par quatre chevaux puissants. C'étaient de splendides étalons aux robes de couleurs différentes, leurs sabots martelaient le sol. Ils démarrèrent en trombe sur la piste, dégageant un nuage de poussière et de terre, leurs dresseurs et les héros les encourageaient à accélérer.

– Ça marche comment ? demanda-t-elle à Hermès alors que son cœur battait déjà la chamade.

– Les auriges doivent faire douze fois le tour de l'hippodrome. Ce sera comptabilisé là-bas, dit-il.

Il désigna une machine au centre de l'arène, où des statues de dauphins piquaient du nez chaque fois qu'un tour était accompli.

– Pourquoi utilisent-ils un outil aussi ancien pour garder les scores ? demanda-t-elle.

Hermès haussa les épaules.

– On choisit ce qu'on veut garder ou pas de l'Antiquité, Sephy. Tu n'avais pas remarqué ?

Perséphone ne quitta pas l'arène des yeux, même en discutant, obnubilée par la course, un combat entre hommes et animaux. La poussière n'avait pas le temps de retomber tant la vitesse des compétiteurs était grande. La déesse comprit aussitôt pourquoi la course était dangereuse.

Elle venait à peine de penser à ça quand un premier char fit un tonneau.

Elle poussa un petit cri, le char se brisa en atterrissant sur le corps de Castor. Toutefois, ce qui glaça le sang de Perséphone, ce fut d'entendre les rires de Zeus et de Poséidon devant la mort du mortel.

– Tu peux faire une croix sur ta victoire, Héra ! se moqua Zeus.

Elle regarda Hermès du coin de l'œil, qui lui prit la main.

– Pour eux, ce n'est qu'un jeu, Sephy.

Elle se mordit la lèvre en repensant à la raison pour laquelle la Triade était contre les jeux. C'était justement ce qui les horrifiait.

Des gens coururent sur la piste pour retirer les débris du char, maîtriser les chevaux et emporter le corps.

– Pourquoi ne s'arrêtent-ils pas ? demanda Perséphone. Cet homme… Castor… il est mort.

– Ce n'est pas dans la nature des Jeux, dit Hermès.

Peu après le premier accident, il y en eut un autre. Deux chars se percutèrent dans un enchevêtrement de cheveux et de rênes. Ésope fut projeté hors de son char, la jambe de Demi fut écrasée sous le sien, ses cris leur parvinrent jusqu'au dernier étage. Mais au moins, ils étaient tous les deux en vie.

Perséphone était tiraillée entre continuer de regarder et fuir ce lieu, mais elle resta parce qu'Ajax était encore dans la course et qu'il était en tête, aux côtés d'Hector. Les roues de leurs chars étaient à quelques centimètres les unes des autres et leurs chevaux galopaient à toute vitesse. Des deux, Hector semblait le plus désespéré, fouettant ses chevaux pour qu'ils accélèrent, les frappant encore et encore avant de se servir du fouet sur Ajax.

– Il ne peut pas faire ça ! s'exclama Perséphone en se penchant en avant tout en interrogeant Hermès. Si ?

– Il n'y a pas vraiment de règles, admit le dieu de la Ruse en haussant les épaules. Mais si tu me demandes si c'est juste, la réponse est non.

Soudain, elle comprit ce qu'Hermès avait voulu dire en décrivant Hector comme percutant.

Elle se concentra à nouveau sur l'hippodrome.

Hector continua de fouetter Ajax jusqu'à ce que ce dernier parvienne à empoigner la lanière de cuir et à l'arracher des mains d'Hector. Mais la tricherie d'Hector eut un prix et son char s'approcha trop près du mur, le frappant avec tant de force qu'il se brisa en mille morceaux, propulsant le compétiteur dans les airs. Perséphone ne vit même pas où il atterrit. Elle était trop concentrée sur Apollon, qui était apparu sur la piste au moment où Ajax terminait son tour et remportait la course.

Ajax arrêta son char, souriant jusqu'aux oreilles en balayant le public des yeux. Il descendit du char et Apollon marcha vers lui, tendant une main hésitante pour toucher le visage ensanglanté du mortel, lacéré par les coups de fouet. Soudain, ils s'embrassèrent. Ajax prit le visage d'Apollon dans ses mains et dévora sa bouche, enveloppant le dieu de son corps puissant. Leur démonstration d'affection fut accueillie par des applaudissements et des acclamations, même de la part d'Hermès.

– Oui ! Fonce, frangin !

Perséphone essaya de contenir son rire.

Le public se mit à huer, Apollon se retourna et vit Hector peiner à se lever, le bras plaqué contre son torse. Le regard luisant de haine, il cracha par terre, son nez et sa bouche saignaient.

C'est alors que Perséphone remarqua quelque chose d'étrange, un groupe de spectateurs descendaient les marches des gradins pour se diriger vers la piste.

– Hermès… qui sont ces gens ?

Elle venait de poser la question quand Ajax sembla les remarquer et, la seconde d'après, il attirait Apollon derrière lui, des coups de feu et des cris retentirent dans le stade.

– À terre ! cria Sybil.

Perséphone ne put s'empêcher de regarder d'un œil horrifié, Ajax poussa Apollon au sol, le torse criblé d'une série de balles.

– Non ! hurla Perséphone en martelant la vitre, dans un cri bestial et plein de souffrance qui lui râpa la gorge.

– Perséphone, dit Hermès. On doit partir !

Apollon criait sous le corps d'Ajax qui convulsait. Il parvint enfin à s'en dégager et les balles qui filaient sur lui s'arrêtèrent en plein air avant de tomber par terre.

– D'autres se battront, insista Hermès. Mais pas toi.

Hermès lui avait saisi le bras et l'éloignait de la fenêtre. C'est alors qu'il y eut un bruit terrible, comme le tonnerre de Zeus. Mais ce n'était pas ça. Une partie du stade avait explosé.

– Évacuez les mortels ! ordonna quelqu'un.

Il y eut un déferlement de magies.

Perséphone vit Harmonie disparaître avec Sybil et Leucé. Zofie attendait, la main tendue vers Perséphone.

– Vas-y ! dit Hermès en la poussant vers l'Amazone.

Il y eut une nouvelle explosion et Perséphone vola dans les airs avant d'atterrir au milieu de la piste, parmi les débris, dans un nuage de poussière. Une douleur vive lui transperça les côtes et elle n'arrivait plus à respirer. Elle roula sur le dos, tentant de reprendre son souffle, une ombre la surplomba.

Un mortel, armé d'une pierre.

Perséphone hurla et sa magie surgit. D'énormes ronces sortirent du sol et transpercèrent l'homme, qui lâcha sa pierre tandis que la liane ressortait par sa bouche.

Elle roula sur le côté et partit à quatre pattes avant de se relever au milieu du chaos, des cris et de la mort. Certains mortels étaient au sol, sans vie, alors que d'autres rampaient sur les corps pour fuir l'arène en ruine. Les assaillants masqués étaient là par centaines et continuaient de viser les dieux qui descendaient pour se battre. Si elle n'en comprenait pas l'origine, Perséphone ne pouvait que constater toute la haine qui les animait.

La magie des dieux éclaira le ciel d'éclairs étincelants qui frappaient le sol et chargeaient l'air d'énergie crépitante. Artémis décocha sur les Impies des dizaines de flèches fatales pendant qu'Athéna en transperçait d'autres avec ses lances et qu'Arès en faisait de même avec son épée. Zofie se battait aussi, ayant atterri de l'autre côté de l'arène. Du sang coulait sur sa joue, mais elle avait dégainé son épée et elle était agile, rapide et dangereuse.

C'était un bain de sang. Une bataille.

– Perséphone ! hurla Apollon.

Elle esquiva trop tard et la balle s'enfonça dans son épaule.

– Non ! cria le dieu en courant vers elle.

Elle tituba, choquée, elle ne sentait plus le côté gauche de son corps. Elle parvint à baisser la tête et vit que sa robe blanche se teintait de rouge. Elle vacilla et s'apprêtait à toucher le sol quand des bras puissants l'entourèrent. Le geste la heurta douloureusement et elle poussa un cri guttural.

– Je suis là, dit Hadès.

Elle plongea un instant dans ses yeux noirs et ténébreux, puis il se téléporta.

CHAPITRE XXV

MONSTRES

Quand ils apparurent aux Enfers dans la chambre d'Hadès, une douleur vive et brûlante se répandit depuis son épaule blessée jusque dans tous ses os. Perséphone gémit et se força à respirer pour la supporter pendant qu'Hadès la déposait sur le lit. Il commença par retirer sa veste, puis il déchira sa robe pour avoir accès à la blessure et, quand il l'effleura du bout des doigts, Perséphone retint son souffle en grinçant des dents.

– Q… qu'est-ce que tu fais ? grogna-t-elle.

– J'ai besoin de voir si la balle est ressortie.

– Laisse-moi la guérir.

– Perséphone…

– Il faut que j'essaie ! Hadès…

Il serra les poings et fit un pas en arrière en frottant son front de ses doigts ensanglantés.

– Fais-le, Perséphone, vite !

Elle ferma les yeux pour ne plus voir sa frustration, consciente que sa panique prenait le dessus. Hadès l'avait affirmé, il ne voulait plus jamais la voir saigner, or cela se reproduisait à peine quelques jours plus tard. Elle prit plusieurs grandes inspirations jusqu'à être suffisamment calme pour pouvoir se concentrer sur le brasier atroce qui émanait de son épaule. Cette fois, elle voulait que la chaleur s'éteigne et elle imagina que la magie qui la guérirait était fraîche et craquante, comme une gelée matinale de printemps.

– Maintenant, grogna Hadès.

Perséphone savait que sa magie fonctionnait, sa plaie la lançait tout en guérissant.

Hadès finit par soupirer et Perséphone ouvrit les yeux pour étudier son épaule, où sa peau restait légèrement rose et enflée, mais la plaie était guérie.

– Je l'ai fait, dit-elle en souriant à Hadès.

– Tu l'as fait, acquiesça-t-il en regardant tour à tour son épaule et ses yeux d'un air étonné.

– Tu penses à quoi ? demanda-t-elle.

– Tu n'as pas envie de le savoir, répondit-il.

Elle le crut.

Hadès revint à ses côtés.

– Viens, on va te nettoyer.

Une fois de plus, il la prit dans ses bras et la porta jusqu'à la salle de bains. Quand il la reposa par terre, elle tendit la main pour dégager les cheveux de son front qui était taché par son sang.

– Tu vas bien ?

Au lieu de répondre, il ouvrit l'eau de la douche.

Il prit sa main et l'embrassa sur la paume avant de passer la sienne dans son dos pour ouvrir la fermeture Éclair de sa robe ruinée, la faisant glisser sur ses seins et ses hanches avant de la laisser tomber par terre. Son soutien-gorge suivit, il en profita pour caresser ses seins, sa taille, puis ses cuisses en baissant sa culotte, et il resta agenouillé devant elle, levant les yeux vers les siens.

– Hadès, chuchota-t-elle, juste avant qu'il ne presse ses lèvres contre sa peau pour remonter lentement le long de son corps, déclenchant un brasier sur son passage.

Il plongea les mains dans ses cheveux en s'arrêtant pour mordiller ses tétons, puis il s'empara de sa bouche.

Perséphone rompit le baiser en saisissant le col de sa veste.

– Je te déshabille ? demanda-t-elle, avide de sentir sa peau contre la sienne.

– Si tu le souhaites.

Elle s'empressa de défaire les boutons de sa chemise, mais une douleur dans son épaule la fit grimacer et elle baissa le bras.

– Laisse-moi faire, dit Hadès en fronçant les sourcils.

Il se dépêcha de défaire les boutons et se débarrassa de sa veste, de sa chemise, puis de son pantalon. Une fois nu, il la prit par la taille et la serra dans ses bras. Il posa ses lèvres contre les siennes et elle ouvrit la bouche pour lui. Sentir Hadès en elle, de quelque façon que ce soit, était comme injecter de la magie dans ses veines, cela la rendait sauvage et passionnée. Mais elle sentit bientôt de la véritable magie, celle de la guérison d'Hadès, qui avait posé sa main sur son épaule.

Elle rompit le baiser et baissa les yeux, découvrant que la cicatrice qu'elle avait laissée avait disparu.

– Je n'ai pas bien fait ? demanda-t-elle.

Ce n'était pas tout à fait la question qu'elle avait voulu lui poser et elle sut, dès que les mots avaient quitté sa bouche, qu'ils avaient blessé Hadès, mais elle n'avait pas pu s'en empêcher, car ce genre de magie lui tenait à cœur et elle voulait la maîtriser.

– Bien sûr que si, Perséphone, répondit Hadès en caressant sa joue, puis ses cheveux. Je suis simplement surprotecteur et j'ai peur pour toi. Et peut-être qu'égoïstement, je veux retirer tout ce qui me rappelle que j'ai échoué à te protéger.

– Hadès, tu n'as pas échoué, dit-elle.

– Soyons d'accord sur notre désaccord, grogna-t-il.

– Si tu es d'accord pour dire que j'ai bien fait, alors accepte que toi aussi, Hadès, déclara-t-elle.

Le dieu ne répondit rien et Perséphone caressa son torse pour joindre ses mains autour de son cou.

– Je suis désolée. Je ne voulais pas que tu souffres à nouveau comme tu as souffert après la mort de Tyché.

– Tu n'as aucune raison de t'excuser, dit-il avant de l'embrasser.

Cette fois, il l'emmena sous la douche, sous le jet d'eau chaude. Il prit le savon et un gant, commençant par nettoyer délicatement le sang de son épaule. Puis il passa à ses seins, qu'il palpa et empoigna avant de laver sa taille et son ventre, ses cuisses et ses mollets. À genoux devant elle.

– Tourne-toi.

Elle obtempéra et posa ses mains à plat sur le mur carrelé. Celles d'Hadès remontaient le long de son corps. Il resta un long moment sur ses cuisses et titilla son sexe par-derrière. Quand il se remit enfin debout, Perséphone était excitée et se retourna. Malgré son érection pressée contre son ventre, il ne fit rien pour la prendre, se contentant de la regarder dans les yeux.

– Je t'aime, dit-il.

– Je t'aime aussi, répondit-elle. (Leurs mots lui semblèrent si solennels qu'elle en eut les larmes aux yeux.) Plus que tout.

Il lui sembla qu'aucune parole n'était suffisamment puissante en ce moment précis, mais elle ne trouvait pas celles qui le seraient, celles qui exprimeraient comment son sang, ses os, son cœur et son âme lui appartenaient et avaient besoin de lui pour vivre.

– Perséphone… chuchota-t-il en dégageant une mèche de son visage.

Il la prit dans ses bras et la sortit de la douche. Ils étaient trempés, pourtant il s'assit dans le fauteuil, près du feu. Il la blottit contre son torse et ils restèrent longtemps silencieux, revoyant tous deux les événements de la soirée.

Le Stade Talaria avait été l'endroit parfait pour un attentat. La course de chars était une distraction idéale, tout comme le coup de théâtre créé par Apollon, Ajax et Hector. Personne ne s'était douté de quoi que ce soit.

– Tous ces gens… partis, chuchota-t-elle.

Elle se demanda combien étaient morts et fut saisie de culpabilité en réalisant qu'elle aurait dû être aux portes pour les accueillir et les apaiser.

Hadès la tint plus fort contre lui.

– Tu ne pourras pas consoler tous ceux qui parviennent aux Enfers sans s'y attendre, Perséphone. Il y a bien trop de victimes de ce genre. Rassure-toi : les âmes d'Asphodèle y sont et elles te représentent à merveille.

– Elles te représentent aussi, Hadès.

Une pensée lui vint alors, des innocents n'étaient pas les seuls à être morts cette nuit. Parmi les défunts se trouvaient ceux qui avaient initié l'attaque.

– Et les agresseurs qui sont morts ce soir ? demanda-t-elle en cherchant le regard d'Hadès.

Elle ne parvint pas à deviner ses pensées, mais il répondit sans hésiter à sa question.

– Ils seront punis au Tartare, dit-il avant de marquer une pause. Tu souhaites y aller ?

Elle sentit les coins de sa bouche s'étirer. Quelques semaines plus tôt, Hadès n'aurait jamais proposé qu'elle l'accompagne pour torturer les âmes, or voilà que la question lui venait désormais spontanément.

– Oui, répondit-elle. J'aimerais y aller.

***

Ils arrivèrent dans une partie du Tartare que Perséphone ne connaissait pas. C'était une immense salle qui ressemblait à une caverne dont chaque côté était bordé de colonnes en obsidienne. Il lui fallut un moment pour comprendre que l'espace entre chaque pilier était fermé par une grille, ils étaient dans un donjon. L'air y était humide et lourd de magie ancienne. Elle regarda vers le haut, cherchant la source de cette magie.

– Il y a des monstres ici, dit Hadès.

– Quel genre de monstres ?

– Ils sont nombreux, répondit-il d'un air enjoué. Certains sont ici parce qu'ils ont été tués, d'autres parce qu'ils ont été capturés. Viens.

Il lui prit la main et ils passèrent devant des cellules plongées dans le noir. Comme ils avançaient, Perséphone entendit des sifflements, des grognements et des gémissements atroces. Elle tourna la tête vers Hadès, cherchant une explication.

– Ce sont les harpies, dit Hadès, Aellô, Ocypétès et Célaeno. Elles s'agitent, surtout quand le monde est plongé dans le chaos.

– Pourquoi ?

– Parce qu'elles perçoivent le mal et souhaitent punir.

Ils passèrent devant d'autres cellules, dont l'une contenait une créature mi-femme, mi-serpent. Ses doigts gracieux s'agrippaient aux barreaux de sa prison et son visage sortit de l'ombre. Elle était sublime, avec de longs cheveux rouges qui tombaient sur ses épaules et cachaient ses seins.

– Hadès, siffla-t-elle, et ses yeux scintillèrent.

– Lamia, dit-il pour la saluer.

– Lamia ? demanda Perséphone. La tueuse d'enfants ?

Le monstre siffla, mais Hadès répondit.

– La seule et l'unique.

Lamia était la fille de Poséidon et d'une reine. Son aventure avec Zeus avait poussé Héra à la condamner à perdre tous les enfants auxquels elle donnerait naissance. Elle était devenue folle et s'était mise à voler les bébés qu'elle trouvait pour se nourrir de leur chair. Son histoire était terrifiante, Lamia avait fini par manger des enfants alors que son désir le plus cher avait été de leur donner la vie.

Ils continuèrent d'avancer jusqu'au bout de la salle où un portail emprisonnait une immense créature qui ressemblait à un dragon. La bête avait sept têtes de serpent, des écailles et des nageoires pointues le long du cou. Les têtes sifflèrent et montrèrent leurs crocs, d'où dégoulinait un liquide noir qui avait formé une mare lugubre dont la surface arrivait jusqu'à son ventre rond. Dans cette eau se trouvaient plusieurs âmes, dont les visages étaient si calcinés qu'ils étaient méconnaissables.

– Qu'est-ce que c'est ? demanda Perséphone.

– C'est une Hydre. Son sang, son venin et son souffle sont toxiques.

Perséphone dévisagea la créature.

– Et les mortels dans la mare ? Qu'est-ce qu'ils ont fait ?

– Ce sont les terroristes qui ont attaqué le stade.

– Et c'est leur punition ?

– Non, répondit Hadès. Vois plutôt ça comme une garde à vue.

Perséphone réfléchit aux paroles d'Hadès. Cela signifiait que lorsque les Juges assignaient les âmes au Tartare, il n'y avait aucun sursis. Le châtiment de celles-ci avait été immédiat et ces brûlures, le venin qui rongeait leur chair et leurs os n'en étaient que le début.

– Et comment vas-tu les punir ? demanda-t-elle en le regardant dans les yeux.

– Peut-être que… tu veux décider ?

Elle se surprit à sourire à nouveau malgré la teneur atroce de leur conversation. Hadès lui demandait de déterminer le châtiment éternel d'une âme, et cela lui plaisait. Elle se sentait puissante et elle aimait qu'il lui fasse confiance. Un bref instant, elle se demanda ce que cela disait sur elle, mais elle connaissait la réponse. Cela faisait d'elle sa reine.

Elle se concentra à nouveau sur les âmes ensevelies dans l'étang venimeux.

– Je veux qu'ils vivent en état de panique et de peur constante. Je veux qu'ils vivent ce qu'ils ont infligé aux autres. Qu'ils existent pour l'éternité dans la Forêt du Désespoir.

– Alors ce sera le cas, dit Hadès en lui offrant sa main.

Elle la prit au moment où les âmes disparurent de la cage de l'Hydre.

– Laisse-moi te montrer quelque chose.

Il l'emmena dans la bibliothèque située près du bassin qu'elle avait découvert lors de l'une de ses premières visites aux Enfers. Elle avait d'abord supposé que c'était une table, mais lorsqu'elle s'en était approchée, elle avait découvert une carte partielle des Enfers qui se reflétait dans la surface noire de l'eau. À l'époque, elle avait seulement vu le palais, Asphodèle, le Styx et le Léthé. Quand elle avait demandé à Hadès pourquoi la carte était incomplète, il lui avait répondu que le reste apparaîtrait quand elle en aurait mérité le droit.

À cette époque, seuls Hécate et Hermès pouvaient voir la totalité des Enfers.

Quand elle la regarda cette fois, elle vit chaque fleuve, chaque pré et chaque montagne. Les chances que la carte reste la même étaient maigres puisqu'Hadès manipulait régulièrement son monde pour ajouter, déplacer ou supprimer des lieux.

– Montre la Forêt du Désespoir, dit Hadès, et l'eau frémit jusqu'à révéler une scène des plus atroces.

Quand Perséphone s'était promenée parmi les arbres, elle était seule et la forêt était silencieuse. Mais, à présent, elle la voyait telle qu'elle était réellement, remplie de milliers d'âmes qui vivaient toutes leur version personnelle des Enfers. Certaines étaient assises au pied des arbres, les genoux contre leur poitrine, tremblant de tout leur corps, d'autres se pourchassaient les unes les autres, s'attaquaient et se tuaient avant d'être ranimées aussitôt et pourchassées à nouveau.

– Ceux qui chassent… que craignent-ils ? demanda-t-elle.

– De perdre le contrôle.

– Et ceux qui sont tués ?

– C'étaient des assassins de leur vivant.

Il y en avait d'autres, aussi. Des âmes qui buvaient dans des rivières et mouraient lentement, dans des souffrances atroces, des âmes piégées dans une partie de la forêt qui était constamment en feu, des âmes ligotées et écartelées entre les arbres et qui recevaient des coups de bâton jusqu'à la mort.

Chaque fois qu'un cycle touchait à sa fin, il recommençait, c'était une boucle infinie de torture et de mort.

Au bout d'un moment, Perséphone tourna le dos au bassin.

– J'en ai vu assez.

Hadès la rejoignit et lui prit la main pour embrasser ses phalanges.

– Tu vas bien ?

– Je suis… satisfaite, répondit-elle. Allons nous coucher.

Hadès ne la contredit pas et quand ils retournèrent dans leur chambre, elle réalisa que la vengeance avait un goût amer et métallique, avec un arrière-goût sucré.

Elle l'adorait.

– Perséphone… dit Hadès d'un ton qui trahissait une certaine inquiétude.

Elle savait qu'il se demandait s'il avait été trop loin en lui montrant la Forêt du Désespoir.

Elle retira son peignoir et fit rouler ses épaules pour atténuer la tension qui crispait son corps, puis elle se tourna vers lui.

– Hadès…

Elle avait besoin de le sentir en elle, besoin de la distraction et du soulagement qu'il lui procurerait.

– Les derniers jours ont été difficiles, dit-il alors que son regard s'embrasait et que les jambes de Perséphone en tremblaient déjà. Tu es sûre que tu as envie de ça ce soir ?

– C'est tout ce dont j'ai envie.

Il fit un pas en avant et leurs bouches se percutèrent. Elle frissonna à son contact et se cambra contre lui, désespérée de frotter son bassin au sien. Elle le débarrassa de ses robes et l'embrassa sur le torse, sur le ventre, puis entre les cuisses. Lorsque ses lèvres effleurèrent son gland, il soupira d'une voix rauque.

Elle leva les yeux vers lui, surprise devant son expression pleine d'une passion lugubre. Cela ne fit qu'embraser davantage le feu qui faisait rage dans son bas-ventre. Son entrejambe mouilla et son corps se prépara à l'accueillir.

– Ça ne te dérange pas ?

Elle ne savait pas pourquoi elle le lui demandait, peut-être parce qu'elle voulait l'entendre dire que non.

– Loin de là, répondit-il.

Elle se concentra à nouveau sur son sexe. Quand il toucha le fond de sa gorge, il inspira, la mâchoire crispée, et plongea les mains dans ses cheveux. Elle leva la tête et vit que son regard était tendre et amoureux, tout en mettant le feu à son âme et à toutes les parties de son corps.

– Tu n'as pas idée de toutes les choses que je veux te faire, dit-il.

Elle soutint son regard, léchant son gland une dernière fois avant de le libérer. Elle se releva, arrêta sa bouche à quelques millimètres de la sienne.

– Montre-moi, dit-elle.

C'était un défi, Hadès l'accepta aussitôt. Il empoigna sa nuque et écrasa sa bouche sur la sienne, plongeant sa langue en elle pour caresser la sienne puis, comme si elle ne pesait rien, il la souleva et la posa au milieu du lit. Il s'empara à nouveau de sa bouche pour la sucer et la laper et Perséphone se cambra sous lui, plantant ses ongles dans ses bras musclés jusqu'à ce qu'il les lui bloque au-dessus de sa tête. Elle sentit alors quelque chose s'enrouler sur ses poignets, une chose douce et ferme. Elle leva la tête et vit que ses poignets étaient liés par des ombres noires.

Un léger malaise s'empara d'elle.

– Est-ce que ça va ? demanda-t-il en se redressant pour la chevaucher, sa verge dure et lourde sur son ventre.

Elle déglutit et une petite angoisse s'immisça en elle. Est-ce que ça la dérangeait ? Elle n'arrivait pas à le décider.

C'est Hadès, se dit-elle. *Tu es en sécurité.*

Elle hocha la tête et son inquiétude se dissipa au fur et à mesure qu'il l'étudiait de son regard de braise.

Hadès esquissa un sourire et son cœur se mit à battre plus fort.

– Je vais te faire te tordre de plaisir, promit-il en remontant vers elle avec la grâce d'un prédateur. Je vais te faire hurler, jouir si fort que tu le sentiras pendant des jours.

Il s'empara de sa bouche et bougea pour placer ses jambes entre les siennes avant de l'embrasser lentement sur tout le corps, descendant entre ses cuisses, effleurant son clitoris d'une façon délicieuse – mais sa poitrine se comprimait d'une façon qu'elle ne reconnaissait pas.

Elle essaya de se débarrasser de l'angoisse qui s'était emparée de son cœur, mais sa respiration était trop superficielle. Elle leva la tête pour regarder Hadès qui embrassait l'intérieur de ses cuisses et léchait sa chair sensible.

Tu es en sécurité, se répéta-t-elle, encore et encore. L'oppression qui écrasait sa poitrine était en contradiction avec le feu qui ravageait son bas-ventre. *En sécurité. En sécurité. En sécurité.*

Il écarta davantage ses jambes, aplatissant ses cuisses contre le matelas et, soudain, elle ne put plus du tout respirer, comme lorsqu'elle s'était retrouvée dans le Styx, tirée vers les profondeurs de l'eau noire par les cadavres qui y vivaient. Plus elle se débattait, plus elle sombrait, et plus tout devenait sombre. Les liens sur ses poignets étaient rêches, de la corde, réalisa-t-elle. Les mains sur son corps étaient moites.

– Perséphone.

La voix était étouffée, mais elle s'en rapprocha.

– Hadès, sanglota-t-elle.

Une main plongea sous la surface de l'eau et elle la saisit mais, lorsqu'elle sortit la tête de l'eau, elle se retrouva nez à nez avec Pirithoos, avec son visage cadavérique, ses lèvres pâles, ses yeux rouges. Soudain, elle se retrouva ligotée sur la chaise en bois dont les bords écorchaient ses omoplates. Pirithoos était à genoux devant elle.

– Espèce d'ingrate, dit-il de sa voix rauque.

– Non, non, non !

Elle referma les cuisses alors que les mains de Pirithoos caressaient ses jambes de bas en haut.

– Je te protégeais, siffla-t-il au-dessus d'elle. (Son sang coulait sur sa peau.) Et c'est comme ça que tu me remercies ?

– Ne me touche pas, putain ! cria-t-elle.

Toutefois, Pirithoos la retenait plus fort, plantant ses ongles dans ses cuisses et les écartant pour se placer entre ses jambes. Perséphone tomba en avant en essayant de le repousser et un goût amer remonta dans sa gorge.

Elle allait vomir.

– Non, gémit-elle. S'il te plaît, non.

Où était Hadès ? Pourquoi laissait-il cela arriver ? Il lui avait dit que Pirithoos ne pourrait plus l'atteindre, qu'il ne pourrait plus lui faire de mal.

Où était sa magie ? Elle essaya de l'atteindre, mais elle semblait aussi paralysée qu'elle.

– Perséphone, siffla Pirithoos en approchant ses mains de son sexe.

Elle se crispa et trembla des pieds à la tête.

– Tout va bien.

Pirithoos se baissa alors pour embrasser sa cuisse, alors elle explosa.

– Non !

Les liens sur ses poignets se brisèrent et elle frappa Pirithoos au visage. Elle réalisa alors que des épines sortaient de sa peau, comme si ses membres étaient des branches de rosier. Quand elle vit le sang, elle eut l'impression d'avoir refait surface, d'être enfin à la lumière.

Elle n'était plus sur la chaise en bois mais au milieu d'une mer de soie noire, sur son lit, et ce n'était pas Pirithoos devant elle, mais Hadès. Sa joue saignait à l'endroit où elle l'avait frappé.

Elle se sentit pâlir et le dévisagea en écarquillant les yeux, essayant de comprendre ce qui s'était passé, mais ça n'avait aucun sens.

Tu es en sécurité, pensa-t-elle.

Elle voulut tendre la main vers lui pour essuyer le sang sur sa joue, effacer la preuve de son coup, mais elle s'arrêta en voyant ses mains couvertes d'épines et de sang. Sa bouche se mit à tressauter, ses mains tremblèrent et elle fondit en larmes.

Il fallut un moment à Hadès pour bouger, pour la prendre dans ses bras. Et quand il se décida à le faire, son corps était froid et rigide.

– Je ne savais pas, dit-il d'une voix basse et rauque.

Il semblait en colère, mais faisait tout son possible pour ne pas le montrer.

Je suis désolée, voulut-elle dire, mais sa bouche ne fonctionnait pas.

– Je ne savais pas, répéta Hadès. Pardon. Je t'aime.

Il lui répéta ces mots jusqu'à ce qu'il n'ait plus de voix.

CHAPITRE XXVI

RELIQUES

Quand Perséphone se réveilla, Hadès était parti.

Son absence renouvela son angoisse et comprima sa poitrine. Elle était horrifiée que Pirithoos ait envahi cet espace qu'elle chérissait tant, mais pire encore, elle avait honte. Elle avait cru pouvoir gérer n'importe quoi du moment que c'était avec Hadès, mais dès qu'elle avait été ligotée, elle avait perdu toute notion de la réalité.

Comment était-elle censée avancer, à présent ?

Hadès avait toujours su quoi faire, mais hier soir, elle l'avait vu se glacer, et elle le connaissait suffisamment pour savoir qu'il allait prendre ses distances.

Elle soupira, accablée de tristesse, et se leva pour enfiler un péplum blanc. Elle prit des nouvelles de Sybil, Leucé et Zofie, qui allaient bien mais s'inquiétaient pour elle. Elle les rassura par message et leur dit qu'elle était guérie. Leucé lui avait envoyé une série d'articles et Perséphone passa le gros de la matinée à les lire et à regarder les vidéos de l'attaque du Stade Talaria. Elle s'était demandé si quelqu'un avait filmé son usage de la magie, mais toutes les images provenaient de l'extérieur du stade.

Le bilan était ahurissant, cent trente personnes étaient décédées, dont trois héros : Damon, Ésope et Demi. Certains journaux prétendaient que le nombre de morts était lié à l'usage inutile de la magie par les dieux qui avaient assisté aux Jeux.

C'était une tentative minable de justifier les actes terroristes de la Triade.

Perséphone posa sa tablette, elle avait besoin de faire une pause après tant de nouvelles affligeantes.

Elle sortit du palais pour se promener dans les jardins. Perséphone avait toujours pu discerner les arômes qui découlaient des différentes magies, mais plus elle passait de temps aux Enfers, plus elle remarquait que chaque fleur sentait Hadès, c'était léger mais très distinct. Par exemple, les roses étaient sucrées avec une touche de fumée. Cela faisait longtemps qu'elle n'avait pas arpenté ces sentiers et admiré ces fleurs et quand elle arriva au bout du chemin, elle s'arrêta devant sa parcelle, celle qu'Hadès lui avait donnée après qu'elle avait accepté son contrat dans lequel elle devait créer de la vie aux Enfers.

La parcelle était faite de sable noir et vierge. Elle supposa que toutes les graines qu'elle y avait plantées étaient encore sous terre, dormantes, mais l'idée de ramener ce jardin à la vie en cet instant la dérangeait. Peut-être garderait-elle la transformation pour plus tard et elle l'offrirait à Hadès comme cadeau de mariage, si celui-ci avait lieu un jour. Les préparatifs avaient cessé car ils attendaient que Zeus leur donne sa bénédiction, ce qui était repoussé à cause de la tempête de Déméter. Toutefois, cela paraissait secondaire dans un contexte où des dieux mouraient et des mortels étaient assassinés.

Elle quitta les jardins et entra dans le Pré d'Asphodèle où Cerbère, Typhon et Orthos la rejoignirent. Ils déambulèrent dans le marché d'Asphodèle, où les âmes vaquaient à leurs occupations, échangeant des mets et des textiles, d'autres arrosaient leurs jardins ou trayaient les vaches dans le pré. L'odeur de pain frais et de cannelle embaumait l'air. Soudain, la déesse entendit des petits sanglots. Elle les suivit et trouva Yuri occupée à consoler une âme.

– Est-ce que tout va bien ? demanda Perséphone.

Elle n'avait jamais vu une âme dans cet état, à Asphodèle, mais Perséphone se rendit soudain compte qu'il y régnait une sorte de mélancolie ambiante qu'elle n'avait jamais perçue auparavant.

L'âme s'écarta aussitôt de Yuri et essuya ses larmes sans regarder Perséphone. Elle était jeune – la vingtaine – avec des cheveux noirs et une frange droite sur le front.

– Lady Perséphone, dit Yuri en esquissant une révérence que la jeune femme imita. Voici Angeliki. Elle vient d'arriver à Asphodèle.

Perséphone n'avait pas besoin d'en savoir davantage. La femme était au Stade Talaria.

– Angeliki, dit Perséphone. Je suis ravie de te rencontrer.

– Enchantée, chuchota-t-elle.

– Lady Perséphone sera bientôt notre reine, dit Yuri, et Angeliki écarquilla les yeux.

– Est-ce que je peux faire quoi que ce soit, Angeliki ? Pour t'aider à te faire à ta nouvelle maison ?

Hélas, cela ne fit que la faire pleurer de plus belle et Yuri la reprit dans ses bras, caressant son bras de bas en haut.

– Elle s'inquiète pour sa mère, expliqua Yuri. Angeliki était son aidante. Maintenant qu'elle est ici, il n'y a plus personne pour s'occuper d'elle.

Perséphone eut de la peine pour cette femme, qui ne pleurait pas pour elle-même mais pour une autre, et elle décida de faire quelque chose.

– Comment s'appelle ta mère, Angeliki ?

– Nessa, répondit-elle. Nessa Levidis.

– Je vais m'assurer qu'elle sera soignée, dit Perséphone.

Angeliki la dévisagea en haussant les sourcils.

– C'est vrai ? Vraiment ?

– Oui, dit-elle. Je te le promets.

Et les dieux ne pouvaient rompre une promesse.

La jeune femme se jeta sur Perséphone et la serra contre elle.

– Merci, dit-elle en sanglotant contre elle. Merci.

– Il n'y a pas de quoi, répondit Perséphone en reculant. Tout ira bien.

Angeliki sourit timidement à la déesse.

– Je vais me rafraîchir, dit-elle.

Perséphone et Yuri la regardèrent entrer dans sa maison.

– C'était gentil de ta part, dit Yuri.

– C'est la seule chose à laquelle j'ai pensé, répondit-elle.

Elle n'était pas certaine qu'Hadès soit d'accord, mais beaucoup de gens étaient morts dans l'attentat du Stade Talaria et ils avaient laissé des êtres chers derrière eux, jeunes ou vieux. Après tout, ce n'était pas comme si elle avait proposé de délivrer à sa mère un message personnel.

Elle se promit de proposer à Katerina de créer un fonds pour les familles des victimes, elle n'avait pas besoin de le lui demander pour savoir qu'Hadès serait d'accord.

– Ça me fait plaisir de te voir, dit Yuri.

– Moi aussi. Je suis désolée de ne pas être venue.

– Ne t'inquiète pas. On sait que la situation est grave, là-haut.

– En effet, admit Perséphone en fronçant les sourcils.

Elle regarda autour d'elle et se rendit compte qu'aucune des jeunes âmes n'avait couru la voir, comme ils le faisaient habituellement.

– Où sont les enfants ?

Yuri sourit.

– Ils sont dans le jardin avec Tyché, dit-elle. Elle leur lit des histoires tous les matins. Tu devrais y aller, les enfants seraient ravis.

Perséphone aurait été heureuse de voir les enfants, mais elle aurait également aimé parler à Tyché. Néanmoins est-ce que Tyché était prête à répondre à des questions au sujet de sa mort ?

– Viens, je t'accompagne jusqu'au verger, dit Yuri. J'allais cueillir des grenades quand j'ai croisé Angeliki.

Elles quittèrent le cœur du village en empruntant un chemin qui menait au verger où Yuri s'arrêta pour cueillir les fruits. Au-delà du bosquet se trouvait le jardin des Enfants, qui n'avait rien d'un jardin et tout d'une immense aire de jeux. Le lieu s'était peu à peu transformé depuis que Perséphone était venue aux Enfers, passant de deux balançoires à un parc plus magique et propice à l'aventure. Il s'étendait désormais sur deux hectares, avec des toboggans, des bacs à sable, des pyramides d'escalade et des ponts suspendus où les enfants avaient l'habitude de jouer. Aujourd'hui, elle les trouva assis dans l'herbe, face à Tyché qui était perchée sur une grosse pierre. Elle leur racontait une histoire et elle changeait de voix et d'expressions en fonction des personnages qui s'exprimaient dans l'histoire.

– Prométhée voulait que le monde soit plus beau, alors, au lieu de passer ses journées sur le mont Olympe, il explora le royaume des mortels, résidant parmi les hommes qui peinaient à vivre malgré la beauté du monde. Un jour, Prométhée réalisa que si les hommes disposaient du feu, ils pourraient se chauffer et cuire leurs aliments, et apprendre à fabriquer des outils. Les possibilités étaient infinies ! Mais quand Prométhée alla voir Zeus et le supplia d'offrir le feu aux mortels, le dieu de la Foudre refusa, craignant que les mortels deviennent trop puissants. « *Il vaut mieux*, dit Zeus, *que les mortels comptent sur les dieux pour leurs besoins. Laissez-les prier, et nous exaucerons leurs souhaits.* » Or Prométhée n'était pas d'accord, et il désobéit à Zeus en offrant le feu aux hommes. Plusieurs mois passèrent avant que Zeus ne daigne baisser les yeux de son perchoir olympien, et quand il le fit, il vit les mortels se chauffer près des feux qui se trouvaient désormais dans leurs cheminées, dans les maisons qu'ils avaient pu construire grâce au feu de Prométhée. Fou de rage, Zeus enchaîna Prométhée à la montagne pour le punir de l'avoir trahi, mais Prométhée n'était pas triste. Au contraire, il était soulagé et heureux, parce qu'il savait que les mortels prospéraient sur terre.

La voix de Tyché était calme, suave et plaisante. Perséphone se dit qu'elle préférait cette version de l'histoire de Prométhée, car la véritable fin était bien plus sombre. Après avoir été trahi, Zeus avait libéré Pandore sur le monde et avait donné aux mortels la peur et l'espoir, l'espoir étant sans doute la plus dangereuse des armes.

Perséphone décela des ressemblances dans la façon dont Zeus continuait de percevoir le monde, même à ce jour. Le roi des dieux souhaitait maintenir les mortels dans une position de soumission. C'était d'ailleurs pour cela qu'il était descendu sur Terre, pour rappeler aux humains qu'il était tout-puissant.

C'était également pour cela que la Triade se rebellait.

– Raconte-nous une autre histoire, Lady Tyché ! dit un enfant.

– Demain, mon petit, répondit-elle en souriant. Nous avons de la visite.

La déesse de la Fortune croisa le regard de Perséphone et les enfants se retournèrent.

– Lady Perséphone !

Ils coururent vers elle et s'agrippèrent à ses jambes et à sa jupe.

Elle éclata de rire et se baissa pour en prendre un dans ses bras.

– Tu es venue jouer avec nous ? demanda l'un d'eux.

– Reste avec nous, s'il te plaît !

– Je suis venue discuter avec Lady Tyché, répondit Perséphone. Mais je vais vous regarder. Montrez-nous vos nouveaux tours.

Cela sembla les satisfaire et ils partirent en courant vers les jeux.

Tyché s'approcha d'elle. Elle était sublime, grande et fine, vêtue de robes sombres, ses longs cheveux noirs étaient attachés en chignon sur le haut de sa tête. Elle esquissa une révérence.

– Lady Perséphone, dit-elle. C'est un plaisir de te rencontrer.

– Lady Tyché. Je suis tellement navrée.

– Inutile d'être désolée, dit-elle en souriant. Viens, marchons un peu.

Elle lui offrit son bras, que Perséphone accepta. Elles restèrent à l'ombre, car il faisait toujours chaud dans cette partie des Enfers. D'ailleurs, les arbres demeuraient éternellement verts, comme au printemps.

– Je suppose que tu souhaites savoir comment je suis morte, dit Tyché.

Ses propos furent comme un poignard dans le cœur de Perséphone.

– Je ne souhaite pas le savoir, mais… j'ai peur que tout recommence si nous n'apprenons pas de ton expérience.

– Je comprends, dit Tyché. J'ai été neutralisée par quelque chose de lourd, comme un filet. Ensuite, des mortels m'ont attaquée, ils étaient plusieurs. Je me souviens d'avoir été surprise par la première charge et d'avoir été choquée qu'ils puissent me faire mal. Ensuite, j'ai reçu un autre coup. Et un autre. J'étais encerclée.

– Oh, Tyché… chuchota Perséphone.

– Je ne pouvais pas me guérir. J'imagine que les Moires ont dû couper mon fil de vie.

Elles marchèrent encore un peu avant de s'arrêter. Tyché se tourna vers Perséphone et l'étudia d'un regard tendre.

– Je sais ce que tu veux me demander, dit-elle.

Perséphone déglutit. La question était sur le bout de sa langue : *Est-ce que ma mère était impliquée ? Est-ce que tu as senti sa magie, toi aussi ?*

– J'ai senti la présence de ta mère, confirma Tyché. J'espérais… qu'elle était là pour m'aider. Je n'étais pas suffisamment consciente pour comprendre que ce n'était que sa magie.

Une vague de culpabilité noua l'estomac de Perséphone.

– Je ne comprends pas pourquoi ma mère a choisi cette voie, dit Perséphone, anéantie par la douleur que provoquait son aveu.

Il y eut un petit blanc, puis Tyché parla.

– Ta mère et moi étions proches, à une époque, dit-elle.

Perséphone fronça les sourcils. Elle ne savait pas que Déméter et Tyché avaient été amies. Elle n'avait jamais vu la déesse de la Fortune au cours des dix-huit années qu'elle avait passées dans l'orangerie.

– Je… je ne me souviens pas de toi, dit Perséphone.

Tyché lui sourit tristement.

– Nous étions amies bien avant qu'elle supplie les Moires de lui offrir une fille, dit-elle. Bien avant qu'elle ne soit aussi en colère et blessée.

– Raconte-moi.

Tyché prit une grande inspiration.

– Ta mère t'a gardée secrète pour de nombreuses raisons. Tu es au courant de l'une d'entre elles, ton mariage avec

Hadès. Mais Déméter se cachait bien avant ton arrivée. Elle a été violée.

Perséphone eut du mal à déglutir et à respirer.

– Quoi ?

– Poséidon l'a piégée. Il l'a leurrée en prenant la forme d'un cheval, puis il l'a attaquée. C'est de là qu'est née sa haine des autres Olympiens, surtout parce qu'elle est allée voir Zeus pour le supplier de punir son frère et qu'il a refusé. Je ne te raconte pas ça pour excuser son comportement envers toi et le reste du monde. Je te le dis pour que tu comprennes pourquoi elle agit ainsi.

– Je… je ne savais pas.

– Ta mère ne voit pas sa survie comme une force.

Perséphone n'avait jamais réfléchi aux raisons qu'avait sa mère d'être ainsi – aux abus qu'elle avait endurés et surmontés.

Mais ça… c'était le traumatisme de Déméter. C'était là que sa peur du monde avait pris racine, sa peur pour Perséphone. Poséidon et Zeus faisaient partie des trois – il était logique que Déméter suppose qu'Hadès était aussi mauvais que ses frères.

– Elle n'a plus jamais été la même, poursuivit Tyché. Je crois qu'elle a enfoui des parties d'elle-même pour pouvoir exister, mais en faisant ça, elle a perdu la part d'elle qui vivait.

Perséphone essayait de respirer, mais elle n'y arrivait pas.

– Je suis désolée, Perséphone.

– Je suis contente que tu me l'aies dit, répondit-elle pendant que son cerveau tournait à vive allure.

Malgré tout le mal que faisait Déméter, Perséphone pouvait voir, désormais, les différents fils qui avaient mené sa mère sur cette voie. En fin de compte, cela n'avait rien à voir avec elle, et tout à voir avec son traumatisme. Poséidon l'avait brisée, Zeus l'avait écrasée, et elle avait dû continuer d'exister dans un monde où ils restaient puissants, où ils régnaient en maîtres.

– Est-ce qu'Hadès le sait ? demanda Perséphone.

– Je crois que Déméter ne l'a jamais dit à personne, à part moi.

Elle ne savait pourquoi, mais cela l'aida à respirer plus facilement.

– Qu'est-ce que je devrais faire ?

Tyché haussa les épaules.

– C'est dur à dire. Peut-être vivre avec, en te disant que Déméter a fait de son mieux compte tenu des circonstances, tout en sachant que cela ne rend pas ton propre traumatisme moins valable. Nous sommes tous brisés, Perséphone. C'est ce que nous faisons de nos morceaux qui compte.

Déméter se servait des siens pour faire du mal, et Perséphone savait qu'en fin de compte, malgré les problèmes de sa mère, il faudrait l'arrêter.

– Merci, Tyché.

– Ce ne sera pas facile, Perséphone. Le système est abîmé et doit être remplacé par quelque chose de nouveau. Or il n'y a pas de garantie dans la guerre, aucune certitude que ce pour quoi on se bat l'emportera.

– Il n'empêche que la possibilité d'une victoire en vaut le coup… n'est-ce pas ?

Tyché lui sourit tristement.

– C'est l'espoir, oui, le plus grand ennemi de l'homme.

***

Quand elle quitta le jardin des Enfants, Perséphone se rendit dans la bibliothèque et déambula parmi les rangées de livres, amassant des informations sur la Titanomachie, curieuse d'en savoir plus sur les événements qui avaient mené à la défaite des Titans et au règne des Olympiens. Elle rassembla plusieurs livres et s'installa devant le feu pour se plonger dans ses lectures.

La plupart des textes détaillaient la violence du conflit, mais aussi la capacité de Zeus à charmer et à élaborer des stratégies. Il avait su manipuler et négocier pour obtenir la loyauté des dieux ainsi que des monstres, promettant le pouvoir aux dieux et de l'ambroisie et du nectar aux monstres. Perséphone ne connaissait pas cette facette du dieu de la Foudre, existait-elle encore ? Était-il installé si confortablement dans le pouvoir qu'il avait perdu son discernement ? Ou son ignorance joyeuse et sa nature indulgente n'étaient-elles qu'une ruse ?

Elle sentit Hadès avant de le voir, sa présence se faufila sur son cou et dans son dos, comme si ses lèvres effleuraient sa peau. Elle se crispa. Après leur nuit ensemble, elle ne s'était pas attendue à le voir aujourd'hui, or voilà qu'il apparaissait près d'elle. Le dieu des Morts semblait toujours sortir de l'ombre, mais elle vit quelque chose de plus noir encore frémir sous sa peau et dans son regard, et son sang se glaça.

Perséphone baissa son livre et ils se regardèrent longuement. Il garda ses distances et elle ne put ignorer l'étrange tension qui les séparait, qui collait à sa peau et oppressait sa poitrine. Elle voulait parler d'hier soir, lui dire qu'elle était désolée et qu'elle ne comprenait pas pourquoi cela s'était produit, mais ces mots étaient trop durs à prononcer.

– J'ai vu Tyché aujourd'hui, dit-elle. Elle pense que la raison pour laquelle elle n'a pas pu se guérir est que les Moires ont coupé son fil de vie.

Hadès la dévisagea un moment, le visage neutre. C'était un Hadès différent, celui qui apparaissait quand l'autre refusait de ressentir.

– Les Moires n'ont pas coupé son fil, dit-il.

Perséphone attendit qu'il s'explique, mais il n'en fit rien.

– Qu'est-ce que tu veux dire ?

– La Triade a réussi à trouver une arme qui peut tuer les dieux, dit-il d'un ton factuel, sans trace d'inquiétude ou d'angoisse.

– Tu sais ce que c'est, c'est ça ?

– Je n'en suis pas sûr, répondit-il.

– Dis-moi.

Hadès marqua une pause, comme s'il ne savait pas par où commencer, ou peut-être qu'il ne voulait pas le lui dire.

– Tu as vu l'Hydre, dit-il. Par le passé, elle a été utilisée dans plusieurs batailles et a perdu plusieurs têtes, mais elle se régénère. Ses têtes ont une valeur inestimable, car son venin est utilisé comme poison. Je crois que Tyché a été neutralisée par une nouvelle version du filet d'Héphaïstos, et poignardée avec une flèche empoisonnée au sang de l'Hydre. Une relique, pour être plus précis.

– Une flèche empoisonnée ?

– C'étaient les armes biologiques de la Grèce antique, dit Hadès. Ça fait des années que j'essaie de retirer ce genre de relique de la circulation, mais elles sont nombreuses et il existe des réseaux entiers dédiés à les trouver et à les revendre. Je ne serais pas surpris que la Triade ait réussi à mettre la main sur quelques-unes d'entre elles.

Perséphone réfléchit un instant à cette information.

– Tu m'avais dit que les dieux ne pouvaient mourir que s'ils étaient jetés au Tartare et déchiquetés par les Titans.

– En général, oui, admit Hadès. Mais le venin de l'Hydre est puissant, même pour les dieux. Il ralentit notre guérison et il est probable que si un dieu est poignardé suffisamment de fois…

– Il meurt.

Cela expliquerait pourquoi Tyché n'avait pas pu se guérir. Hadès attendit un moment avant de parler et ses propos la choquèrent, non seulement par leur contenu mais parce qu'il lui offrait volontairement une information, ce qu'il ne faisait jamais.

– Je crois qu'Adonis a également été tué par une relique. Par la faux de mon père.

– Qu'est-ce qui te fait croire ça ?

Il y eut un bref silence.

– Parce que son âme a été brisée.

Perséphone comprit. Adonis était allé aux Champs Élysées pour son repos éternel. Son âme était la magie grâce à laquelle les coquelicots et les grenades s'épanouissaient.

– Pourquoi tu ne me l'as pas dit ?

Il resta à nouveau silencieux, et elle attendait qu'il parle.

– Je suppose que j'attendais d'être en état de t'en parler. Voir une âme brisée n'est pas facile, et ça l'est encore moins de la porter jusqu'aux Champs Élysées.

Son regard hanté lui dit qu'elle ne pouvait pas comprendre ce qu'Hadès avait vu.

Perséphone posa son livre et chuchota son nom, désespérée de le réconforter, mais dès qu'elle bougea, elle le vit se crisper et il se concentra sur son livre.

– Qu'est-ce que tu lis ? demanda-t-il pour changer de sujet.

La poitrine de Perséphone se comprima douloureusement.

– Je cherchais des informations sur la Titanomachie, dit-elle.

La mâchoire d'Hadès se contracta.

– Pourquoi ?

– Parce que… je crois que ma mère a un objectif plus grand que notre séparation.

CHAPITRE XXVII

LE MUSÉE DE LA GRÈCE ANTIQUE

Perséphone se réveilla tard, seule dans le lit. Hadès ne s'était pas couché et elle partit à sa recherche. Elle le trouva sur le balcon, drapé dans l'ombre de la nuit, et elle se mit derrière lui, entourant sa taille de ses bras. Il se raidit et posa ses mains sur les siennes pour les retirer et se tourner vers elle.

– Perséphone.

Elle fut surprise qu'il se retourne aussi vite.

– Tu ne viens pas te coucher ? chuchota-t-elle.

– J'arrive bientôt, dit-il en la lâchant.

Perséphone posa sa main sur son sein.

– Je ne te crois pas.

Il la dévisagea un moment, le visage neutre.

– Je n'arrive pas à dormir, dit-il. Je ne veux pas te déranger.

– Tu ne me dérangeras pas. C'est ton absence qui m'empêche de dormir.

Elle se sentit idiote de le dire à voix haute, mais il était vrai que sa présence l'aidait à se détendre plus facilement.

– On sait tous les deux que c'est faux, dit-il.

Elle grimaça, consciente qu'il faisait référence à Pirithoos, et mordit l'intérieur de sa joue pour empêcher sa bouche de trembler. Depuis le temps qu'elle connaissait Hadès, il ne l'avait jamais rejetée. Elle fut vexée et eut l'impression qu'il lui en voulait.

– Tu as raison, dit-elle. C'est faux.

Elle lui tourna le dos, mais au lieu de retourner dans leur lit, elle sortit de la chambre et longea le couloir jusqu'à la suite de la Reine, où elle se glissa sous une couverture et fondit en larmes.

***

Perséphone s'assit à son bureau, une tasse de café entre les mains. Le regard dans le vague, elle observait la vapeur s'échapper du mug sans vraiment la voir. Elle n'avait pas fermé l'œil de la nuit et elle se sentait vaseuse. Son corps n'avait pour seul désir que de trouver un lieu calme pour dormir, mais ses pensées étaient chaotiques et tournaient en boucle dans sa tête.

Elle agonisait, tiraillée entre sa culpabilité et sa colère au sujet de la distance qu'avait prise Hadès. Peut-être aurait-elle dû forcer une conversation entre eux à propos de ce qui s'était passé, mais après qu'il avait refusé de se coucher, elle avait perdu confiance en elle et elle s'était sentie angoissée à l'idée d'aborder le sujet. Son traumatisme avait surgi de nulle part et elle s'était défoulée sur Hadès. Elle savait qu'il souffrait aussi, ce n'était rien à côté de la honte et de la dévastation qu'elle ressentait, à côté du sentiment qu'elle avait d'avoir été violée.

Une autre pensée lui vint à l'esprit. Et si Hadès ne souhaitait plus explorer ses fantasmes avec elle ? Ou ceux de Perséphone ?

On frappa à sa porte et Leucé entra, les bras chargés de journaux. Elle semblait aussi épuisée que Perséphone.

– Est-ce que ça va ? demanda la déesse.

La nymphe posa les journaux sur son bureau et haussa les épaules.

– Je ne dors pas très bien depuis…

Elle ne termina pas sa phrase, mais ce n'était pas nécessaire, car Perséphone savait qu'elle était perturbée par l'attentat.

– Il y a des choses qui n'ont pas changé depuis l'Antiquité, dit Leucé. Vous vous entre-tuez encore, il n'y a que vos armes qui ont changé.

Elle n'avait pas tort, la société pouvait être aussi violente que pacifique.

Perséphone baissa les yeux sur les journaux. Le premier était le *New Athens News*, dont le titre traitait de l'attentat du Stade Talaria.

Mort et violence : les conséquences de suivre les dieux

L'article était d'Hélène, qui prétendait que les attentats avaient été prévus par la Triade pour forcer le changement car, sans conflit, les mortels continueraient de vivre sous le joug des dieux.

Le stade avait été choisi parce que les Jeux symbolisaient l'emprise que les dieux avaient encore sur la société. Or, pour que cela change, celle-ci devait être démantelée.

Le problème était que des cent trente personnes qui étaient décédées dans le stade, combien souhaitaient vraiment être des martyrs de la Triade ?

La réponse d'Hélène était cruelle : où étaient vos dieux ?

– Je n'en reviens pas que Demetri ait approuvé cet article, dit Leucé.

Perséphone eut le sentiment que Demetri n'avait pas eu son mot à dire.

– Hélène est devenue folle.

– Je ne crois pas qu'elle pense vraiment ce qu'elle écrit, dit Perséphone. À mon avis, elle ne réfléchit pas par elle-même du tout.

En fait, Perséphone était persuadée de ça.

– Si tu la revois un jour, je t'en supplie, change-la en arbre, dit Leucé.

Perséphone sourit à Leucé quand elle partit en refermant la porte. Perséphone s'affaissa dans son fauteuil, encore plus épuisée qu'avant. La trahison d'Hélène l'avait choquée, mais là, c'était autre chose. C'était bien pire. C'était presque une déclaration de guerre.

Elle se redressa et lut d'autres articles, le cœur un peu plus lourd à chaque nouveau titre.

Au moins 56 décès attribués à la météo hivernale, rien que la semaine dernière

Des millions de personnes sans eau ni électricité à cause de la catastrophique météo hivernale

Beaucoup craignent que la tempête déclenche une crise alimentaire

Mais ce fut un titre en particulier qui attira son attention, en bas de page.

Plusieurs artefacts volés au musée

Perséphone trouva cela étrange et repensa à ce qu'Hadès lui avait dit au sujet des reliques et à propos du fait qu'il pensait qu'elles provenaient du marché noir. Et si elles venaient plutôt des musées ?

Ma mère se cacherait à la vue de tous.

Perséphone prit son téléphone pour appeler la réception.

– Oui, Milady ?

– Ivy, demande à Antoni d'approcher la voiture. Je m'absente quelques minutes.

– Bien sûr, répondit-elle avant de marquer une pause. Et… que dois-je dire à Lord Hadès ? S'il demande où vous êtes ?

Perséphone se crispa. Elle était contrariée par Hadès, mais elle ne voulait pas qu'il s'inquiète.

– Dis-lui que je suis au Musée de la Grèce antique, répondit Perséphone avant de raccrocher.

Elle enfila son blouson et descendit au rez-de-chaussée.

– Bonne visite, Milady, dit Ivy quand Perséphone passa devant son bureau pour sortir.

Elle emprunta les marches verglacées au pied desquelles Antoni l'attendait, souriant malgré le froid.

– Milady, dit-il en lui ouvrant la portière.

– Antoni, répondit-elle en souriant, tout en entrant dans la Lexus.

– Où allons-nous, Milady ? demanda le chauffeur en s'installant au volant.

– Au Musée de la Grèce antique.

Antoni fronça les sourcils, clairement surpris.

– Pour des recherches ? demanda-t-il.

– Oui. On peut dire ça, oui.

Le Musée de la Grèce antique était situé au centre de Nouvelle Athènes. Antoni la déposa devant l'entrée et elle traversa la cour pour gravir les marches qui menaient à la porte. Perséphone était venue plusieurs fois, souvent par de belles journées ensoleillées où la place était bondée. Mais aujourd'hui, les statues en marbre étaient ensevelies sous la neige.

Quand elle eut passé la sécurité, elle s'arrêta et prit une grande inspiration, essayant de sentir la magie de sa mère, mais elle ne perçut que des effluves de café, de désinfectant et de poussière. Elle explora chaque salle dédiée à une époque différente de la Grèce antique. Les œuvres étaient sublimes et soigneusement agencées, mais c'étaient les gens que Perséphone étudiait, cherchant un indice dans leurs expressions ou leurs façons de bouger. Identifier un dieu qui avait énormément manipulé son Charme n'était pas facile.

Elle ne sut combien de temps elle resta dans le musée, mais au bout d'environ une heure, elle avait fait le tour de toutes les expositions à l'exception de l'aile dédiée aux enfants. Elle était en train d'étudier l'entrée et ses piliers colorés quand elle repéra une odeur familière, musquée et citronnée, qui lui glaça le sang.

Déméter.

Son cœur se mit à battre plus fort en avançant dans l'aile multicolore et interactive, passant devant des statues de cire et des maquettes de bâtiments anciens, suivant l'odeur de la magie de Déméter jusqu'à la trouver au milieu d'un groupe d'enfants. Elle avait pris de grandes précautions pour cacher sa véritable identité. Elle semblait plus vieille, avec des cheveux grisonnants et davantage de rides. Mais elle n'avait rien perdu de l'air arrogant et hautain qui lui était si caractéristique.

Elle faisait visiter l'exposition aux enfants et elle était en train d'expliquer l'histoire des Jeux panhelléniques ainsi que leur importance culturelle.

Ce n'était pas du tout ce que Perséphone avait imaginé, même quand elle avait deviné que Déméter devait se cacher de la vue de tous.

Elle eut l'impression d'observer un autre dieu en la voyant avec des enfants. Elle n'avait plus rien de sévère et ses yeux avaient un éclat que Perséphone n'avait pas vu depuis son enfance. Déméter leva alors la tête vers elle et toute sa gentillesse disparut, son visage exprima déception, colère et dégoût. Pourtant, elle se concentra à nouveau sur les enfants et son sourire revint, s'étirant sur son visage, lui faisant plisser les yeux.

– Et si vous alliez explorer l'exposition ? Je suis là si vous avez des questions. Allez, filez !

– Merci, Madame Doso ! répondirent les enfants en chœur.

Perséphone ne bougea pas. Déméter se tourna vers elle, le regard noir, le menton en l'air.

– Tu es venue me tuer ?

– Non, répondit Perséphone en grimaçant.

– Alors tu es venue me faire des reproches ?

Perséphone ne répondit pas tout de suite.

– Alors ? insista Déméter d'un ton froid.

– Je sais ce qui t'est arrivé… avant ma naissance, dit Perséphone, notant le regard surpris de sa mère.

Encore une fois, son moment de faiblesse fut bref, mais Perséphone put percevoir la véritable souffrance et l'angoisse de sa mère avant qu'elle ne l'enfouisse à nouveau en fronçant les sourcils.

– Et donc tu prétends me comprendre, maintenant ?

– Je ne pourrais jamais prétendre comprendre ce que tu as vécu, dit Perséphone. Mais j'aurais aimé le savoir.

– Et ça aurait changé quoi ?

– Rien, mais j'aurais peut-être passé moins de temps à t'en vouloir.

Déméter lui sourit d'un air machiavélique.

– Pourquoi regretter la colère ? Elle nourrit tant de choses…

– Comme ta vengeance ?

– Oui, déclara-t-elle.

– Tu sais que tu peux arrêter tout ça, dit Perséphone. On ne peut pas lutter contre le destin.

– Tu le crois vraiment ? demanda Déméter. Étant donné le sort de Tyché ?

Perséphone ferma la bouche face à l'aveu de sa mère.

– Elle t'aimait, dit Perséphone.

– Peut-être. Mais elle aussi, elle m'a dit que je ne pouvais pas lutter contre le destin, et voilà, j'ai coupé son fil de mes propres mains.

– Tout le monde peut commettre un meurtre, mère.

– Mais tout le monde ne peut pas tuer un dieu, répondit-elle.

– Alors c'est le chemin que tu as choisi. Tout ça parce que j'aime Hadès ?

Déméter esquissa un sourire glacial.

– Oh, ma fille. Tu es si moralisatrice, ça te dépasse. Je vaincrai tous les dieux qui ont choisi le camp du destin, tous les fidèles qui les adulent et, en fin de compte, je les tuerai aussi. Et quand j'aurai fini, je détruirai ce monde autour de toi.

La colère de Perséphone la fit trembler des pieds à la tête.

– Tu crois que je resterai à l'écart et te regarderai faire ?

– Oh, ma fleur, tu n'auras pas le choix.

Perséphone comprit alors que la personne que Déméter avait enfouie en elle ne referait plus jamais surface. Cette déesse était partie et était déjà loin, et si elle apparaissait de temps en temps, dans son sourire aux enfants ou lorsqu'elle repensait à son traumatisme, sa mère ne serait plus jamais cette personne. Déméter pensait devoir être cette déesse-ci pour pouvoir survivre.

Elle avait perdu sa mère depuis longtemps et… c'était le moment de lui dire adieu.

– Les Olympiens te cherchent.

Déméter lui offrit un sourire atroce. Elle semblait sur le point de parler quand elle fut interrompue.

– Madame Doso ! appela un enfant.

Déméter se retourna, sa bouche tordue et ses yeux étrécis disparurent, remplacés par un sourire et des yeux étincelants.

– Oui, mon chéri ? répondit-elle d'une voix douce et apaisante.

– Racontez-nous l'histoire d'Héraclès !

– Bien sûr ! s'exclama-t-elle avec un rire chantant.

Elle regarda un instant Perséphone et, encore une fois, sa façade disparut dès qu'elle lui parla.

– Leur recherche devrait t'inquiéter, ma fille.

La déesse de la Moisson lui tourna alors le dos, congédiant Perséphone sans un mot de plus.

Les paroles de Déméter étaient une mise en garde qui recouvrit le cœur de Perséphone d'une ombre lugubre. Elle gonfla ses poumons, détestant sentir la magie de sa mère dans sa gorge, et elle partit du musée.

CHAPITRE XXVIII

UNE TOUCHE DE TERREUR

Après le musée, Perséphone se téléporta aux Enfers plutôt que de retourner à son bureau. Elle partit tout de suite en quête d'Hécate et trouva la déesse dans son pré, en train de l'attendre. Elle était vêtue de robes noires aujourd'hui, assortie à Néphélé qui était assise derrière elle comme un présage. Perséphone ralentit en les voyant, aussitôt saisie d'angoisse. Hécate ne l'attendait jamais, elle était toujours occupée à autre chose, à préparer des herbes et des champignons, à élaborer des poisons ou à maudire des mortels.

Elle s'arrêta au bord du pré et dévisagea Hécate.

– J'ai senti ta magie dès que tu es entrée aux Enfers, lui dit celle-ci.

– Je suis en train de changer, Hécate, répondit Perséphone d'une voix tremblante.

– Tu t'accomplis, corrigea Hécate. Tu le sens, n'est-ce pas ? La noirceur qui monte en toi ?

– Je ne veux pas être comme ma mère.

C'était sa plus grande peur, et elle y réfléchissait depuis le soir où elle avait demandé à Hadès de l'emmener au Tartare pour qu'elle puisse torturer Pirithoos.

– Je ne ressens rien face à la torture, expliqua la jeune déesse. J'ai envie de me venger de ceux qui m'ont fait du mal. Je tuerais pour protéger mon cœur. Je ne sais plus qui je suis.

– Tu es Perséphone, répondit Hécate. La reine designée d'Hadès.

Sa poitrine se souleva sous son souffle rapide.

– Tu ne devrais pas avoir honte de blesser les gens qui t'ont fait du mal, dit Hécate. C'est la nature même du combat.

Elles avaient déjà parlé de combat et de guerre. Ces mots s'immisçaient régulièrement dans leurs conversations au cours des derniers mois : son combat contre Déméter, la guerre contre les dieux.

– Mais est-ce que ça signifie que je ne vaux pas mieux que ceux qui m'ont fait du mal ?

Hécate eut un rire sarcastique.

– Celui qui a dit ça n'a jamais été blessé, pas comme toi et moi l'avons été.

Perséphone voulait poser davantage de questions à Hécate. Comment avait-elle souffert ? Mais la jeune déesse connaissait le genre de tristesse que déclenchaient ces questions et elle ne voulait pas infliger ça à Hécate.

– Ta mère mène une guerre contre le monde, là-haut, dit Hécate. Est-ce que tu souhaites la vaincre ?

– Oui, gronda Perséphone.

– Alors je vais t'apprendre, déclara Hécate.

Ses propos furent suivis par une immense poussée de magie, et des flammes noires firent irruption dans ses mains, se reflétant dans ses yeux. Son visage était pâle et grisâtre, elle était terrifiante.

– Je me battrai contre toi comme ta mère se battra, dit-elle. Tu penseras que je ne t'ai jamais aimée.

Perséphone n'eut pas le temps d'encaisser ses paroles car Hécate libéra ses ténèbres magiques. Quand elles la frappèrent, elle fut projetée en arrière contre un tronc d'arbre. La douleur fut insupportable, si atroce qu'elle fut persuadée que sa colonne s'était brisée en mille morceaux. Elle ne pouvait pas bouger et elle invoqua aussitôt sa magie pour se guérir, mais l'aboiement de Néphélé lui glaça le sang. Elle avait oublié la grim qui se précipitait sur elle.

Elle n'était pas complètement guérie, pourtant elle se releva et tendit le bras, utilisant sa magie pour se téléporter. Hécate se tenait de l'autre côté de la clairière, et pour la première fois depuis qu'elle l'avait rencontrée, Perséphone se rendit compte qu'elle n'avait jamais vraiment senti sa magie. Elle l'avait perçue par éclats, comme des lumières fantomatiques éclairant la nuit, la guidant de temps à autre par leur parfum de sauge. Cette magie, celle qu'elle invoquait pour se battre, était différente. Elle était ancienne. Elle avait une odeur amère et acide comme le vin, et elle laissait un goût métallique dans la gorge, un goût qui ressemblait à celui du sang. La peur fit battre plus fort son cœur et, soudain, ses battements irréguliers furent la seule chose sur laquelle elle put se concentrer, ça, et Hécate qui approchait.

Elle se concentra sur sa guérison et sur ses pouvoirs, se répétant les propos qu'Hadès avait eus quand il l'avait affrontée dans son Bosquet.

« *Si tu avais affronté n'importe quel Olympien, n'importe quel ennemi, il ne t'aurait jamais laissée te relever.* »

Hécate suivait cette même règle et elle projeta une nouvelle vague de magie sur elle. Perséphone leva la main et, l'espace d'un instant, tout ralentit. Cependant, contrairement aux autres fois où elle avait pu figer le temps, la magie d'Hécate continua de pulser, comme si elle n'en avait utilisé qu'une fraction, détruisant son sort. Les ténèbres foncèrent à nouveau sur elle, la faisant voler en arrière. Perséphone frappa lourdement le sol et eut le souffle coupé, la terre s'amoncela autour d'elle dans sa glissade.

Allongée sur le sol, qui se mit à trembler et à grogner, elle sentit la terre s'ouvrir sous elle et elle se releva vite à quatre pattes, plantant ses ongles dans la terre pour éviter de tomber dans l'abîme. Elle leva la tête et vit Hécate à quelques pas d'elle. Ses yeux étaient noirs. Elle avait brisé la terre sans lever le petit doigt. Sa magie était puissante. Elle avait mis Perséphone à terre en n'utilisant qu'une once de ses capacités.

Perséphone essaya de se relever, mais elle ne fit que glisser davantage en arrière.

– Hécate, supplia-t-elle, mais la déesse ignora sa prière.

Au lieu de ça, elle projeta de nouvelles flammes sur elle. Perséphone tomba dans l'abîme en criant. Elle ne demeura dans le noir que quelques secondes avant d'atterrir à nouveau dans la clairière. Elle glissa sur plusieurs mètres avant de s'arrêter au milieu d'un cratère.

Elle resta allongée quelques instants, regardant le ciel lumineux des Enfers en clignant des yeux.

Elle se rappela encore une fois ce qu'Hadès lui avait dit.

« *Comment je peux me battre sans savoir quel pouvoir tu vas utiliser contre moi ?*

– Tu ne le sauras jamais. »

Elle se téléporta et apparut derrière Hécate, sentant sa magie bouillonner dans ses veines. Dès qu'elle atterrit, la déesse de la Magie se tourna et cette fois, au lieu d'envoyer des ombres, ce furent des ronces noires et épineuses qui sortirent de terre. Perséphone écarquilla les yeux avant de disparaître, allant un peu plus loin pour creuser en elle et invoquer sa magie. Une ronce similaire jaillit du sol, plus épaisse, plus pointue, dont l'extrémité des épines était rouge. Elle se tressa avec celle d'Hécate, formant une barrière entre les deux déesses.

– Enfin, dit Hécate avec un sourire diabolique.

Perséphone sentit la magie de la sorcière surgir, c'était une énergie féroce et mortelle qui fit battre plus fort son cœur. C'est alors que l'amas de ronces explosa et Perséphone se jeta à terre en se couvrant la tête tandis que des épines volaient aux quatre coins de la clairière. Elle sentit plusieurs picotements sur son corps et rugit de douleur alors que sa magie déferlait en elle, repoussant les échardes pour guérir ses plaies.

– Tu es la seule à pouvoir arrêter ta mère, dit Hécate. Mais tu attends que les Olympiens interviennent.

Perséphone grimaça. Hécate n'avait pas tort, mais les Olympiens étaient bien plus puissants qu'elle.

– Peut-être étaient-ils plus puissants avant, mais maintenant ? demanda Hécate.

– Sors de ma tête, gronda Perséphone, mais la déesse de la Sorcellerie l'ignora.

– Et s'ils ne choisissent pas ton camp ? Et s'ils te séparent d'Hadès ?

Les mains de Perséphone tremblaient et quelque chose changea en elle, sa magie se transforma. Elle puisait désormais dans une réserve qu'elle n'avait utilisée qu'une seule fois auparavant.

Une réserve sombre.

C'était l'endroit où elle rangeait toute sa colère, ses doutes et ses peurs, chaque pensée et chaque expérience négative qu'elle avait vécues y étaient stockées. L'énergie se dissipa dans son corps, puis dans la terre. Partout autour d'elle, les feuilles et les herbes jaunirent et moururent, et les branches tombèrent des arbres comme si elles fondaient.

Elle drainait la magie d'Hadès, ôtant la vie aux Enfers pour nourrir la sienne.

Si Hécate le remarqua, cela ne s'entendit pas.

– Zeus choisira la voie la plus facile. Tu es la plus facile, Perséphone. Tu es faible.

– Je ne suis pas faible.

– Prouve-le.

La terre était désormais désertique autour d'elles. Les arbres qui avaient été vert émeraude n'étaient plus que des cendres, qui furent emportées par la noirceur qui enveloppait Perséphone, soulevant ses cheveux et déchirant ses vêtements.

– Je suis une déesse de la Vie, dit Perséphone. Une reine de la Mort.

Les ombres tourbillonnèrent et Perséphone eut l'impression qu'elle devenait elle-même les ténèbres.

– Je suis le début et la fin des mondes.

L'instant d'après, elle chargea, se déplaçant plus vite que jamais et quand elle se rapprocha d'Hécate, elle joignit les mains. Une énergie noire y pulsait et elle en jaillit pour frapper la déesse dans la poitrine. Celle-ci vola en arrière et ses pieds traînèrent dans la terre pour y créer de profondes ornières. Elle atterrit dans un amas de ronces que Perséphone avait invoquées, enserrant ses poignets et ses chevilles.

Quand la poussière retomba, Perséphone était à bout de souffle et son corps vibrait de l'énergie qu'elle avait extraite des Enfers.

Hécate sourit.

– Bien joué, ma chère, dit-elle. On boit un thé ?

Perséphone sentit quelque chose sous son nez. En touchant sa bouche, elle découvrit qu'elle saignait.

Elle fronça les sourcils.

– Euh… oui, un thé serait super, marmonna-t-elle.

***

Elles se rendirent au chalet d'Hécate, laissant la prairie vidée de magie.

– Est-ce que je devrais… la restaurer ? demanda Perséphone.

– Non, répondit Hécate d'un ton nonchalant. Laisse Hadès voir ton œuvre.

Perséphone ne la contredit pas. Elle se sentait fatiguée, même si elle ne l'était pas autant que par le passé, quand elle avait utilisé sa magie. Le saignement était nouveau, en revanche, et Hécate lui tendit un linge noir.

– Tu as utilisé beaucoup de pouvoir, expliqua Hécate. Ton corps s'y habituera.

Elle continuait à préparer le thé.

Une odeur terreuse et amère embaumait la pièce.

– Est-ce que tu as repensé à ton mariage ? demanda-t-elle. Les âmes ont hâte de connaître la date.

– Non, répondit Perséphone en regardant ses ongles cassés et ses doigts sales.

Penser à son mariage fit surgir de nouveaux sentiments, comme la culpabilité. Soudain, elle eut envie de se battre à nouveau pour ne pas avoir à affronter ses émotions.

Hécate posa une tasse fumante devant elle ainsi qu'un pot de miel.

– Il faut le sucrer, dit-elle. C'est de l'écorce de bouleau, c'est amer.

Perséphone ajouta du miel et sirota lentement son thé en se concentrant sur ses gestes, évitant soigneusement le regard d'Hécate qui était rivé sur elle.

– Tu vas bien, ma chère ? demanda Hécate en s'asseyant.

Elle ne savait comment répondre. Elle ne dit rien, mais ses yeux se remplirent de larmes.

– Ma chère ? chuchota la déesse d'une voix tendre.

– Non, murmura-t-elle. Je ne vais pas bien.

Hécate tendit la main pour couvrir celle de Perséphone sur la table.

– Tu veux m'en parler ?

Perséphone déglutit et les larmes coulèrent en silence sur ses joues.

– La journée a été longue, admit-elle avant de marquer une pause. J'ai peur qu'Hadès prenne ses distances avec moi.

– Je ne crois pas qu'il puisse rester loin de toi très longtemps, dit Hécate.

– Tu ne sais pas ce que j'ai fait.

– Qu'as-tu fait ?

Perséphone lui raconta ce qui s'était passé entre eux la nuit dernière. Elle dut s'arrêter plusieurs fois pour reprendre son souffle, elle ne s'était pas attendue à avoir une réaction aussi viscérale en racontant l'expérience, mais même maintenant, quand elle repensait à comment ils avaient commencé – par des baisers guérisseurs qui étaient peu à peu devenus plus passionnés – et comment ils avaient fini, dans le souvenir terrible de son enlèvement par Pirithoos, elle sentit son cœur battre la chamade et sa poitrine se comprimer.

– Ma puce, tu n'as rien fait de mal.

Ce n'était pas l'impression qu'elle avait eue en se réveillant seule.

– Il est possible qu'Hadès prenne ses distances, mais c'est sans doute parce qu'il pense t'avoir fait du mal.

Elle savait que c'était vrai. Elle n'oublierait jamais son air terrifié quand il avait compris ce qui s'était passé.

– Je lui ai fait mal, répondit Perséphone.

– Tu lui as fait peur, rectifia Hécate. C'est différent.

– Je déteste Pirithoos pour ce qu'il a fait. Il a d'abord envahi mes rêves, et maintenant, il s'immisce dans la partie la plus sacrée de ma vie avec Hadès.

– Déteste-le si ça t'aide, dit Hécate. Mais Pirithoos ne partira pas tant que tu n'auras pas affronté ce qui t'est arrivé.

Perséphone eut du mal à déglutir.

– Je me sens… ridicule. Tant de gens ont vécu des expériences tellement pires…

Elle pensa à Lara qui avait été violée par Zeus.

– Ne compare pas les traumatismes, Perséphone. Cela ne fera de bien à personne. Tu trouveras un moyen de reprendre ton pouvoir.

– Je me sens puissante quand je suis avec Hadès. Je me sens encore plus puissante quand on couche ensemble. Je ne sais pas pourquoi. Je sais seulement que je suis émerveillée que ce dieu me vénère.

– Alors reprends ton pouvoir, dit Hécate. Le sexe est une question de plaisir autant que de communication. Parle à Hadès. Dis-lui ce que tu souhaites.

Perséphone regarda Hécate dans les yeux.

– Je l'aime, Hécate. Le monde veut me l'enlever, et j'ai peur que si je ne le libère pas, cela déclenche une guerre.

– Oh, ma chère, dit Hécate d'un ton mélancolique. Peu importe ton choix, la guerre est inévitable.

CHAPITRE XXIX

GUÉRISON

Perséphone dîna avec les âmes à Asphodèle. Quand elle rentra au palais, elle prit un bain et enfila une nuisette blanche qui colla à sa peau humide. Elle retourna dans sa chambre et ne fut pas surprise de la trouver vide, même si elle percevait la présence d'Hadès quelque part aux Enfers. Elle repensa à sa conversation avec Hécate et sut qu'elle devait mettre fin à l'éloignement d'Hadès avant que cela n'aille plus loin.

Elle sortit sur le balcon et partit à sa recherche. Elle descendit les marches jusqu'à son jardin luxuriant. Les pavés étaient frais sous ses pieds nus et l'air chargé d'humidité, comme après une averse, alors que pour autant qu'elle sache, il ne pleuvait jamais aux Enfers.

Quand elle sortit de la canopée du jardin, le crépuscule teintait l'horizon de rose, d'orange et de bleu. La lune brillait de plus en plus fort et, sous ce ciel magnifique, se trouvait Hadès. Cerbère, Typhon et Orthos couraient autour de lui, essayant d'attraper leur balle rouge. C'est Cerbère qui la vit le premier, puis Typhon, Orthos, et enfin Hadès qui se tourna vers elle et la dévisagea. Ses yeux sombres embrasèrent toutes les parties de son corps sur lesquelles ils se posaient. Son désir fit irruption dans son bas-ventre et ses tétons durcirent sous sa nuisette.

Elle s'arrêta à quelques pas de lui.

– Je ne t'ai pas vu de la journée, dit-elle.

– Elle a été chargée, répondit-il. Tout comme la tienne. J'ai vu la clairière.

– Tu n'as pas l'air impressionné.

– Je le suis, mais je mentirais si je disais que j'étais surpris. Je connais tes capacités.

Si Hadès avait toujours cru en son potentiel, il avait été le premier à lui apprendre que sa valeur ne tenait pas à ses pouvoirs. Perséphone avait eu du mal à l'accepter, pourtant aux yeux du monde, la valeur du Divin résidait dans ses capacités.

Un silence s'installa entre eux alors que tout ce que Perséphone voulait lui dire s'amoncelait dans sa bouche. Hadès paraissait hanté sous son ciel sublime. Elle avait désespérément envie de lui, de sa chaleur, de son odeur. *Dis-le*, pensa-t-elle en prenant une grande inspiration, comme pour se préparer. Mais elle ne parvint qu'à vider l'air de ses poumons.

– Tu es venue me dire bonne nuit ? demanda Hadès.

Perséphone le dévisagea, prise de court. Elle n'avait jamais cherché à lui dire bonne nuit, parce qu'elle n'avait jamais eu besoin de le faire, il se couchait toujours avec elle, même s'il ne restait pas longtemps.

– Tu ne viens pas te coucher avec moi ?

– Je te rejoins bientôt, répondit-il sans la regarder.

Au lieu de ça, il admira l'horizon et la lumière déclinante du soleil. C'était la deuxième nuit qu'il lui mentait.

La gorge de Perséphone se noua.

Elle envisagea de partir, de fuir, en fait. Face au mur qu'Hadès érigeait entre eux, il semblait plus facile de lui tourner le dos plutôt que d'essayer de le démolir. Mais elle savait que c'était faux.

– Je veux parler de l'autre soir, déclara-t-elle avec autant d'assurance qu'elle le pouvait.

Sa requête attira le regard féroce d'Hadès, sa mâchoire se crispa en même temps que le reste de son corps. Il ouvrit la bouche puis la referma avant de tourner la tête.

– Je n'ai pas voulu te faire mal, dit-il.

Ses propos rouvrirent la plaie dans la poitrine de Perséphone.

– Je sais, dit Perséphone, les larmes aux yeux.

Hadès se mit à respirer plus vite, comme s'il cherchait à empêcher le barrage qui retenait ses émotions de céder.

– J'étais tellement perdu dans mon désir, dans ce que je souhaitais te faire, que je n'ai pas vu ce qui se passait. J'ai été trop loin. Ça ne se reproduira plus jamais.

Non! voulut-elle crier. C'était justement ce qu'elle craignait, qu'Hadès cesse ses explorations avec elle par peur.

– Et si c'est ce que je veux?

Hadès la dévisagea, étudiant son regard.

– Je veux essayer tellement de choses avec toi, mais j'ai peur que tu ne veuilles plus de moi.

– Perséphone… dit-il en faisant un pas, puis un autre, vers elle.

– Je sais que c'est faux, mais je ne peux pas m'empêcher de le penser et je préfère dire ce que je pense plutôt que de le garder pour moi. Je veux continuer d'apprendre avec toi.

Il prit son visage dans ses mains, délicatement, comme si elle était en porcelaine. Il pencha sa tête en arrière pour pouvoir la regarder dans les yeux.

– Je te voudrai toujours.

Il l'embrassa sur le front et, quand il recula, Perséphone saisit ses avant-bras.

– Je sais que je t'ai fait du mal, mais j'ai besoin de toi.

– Je suis là.

Elle soutint son regard et guida ses mains de son visage sur ses seins.

– Touche-moi, chuchota-t-elle. On peut y aller lentement.

Elle ne lâcha pas ses mains qui descendaient vers sa poitrine, ni quand il prit délicatement ses tétons entre son pouce et son index.

– Quoi d'autre ? demanda-t-il d'une voix grave et rauque.

– Embrasse-moi, dit-elle.

Il obéit, pressant tendrement sa bouche contre la sienne, caressant ses lèvres avec sa langue. Elle ouvrit la bouche pour accueillir sa langue et explorer la sienne, lentement, dans un échange intoxicant. Les mains d'Hadès restèrent sur ses seins, qu'il palpait et empoignait doucement.

Il se rapprocha un peu plus d'elle et plongea une main dans ses cheveux avant de se figer et de reculer.

– Pardon, je ne t'ai pas demandé si je pouvais.

– Ce n'est rien, chuchota-t-elle. Je vais bien.

Elle l'attira contre elle et chercha à nouveau sa bouche. Cette fois, c'est elle qui prit l'initiative, glissant sa langue entre ses lèvres. Elle détacha ses cheveux avant de les empoigner pour le rapprocher d'elle et l'embrasser plus fort, puis elle caressa son torse et son sexe qui durcit, elle le sentait sous ses mains.

– Touche-moi, dit-il en appuyant sa main sur sa verge pour s'y frotter.

Elle s'exécuta, d'abord à travers le tissu, puis cela ne lui suffit plus. Elle déboutonna son pantalon et empoigna son sexe chaud et doux et le caressa de bas en haut. Hadès finit par rompre le baiser, le visage brillant de sueur.

– Agenouille-toi, chuchota-t-elle.

Ils se mirent tous deux à genoux en s'embrassant désespérément, jusqu'à ce que Perséphone pousse Hadès sur le dos. Elle souleva sa nuisette pour le chevaucher, frottant son sexe au sien avant de le guider en elle. Elle soupira si fort qu'il lui sembla que son âme s'échappait de son corps. Hadès grogna et planta ses ongles dans ses cuisses.

– Oui, siffla-t-il alors que Perséphone bougeait, faisant rouler ses hanches pour mieux le sentir.

Ils se regardèrent dans les yeux et leurs souffles accélérèrent. Perséphone lui prit les mains pour les guider sur son corps, sur ses seins, sa taille, ses fesses.

– Putain, jura Hadès dans un grognement.

Elle se pencha pour l'embrasser, le dévorer, se noyer en lui, il n'y avait plus que lui sous la lune et le ciel étoilé, Hadès s'assit et la soutint jusqu'à ce qu'il jouisse.

Ils restèrent assis au milieu du champ, liés de la façon la plus intime qui soit, jusqu'à ce que leurs souffles s'apaisent. Perséphone se leva alors sur ses jambes tremblantes et Hadès lui tint les mains, assis dans l'herbe.

– Tu vas bien ?

Elle le regarda en souriant jusqu'aux oreilles.

– Oui. Très bien.

Hadès se leva à son tour, reboutonna son pantalon, puis lui tendit la main.

– Tu es prête à te coucher, ma chérie ?

– Du moment que tu viens aussi.

– Bien sûr, répondit-il.

Ils traversaient le jardin fleuri quand Hadès ralentit et s'arrêta. Perséphone le dévisagea, inquiète.

– Qu'est-ce qu'il y a ?

– Quand tu dis que tu veux… *essayer* des choses avec moi. Quelles *choses*, exactement ?

Perséphone rougit, ce qui était plutôt absurde étant donné qu'ils venaient de faire l'amour dans un champ, à la vue de tous.

– Qu'est-ce que tu es prêt à m'apprendre ? demanda-t-elle.

– Ce que tu veux. Tout ce que tu voudras.

– Peut-être qu'on devrait commencer par là où on a échoué, répondit-elle. Le… bondage.

Hadès l'étudia quelques instants avant de coiffer une mèche qui tombait sur son visage.

– Tu es sûre ?

Elle hocha la tête.

– Je te le dirai, si je ressens de l'angoisse.

Hadès appuya son front contre le sien et son souffle chaud effleura ses lèvres.

– Mon cœur est entre tes mains, Perséphone.

– Et ta queue aussi, apparemment, dit Hermès.

Ils se tournèrent et virent le dieu de la Ruse à quelques pas d'eux, l'air profondément amusé. Il était vêtu comme il l'avait été durant l'Antiquité, avec une robe dorée qui brillait dans la nuit et des sandales dont les lanières s'enroulaient sur ses mollets.

– Hermès, grogna Hadès.

– J'ai préféré vous interrompre maintenant plutôt qu'il y a quelques minutes, dit-il.

– Tu nous regardais ? demanda Perséphone, aussi agacée que gênée.

– En même temps… vous baisiez au beau milieu des Enfers, remarqua Hermès.

– Et je t'ai projeté au moins aussi loin, par le passé, répondit Hadès. Tu veux que je te le remontre ?

– Euh… non. Si tu dois être énervé contre quelqu'un, sois-le contre Zeus. C'est lui qui m'envoie.

L'estomac de Perséphone se noua.

– Pourquoi ? demanda-t-elle.

– Il exige un festin, dit-il.

– Un festin ? Ce soir ?

– Oui, acquiesça Hermès en regardant son poignet où Perséphone ne vit pas de montre. Dans une heure exactement, ajouta-t-il.

– Et on est obligés d'y aller ? demanda la déesse.

– Ben, je ne vous ai pas regardés baiser pour rien, répondit Hermès.

Perséphone leva les yeux au ciel.

– Pourquoi sommes-nous obligés ? Et pourquoi à la dernière minute ?

– Il ne l'a pas dit, mais peut-être qu'il a enfin décidé de bénir votre union ? répondit Hermès en gloussant. Après tout, pourquoi organiserait-il un banquet s'il comptait dire non ?

– Tu as oublié qui est mon frère ? demanda Hadès, agacé.

– Hélas, non. C'est mon père, répondit Hermès avant de frapper dans ses mains. Bon, ben je vous vois bientôt.

Et il disparut.

Perséphone se tourna vers Hadès.

– Tu crois que c'est vrai ? Qu'il nous invoque pour nous donner sa bénédiction ?

Elle vit la mâchoire d'Hadès se détendre.

– Je préfère ne pas m'avancer.

Perséphone traduit cela par *je préfère ne pas espérer*, et cela l'inquiéta encore plus.

– Qu'est-ce que je dois mettre ? demanda Perséphone.

Hadès baissa les yeux sur elle.

– Laisse-moi t'habiller.

Elle ricana.

– Tu crois vraiment que c'est sage ?

– Oui, répondit-il en passant un bras dans son dos pour l'attirer contre lui. Principalement parce que ce sera rapide, donc ça nous laisse environ cinquante-neuf minutes pour faire tout ce que tu désires.

– Tout ? demanda-t-elle en approchant sa bouche de la sienne.

– Oui.

– Alors je désire… un bain.

Elle venait d'en prendre un, mais elle avait passé la dernière demi-heure à se rouler dans l'herbe avec Hadès. Inutile de dire qu'elle se sentait sale.

– Vos désirs sont des ordres, ma reine.

CHAPITRE XXX

UN FESTIN À OLYMPE

Hadès fit plusieurs fois le tour de Perséphone comme si elle était le centre de son univers.

Elle se tenait immobile, vêtue d'une robe qu'il avait fait apparaître par magie. Elle était noire, soyeuse et accentuait chaque courbe de son corps. Son élégant décolleté en forme de cœur et ses longues manches qui tombaient comme une cape dans son dos et sur ses bras dessinaient une silhouette royale. Perséphone frissonna et se tint plus droite en se cambrant légèrement. Elle supposa qu'Hadès l'avait remarquée, car quand il parla, sa voix était rauque et sensuelle.

– Lâche ton Charme, dit-il.

Elle obéit sans hésiter, laissant son Charme glisser pour révéler sa forme divine. Comme Hadès, elle l'utilisait rarement, en dehors de quelques événements aux Enfers. C'était ici que cela lui semblait le plus naturel, parmi les gens qui la reconnaissaient et la vénéraient comme déesse.

Hadès se posta devant elle et la force de sa présence lui coupa le souffle. Il était époustouflant dans sa robe noire, couronné d'acier. Son regard bleu et vif se promena de la pointe de ses cornes jusqu'à ses pieds, s'arrêtant brièvement sur ses seins et sur la courbe de ses hanches.

– Une dernière chose, dit-il en levant les deux mains.

Une couronne apparut entre ses doigts, assortie à la sienne, avec des bords noirs dentelés.

Elle esquissa un sourire quand il la posa sur sa tête, surprise qu'elle soit aussi légère.

– Tu n'essaierais pas de prouver quelque chose, Milord ?

– Je pensais que c'était évident.

– Quoi, que je t'appartiens ?

Hadès glissa son index sous son menton et lui releva la tête.

– Non, que nous nous appartenons l'un à l'autre, dit-il avant de l'embrasser tendrement. Tu es sublime, ma chérie.

Elle caressa les contours de son visage, la courbe de son nez, celle de ses lèvres. Elle était certaine d'avoir déjà mémorisé tous les détails de son visage, mais elle ressentait soudain le besoin de s'assurer qu'elle avait gravé dans sa mémoire tout ce qu'il était, de crainte de ne plus jamais le revoir.

Hadès fronça les sourcils et caressa sa joue.

– Tu vas bien ?

– Parfaitement, oui, répondit-elle alors qu'ils savaient tous deux que ce n'était pas tout à fait vrai.

La vérité était qu'elle avait peur.

– Tu es prêt ?

– Je ne suis jamais prêt pour aller à Olympe, dit-il. Reste à mes côtés.

Cela ne lui posait aucun problème et elle était ravie de le faire, sauf si, bien sûr, c'était Hermès qui l'éloignait.

Elle s'agrippa à lui quand il se téléporta et son cœur se mit à battre plus fort. Elle était angoissée de retourner au premier lieu de vie des dieux, même si quelques-uns étaient des amis.

Ils arrivèrent dans la cour en marbre du mont Olympe, où douze statues s'élevaient devant eux, disposées en arc de cercle, représentant les douze Olympiens. Perséphone regarda l'endroit où le corps de Tyché avait brûlé. C'était la partie la plus basse d'Olympe, le reste de la ville était construit à flanc de montagne et était accessible par des sentiers abrupts. Plusieurs étages au-dessus d'eux, un brouhaha de voix et de musique résonnait. Tout en haut de la montagne, un temple cerné de colonnes et d'arches était éclairé de l'intérieur.

– Je suppose que c'est notre destination ? demanda Perséphone.

– Hélas.

La promenade par l'escalier qui serpentait le long de la falaise fut agréable, elle passait devant de jolies portes et des vues exceptionnelles. Ils étaient si haut que les nuages semblaient très proches, les étoiles resplendissantes dans le ciel presque noir. Perséphone se demanda comment étaient les levers et les couchers du soleil, vus d'ici. Elle l'imaginait très bien, le bronze brûlant du soleil devait faire luire le marbre d'une lumière dorée, et tous les nuages qui entouraient la montagne devaient prendre la même teinte. Le palais devait alors sembler fait d'or et flotter dans le ciel, sublime et indigne de ceux qui y régnaient.

La dernière partie de l'ascension vers le temple se faisait par des marches bordées de larges coupes de feu qui menaient à un porche ouvert. Arrivée en haut, Perséphone découvrit que la cour était pleine de dieux, de demi-dieux, de créatures immortelles et de mortels favoris. Elle reconnut tous les dieux et certains des favoris, Ajax et Hector en particulier, qui étaient vêtus de chitons blancs et avaient des anneaux dorés dans les cheveux. Les autres invités étaient vêtus de façon plus extravagante et moderne, avec des robes qui scintillaient, lourdes de sequins et de perles, ou bien des costumes en velours ou en soie.

Il y avait des rires, de l'excitation et une électricité dans l'air qui n'avait rien à voir avec la magie. Et tout cela cessa lorsque Perséphone et Hadès arrivèrent.

Une par une, les têtes se tournèrent vers eux pour les dévisager, et un silence s'abattit. Les expressions étaient variées et Perséphone vit de la curiosité, de la peur et de la désapprobation. Son cœur accéléra et elle serra fort la main d'Hadès, mais elle garda la tête haute et le regarda en souriant.

– Il semblerait que je ne sois pas la seule à ne pas pouvoir te quitter des yeux, mon amour, dit-elle. L'assemblée entière est sous ton charme.

Hadès rit.

– Mais chérie, c'est toi qu'ils regardent.

Leur échange déclencha une nuée de chuchotements sur leur passage. Les invités s'écartèrent pour les laisser passer, comme s'ils avaient peur d'être touchés par l'un des deux et d'être transformés en cendres. Cela rappela à Perséphone le jour où elle avait été frustrée qu'Hadès laisse le monde penser qu'il était cruel. Maintenant qu'elle y repensait, elle décida que c'était sans doute son arme la plus puissante, le pouvoir de la peur.

– Sephy !

Elle se tourna et lâcha la main d'Hadès, Hermès traversait la foule jusqu'à elle. Elle ne l'avait jamais vu vêtu d'une tenue aussi voyante. Les revers de son costume jaune citron étaient noirs et des fleurs étaient brodées sur la veste dans des tons turquoise, rouge et vert.

– Tu es canon ! dit-il en prenant ses mains dans les siennes et en les levant pour étudier sa robe.

– Merci, Hermès, répondit-elle en souriant. Mais c'est le travail d'Hadès, que tu complimentes. C'est lui qui a fait la robe.

Il y eut quelques cris de surprise dans la foule, même si la plupart des invités restaient silencieux et les écoutaient.

– Bien évidemment, et dans sa couleur favorite, remarqua Hermès en haussant un sourcil.

– En fait, Hermès, le noir n'est pas ma couleur préférée, dit Hadès d'une voix calme.

Perséphone eut l'impression que toute la salle retenait son souffle.

– Alors c'est quoi ?

Perséphone ne reconnut pas la nymphe qui avait posé la question, mais à la vue de ses cheveux cendrés, elle supposa que c'était une méliade, une nymphe des frênes.

Hadès esquissa un sourire avant de répondre.

– Le rouge.

– Le rouge ? demanda quelqu'un d'autre. Pourquoi le rouge ?

Hadès sourit de plus belle et regarda Perséphone en la prenant par la taille. Elle présumait qu'il n'aimait pas toute cette attention, mais il s'en sortait très bien.

– Je crois que j'ai commencé à aimer le rouge quand Perséphone a porté une robe de cette couleur au Gala olympien.

La déesse ne put s'empêcher de rougir. Le soir du Gala avait été la première fois qu'elle avait cédé à son désir pour Hadès et, après cette nuit, elle avait pour la première fois perçu la vie comme de petites pulsations dans le monde qui l'entourait.

Quelques convives soupirèrent d'un ton rêveur, d'autres ricanèrent.

– Qui aurait cru que mon frère était aussi sentimental ? demanda Poséidon qui se tenait plusieurs mètres plus loin.

Il était vêtu d'un costume bleu turquoise et ses cheveux blonds tombaient dans son dos. Des cornes en spirale se dressaient sur sa tête. À son bras, Perséphone reconnut Amphitrite. Elle était belle, royale, avec des cheveux couleur feu et un visage délicat. Elle s'accrochait à Poséidon et Perséphone se demanda si c'était par dévotion ou par crainte de son regard baladeur.

Après avoir parlé, Poséidon émit un rire glacial et but une gorgée dans son verre.

– Ignore-le, dit Hermès. Il a bu trop d'ambroisie.

– Ne lui trouve pas d'excuses, dit Hadès. Poséidon a toujours été un enfoiré.

– Frangin ! gronda une voix tonitruante.

Perséphone grimaça à la vue de Zeus qui fendait la foule de son corps massif. Il était vêtu d'un chiton bleu ciel noué sur l'épaule, révélant une partie de son torse. Ses cheveux longs et sa barbe étaient bruns et parsemés de fils d'argent. Perséphone ne put s'empêcher de penser que son comportement chahuteur n'était qu'une façade. En dessous, la déesse décelait quelque chose de sombre.

– Et la sublime Perséphone. Ravi que vous ayez pu venir.

– Nous avons cru comprendre que nous n'avions pas le choix, dit Perséphone.

– Tu déteins sur elle, frangin, ricana Zeus en mettant un coup de coude dans les côtes d'Hadès, dont le regard noircit. Pourquoi ne seriez-vous pas venus ? C'est le festin de vos fiançailles, après tout !

Perséphone trouva cela ironique, étant donné l'accueil plutôt froid qu'ils avaient reçu.

– Ça implique que nous avons ta bénédiction ? dit Perséphone. Pour nous marier.

Zeus rit à nouveau.

– Ce n'est pas à moi de le décider, ma chère. Mon Oracle prendra la décision.

– Ne m'appelle pas ma chère, répondit Perséphone.

– C'est un simple mot. Je ne voulais pas t'offenser.

– Je me fiche de tes intentions, rétorqua Perséphone. Ce mot m'offense.

Un silence on ne peut plus tendu suivit l'échange et Zeus finit par éclater de rire.

– Hadès, ton joujou est un peu trop sensible.

Rapide comme l'éclair, Hadès empoigna Zeus à la gorge et un silence de plomb s'abattit sur la cour. Hermès saisit le bras de Perséphone, prêt à l'éloigner si les frères se battaient.

– Comment tu as appelé ma fiancée ? rugit Hadès.

C'est alors que Perséphone le vit, le regard qu'elle attendait. La véritable nature de Zeus. Ses yeux noircirent tout en brûlant d'une lueur féroce et ancienne, si féroce que Perséphone ressentit de la peur jusqu'au plus profond de son âme. Son expression joviale disparut, laissant la place à quelque chose de maléfique qui creusa ses joues et cerna ses yeux.

– Fais attention, Hadès. Ton destin est entre mes mains.

– Tu te trompes, frère. Excuse-toi.

Plusieurs secondes s'écoulèrent et Perséphone pensa que Zeus ne céderait pas. Il lui semblait que le dieu était du genre à préférer leur déclarer la guerre au sujet de quelques mots plutôt que de se pencher sur ce qui comptait vraiment, la mort et la destruction que sa mère causait dans le royaume des mortels.

Le dieu de la Foudre finit par se racler la gorge.

– Perséphone, dit-il. Excuse-moi.

Elle ne l'excusa pas, mais Hadès lâcha sa gorge.

Zeus se débarrassa aussitôt de sa colère et reprit son air joyeux. Il parvint même à rire.

– Allons, festoyons !

***

Le dîner eut lieu dans une salle de banquet voisine du porche. Une large table à laquelle la plupart des Olympiens étaient déjà installés s'élevait au-dessus des autres, d'un côté de la pièce.

Perséphone regarda Hadès.

– Il semblerait qu'on ne soit pas assis ensemble, dit-elle.

– Comment ça ?

Elle désigna la table d'un hochement de tête.

– Je ne suis pas Olympienne.

– Tout cela est très surfait, dit-il. Je m'assois avec toi. Où tu veux.

– Ça ne va pas agacer Zeus ?

– Si.

– Tu veux m'épouser, ou pas ? demanda Perséphone.

Énerver Zeus ne semblait pas être le meilleur moyen d'obtenir sa bénédiction.

– Chérie, je t'épouserai, quoi que dise Zeus.

Perséphone n'en doutait pas, mais elle avait une question.

– Qu'est-ce qu'il fait lorsqu'il est défavorable à une union ?

– Il arrange un mariage pour la femme, dit Hadès.

Perséphone grinça des dents et Hadès posa sa main sur le creux de ses reins pour la guider vers une chaise, à l'une des tables rondes de la salle. Il l'aida à s'asseoir et s'installa à côté d'elle. Il y avait deux personnes à leur table, un homme et une femme. Ils étaient jeunes et se ressemblaient, comme des frères et sœurs. Ils avaient les mêmes cheveux bouclés dorés et des yeux verts tout ronds. Ils semblaient tous les deux pétrifiés par leur présence.

Perséphone leur sourit.

– Salut, je suis…

– Perséphone, dit l'homme. On sait qui tu es.

– Bien sûr, répondit la déesse en soupirant, ne sachant comme prendre les propos de l'homme et le ton de sa voix. Vous vous appelez comment ?

Ils hésitèrent.

– Voici Thalès et Callista, dit Hadès. Ce sont les enfants d'Apéliote.

– Apéliote ? dit Perséphone, ne reconnaissant pas le nom.

– Le dieu du Vent du Sud-Est, expliqua Hadès.

Ils écarquillèrent à nouveau les yeux.

– V… vous nous connaissez ? demanda Callista.

Hadès parut agacé.

– Bien sûr.

Le frère et la sœur se regardèrent, mais ils furent interrompus avant de pouvoir dire quoi que ce soit.

– Hadès, qu'est-ce que tu fais ?

La question venait d'Aphrodite. Elle était vêtue d'une superbe robe plissée Empire, ceinturée à la taille, dont le tissu doré scintillait à chacun de ses mouvements. Héphaïstos était à ses côtés, stoïque et silencieux, habillé d'une simple tunique grise et d'un pantalon noir.

– Je m'apprête à manger, répondit Hadès.

– Mais tu es à la mauvaise table.

– Tant que je suis avec Perséphone, je suis à ma place.

Aphrodite fronça les sourcils.

– Comment va Harmonie, Aphrodite ? demanda Perséphone.

La déesse posa ses yeux verts sur elle.

– Bien, je suppose. Elle passe beaucoup de temps avec ta copine Sybil.

– Je crois qu'elles sont devenues amies, répondit Perséphone d'un ton hésitant.

– Amies ? répéta Aphrodite avec un sourire pincé. Tu oublies que je suis la déesse de l'Amour ?

Sur ce, les deux dieux s'éloignèrent et Perséphone regarda Héphaïstos escorter Aphrodite à la table des Olympiens et l'aider à s'asseoir avant de s'installer ailleurs.

Elle se tourna vers Hadès.

– Tu crois qu'Aphrodite est… contre le choix de partenaire d'Harmonie ?

– Tu me demandes si elle y est opposée parce que Sybil est une femme ? Non. Aphrodite pense que l'amour est l'amour. Si Aphrodite est agacée, c'est parce que la relation d'Harmonie implique qu'elle a moins de temps pour elle.

Perséphone fronça les sourcils et se dit qu'elle comprenait ce que ressentait Aphrodite. L'agression d'Harmonie avait ramené sa sœur dans sa vie, lui offrant de la compagnie. Aphrodite avait beau faire mine d'aimer son indépendance, Perséphone – et tout le monde, d'ailleurs – savait qu'elle avait besoin d'attention. En particulier celle d'Héphaïstos.

– Tu crois qu'Aphrodite et Héphaïstos se réconcilieront un jour ?

– On peut l'espérer, oui. Ils sont tous les deux parfaitement insupportables.

Perséphone leva les yeux au ciel et lui mit un coup de coude, mais il se contenta de glousser.

Le dîner apparut, agneau, pommes de terre au citron, carottes rôties et eliopsomo, un pain aux olives noires. Une odeur délicieuse se dégageait des mets et Perséphone se rendit compte qu'elle était morte de faim.

Hadès saisit une carafe argentée sur la table.

– De l'ambroisie ? demanda-t-il.

– Pure ? répondit Perséphone en haussant un sourcil.

L'ambroisie n'était pas comme le vin, elle était plus forte que l'alcool des mortels. Perséphone n'en avait bu qu'une fois par le passé, grâce à Lexa qui avait acheté une bouteille du fameux vin de Dionysos, auquel était mélangée une goutte du nectar divin.

– Juste un peu, dit-il avant de lui en servir un fond.

Hadès remplit son verre à ras bord.

– Quoi ? dit-il lorsqu'il vit que Perséphone le dévisageait.

– Tu es alcoolique.

– Fonctionnel.

Perséphone secoua la tête et sirota son ambroisie, dont le goût combla sa bouche d'une sensation fraîche et miellée.

– Ça te plaît ? demanda Hadès d'une voix grave et presque sensuelle.

– Oui, chuchota-t-elle.

Callista se racla la gorge et Perséphone tourna la tête vers elle.

– Vous vous êtes rencontrés comment ? demanda la jeune femme.

Hermès ricana en apparaissant aux côtés de Perséphone, son assiette et ses couverts dans les mains.

– Tu es assise face à des dieux et c'est ça ta question ? se moqua-t-il.

– Hermès, qu'est-ce que tu fais ? demanda Perséphone.

– Tu me manquais, répondit-il en haussant les épaules.

Dès que le dieu de la Ruse fut installé, Apollon quitta la table olympienne pour rejoindre Ajax.

– Je crois que tu as lancé un mouvement, Hadès, dit Perséphone.

Un mouvement qui ne semblait pas plaire à Zeus, qu'elle vit grimacer.

Hadès la regarda en souriant.

– J'ai une question, moi, demanda Thalès en souriant à Hadès, le regard pétillant. Comment vais-je mourir ?

– D'une façon atroce, répondit le dieu des Morts.

La mine du jeune homme se décomposa.

– Hadès ! gronda Perséphone en lui mettant un coup de coude.

– C'est… c'est vrai ? demanda Thalès.

– Il plaisante, répondit Perséphone. N'est-ce pas, Hadès ?

– Non, répondit le dieu d'un ton on ne peut plus sérieux.

Ils mangèrent en silence pendant plusieurs minutes très gênantes, jusqu'à ce que Zeus se lève, tapotant si fort sur sa coupe d'ambroisie avec sa cuillère en or que Perséphone s'attendit à ce qu'elle casse.

– Oh non ! marmonna Hermès.

– Quoi ? demanda Perséphone.

– Il va faire un discours. Ils sont toujours horribles.

Tous les convives se turent et se concentrèrent sur le dieu de la Foudre.

– Nous sommes réunis ce soir pour célébrer mon frère, Hadès, qui a trouvé une superbe jouvencelle qu'il souhaite épouser. Perséphone, déesse du Printemps, fille de Déméter la redoutable.

Redoutable, c'était le mot juste. L'estomac de Perséphone se noua en entendant le nom de sa mère.

– Il a dit jouvencelle ? Genre, une vierge ? Il sait forcément que c'est faux, non ? dit Hermès.

– Hermès ! siffla Perséphone.

– Ce soir, poursuivit Zeus, nous célébrons l'amour et ceux qui l'ont trouvé. Puissions-nous tous être aussi chanceux. Et Hadès…

Zeus leva son verre et regarda les fiancés.

– Puisse l'Oracle bénir votre union.

Quand le repas fut fini, ils retournèrent sous le porche. La musique reprit et un air doux résonna autour d'eux. Perséphone en chercha la source et trouva Apollon jouant de sa lyre, les yeux fermés, le visage détendu. Elle se rendit compte qu'elle n'avait jamais vu son expression dépourvue de tension. Elle l'étudia longtemps, jusqu'à ce qu'il ouvre ses yeux violets qui noircirent de jalousie. Elle suivit son regard et vit Ajax, de l'autre côté de la pièce, signant sa conversation avec un homme qu'elle ne connaissait pas. Elle supposa qu'Ajax devait être heureux de pouvoir communiquer avec quelqu'un sans lire sur ses lèvres, mais elle ne savait pas comment la conversation entre Apollon, lui et Hector s'était déroulée, ni même si elle avait eu lieu.

– On danse ? demanda Hadès en offrant sa main à Perséphone.

– Rien ne me ferait plus plaisir.

Le dieu des Morts la guida au milieu de la foule.

Il l'attira contre lui et elle sentit son érection contre son ventre. Elle leva la tête vers son regard lourd de désir et haussa un sourcil.

– Tu ne serais pas excité, mon amour ?

Hadès ricana, et Perséphone ne sut s'il souriait à sa question ou en entendant son surnom amoureux.

– Toujours, ma chérie, répondit-il.

Perséphone glissa la main entre eux et empoigna sa verge, cachée sous sa robe.

– Qu'est-ce que tu fais ? demanda-t-il d'une voix sensuelle.

– Je ne crois pas avoir besoin de m'expliquer.

– Tu cherches à me provoquer devant ces Olympiens ?

– Te provoquer ? répondit Perséphone d'une voix rauque.

Elle continua de le caresser sous ce tissu qui l'agaçait, rêvant de sentir sa chaleur sur sa paume.

– Je n'oserais jamais.

Hadès contracta sa mâchoire et grinça des dents. Il la serra plus fort contre lui de sorte qu'il était moins facile pour Perséphone de bouger.

– J'essaie juste de te faire plaisir, dit-elle en le regardant dans les yeux.

– C'est le cas, dit-il.

Leurs visages étaient à quelques millimètres l'un de l'autre, Perséphone baissa les yeux sur la bouche d'Hadès et il s'empara de la sienne. Le baiser était sauvage et affamé, et parfaitement inapproprié.

– Assez ! dit-il.

Toute la cour se fit silencieuse et Perséphone écarquilla les yeux.

Il fondit à nouveau sur sa bouche et empoigna ses fesses pour la soulever et entourer sa taille avec ses jambes, frottant son érection à son sexe.

– Hadès, tout le monde nous voit !

– Écran de fumée, marmonna-t-il avant de lâcher sa bouche pour déposer une série de baisers sur son cou et son épaule.

La seconde d'après, il se téléportait dans une pièce sombre et Hadès la plaqua contre un mur.

– L'exhibitionnisme ne t'intéresse plus ? demanda-t-elle.

– Je ne peux pas me concentrer sur toi comme je veux tout en maintenant l'illusion, répondit-il en écartant ses lèvres chaudes et mouillées avec ses doigts.

Perséphone gémit.

– Tu es trempée, grogna-t-il. Je pourrais me gorger de toi, mais pour l'instant, je me contenterai d'une dégustation.

Il retira ses doigts et les glissa dans sa bouche avant de plaquer sa main contre le mur pour l'embrasser.

– Hadès, je veux te sentir en moi, dit-elle.

Elle baissa la main, mais sa robe semblait sans fin et elle s'agaça.

– Tu m'as demandé de m'habiller pour le sexe, dit-elle. Tu ne peux pas faire pareil ?

Hadès gloussa.

– Peut-être que si tu étais moins pressée, trouver ma chair ne serait pas si difficile, dit-il en ouvrant sa robe, révélant son torse musclé et sa verge enflée.

Elle l'empoigna d'un geste vorace et il fut en elle. Ils gémirent tous les deux et, l'espace d'un instant, aucun ne bougea.

– Je t'aime, dit Hadès.

Elle sourit et dégagea des mèches de son visage.

– Je t'aime aussi.

Il avança alors son bassin en plantant ses ongles dans sa peau.

– C'est tellement bon, dit-il.

Perséphone ne fut capable que de prononcer un seul mot, concentrée qu'elle était sur la sensation de sa verge qui s'enfonçait en elle.

– Plus.

Hadès grogna.

– Jouis pour moi, dit-il. Pour que je baigne dans ta chaleur.

Il posa alors son pouce sur son clitoris et il lui suffit de le taquiner quelques fois pour que Perséphone atteigne le septième ciel. Ses jambes tenaient à peine autour de la taille d'Hadès et son corps lui paraissait tellement lourd qu'elle se serait effondrée si Hadès ne l'avait pas retenue.

– Oui, ma chérie, dit Hadès en plantant ses doigts dans ses fesses.

Il accéléra, amplifia ses coups de bassin et jouit si fort en elle qu'elle sentit sa semence épaisse et chaude tapisser son sexe. Hadès lâcha ensuite ses jambes pour passer un bras dans son dos et continuer de la tenir. Il caressa ses cheveux et essaya de les recoiffer un peu.

– Tu vas bien ? demanda-t-il, à bout de souffle.

– Oui, bien sûr. Et toi ?

– Je vais bien, dit-il.

Il l'embrassa sur le front avant de la reposer par terre.

Hadès referma sa robe et aida Perséphone à ajuster la sienne. La déesse regarda alors autour d'elle. Il faisait sombre, mais le clair de lune entrait par les baies vitrées qui les entouraient, illuminant l'entrée de la maison. Elle n'avait jamais rien vu de tel, la maison était à demi ouverte sur le ciel, avec un sol en marbre noir et blanc qui menait à un escalier et à plusieurs pièces.

– Où sommes-nous ?

– Chez moi.

– Tu as une maison à Olympe ? s'étonna-t-elle en écarquillant les yeux.

– Oui. Mais j'y viens rarement.

– Combien as-tu de maisons ?

Elle le vit compter dans sa tête, ce qui impliquait qu'il en possédait plus que les trois qu'elle connaissait, son palais aux Enfers, sa maison sur l'île de Lampri et celle-ci à Olympe.

– Six, dit-il. Je crois.

– Tu… crois ?

Il haussa les épaules.

– Je ne les utilise pas toutes.

Elle croisa les bras.

– Tu veux m'informer d'autre chose ?

– Là, maintenant ? Non, répondit-il.

– Qui gère ton patrimoine ?

– Ilias.

– Peut-être que je devrais l'interroger au sujet de ton empire.

– Tu pourrais, mais il ne te dirait rien.

– Je suis sûre que j'arriverai à le persuader, dit-elle.

Hadès fronça les sourcils.

– Fais attention, chérie, je n'ai rien contre castrer tous ceux que tu décideras de draguer.

– Tu es jaloux ?

– Oui. Très.

Elle secoua la tête quand quelqu'un frappa à la porte qui se trouvait derrière eux. Hadès poussa un grognement et l'ouvrit, révélant le dieu de la Ruse qui souriait jusqu'aux oreilles.

– Le dîner n'a pas suffi à vous rassasier ?

– Tais-toi, Hermès, gronda Hadès.

– On m'a envoyé pour vous ramener, dit-il.

– On était en route.

– Mais bien sûr. Et moi, je suis un citoyen exemplaire, se moqua le Messager des dieux.

Ils partirent tous trois de la résidence d'Hadès et se retrouvèrent dans une ruelle étroite. De chaque côté, les murs étaient couverts de lierre en fleurs. Perséphone entendait la musique de la fête, les rires et les murmures de la foule. Ils n'étaient pas loin du temple.

– Pourquoi j'ai l'impression que Zeus ne veut pas qu'Hadès et moi nous nous mariions ?

– Sans doute parce qu'il est tordu, répondit Hermès. Et qu'il aimerait t'avoir à lui tout seul.

– Je n'ai rien contre tuer un dieu, dit Hadès. Au diable les Moires !

– Calme-toi, répondit Hermès. Je ne fais que remarquer ce qui est évident.

Perséphone fronça les sourcils de plus belle.

– Ne t'inquiète pas, Sephy. Attendons d'entendre ce que dit l'Oracle.

Quand ils arrivèrent au temple, Zeus réagit immédiatement.

– Maintenant que vous daignez nous rejoindre, peut-être êtes-vous prêts à entendre ce que l'Oracle va dire à propos de vos noces.

– J'ai hâte, répondit Perséphone en le fusillant du regard.

Les yeux de Zeus pétillèrent.

– Alors suis-moi, Lady Perséphone.

Ils sortirent du temple et traversèrent une cour pleine de fleurs sublimes, de citronniers et de statues d'enfants aux visages de chérubins entourant les divinités de la fertilité, Aphrodite, Aphaïa, Artémis, Déméter et Dionysos.

Arrivés de l'autre côté, ils empruntèrent un passage qui menait à une autre cour en marbre, déserte. En son centre se dressait un temple rond, surélevé et entouré de vingt colonnes. De larges marches menaient aux portes en chêne, sur celle de gauche était gravé à un aigle, sur celle de droite un taureau. Il y avait une vasque d'huile au centre du temple et des flambeaux étaient suspendus à tous les murs. Au-dessus de leurs têtes, le dôme était ouvert sur le ciel.

Perséphone fut surprise qu'Héra et Poséidon les aient rejoints. Aucun ne semblait particulièrement ravi d'être là, ni Héra qui penchait la tête sur le côté d'un air stoïque, ni Poséidon qui avait croisé ses énormes bras sur son torse.

– C'est mon conseil, expliqua Zeus en voyant Perséphone hésiter.

– Je croyais que ton Oracle était ton conseil, répondit-elle.

– L'Oracle parle du futur, c'est vrai, mais j'existe depuis longtemps et je suis conscient que les fils de ce futur changent sans cesse. Ma femme et mon frère le savent aussi.

Perséphone ne s'était pas attendue à des paroles aussi sages et elle se rappela justement que c'était pour cela que Zeus était aussi dangereux.

Elle regarda le dieu de la Foudre prendre une torche au mur.

– Une goutte de ton sang, si tu veux bien, dit Zeus en se tenant au bord de la vasque.

Perséphone regarda Hadès qui lui prit la main. Ils approchèrent de la vasque et elle remarqua qu'une aiguille dépassait du bord. Hadès posa son doigt dessus et l'appuya jusqu'à ce que son sang coule le long du métal luisant. Il tint sa main au-dessus de la vasque et laissa une goutte de sang tomber dans l'huile. Perséphone l'imita et grimaça quand l'aiguille perça sa peau. Quand son sang toucha la surface, Hadès prit sa main et mit son doigt dans sa bouche.

– Hadès ! chuchota-t-elle, mais quand il lâcha son doigt, la plaie était guérie.

– Je ne veux pas te voir saigner.

– Ce n'était qu'une goutte, répondit-elle.

Le dieu ne répondit pas, mais sans doute Perséphone ne comprendrait-elle jamais ce qu'il ressentait en la voyant blessée, ne serait-ce qu'un peu.

Zeus enflamma l'huile et ils reculèrent. Le liquide brûla violemment et des flammes vertes s'en élevèrent. La fumée était épaisse et s'échappait de la surface en volutes. Les flammes dessinèrent peu à peu une personne, une femme vêtue de flammes.

– Pyrrha, dit Zeus. Donne-nous la prophétie d'Hadès et Perséphone.

– Hadès et Perséphone, répéta l'Oracle d'une voix claire, froide et ancienne. Une union puissante, un mariage qui produira un dieu plus puissant encore que Zeus lui-même.

Et ce fut tout, la prophétie était faite et le feu s'éteignit.

Il y eut un long silence durant lequel Perséphone scruta la vasque en fronçant les sourcils.

« Un mariage qui produira un dieu plus puissant encore que Zeus lui-même. »

Ils étaient foutus. Elle le sut dès que les paroles furent prononcées. Même Hadès s'était crispé.

– Zeus… gronda la voix lugubre d'Hadès, d'un ton qu'elle n'avait jamais entendu aussi menaçant.

– Hadès, rétorqua Zeus du même ton.

– Tu ne me la prendras pas, dit-il.

– Je suis roi, Hadès. Peut-être as-tu besoin que je te le rappelle.

– Si c'est ton souhait, je serai plus qu'heureux de mettre fin à ton règne.

Un silence tendu s'ensuivit.

– Tu es enceinte ? demanda Héra.

– Je te demande pardon ? s'étonna Perséphone en écarquillant les yeux.

– Dois-je me répéter ? insista Héra, agacée.

– La question est inappropriée, répondit Perséphone.

– Elle est pourtant importante, étant donné la prophétie, dit Héra.

Perséphone la fusilla du regard.

– Et pourquoi donc ?

– La prophétie dit que votre mariage produira un dieu plus puissant que Zeus. Un enfant né de cette union serait un dieu très puissant, capable de donner la vie et la mort.

Perséphone regarda Hadès.

– Il n'y a pas d'enfant, dit Hadès. Il n'y aura aucun enfant.

Poséidon rit.

– Même les hommes les plus prudents ont des enfants, Hadès. Comment peux-tu nous l'assurer, alors que vous ne pouvez même pas tenir une danse sans partir pour baiser ?

– Je n'ai pas besoin de faire attention, dit Hadès. Ce sont les Moires qui ont ôté ma capacité à avoir des enfants. Ce sont les Moires qui ont tissé Perséphone dans mon monde.

– Souhaites-tu rester sans enfant ? demanda Héra à Perséphone d'un ton curieux.

– Je veux épouser Hadès, répondit Perséphone. Si je dois rester sans enfant, c'est ce que je ferai.

Quand elle prononça ces paroles, sa poitrine se comprima, pour Hadès, pas pour elle-même. Il avait eu le plus grand mal à lui parler de son échange avec les Moires, et elle avait vite compris que c'était lui qui voulait des enfants.

– Tu es sûr que tu ne peux pas avoir d'enfant, frère ? demanda Zeus.

– Certain, gronda-t-il.

– Laisse-le se marier, Zeus, dit Poséidon. Ils ont clairement envie de baiser comme mari et femme.

Perséphone détestait sincèrement Poséidon.

– Et si le mariage produit un enfant ? dit Zeus. Je ne fais pas confiance aux Moires. Leurs fils changent sans cesse.

– Alors nous prendrons l'enfant, dit Héra.

Perséphone serra si fort la main d'Hadès qu'elle craignit que ses doigts se brisent. *Ne parle pas, ne dis rien*, se dit-elle.

– Il n'y aura pas d'enfant, insista Hadès d'un ton ferme.

Il y eut un long silence pendant lequel Hadès et Zeus se lancèrent des regards assassins. Il faisait chaud dans cette salle et chaque respiration de Perséphone lui brûlait la gorge. Il fallait qu'elle parte vite d'ici.

– Alors je bénis cette union, dit enfin Zeus. Mais si la déesse tombe un jour enceinte, l'enfant sera tué.

À ces paroles, Hadès ne perdit pas une seconde pour partir. Alors qu'ils étaient à l'instant dans un temple d'Olympe, ils se retrouvèrent soudain aux Enfers.

Prise de vertiges, Perséphone s'effondra par terre et vomit.

CHAPITRE XXXI

UNE TOUCHE D'ÉTERNITÉ

– Tout va bien, dit Hadès.

Il s'agenouilla à ses côtés et la prit dans ses bras, dégageant ses cheveux de son visage en sueur. Elle fondit en larmes.

– Mais non, ça ne va pas !

Ils leur avaient demandé leur enfant. Elle ne savait même pas s'ils pouvaient en concevoir un, mais l'idée que Zeus le lui prenne l'anéantissait.

– Je le détruirai, dit-elle. Je le finirai.

– Ma chérie, je n'en doute pas une seconde, dit Hadès. Viens, lève-toi.

Elle se leva avec lui et il prit son visage entre ses mains.

– Perséphone, je ne les laisserais jamais – jamais – prendre un morceau de toi. Tu comprends ?

Elle hocha la tête tout en se demandant comment il les en empêcherait. Zeus était déterminé à éliminer toutes les menaces, sauf celles qui comptaient vraiment. Une part d'elle ne croyait même pas à sa bénédiction.

Hadès l'emmena aux bains, dans un bassin rond et surélevé, plus petit que celui qu'ils avaient l'habitude d'utiliser.

– Laisse-moi faire, dit Hadès.

Il l'aida à se déshabiller et la porta dans l'eau chaude qui lui arrivait aux seins. Hadès s'agenouilla, prit un savon qu'il frotta à un linge blanc. Perséphone frissonna quand il commença à la laver. Le dos, les épaules, les bras, et il ralentit quand il atteignit sa poitrine, promenant le gant sur ses seins jusqu'à ce que ses tétons durcissent. Ne pouvant plus le supporter, elle saisit ses poignets.

– Hadès, susurra-t-elle.

Son regard de braise pénétra le sien et il se pencha pour l'embrasser. Perséphone passa ses bras autour de son cou et l'attira contre lui, le recouvrant de savon.

– J'ai envie de toi, chuchota-t-elle quand ses lèvres quittèrent les siennes.

– Épouse-moi, dit-il.

Elle éclata de rire.

– J'ai déjà dit oui.

– En effet, alors épouse-moi. Ce soir.

Elle fronça les sourcils et le dévisagea, essayant de savoir s'il était sérieux.

– Je ne fais pas confiance à Zeus, ni à Poséidon, ni à Héra, mais j'ai confiance en nous, dit-il. Épouse-moi ce soir, et ils ne pourront pas défaire notre union.

Un frémissement naquit en elle, une vague d'excitation à l'idée d'être enfin la femme d'Hadès. De ne plus avoir à planifier leurs noces ni à s'inquiéter au sujet des fleurs, du lieu ou de l'approbation de leur union.

– Oui, dit-elle.

Hadès sourit jusqu'aux oreilles et son regard étincela, et Perséphone eut l'impression de retomber amoureuse de lui. Il l'embrassa longtemps, langoureusement, et elle se demanda s'ils arriveraient à sortir du bain, mais Hadès finit par reculer.

– Je te prendrai ce soir, quand tu seras ma femme, dit-il. Viens, je vais invoquer Hécate.

Elle se rinça et enfila le peignoir qu'Hadès tint ouvert pour elle. La déesse de la Sorcellerie les attendait quand ils sortirent des bains.

– Oh, ma chère ! s'exclama-t-elle en prenant la jeune déesse dans ses bras. Tu y crois, toi ? Tu vas te marier ce soir ! Allons te préparer, dit-elle en lui prenant la main avant de fusiller Hadès du regard. Et si je te vois ou te sens dans les environs de la suite de la Reine, je te bannirai dans la fosse d'Arachné.

– Je ne vous espionnerai pas, promit Hadès en souriant à Perséphone. À très vite, dit-il ensuite à la déesse.

Elles partirent et Perséphone se retrouva dans la suite de la Reine qu'elle connaissait si bien. C'était le lieu qu'Hadès avait conçu avant même de savoir s'il aurait un jour une maîtresse, avant même de connaître son existence. Cette suite symbolisait son espoir.

L'espoir, pensa-t-elle. *L'arme la plus dangereuse.*

Elle ne comprit pas d'où lui vint cette pensée, mais elle frissonna si fort qu'Hécate le remarqua.

– Tu es nerveuse, ma chère ?

– Non. Je n'ai jamais été aussi prête.

Hécate lui sourit.

– Assieds-toi, les lampades sont là.

Elle désigna la coiffeuse blanche, où les petites fées attendaient, voletant de leurs ailes presque invisibles. Leurs cheveux foncés étaient décorés de fleurs blanches. Perséphone s'assit, et elles se mirent au travail, leur magie recouvrit sa peau et s'entremêla dans ses cheveux. Les lampades étaient rapides et efficaces et quand elles reculèrent pour voler derrière sa tête, elle admira leur travail, un maquillage simple qui accentuait la courbe de ses yeux, l'arc de ses lèvres, ses pommettes saillantes et les ondulations dorées de ses cheveux. Sur sa tête, à la base de ses cornes, elles avaient créé une couronne de petites fleurs blanches toute simple.

– C'est superbe, dit-elle avant de regarder Hécate dans le reflet du miroir.

La déesse de la Sorcellerie tenait une robe blanche sur son bras.

– Hécate, quand as-tu…

– Alma et moi avons travaillé ensemble dessus, dit-elle. Voyons comment elle te va.

Hécate aida Perséphone à enfiler la robe par-dessus sa tête. Le tissu soyeux était frais sur sa peau et quand elle se regarda, elle eut le souffle coupé. La robe était sublime tout en étant simple, avec une coupe qui semblait faite sur-mesure pour la courbe de ses seins et de ses hanches. Elle avait un décolleté en V, de fines bretelles et une courte traîne qui tombait derrière elle.

– Une touche finale, dit Hécate.

Elle fit apparaître un voile brodé de lierre vert et de fleurs rouges, roses et blanches.

Le résultat final semblait tout droit tiré d'un rêve, c'était tout ce que Perséphone avait imaginé et plus encore. Elle était une déesse, une reine, mais surtout, elle était Perséphone.

– Oh, Hécate, c'est magnifique, dit-elle en s'étudiant dans le miroir.

Elle avait du mal à réaliser que c'était le jour de son mariage.

Elle se tourna vers la déesse, qui tenait un bouquet de narcisses, de roses et de feuillage vert.

– Yuri et les enfants ont cueilli les narcisses, dit-elle.

Perséphone sourit et sentit des larmes gagner ses yeux.

– Pas de larmes, mon amour, dit Hécate. C'est un moment joyeux.

– Mais je suis heureuse.

Hécate lui sourit et prit son visage dans ses mains.

– J'ai su, dès la première fois qu'Hadès a parlé de toi, que je t'aimerais. Je n'ai pas douté une seconde que ce jour viendrait.

Les lèvres de Perséphone se mirent à trembler, mais elle fit de son mieux pour ne pas pleurer, prenant plutôt une grande inspiration.

– Merci, Hécate. Pour tout.

– C'est l'heure. Viens.

– Hécate… commença Perséphone d'un ton hésitant.

Elle avait quelque chose à dire ; il fallait qu'elle le dise, mais elle avait peur.

– Oui, ma chère ?

– Je… j'aimerais que Lexa soit là. Tu crois que Thanatos l'autoriserait à sortir des Champs Élysées ?

– Ma chère, tu es la reine des Enfers. C'est toi qui décides.

– Alors nous avons un arrêt à faire, avant.

***

Perséphone attendait derrière une rangée d'arbres, accompagnée de Lexa, qui portait une robe ressemblant au voile de Perséphone, mais dont le tissu était noir. La déesse n'avait pas encore cherché à voir la clairière dans laquelle elle épouserait Hadès, mais Lexa y jeta un œil.

Son amie poussa un petit cri et se tourna brusquement vers elle.

– Oh, mes dieux, Perséphone… C'est superbe, et il y a tant de… gens !

Perséphone comprit qu'elle ne savait pas si elle devait les appeler des gens ou des âmes.

Son amie regarda à nouveau.

– Je n'en reviens toujours pas de me marier, admit Perséphone, tenant si fort son bouquet de fleurs que ses paumes en devinrent moites.

Quand elle repensa à tout le chemin qu'elle avait parcouru, elle était encore plus stupéfaite. Elle n'avait jamais envisagé de se marier, n'avait jamais rêvé de ce jour, mais sa rencontre avec Hadès avait tout changé.

– Tu es nerveuse ? demanda Lexa en l'étudiant par-dessus son épaule.

– Oui.

– Ne le sois pas, répondit Lexa en venant à ses côtés. Quand tu sors de ces arbres, cherche simplement Hadès. Tu ne penseras à rien d'autre, tu ne voudras personne d'autre que lui.

C'était ce que l'ancienne Lexa lui aurait dit et cela réconforta Perséphone. Mais elle regarda son amie d'un air curieux.

– Quoi ? dit Lexa.

– Rien. C'est juste que tu sembles parler d'expérience.

Un silence gênant suivit ses propos.

– Je crois savoir ce que c'est de ne désirer qu'une seule personne, chuchota Lexa.

– Thanatos ? demanda Perséphone en étudiant la réaction de son amie.

Elle hocha la tête. Perséphone n'avait eu aucun mal à le deviner, étant donné la façon dont ils parlaient l'un de l'autre ces derniers temps. Perséphone voulut dire quelque chose, elle avait d'autres questions. Avait-elle parlé à Thanatos de ses sentiments ? S'étaient-ils embrassés ? Mais une douce mélodie leur parvint et Perséphone frissonna.

– C'est le signal, dit Lexa en prenant le bras de Perséphone.

La déesse serra le bouquet contre elle et retint son souffle, mais quand elle sortit de derrière les arbres, elle vida tout l'air de ses poumons. La clairière était entourée de grands arbres et chacun était décoré de guirlandes de lavande et de fleurs roses et, au-dessus de leurs têtes, les lampades brillaient comme des lanternes. Elle riva aussitôt son regard sur celui d'Hadès, qui était terriblement beau, encadré par une arche de lierre et de fleurs, accompagné de Cerbère, Typhon et Orthos qui étaient assis sagement à ses pieds.

Dès qu'elle croisa son regard, elle ne désira plus que lui.

Son sourire, blanc et étincelant, illuminait tout son visage. Même ses yeux semblaient plus éclatants quand il la regarda avancer vers lui. Il avait choisi un costume noir pour l'occasion et avait mis une primevère rouge dans sa poche. Ses cheveux étaient lisses et attachés sur sa nuque, et il avait révélé ses cornes sublimes et léthales.

Le cortège entier crépitait d'une énergie frénétique et sauvage, c'était parfait.

Elle s'arrêta pour prendre les invités les plus proches dans ses bras. Yuri et Alma, Isaac et Lily et les autres enfants des Enfers, Charon et Tyché. Elle se retrouva face à Apollon, qui lui sourit, le regard chaleureux et sincère.

– Félicitations, Seph.

– Merci, Apollon.

Elle tint longtemps Hermès dans ses bras.

– Tu es superbe, Sephy, dit-il avant de reculer.

Il était encore vêtu de son costume jaune citron.

– Tu es le meilleur, Hermès. Vraiment.

Il lui sourit et effleura tendrement sa joue.

– Je sais.

Ils éclatèrent de rire et quand elle se tourna, elle réalisa qu'elle était face à Hadès. Elle se mit à marcher vers lui, mais Lexa la tira en arrière pour lui prendre son bouquet.

– Tu es pressée, chérie ? demanda Hadès, faisant rire tous les convives.

– Toujours, répondit-elle.

Il lui prit les mains et ne quitta pas son regard une seule seconde. Son sourire – oh, son sourire ! – était étincelant. Elle le voyait rarement, mais il resta scotché sur son visage et elle sut, alors qu'il l'étudiait de la tête aux pieds avec ses yeux saphir aussi profonds que les océans les plus froids, qu'il était à elle à tout jamais.

– Salut, chuchota-t-elle presque timidement.

– Salut, répondit-il en haussant un sourcil. Tu es magnifique.

– Toi aussi.

Hadès semblait d'humeur particulièrement enjouée.

Ils furent interrompus par Hécate, qui s'était placée entre eux et se raclait la gorge. Ils se tournèrent vers elle, et elle leur sourit chaudement et joyeusement.

– Je savais que ce moment viendrait, dit-elle. Un jour.

La déesse de la Sorcellerie regarda Hadès.

– J'ai vu l'amour sous toutes ses formes et à des degrés divers, mais cet amour, celui que vous partagez, est particulièrement précieux. Il est désespéré, féroce et passionné, dit-elle avant de marquer une pause pour rire.

Tout le monde rit derrière eux et Perséphone rougit, mais Hadès resta impassible.

– Peut-être est-ce parce que je vous connais, mais le vôtre est l'amour que je préfère voir. Il s'épanouit et illumine, défie et provoque, il blesse et il guérit. Il n'existe pas deux autres âmes qui soient mieux accordées. Séparément, vous êtes la lumière et l'obscurité, la vie et la mort, un début et une fin. Ensemble, vous êtes la fondation sur laquelle un empire sera bâti, qui unira les gens et fusionnera les mondes. Vous êtes un cycle qui ne finira jamais, éternel et infini. Hadès.

Hécate ouvrit sa main tendue, révélant la bague qu'Hadès avait créée pour Perséphone. Il la prit et la tint entre son pouce et son index.

Perséphone le regarda dans les yeux et paniqua, *une bague!* Elle n'avait pas de bague. Mais il esquissa un sourire et elle comprit que tout irait bien.

– Prends-tu Perséphone pour épouse? demanda Hécate.

– Oui, déclara-t-il d'une voix qui effleura sa peau et la fit frissonner.

Il glissa la bague à son doigt.

– Perséphone, dit Hécate, ouvrant son autre main où reposait un anneau noir.

Il était lourd et Perséphone le prit d'une main tremblante.

– Prends-tu Hadès pour époux?

– Oui, répondit Perséphone en passant la bague à son doigt.

Elle la regarda quelques instants, remplie d'un immense sentiment de fierté, Hadès lui appartenait.

– Tu peux embrasser la mariée, Hadès.

Le regard de Perséphone se riva sur celui d'Hadès. Il sembla soudain pensif et son visage devint presque lugubre, mais Perséphone sut que c'était parce qu'il prenait ce moment très au sérieux. La poitrine de Perséphone se serra quand elle comprit combien il avait attendu ce moment. Si leur jeu de séduction n'avait été qu'une seconde dans sa longue vie, il avait passé toute son existence seul, rêvant de compagnie, d'amour réciproque, et quand leurs lèvres fusionneraient, ce serait la fin de ce vide si vaste.

Il prit son visage dans ses mains et elle saisit ses poignets en lui souriant.

– Je t'aime, dit-il en scellant ses mots d'un baiser.

Elle crut d'abord que le baiser serait court, simple et doux, devant les convives. Mais il glissa une main sur sa nuque, l'autre se posa dans le creux de ses reins, et il plongea sa langue dans sa bouche. Elle l'ouvrit, souriant un instant avant qu'il n'approfondisse encore le baiser.

Les âmes applaudirent autour d'eux.

– Trouvez-vous une chambre! cria Hermès.

Hadès recula enfin, il souriait d'un air narquois et il se pencha pour l'embrasser sur le front avant de prendre sa main pour se tourner vers les invités.

– J'ai l'honneur de vous présenter Hadès et Perséphone, roi et reine des Enfers, déclara Hécate.

Les cris devinrent assourdissants. Hadès escorta Perséphone dans l'allée, qui lui sembla beaucoup plus courte que lorsqu'elle l'avait longée en sens inverse. Quand ils arrivèrent derrière les arbres, il l'attira contre lui et l'embrassa à nouveau.

– Je n'ai jamais rien vu d'aussi sublime que toi, dit-il.

Elle sourit de plus belle.

– Je t'aime. Tellement, répondit-elle.

– Venez, dit Hécate en les rejoignant.

Elle utilisa sa magie pour les téléporter dans la bibliothèque.

– Vous avez quelques minutes pour vous avant que je revienne vous chercher pour la fête, dit Hécate en se tenant près des portes. Si j'étais vous, je garderais mes vêtements. Et les pieds par terre.

Elle ferma la porte et Hadès regarda Perséphone.

– Ça m'a tout l'air d'un défi, dit-il.

Perséphone haussa un sourcil.

– Prêt à le relever, mon époux?

À ces mots, il ferma les yeux et soupira.

– Est-ce que ça va?

Il gardait les yeux fermés en parlant.

– Redis-le. Que je suis ton époux.

Perséphone sourit.

– J'ai demandé à mon époux s'il était prêt à relever ce défi.

Hadès rouvrit les yeux, ils étaient devenus noirs et brûlaient de désir. Il saisit ses hanches et empoigna le tissu de sa robe.

– J'ai beau mourir d'envie de te prendre, dit-il, j'ai prévu autre chose pour ce soir.

Perséphone promena sa main sur son torse, puis sur sa nuque.

– Est-ce que ça implique… une nouveauté ? demanda-t-elle.

Hadès haussa un sourcil.

– Est-ce que… c'est ce que tu veux ?

– Oui, chuchota-t-elle.

Hadès prit sa main et l'embrassa sous le poignet.

– Et que souhaites-tu essayer ?

Elle déglutit.

– Je veux t'attacher.

CHAPITRE XXXII

SOUS UNE MER D'ÉTOILES

Hécate vint les chercher pour les escorter aux portes de la salle de bal, derrière lesquelles Perséphone entendit la voix d'Hermès.

– Je vous présente vos Lord et Lady des Enfers, le roi Hadès et la reine Perséphone !

Perséphone se dit qu'elle ne se lasserait jamais d'entendre son nom prononcé, accolé à celui d'Hadès et, quand les portes s'ouvrirent, elle découvrit les visages de son peuple, toutes les âmes qu'elle avait appris à connaître et à aimer. Ils se frayèrent un passage à travers la foule sous les acclamations et les applaudissements. Ils arrivèrent dans la cour où ils se retrouvèrent face au ciel des Enfers et à d'autres âmes, anciennes et nouvelles.

Ils continuèrent d'avancer et Hadès l'attira contre lui, une sublime mélodie sembla les lier l'un à l'autre.

– À quoi tu penses ? demanda Perséphone.

– Je pense à beaucoup de choses.

– Du genre ?

Il esquissa un sourire.

– Je pense à combien je suis heureux.

Ses propos réchauffèrent sa poitrine, elle haussa néanmoins un sourcil.

– C'est tout ?

– Je n'avais pas fini, répondit-il en la serrant encore plus fort et en collant sa joue à la sienne, effleurant son oreille de son souffle chaud. Je me demandais si tu mouillais pour moi. Si ton ventre se nouait de désir. Si tu fantasmais à propos de ce soir autant que moi, et si tes pensées étaient aussi vulgaires que les miennes.

Perséphone était rouge cramoisi et ses entrailles étaient en feu. Elle soutint néanmoins son regard, la musique prit fin, et ils s'arrêtèrent au milieu de la cour. Perséphone leva la tête vers lui et mit ses lèvres tout contre les siennes pour lui répondre.

– Oui.

Le regard d'Hadès s'assombrit et Perséphone sourit jusqu'aux oreilles, mais elle fut interrompue par un groupe d'enfants qui vinrent la supplier de danser. Elle s'éloigna d'Hadès et tint les mains des enfants, se faufilant parmi les convives sans se soucier du rythme ni de leurs gestes. Mais Perséphone s'en fichait également, elle riait aux éclats et souriait sans fin, plus heureuse qu'elle ne l'avait été depuis des mois.

Quand la chanson s'arrêta, une autre commença, et les enfants la lâchèrent pour aller jouer.

– Puis-je avoir cette danse, reine Perséphone ?

Elle se tourna vers Hermès, qui esquissa une petite révérence.

– Bien sûr, Lord Hermès, répondit-elle en acceptant sa main.

– Je suis fier de toi, Sephy, déclara-t-il.

– Fier ? Pourquoi donc ?

– Tu t'en es bien sortie face aux Olympiens, ce soir.

– Je crois que je me suis fait des ennemis.

Il haussa les épaules et la fit tourner.

– Avoir des ennemis est une vérité universelle. Ça veut dire que tu te bats pour quelque chose.

– Tu sais, malgré tes blagues, tu es très sage, Hermès.

– Encore une vérité universelle, dit-il en souriant.

Après avoir dansé avec Hermès, Perséphone fut invitée par Charon, puis se retrouva face à Thanatos, et son sourire disparut.

Il était pâle et beau, et il semblait triste.

Le dieu inclina la tête.

– Lady Perséphone, veux-tu danser avec moi ?

Thanatos ne lui avait pas reparlé depuis qu'il lui avait dit qu'elle ne pouvait pas voir Lexa, et leur malaise était palpable.

Elle hésita, et Thanatos le remarqua.

– Je comprendrais que tu dises non.

– Je n'attends pas de toi que tu sois gentil parce que je suis ta reine, dit-elle.

– Je ne t'ai pas invitée à danser parce que tu es ma reine. Je t'ai invitée pour pouvoir m'excuser.

– Excuse-toi, alors, et nous danserons.

Il fronça les sourcils et ses yeux bleus se remplirent de sincérité.

– Je suis désolé pour mes actions et mes propos. J'ai pris mon rôle de protecteur à cœur avec Lexa, et je regrette de t'avoir fait du mal.

– J'accepte tes excuses, répondit Perséphone, mais Thanatos lui sourit tristement. J'ai l'impression que mon pardon ne t'a pas remonté le moral, dit-elle quand ils se mirent à danser.

– Je crois que je suis outré par mon propre comportement, dit le dieu.

– L'amour a cet effet sur les meilleurs d'entre nous, dit-elle.

Thanatos sourit enfin et Perséphone éclata de rire.

– Je sais que tu tiens à elle, dit-elle.

Le dieu de la Mort resta silencieux et Perséphone lui fit part d'une vérité qu'elle ne connaissait que trop bien.

– Parfois, nous avons du mal à expliquer nos actions, surtout quand elles sont guidées par notre cœur.

– Elle se réincarnera un jour, dit Thanatos.

– Et ?

– Elle m'oubliera.

– Je ne comprends pas ce que tu dis.

– Je dis qu'entre elle et moi… c'est impossible.

Perséphone fronça les sourcils.

– Tu te priverais d'un moment de bonheur ?

– Pour éviter une éternité de souffrance ? Oui.

Perséphone resta longtemps silencieuse.

– Est-ce qu'elle est au courant de ta décision ?

Sa question ne sembla pas plaire à Thanatos, car sa bouche se pinça fermement.

– Tu devrais lui dire, ajouta Perséphone. Parce que pendant que tu choisis de fuir la souffrance, elle l'endure, elle.

Après sa danse avec Thanatos, elle sortit dans la cour, souhaitant se reposer et s'écarter de la foule. Elle marcha dans le jardin où de grosses fleurs s'étaient épanouies, embaumant l'air autour d'elle. Devant elle, Cerbère, Typhon et Orthos marchaient, la truffe contre le sol. Elle fut surprise quand elle remarqua la silhouette de son mari à quelques mètres d'elle. Il se tenait les mains dans les poches, les yeux levés vers le ciel.

Elle l'observa quelques secondes et il tourna la tête vers elle, les yeux pétillants.

– Tu vas bien ? demanda-t-il.

– Oui.

– Tu es prête ?

– Je le suis.

Il lui offrit sa main et lorsqu'elle posa ses doigts dans sa paume, ils disparurent.

***

Perséphone ne savait pas à quoi s'attendre quand ils se téléportèrent.

Une chambre éclairée par les flammes d'une cheminée, ou peut-être qu'Hadès la ramenait à l'île de Lampri ? Au lieu de cela, elle atterrit sur une petite estrade où se trouvait un grand lit, sous le ciel étoilé. Au-dessus d'eux, des bouquets d'étoiles orange, bleues et blanches scintillaient et se reflétaient dans l'eau sombre qui les entourait. C'était comme s'ils flottaient dans le ciel lui-même.

– Est-ce qu'on est… au milieu d'un lac ? demanda Perséphone.

– Oui, répondit Hadès.

Perséphone le dévisagea.

– C'est ta magie ?

– Oui. Ça te plaît ?

– C'est magnifique. Mais ou sommes-nous ?

– Nous sommes aux Enfers, dit-il. Dans un lieu que j'ai créé.

– Depuis quand tu prévoyais ça ?

– Ça fait un moment que j'y réfléchissais.

Perséphone s'approcha du lit et caressa les draps en soie avant de regarder Hadès par-dessus son épaule.

– Aide-moi à me déshabiller, dit-elle.

Il marcha jusqu'à elle et fit glisser la fermeture Éclair de sa robe jusqu'au creux de ses reins. Il caressa son dos puis ses épaules et passa ses doigts sous les fines bretelles. Le tissu tomba au sol dans un bruissement de soie.

Elle était nue sous sa robe et Hadès s'empara aussitôt de ses seins et de sa bouche. Il l'embrassa avec une langueur affamée qui se précipita dans le bas-ventre de Perséphone.

Il recula et sortit quelque chose de sa poche, une petite boîte noire.

– Ce sont des Chaînes de Vérité, dit Hadès. C'est une arme puissante contre n'importe quel dieu, à moins qu'il ait le mot de passe. Je te le donne tout de suite. Si tu commences à avoir peur, tu pourras te libérer immédiatement. *Eleftherose ton.* Dis-le.

– *Eleftherose ton*, répéta-t-elle.

– Parfait.

– Pourquoi on les appelle les Chaînes de Vérité ?

Elle pensait connaître la réponse, et le sourire d'Hadès confirma qu'elle avait raison.

– La seule vérité qu'elles tireront de tes lèvres est ton plaisir. Allonge-toi.

Perséphone obéit et Hadès la suivit, chevauchant sa taille, frottant ses vêtements contre sa peau en feu.

– Écarte les bras, dit-il.

Il posa la boîte au-dessus de sa tête et l'instant d'après, ses poignets furent retenus par de lourdes chaînes.

– Pardonne-moi, chérie, dit Hadès avant d'effleurer les menottes pour les changer en tissu de soie noire.

– Tu es prête ?

– Pour toi ? Toujours.

– Toujours, répéta Hadès.

Il recula sur ses talons, toujours à cheval sur elle, et desserra sa cravate avant de défaire ses boutons de manchette puis ceux de sa chemise.

– À quoi tu penses ?

– Je veux que tu accélères, répondit-elle avant même d'avoir réfléchi.

Elle écarquilla les yeux et se rappela que les menottes extrayaient la vérité de sa bouche.

Elle plissa les yeux et étudia Hadès.

– Tu crois que je pourrais te menotter, toi aussi ?

Hadès rit.

– Si tu le souhaites, répondit-il en enlevant sa chemise pour la jeter par terre. Mais tu n'as pas besoin de chaînes pour obtenir la vérité de moi, surtout lorsqu'il s'agit de ce que je compte te faire.

– Je préfère ne pas entendre tes projets, dit Perséphone en dévorant des yeux le torse musclé d'Hadès.

– Que veux-tu, femme ?

– De l'action, déclara-t-elle en gigotant sous lui.

Elle mourait d'envie de le toucher partout, mais ses poignets étaient menottés.

Hadès rit de nouveau avant de déposer un baiser entre ses seins. Elle se cambra et enroula ses jambes autour des siennes, voulant sentir son corps contre le sien. Hadès continua de promener sa bouche sur son ventre tout en se libérant de son étreinte. Elle le laissa faire et ouvrit les jambes, sans honte, prête, désespérée. Hadès l'étudia de son regard de braise, puis il glissa ses mains sous ses fesses, les souleva et lécha son sexe trempé.

Un grognement féroce résonna dans son torse.

– Ça. J'adore ça.

Il baissa à nouveau la tête et écarta ses lèvres avec sa langue avant de chatouiller son clitoris. Il l'ouvrit davantage pour s'enfoncer en elle et il ajouta bientôt ses doigts. Perséphone planta ses talons dans le lit et s'agrippa aux chaînes, pressant sa tête dans l'oreiller. Elle était plus tendue, plus affamée et plus chaude que jamais. Hadès posa alors sa bouche sur son clitoris et le suça, doucement d'abord, avant de dessiner des cercles avec la pointe de sa langue. Perséphone gémissait, mais ne respirait plus et Hadès leva la tête sans cesser les va-et-vient de ses doigts.

– C'est ça, chérie. Dis-moi ce que tu sens.

– C'est trop bon. Tellement bon.

Elle parvint à le regarder et vit son front en sueur et son regard de braise. Sa bouche s'empara à nouveau de son bouton de chair et sa langue le titilla, et elle gémit en laissant retomber sa tête. Hadès maintint un rythme lent et la pression s'accumula en elle, embrasant tous ses membres jusqu'à ce qu'elle tressaute en jouissant.

Hadès embrassa alors l'intérieur de ses cuisses, puis son ventre, ses seins et sa gorge, jusqu'à retrouver sa bouche, dont il s'empara brièvement avant de se lever.

– Tu vas où ?

– Je ne vais pas loin, promit Hadès en enlevant son pantalon.

Perséphone reluqua toutes les parties de son corps. Hadès était immense et imposant, et les muscles de ses bras, de son ventre, de ses jambes étaient parfaits, son corps était un outil et une arme. Son regard se posa alors sur sa verge enflée et ses testicules pesants.

– Dis-moi ce que tu penses, dit-il.

Perséphone frissonna, et les mots sortirent de sa bouche.

– Que peu importe le nombre de fois que tu es en moi. Je ne peux pas… ce n'est jamais assez.

Hadès rit et remonta sur elle pour s'installer entre ses jambes, plaquant son corps contre le sien.

– Je t'aime, dit-il.

– Je t'aime.

Elle avait répété ces mots des dizaines de fois et les avait toujours pensés, mais cette fois, elle en eut les larmes aux yeux. Ce soir, ils avaient une importance plus grande. Ce soir, il semblait à Perséphone qu'elle comprenait l'amour comme jamais auparavant, c'était un sentiment sauvage et libre, passionné et désespéré, qui englobait toutes les émotions possibles dans sa tentative de donner un sens à un monde qui le défiait.

– Tu vas bien ? demanda Hadès d'une voix rauque.

– Oui, acquiesça-t-elle. Je pense juste à combien je t'aime vraiment.

L'expression d'Hadès s'intensifia et son regard sembla éplucher toutes les couches de son âme. Il l'embrassa avant de soulever le bassin pour approcher son sexe du sien. Elle planta ses talons dans ses fesses, cherchant à le pousser en elle, mais il résista en riant. Il souleva ses jambes pour les poser sur ses épaules et il la pénétra en rivant son regard affamé et charnel au sien.

Perséphone poussa un cri guttural qui lui râpa la gorge. Elle serra les poings, et les menottes s'enfoncèrent dans ses poignets. Les coups de bassin d'Hadès étaient profonds et délicieux, et chaque aller-retour lui arrachait un gémissement, un soupir, une nouvelle vague de plaisir.

– Tu es tellement bonne, siffla Hadès, la mâchoire crispée.

Sa peau luisait et ses longs cheveux s'échappaient de sa queue-de-cheval.

– Tu es tellement serrée, tellement trempée. *Eleftherose ton !* ordonna-t-il, et les chaînes disparurent brusquement.

Il lâcha ses jambes et les laissa tomber de part et d'autre de son corps. Leurs bouches fusionnèrent dans un baiser ardent et Perséphone plongea ses mains dans ses cheveux pour les détacher complètement.

– Putain !

Son juron la fit frissonner des pieds à la tête, mais il se retira complètement et Perséphone poussa un cri animal. Elle tendit les bras et il s'agenouilla pour l'attirer sur ses cuisses, entourant sa taille avec ses jambes. Il la pénétra à nouveau sans perdre de temps et Perséphone ondula sur lui. Chaque sensation était délicieuse, la façon qu'avaient ses muscles d'agripper sa verge, ses tétons qui effleuraient son torse, la minuscule caresse de ses poils contre son clitoris. Leurs bouches se percutèrent maladroitement, Hadès l'aida à glisser sur sa verge, accélérant au fur et à mesure que son orgasme approchait, jusqu'à ce qu'il se déverse en elle.

Leurs souffles étaient rapides, leurs corps en sueur. Hadès se laissa tomber en arrière sur le lit, emportant Perséphone dans ses bras. Elle avait l'impression de flotter sur un nuage, de ne plus avoir de forces, et elle était si heureuse qu'elle se mit à rire.

– Je préfère ne pas penser que c'est ma performance qui te fait rire, dit Hadès.

Cela la fit rire de plus belle.

– Non, répondit-elle enfin en se redressant pour le regarder dans les yeux.

Le visage d'Hadès était dénué de toute tension et son sourire était heureux et presque naïf, un sourire qui n'appartenait qu'à elle. Elle leva la main pour caresser ses sourcils et sa joue, puis elle reposa sa tête sur son torse.

– Tu étais parfait.

Hadès les fit rouler sur le côté, face à face, leurs jambes entremêlées.

– Tu es tout pour moi, Perséphone, dit-il. Mon premier amour, ma femme, la première et la dernière reine des Enfers.

Ses propos la touchèrent profondément, chaque mot s'adressait à une facette de son identité. Une identité qu'elle avait forgée grâce aux cendres de son passé. C'était merveilleux et époustouflant.

Ses paupières se fermèrent lentement pendant que ces mots passaient en boucle dans sa tête. Déesse. Femme. Reine.

CHAPITRE XXXIII

KIDNAPPÉE ET DÉMASQUÉ

Quand Perséphone ouvrit les yeux, Hadès était fermement collé à elle.

Elle sourit, nageant dans le bonheur, et s'étira, pressant ses fesses contre la verge d'Hadès. Le dieu la serra contre lui.

– C'est une requête ? murmura-t-il d'une voix endormie.

Elle se tourna dans ses bras et passa sa jambe sur sa hanche tout en empoignant sa queue. Elle ne voulait pas de préliminaires et elle plongea son sexe en elle, se sentant chaude, prête. La position empêchait Hadès de bouger son bassin et il grogna. Ils se frottèrent l'un à l'autre en s'embrassant langoureusement, leurs souffles étaient rauques et rapides. Plus ils ondulaient, plus leurs gestes étaient désespérés, et Perséphone ferma les yeux.

– Je veux te voir jouir, dit Hadès, et elle les rouvrit.

Ils se regardèrent dans les yeux jusqu'à ce qu'elle jouisse, suivie de peu par Hadès.

Quelques minutes plus tard, ils se levèrent et se préparèrent pour leur journée, comme si rien n'avait changé, comme si elle n'était pas l'épouse d'Hadès, la reine des Enfers.

Perséphone trouva étrange de se sentir aussi identique à la veille tout en étant complètement différente.

– Tu es bien silencieuse, dit Hadès.

Il était debout près du feu, habillé, un verre de whisky à la main, et il la regardait enfiler son collant épais. Elle leva la tête vers lui.

– Je pensais juste à combien c'était irréel, dit-elle. Je suis ta femme.

Hadès but une gorgée et posa son verre pour venir vers elle et prendre son visage dans ses mains.

– C'est irréel, confirma-t-il.

– Tu penses à quoi, toi ?

Hadès mit quelques secondes à répondre.

– Que je ferai tout pour te garder.

La dure réalité de ses paroles la frappa.

– Tu penses que Zeus va essayer de nous séparer ?

– Oui, admit-il sans hésiter. Mais tu es à moi, et je compte te garder pour toujours.

Elle ne doutait pas des intentions d'Hadès, mais ses paroles recouvrirent son cœur d'un voile sombre. Elle repensa à la prophétie de l'Oracle ; courte et simple : « *Une union puissante – un mariage qui produira un dieu plus puissant encore que Zeus lui-même.* » Perséphone savait ce que Zeus faisait des prophéties qui prédisaient sa chute. Il éliminait la menace.

– Pourquoi penses-tu qu'il nous a laissés partir ? demanda Perséphone.

– À cause de qui je suis. Me défier n'est pas comme défier un autre dieu. Je suis l'un des trois, notre pouvoir est égal. Il a besoin de temps pour décider comment me punir.

Perséphone fut accablée par une nouvelle vague d'appréhension.

– Ne t'inquiète pas, ma chérie, dit Hadès en l'embrassant, tout ira bien.

– Un jour, conclut-elle en souriant timidement.

La tempête de sa mère ravageait encore la Terre, et elle se dit que cela ne ferait qu'empirer une fois que la rumeur se répandrait qu'Hadès et elle étaient mariés.

– Je te dépose au travail ? demanda Hadès.

– Non, je vais petit-déjeuner avec Sybil.

Hadès haussa les sourcils.

– Tu vas lui dire qu'on est mariés ?

– Je peux ?

Perséphone n'était pas certaine qu'ils informeraient qui que ce soit qu'ils étaient mariés, en dehors de ceux qui étaient présents. Mais elle s'en voudrait de ne pas l'annoncer à Sybil, qui avait été au courant de leur relation depuis le début.

– Sybil est digne de confiance, dit Hadès. C'est sa plus grande qualité.

– Elle va être folle de joie, répondit Perséphone en souriant.

Ils se téléportèrent devant l'entrée de Nevernight, où Antoni l'attendait. Le cyclope sortit et ouvrit la portière arrière, les mains jointes devant lui.

– Bonjour, Milord, Milady, dit-il en souriant, le regard bienveillant.

– Bonjour ! répondit Perséphone en souriant jusqu'aux oreilles.

– À ce soir, dit Hadès en l'attirant contre lui pour l'embrasser avant de l'aider à monter.

– Je t'aime, chuchota-t-elle.

– Je t'aime, répondit-il avant de refermer la portière.

Antoni se faufila derrière le volant.

– Où va-t-on, Milady ? demanda-t-il en la regardant dans le rétroviseur central.

– Au café Ambroisie.

– Bien sûr. C'est l'un de mes préférés, dit-il avant de s'insérer dans la circulation. Je crois que des félicitations sont à l'ordre du jour. Le mariage était magnifique.

Elle ne put s'empêcher de rougir.

– Merci, Antoni. Je flotte encore sur un nuage.

– Nous sommes tous ravis, dit-il. Nous avons attendu ce jour très longtemps.

Depuis le début, ceux qui admiraient Hadès étaient concernés par son bonheur et le fait qu'elle en fasse partie remplissait sa poitrine de fierté.

Hadès l'avait choisie et il continuerait de la choisir, encore et encore.

« *Même si les Moires démêlaient notre destin, je trouverais un moyen de revenir à toi.* »

Ses mots comblèrent son cœur et le firent battre plus fort, c'était une vérité que personne ne pouvait nier.

Ils arrivèrent bientôt au café Ambroisie, un petit restaurant moderne construit dans des blocs de marbre de récupération. Antoni l'aida à descendre de la voiture et marcha jusqu'à la porte pour la lui ouvrir.

– Merci, Antoni.

– Il n'y a pas de quoi, ma reine.

Ils se sourirent et elle entra dans le café.

L'intérieur était cosy, avec une lumière chaleureuse, des nuances boisées et des fauteuils confortables. Une fois assise, Perséphone commanda un café et sortit son téléphone pour écrire à Sybil qu'elle était arrivée.

En l'attendant, elle sortit sa tablette et se mit à parcourir les nouvelles de la journée, en commençant par le *New Athens News*. Elle angoissait déjà de découvrir ce qui était en première page, étant donné les deux derniers articles d'Hélène, mais elle ne s'attendait absolument pas à ce qu'elle découvrit.

La déesse qui jouait la mortelle : la vérité sur Perséphone Rosi

Perséphone prit une inspiration tremblante et son cœur se mit à battre la chamade.

Pendant quatre ans, Perséphone Rosi s'est fait passer pour une étudiante, une journaliste et une entrepreneuse. Elle prétendait se consacrer à la vérité, dénoncer les injustices du Divin, être une mortelle souffrante comme le reste d'entre nous, mais en réalité, elle n'est rien de tout cela – pas même mortelle.

Perséphone est une déesse, née de Déméter, la déesse des Moissons.

L'article continuait, déclarant que l'enquête avait commencé par une simple question : pourquoi Hadès épouserait-il une mortelle ? Au-delà de ça, le journal attaquait également son travail.

Elle accuse Hadès de tromperie, mais au fil de ses articles, elle tombe amoureuse du dieu des Morts. Elle a écrit sur le harcèlement des femmes par Apollon, mais lorsque l'indignation publique est devenue trop forte, elle s'est tue. Aujourd'hui, on la voit souvent sortir et se promener avec le dieu de la Musique. Les tentatives de Perséphone de dénoncer les dieux semblent n'avoir été qu'un moyen pour une déesse mineure d'atteindre le rang d'un Olympien.

Cette dernière phrase fit jaillir une rage inouïe en elle, surtout parce qu'elle savait que c'était la vérité d'Hélène. C'était elle qui cherchait un moyen de s'élever dans la société, mais elle avait choisi le mauvais camp.

Perséphone leva la tête et remarqua qu'on l'observait. Elle se sentit mal à l'aise et regarda l'heure. Sybil avait presque quinze minutes de retard, et n'avait pas répondu à son message, ça ne lui ressemblait pas.

Elle lui écrivit à nouveau :

Tout va bien ?

Elle essaya ensuite de l'appeler, mais elle tomba directement sur son répondeur.

Bizarre.

Perséphone raccrocha et appela Ivy, à la Tour Alexandria.

– Bonjour, Lady Perséphone, chanta-t-elle.

– Ivy, est-ce que Sybil est arrivée ?

– Pas encore, je crois, dit-elle. Mais je vais vérifier.

La nymphe la mit en attente et l'estomac de Perséphone se noua. Elle savait déjà que Sybil n'était pas arrivée au travail. Personne ne passait devant Ivy sans qu'elle le sache, et la nymphe le confirma quand elle reprit le téléphone.

– Elle n'est pas encore arrivée, Milady. Vous voulez que je vous appelle quand elle sera là ?

– Non, ce n'est pas la peine. J'arrive bientôt.

Perséphone raccrocha en fronçant les sourcils. Elle n'aimait pas le pressentiment qui nouait ses entrailles. Sa poitrine se comprima et elle eut du mal à respirer et à déglutir.

Peut-être qu'elle a passé la nuit avec Harmonie et qu'elles ont perdu la notion du temps.

– Zofie, dit Perséphone, et l'Amazone apparut aussitôt.

Les clients poussèrent des cris de surprise, mais Perséphone les ignora.

– Oui, Milady ?

– Tu peux localiser Harmonie ?

– Je vais faire de mon mieux, répondit-elle. Je t'escorte à la Tour ?

– Non, je préfère que tu trouves Harmonie aussi vite que possible.

– Comme tu voudras, répondit l'Aegis avant de disparaître.

Zofie va les trouver, pensa-t-elle.

Elle essaya de s'en convaincre en payant son café et marcha jusqu'à la Tour Alexandria dans le froid mordant.

Quand elle arriva, elle savoura l'air chaud qui fit picoter son visage, réchauffant sa peau gelée.

– Lady Perséphone, dit Ivy, j'ai essayé de joindre Mademoiselle Kyros, mais son téléphone semble éteint.

C'était justement ce qui empêchait Perséphone de croire que Sybil était avec Harmonie. L'Oracle n'éteignait jamais son téléphone.

Peut-être a-t-elle oublié son chargeur, se dit-elle, mais sa peur ne faisait que croître.

– Je vais réessayer dans quelques minutes, dit Ivy. J'ai laissé un café sur votre bureau.

– Merci, Ivy.

Perséphone monta à son étage. Elle commençait à enlever son blouson quand elle remarqua une boîte noire nouée d'un ruban rouge, posée sur son bureau, juste à côté de son café. Est-ce qu'Ivy lui avait laissé un cadeau sans le mentionner ? Elle prit l'écrin et fut encore plus surprise quand elle sentit une substance collante en dessous ; horrifiée, elle comprit ce que c'était.

Du sang.

– Bonjour… commença Leucé qui s'interrompit en entrant dans le bureau de Perséphone. Est-ce que c'est… *du sang ?*

Soudain, Perséphone eut énormément de mal à respirer et ses oreilles se mirent à bourdonner.

– Leucé, va chercher Ivy.

– Bien sûr.

Les mains de Perséphone se mirent à trembler. Elle souleva la boîte, tira sur le ruban et ouvrit le couvercle. À l'intérieur, elle trouva un papier blanc taché de sang. Elle le déplia et découvrit un doigt. Sa gorge la brûla et elle fit tomber la boîte en reculant, au moment où Ivy et Leucé revenaient.

– Qu'est-ce que c'est, Milady ?

Perséphone sentit les larmes lui monter aux yeux.

– Est-ce que cette boîte était là quand tu as apporté mon café ce matin ?

– Ben… oui. J'ai supposé que c'était de la part d'Hadès.

– Est-ce que quelqu'un d'autre est entré dans mon bureau ? demanda-t-elle en regardant les nymphes tour à tour.

– Non, dirent-elles.

– Ta porte était fermée quand je suis arrivée, précisa Leucé.

Perséphone fut prise d'un vertige, ses pensées s'emballèrent. Elle regarda à nouveau la boîte et le doigt grisâtre qui dépassait du papier.

– Je dois aller voir Sybil.

– Perséphone, attends…

Elle n'attendit pas.

Elle se téléporta dans l'appartement de Sybil et se retrouva au milieu de son salon totalement détruit. La table basse était en morceaux, la télévision brisée. Les portes du meuble télé avaient été arrachées et les rideaux tombaient en lambeaux sur leurs tringles. Il y avait des éclats de verre partout. Et dans ce chaos, elle remarqua une chose tremblotante, en boule sur le canapé, c'était Opale, la chienne d'Harmonie. Perséphone la prit dans ses bras.

– Tout va bien, chuchota-t-elle sans y croire.

Elle s'aventura dans l'appartement de son amie.

– Sybil ! cria-t-elle.

Les débris de verre craquaient sous ses pieds.

Elle longea le couloir, rassemblant sa magie dans ses paumes, une énergie frénétique assortie à ses sentiments. Dans la salle de bains, elle trouva le miroir brisé et la commode tachée de sang. Ses yeux s'arrêtèrent alors sur la baignoire, cachée par le rideau de douche. Le temps sembla ralentir quand elle s'approcha, sa magie brûlait sa main.

Elle ouvrit brusquement le rideau, la baignoire était vide, impeccablement propre.

Elle resta sur ses gardes en sortant de la salle de bains pour aller au fond du couloir, dans la chambre de Sybil. La porte était entrouverte et elle la poussa du pied. Encore une fois, tout avait été saccagé, mais Sybil n'était pas là.

Pas de Sybil.

Elle se rappela alors les propos du faux Oracle.

« *La perte d'une amie mènera à la perte de beaucoup. Et toi, tu cesseras de briller, comme une braise emportée par la nuit.* »

Ben.

***

Perséphone invoqua Zofie et lui confia Opale avant de se téléporter au Quatre Olives, le restaurant où Ben travaillait et où il avait rencontré Sybil. Les clients poussèrent des cris de surprise quand elle se manifesta en balayant la foule du regard. Certains sortirent leur téléphone pour la prendre en photo ou la filmer.

– Non, ordonna-t-elle en propulsant une vague d'énergie dans la salle.

Soudain, de petites pousses vertes sortirent de leurs portables. Certains lâchèrent leur téléphone, choqués, d'autres crièrent.

– C'est une déesse !

– Alors c'est vrai ?

Elle les ignora, cherchant Ben qui sortait justement de la cuisine, les bras chargés d'assiettes. Quand il la vit, il s'arrêta et écarquilla les yeux. Il lâcha les assiettes et tourna les talons, essayant de se cacher en cuisine, mais il s'effondra sur le sol, les chevilles liées par de petites racines qui étaient sorties du carrelage.

Perséphone marcha vers lui d'un pas déterminé, sentant sa colère et ses pouvoirs croître à chaque pas.

– Où est-elle ?

Ben essayait de se libérer, mais ses doigts saignaient, couverts d'échardes.

– Où est Sybil ?

– Je… je sais pas !

– Elle a disparu. Sa maison est saccagée et je sais que tu la harcelais. Qu'est-ce que tu as fait ?

– Rien ! Je le jure !

La magie de Perséphone enfla et les lianes qui enserraient les chevilles de Ben lui ligotèrent également les poignets et continuèrent de s'enrouler autour de lui, remontant sur sa gorge.

– Dis-moi la vérité ! Tu l'as capturée pour prouver ta prophétie ?

– Jamais ! Je n'ai fait que te rapporter les mots que j'ai entendus. Je le jure sur ma propre vie !

– Tant mieux, parce qu'elle est entre mes mains, dit Perséphone alors que les lianes se resserraient sur son cou.

Les yeux de Ben grossirent et commencèrent à sortir de leurs orbites, les veines de son front gonflèrent.

– Les mots de qui ? Qui est ton dieu ?

– D… Déméter, chuchota-t-il d'une voix rauque tandis que son visage devenait violet.

– Déméter ?! répéta Perséphone en libérant la gorge du mortel.

Il inspira brusquement et roula sur le côté, le visage couvert de larmes.

– Tu savais qui j'étais, dit Perséphone.

Ben avait eu une raison de s'attacher à Sybil, il l'avait fait parce que Sybil était proche d'elle.

« *Ce n'est qu'une question de temps avant que quelqu'un cherche à te faire du mal par désir de vengeance sur moi.* »

C'était ce qu'Hadès lui avait dit, la peur qu'il avait eue quand leur relation était devenue publique. Perséphone n'avait jamais envisagé que ces propos soient également vrais pour elle.

– Dis-moi tout! exigea Perséphone.

Ben essaya de s'enfuir, mais les lianes le tenaient en place.

– Je n'ai rien à dire! Je t'ai donné la prophétie!

– Tu ne m'as pas donné une prophétie, tu m'as répété la menace de ma mère! hurla-t-elle.

– On m'a seulement dit quoi dire, pleura-t-il. C'est ta mère qui a menacé Sybil, pas moi!

Elle dévisagea l'homme, une flaque s'étendait autour de lui. Il s'était fait pipi dessus. Ce n'était pas sa peur qui persuada Perséphone qu'il lui disait la vérité, c'était le fait qu'il croyait être un véritable Oracle alors qu'il n'arrivait même pas à voir qu'il avait lui-même été un pion de sa mère.

– Crois-moi, mortel, s'il arrive quoi que ce soit à Sybil, je t'accueillerai personnellement à la porte des Enfers pour t'escorter au Tartare.

Son châtiment serait brutal, elle lui couperait les membres.

Elle se redressa et sa colère se changea en tristesse. Et si elle n'arrivait pas à retrouver Sybil? Ben était sa seule piste. Elle regarda alors les clients du café et nota que si certains la fusillaient du regard, d'autres avaient les yeux rivés sur la télévision qui affichait une breaking news.

Une avalanche mortelle frappe, des milliers de morts présumés

Non.

Non, non, non.

« Les importantes chutes de neige sont, semble-t-il, la cause de l'avalanche mortelle qui a enfoui les villes de Spartes et de Thèbes sous des dizaines de mètres de neige. Les secouristes ont été appelés. »

Le corps de Perséphone se réchauffa sous la colère et la magie.

C'est alors que quelque chose la frappa à la tête et elle vit une orange tomber sur le sol.

Elle regarda dans la direction d'où elle était venue au moment où un homme criait : « Enfoiré de dieux ! »

– C'est ta faute ! hurla une femme en saisissant son assiette pour la lui jeter dessus.

Le plat lui frappa le bras avant de se briser sur le sol.

D'autres objets, de la nourriture et des cris suivirent.

– Lemming ! cria un autre en jetant son café sur elle.

Le sol se mit à trembler et Perséphone sut que si elle ne partait pas, l'immeuble entier s'effondrerait. Or, malgré leurs agressions, ces mortels ne méritaient pas de mourir. Elle regarda une dernière fois la télévision et se téléporta.

CHAPITRE XXXIV

UNE BATAILLE ENTRE DIEUX

Elle arriva sur les lieux de l'avalanche qui s'étendait sur plusieurs kilomètres, une épaisse couverture blanche et étincelante s'étirait dans toutes les directions. Des toits d'immeubles, la cime des arbres et des morceaux de bois et de métal dépassaient de la neige, mais le pire, c'était le silence. C'était le son de la mort.

Des bouts de nourriture tombèrent de ses cheveux et de ses vêtements dans la neige alors qu'elle se tenait immobile face au paysage dévasté. Quelque chose se réveilla en elle, le désir de mettre fin au règne de sa mère, une bonne fois pour toutes. Elle chercha sa magie pour l'offrir à ce qui restait de vie autour d'elle, puisant dans son énergie, dans sa colère, dans la noirceur en elle qui souhaitait se venger et elle la libéra en pensant à toutes les belles choses qu'elle avait un jour voulu créer. Aux nymphes qu'elle avait voulu protéger de sa mère, aux fleurs qu'elle avait voulu faire pousser, aux vies qu'elle avait voulu sauver.

La magie s'accumula derrière un barrage d'émotions, et quand il céda, il se déversa dans une vague de lumière qui fit pleurer ses yeux et réchauffa sa peau. La neige se mit à fondre sous ses pieds et dans l'horreur de l'avalanche, parmi les décombres et les débris, l'herbe poussa, les fleurs jaillirent, les arbres se redressèrent et fleurirent, même le ciel s'ouvrit à sa demande et les nuages s'écartèrent pour révéler le ciel bleu.

Des lianes jaillirent alors du sol, soulevant et redressant les immeubles et les maisons, réparant les structures jusqu'à les couvrir de feuillage et de fleurs. Le paysage n'avait plus rien du désert blanc ni de la ville qui s'y tenait avant la catastrophe. C'était désormais une forêt de fleurs colorées et parfumées, de végétation émeraude, de soleil pur et étincelant.

Pourtant, le silence continuait à régner et une nouvelle sensation titilla son esprit, comme la vie qui venait de s'épanouir, mais celle-ci était sombre, comme un nuage de fumée qui la provoquait et se moquait d'elle.

C'était la mort.

Si elle pouvait apporter la vie à cette partie du monde, elle ne pouvait la ressusciter.

Cependant, elle fut distraite de son désarroi en sentant un pouvoir terrible descendre du ciel. Il était à la fois méchant et pur et il s'immisça dans son âme. Les poils de ses bras et de sa nuque se dressèrent. Soudain, des Olympiens tombèrent du ciel, atterrissant en cercle autour d'elle, tous sauf Hermès et Apollon qui se placèrent de chaque côté d'elle, légèrement en avant, comme pour la défendre.

Hermès était vêtu d'une armure dorée et d'un linothorax en cuir. Des ailes se dressaient sur son casque, assorties à celles qui tombaient sur son dos. À ses côtés, Apollon portait une tenue similaire, mais son casque était couvert d'une couronne de piques, comme les rayons d'un soleil.

Hermès regarda par-dessus son épaule et sourit.

– Salut, Sephy, dit-il.

– Salut, Hermès, répondit-elle à voix basse, ne sachant quoi penser de la présence des dieux, tout en sachant que ça n'augurait rien de bon.

En face d'elle, Zeus était torse nu, il ne portait qu'une cape en fourrure et une ptéryge, une jupe faite de bandes de cuir. À ses côtés, Héra était vêtue d'une armure faite d'un mélange complexe d'argent, d'or et de cuir. Si Perséphone craignait Zeus, elle eut l'impression que la déesse du Mariage était la plus assoiffée de sang. Puis il y avait Poséidon et son regard prédateur. Il était également torse nu avec un chiton blanc cintré sur son ventre par une bande or et turquoise. Il était armé de son trident, dont les dents brillaient de façon menaçante. Arès était là également, sa cape rouge et les ailes de son casque s'agitaient dans le vent. Il y avait aussi Aphrodite, drapée d'or et de rose, et Artémis, dont l'arc était fixé sur son dos. Perséphone perçut qu'elle était tendue et prête à saisir son arme si on lui en donnait le signal. Athéna avait un air royal et légèrement passif, elle se tenait à côté d'Hestia, la seule déesse qui n'était pas vêtue pour la guerre.

Sa mère était la seule Olympienne à manquer, ainsi qu'Hadès.

Elle sentit alors sa présence caractéristique, une noirceur délicieuse qui s'enroula sur sa taille et dit à Perséphone qu'elle était à sa place. Soudain, il l'attira contre son torse massif. Elle pencha la tête en arrière et sentit sa mâchoire contre sa joue ainsi que ses lèvres près de son oreille.

– Tu es en colère, chérie ?

– Un peu, répondit-elle, à bout de souffle.

Malgré sa remarque taquine, elle sentit la tension dans son corps.

– Belle démonstration de pouvoir, petite déesse, dit Zeus.

– Ose m'appeler « petite » encore une fois, rétorqua Perséphone en le fusillant du regard, mais Zeus ricana. Je ne sais pas pourquoi tu ris, poursuivit-elle. Je t'ai déjà demandé de me respecter. Je ne le répéterai pas.

– Tu menaces ton roi ? demanda Héra.

– Il n'est pas mon roi, répondit-elle.

Le regard de Zeus noircit.

– Je n'aurais jamais dû te laisser sortir de ce temple. La prophétie ne parlait pas de tes enfants. Elle parlait de toi.

– Arrête, Zeus, dit Hadès. Ça ne finira pas bien pour toi.

– Ta déesse est une menace pour tous les Olympiens, répondit le dieu de la Foudre.

– Elle est une menace pour toi, dit Hadès.

– Écarte-toi, Hadès, gronda Zeus. Je n'hésiterai pas à t'éliminer aussi.

– Si tu leur déclares la guerre, tu seras en guerre contre moi, déclara Apollon, son arc doré se matérialisant dans ses mains.

– Et moi, ajouta Hermès en dégainant son épée.

Ses propos furent suivis d'un silence pesant.

– Vous commettriez une trahison ? dit Zeus.

– Ce ne serait pas la première fois, ricana Apollon.

– Vous protégeriez une déesse dont les pouvoirs pourraient vous détruire ? demanda Héra.

– Avec ma vie, dit Hermès. Sephy est mon amie.

– Et la mienne, dit Apollon.

– Et la mienne, ajouta Aphrodite.

Elle rompit le rang des Olympiens et se rangea aux côtés de Perséphone. Dès qu'elle eut rejoint Apollon, elle prononça le nom d'Héphaïstos et le dieu du Feu apparut.

– Je ne me battrai pas, dit Hestia.

– Ni moi, ajouta Athéna.

– Lâches ! rétorqua Arès.

– Le combat doit servir un autre but que de faire couler le sang, dit Athéna.

– L'Oracle a parlé et dénoncé cette déesse comme une menace. La guerre élimine les menaces.

– Tout comme la paix, dit Hestia.

Les deux déesses disparurent et il n'y eut plus que Zeus, Héra, Poséidon, Artémis et Arès face à eux.

– Tu es sûr que c'est ce que tu veux, Apollon ? demanda Artémis.

– Seph m'a accordé une chance quand elle ne l'aurait pas dû. J'ai une dette envers elle.

– Est-ce que cette chance mérite que tu risques ta vie ?

– En ce qui me concerne ? Oui, répondit-il.

– Tu vas le regretter, petite déesse, promit Zeus.

Elle étrécit son regard.

– Je t'ai dit de ne pas m'appeler petite.

Son pouvoir brisa la terre sous les pieds de Zeus et des autres Olympiens. Ils sautèrent pour éviter de tomber dans l'abîme et s'élevèrent dans les airs avant d'attaquer. Zeus semblait déterminé à frapper Perséphone et son premier coup provint d'un puissant éclair violet qui frappa le sol à ses pieds et le fit trembler.

– Tu es aussi chiante que ta mère, cracha Zeus.

– Tu veux dire que je suis déterminée, corrigea Perséphone.

Zeus recula le bras pour la frapper, mais celui-ci percuta un mur d'épines, qui vola en éclats, et cela fut suffisant pour que Perséphone évite son coup. Hadès se plaça alors entre eux et son Charme tomba dans des volutes de fumée, le laissant en armure noire quand il se précipita sur Zeus. L'un des spectres parvint à le traverser et il tituba à reculons, se rattrapant à temps pour contrer les deux autres avec les manchettes de ses poignets.

– La règle en matière de femmes, Hadès, c'est qu'il ne faut jamais leur donner son cœur.

Perséphone n'eut pas le temps de se demander comment Hadès avait répondu car elle se retrouva nez à nez avec Poséidon, qui voulut la frapper avec son trident. Les bords lui coupèrent le bras quand elle tenta de l'éviter et elle cria de douleur. Mais elle y était habituée et elle se guérit tout en invoquant des lianes qui jaillirent du sol et s'enroulèrent sur le trident, l'arrachant des mains de Poséidon. Le dieu se mit en colère et plongea sa main dans les branches pour en extirper son arme et frapper aussitôt le sol avec le manche. La terre trembla et s'ouvrit, brisant à nouveau tout ce que Perséphone avait guéri. Une fissure géante apparut entre elle et le dieu de la Mer. Il s'avança vers elle, et des flammes surgirent de l'abîme, un fouet de feu claqua dans l'air et s'enroula autour du cou de Poséidon, le traînant en arrière. Il percuta un des immeubles couverts de lierre que Perséphone avait redressé.

Elle ne sut pas immédiatement qui était venu à sa rescousse, mais elle vit alors Héphaïstos, dont les yeux brûlaient de pouvoir et de flammes. Il lui tourna le dos pour faire face à Poséidon qui se relevait des décombres, son trident à la main.

Soudain, on tira sa tête en arrière et elle plongea dans les yeux cruels d'Héra qui approchait un poignard de sa gorge. La déesse du Printemps fit jaillir des lames de ses doigts et les plongea dans la chair d'Héra qui hurla et retira sa main, perdant son arme. Son regard devint furieux et elle saisit le bras de Perséphone pour la faire voler dans les airs. Elle atterrit sur ses pieds, dans un cratère dont elle sortit d'un bond alors qu'Héra venait vers elle. Perséphone rassembla ses pouvoirs et des ronces noires sortirent de terre, s'enroulant autour des bras et des chevilles d'Héra pour la soulever. La déesse se débattit et poussa un cri bestial, mais les lianes lui couvrirent la bouche et la réduisirent au silence.

Perséphone resta un instant au bord du cratère qu'elle avait créé, observant la destruction engendrée par les dieux. La terre était déserte et craquelée, des feux s'étaient allumés partout, fendant le paysage comme des rivières de flammes, et le ciel était lourd de fumée. La magie des dieux crépitait dans l'air, une énergie lugubre qui tonnait comme la foudre.

Partout autour d'elle, les Olympiens étaient pris dans des combats les uns contre les autres, les lames et les lances tintaient et résonnaient les unes contre les autres, des éclats de magie puissante contraient les assauts. Apollon décochait des flèches contre Arès, qui les parait avec sa lance. Héphaïstos utilisait son fouet de feu pour contrer les coups répétés du trident de Poséidon, et Artémis et Aphrodite se battaient à l'épée. Et puis il y avait Hadès, qui était encore pris dans une bataille féroce contre Zeus. Les deux se frappaient de leurs armes, Hadès avec son bident, Zeus avec son foudre. Chaque fois que leurs armes se rencontraient, une explosion de pouvoirs en jaillissait, accroissant leur colère.

Perséphone se concentra sur les deux frères et sa magie surgit pour saisir les chevilles et les bras de Zeus. Il se débarrassa facilement de ses lianes, mais elle persista et le dieu rugit de rage. Hadès en profita pour le transpercer d'ombres jusqu'à ce qu'il titube en arrière. Quand il tomba, la terre s'ouvrit sous la magie de Perséphone, et le dieu fut précipité dans l'abîme, qui se remplit aussitôt de gravats et de terre pour l'enterrer vivant.

Hadès se tourna vers Perséphone au moment où le sol se mettait à trembler, et Zeus en surgit dans une explosion de poussière, couvrant les autres dieux d'un déluge de pierres et de terre. Des éclairs crépitèrent autour du roi des dieux, ses yeux luisaient. Une peur terrible s'empara de Perséphone quand elle le vit et ressentit ses pouvoirs, qui étaient comme un poison pétrifiant ses entrailles.

– Perséphone ! rugit Hadès.

L'éclair la frappa à toute vitesse. Son corps se mit à trembler de façon incontrôlée et ses membres se figèrent. Un éclair violet et une odeur de cheveux et de chair brûlée assaillirent ses sens. Elle ne sut combien de temps elle souffrit du choc, mais quelque chose changea en elle, son corps s'adapta à la sensation de la magie qui l'avait agressée et, soudain, elle parvint à en prendre le contrôle. À la fin de l'attaque de Zeus, Perséphone se sentit flamboyer, son corps vibrant d'électricité. Ses yeux s'arrêtèrent sur Zeus dans le ciel, et elle rassembla sa magie comme si c'était la sienne, la projetant vers lui. Il écarquilla les yeux quand il fut touché, et son corps se mit à convulser dans les airs.

L'assaut terminé, Zeus tomba et la terre trembla sous le poids de sa chute. Perséphone vit flou et ses poumons tressaillirent. Elle se retourna pour chercher Hadès, mais elle vit Arès qui dégainait sa lance en or. Elle fendait l'air à une vitesse surhumaine, trop rapide pour que Perséphone l'évite.

Soudain, on la poussa à terre. Elle tourna la tête et vit Aphrodite, cambrée par la lance qui l'avait transpercée. La lame se planta dans le sol derrière elle et elle resta suspendue dessus, les bras ballants, la bouche dégoulinant de sang.

– Non ! rugit Héphaïstos d'un cri si assourdissant que la bataille cessa.

Les dieux le regardèrent courir aux côtés de la déesse, enveloppé de flammes. Il saisit aussitôt la lance et la retira du corps d'Aphrodite qu'il tient serré contre lui, une main dans son dos, l'autre sur son ventre.

– Aphrodite… commença Arès en atterrissant. Je ne voulais pas…

– Un pas de plus et je t'égorge, menaça Héphaïstos.

– Aphrodite, chuchota Perséphone, les larmes aux yeux. Non…

– Perséphone, dit Hadès derrière elle, lui prenant la main pour la relever. Viens.

– Aphrodite ! hurla-t-elle.

– Nous devons partir, dit le dieu des Morts.

– Apollon ! Guéris-la ! pleura Perséphone.

Hadès la prit dans ses bras.

– Non ! rugit-elle et ils disparurent.

CHAPITRE XXXV

UNE FAVEUR

Perséphone hurlait encore quand ils apparurent dans leur chambre.

– Ça va aller, dit Hadès en la serrant fort contre lui.

– Elle s'est pris une lance à ma place ! pleura Perséphone en enfouissant son visage contre le torse du dieu.

– Aphrodite va s'en tirer. L'heure n'est pas venue pour elle de mourir.

Malgré ces mots, il lui fallut un moment pour se calmer. La journée avait commencé de façon si belle, dans une euphorie qu'elle n'avait jamais ressentie, et ça avait été de mal en pis. Sybil avait disparu, des milliers de morts étaient enfouis sous cette avalanche et les Olympiens étaient divisés.

– Assieds-toi, dit Hadès en l'aidant à s'asseoir sur le bord du lit.

– Hadès, on ne peut pas rester ici, dit Perséphone. On doit retrouver Sybil.

– Je sais, je sais. Laisse-moi juste m'assurer que tu vas bien.

La déesse fronça les sourcils. Elle se sentait parfaitement bien, mais elle baissa les yeux et vit que sa chemise était couverte de sang.

– Je vais bien, je me suis guérie.

– S'il te plaît.

Hadès avait parlé d'une voix calme, et elle hocha la tête en le laissant déboutonner sa chemise. Il sembla se détendre en trouvant sa peau intacte.

– Hadès…

Elle tendit les mains vers son visage, mais il se releva.

– Putain ! hurla-t-il. Je n'ai jamais voulu ça pour toi, dit-il en passant ses mains dans ses cheveux.

– Hadès, ce n'est pas ta faute.

– Je voulais te protéger de tout ça.

– Tu n'as aucun contrôle sur la réaction des dieux, Hadès, dit-elle, la mâchoire encore crispée. J'ai choisi d'utiliser mes pouvoirs, et Zeus a choisi d'en finir avec moi.

– Je le détruirai.

– Je n'en doute pas, répondit-elle en se levant. Et je serai à tes côtés quand tu le feras.

Elle s'attendait à ce qu'il dise non, mais il tendit la main pour caresser sa joue.

– À mes côtés, répéta-t-il en baissant le bras. Parle-moi de Sybil.

Perséphone expliqua ce qu'elle avait trouvé sur son bureau, le matin, une boîte noire entourée d'un ruban rouge, contenant le doigt de Sybil.

– Tu es sûre que c'était le sien ?

– Oui.

Perséphone connaissait l'énergie de Sybil, et elle avait reconnu le vernis sur l'ongle ensanglanté.

– Il est où, maintenant ?

– Dans mon bureau.

Elle n'avait pas pensé à le prendre quand elle était partie chez Sybil.

– On doit aller le chercher, dit Hadès. Hécate pourra utiliser un sort de traçage qui nous dira au moins où son doigt a été coupé.

Perséphone avait du mal à croire qu'ils parlaient de façon aussi normale de l'enlèvement de Sybil et de ce qui s'apparentait véritablement à de la torture. La dure réalité de la situation la fit frissonner de rage.

– Qu'est-ce qu'on fait si elle n'y est pas ? demanda-t-elle.

– Je ne sais pas, répondit Hadès. Ça dépendra de ce qu'on trouvera en la traquant.

Perséphone savait pourquoi Sybil avait été kidnappée, pour l'attirer, elle. Mais où ? Elle soupçonnait l'enlèvement d'être une idée de Déméter, étant donné la prophétie qu'elle avait donnée à Ben, mais qui l'avait kidnappée ? Les mêmes qui avaient attaqué Adonis, Harmonie et Tyché ?

– Viens, on doit faire vite. On ne peut pas rester longtemps hors des Enfers étant donné l'état dans lequel nous avons laissé les Olympiens, dit Hadès.

Dès qu'ils arrivèrent dans son bureau, Perséphone sut que quelque chose n'allait pas. Hadès se crispa et la tint plus fort contre lui. Il y avait un rectangle de sang séché sur son bureau, à l'endroit où se trouvait la boîte contenant le doigt de Sybil, mais elle n'était plus là. Elle tourna la tête vers le canapé et y trouva Thésée. Il était aussi à l'aise que les autres fois où elle l'avait vu, voire encore plus, les jambes croisées, les bras étendus sur le dossier du canapé.

– Toi ! gronda Perséphone.

Le demi-dieu fronça les sourcils d'un air amusé.

– Moi, répondit-il avec un sourire narquois.

– Où est Sybil ? demanda la déesse.

– Elle est ici, dit-il en levant le doigt mutilé qu'il tenait dans la main.

Le regard de Perséphone noircit.

– Qu'est-ce que tu veux ?

– Ta coopération, répondit Thésée. J'en aurai besoin quand j'aurai récolté ma Faveur.

Sa Faveur ?

Le sang de Perséphone se glaça. Un terrible silence s'abattit sur la pièce.

Le demi-dieu regardait fixement Hadès. Quoi que Thésée soit venu récolter, Hadès serra plus fort Perséphone, plantant ses ongles dans sa taille. Perséphone regarda le dieu, mais elle ne put voir que sa mâchoire crispée, et qu'il fusillait Thésée du regard.

– Quelle Faveur ? demanda-t-elle.

– La Faveur que me doit Hadès, expliqua le demi-dieu d'un ton léger. Pour l'avoir aidé à sauver votre couple.

– De quoi il parle ?

Perséphone dévisagea à nouveau Hadès, mais celui-ci ne répondit pas, et elle chuchota son nom.

– Hadès ?

– Il m'a rendu une relique qui était entre les mauvaises mains, expliqua Hadès d'un ton grinçant. Tu connais maintenant les effets dévastateurs d'un tel objet, ajouta-t-il comme pour justifier pourquoi il s'était senti obligé d'accorder une Faveur au demi-dieu.

Perséphone comprenait, c'était une relique qui avait provoqué les blessures d'Harmonie et la mort de Tyché.

Perséphone étudia à nouveau Thésée, qui arborait un sourire machiavélique, elle réalisa qu'il tirait un grand plaisir de cette situation.

– Qu'est-ce que tu veux de lui ?

– Toi, répondit le demi-dieu, comme si c'était une évidence.

– Moi ?

– Non, rétorqua Hadès alors que sa magie s'élevait.

– Les Faveurs sont immuables, Hadès, dit Thésée. Tu es obligé d'accéder à ma requête.

– Je connais la nature des Faveurs, Thésée, siffla le dieu des Morts.

– Alors tu affronterais la Mort divine ? demanda Thésée en se levant.

– Hadès, non ! gronda Perséphone en agrippant ses robes.

Il refusa de la regarder, tout occupé à dévisager Thésée, et son corps se tendait de plus en plus, prêt au combat. Des souvenirs atroces surgirent dans l'esprit de Perséphone. C'étaient de faux souvenirs, tirés de ses plus grandes peurs, quand elle avait affronté Hadès dans le bosquet, mais ils lui avaient paru bien réels. Elle se souvenait encore du poids de sa tête sur ses cuisses et de la façon dont son sang avait noirci en séchant.

– Pour Perséphone ? demanda Hadès. Oui.

– Je souhaite seulement l'emprunter. Tu pourras la récupérer quand j'aurai fini.

L'estomac de Perséphone se souleva de dégoût.

– Pourquoi moi ? demanda-t-elle.

– Nous aurons cette conversation un autre jour. Pour l'instant, tu dois venir avec moi, et Hadès ne peut pas nous suivre. Si tu ne fais pas ce que je dis, j'assassinerai ton amie sous tes yeux.

Les yeux de Perséphone brûlaient et elle se tourna vers Hadès, empoignant ses bras jusqu'à ce qu'il la regarde.

– Perséphone… chuchota-t-il d'un ton désespéré.

– Ça va aller.

– Non, Perséphone.

– J'ai déjà perdu trop de gens. De cette façon… je peux tous vous garder.

Ses ongles se plantèrent dans ses bras, Hadès la tint plus fort. Elle savait ce qu'il pensait, que c'était la dernière fois qu'il la voyait. Elle pressa ses lèvres contre les siennes et l'embrassa tendrement.

– Fais-moi confiance, chuchota-t-elle en reculant.

– Je te fais confiance, dit-il.

– Laisse-moi partir.

À sa plus grande surprise, il la lâcha.

Derrière eux, Thésée ricana en ouvrant la porte, s'effaçant pour laisser passer Perséphone.

– Tu as pris la bonne décision.

Elle passa devant Hadès et, alors qu'elle l'avait encouragé à la laisser partir, elle sentit aussitôt le poids de son absence. Sa seule envie était de retourner auprès de lui. Elle s'arrêta en arrivant aux côtés de Thésée, ce qui sembla angoisser Hadès de plus belle.

– Perséphone… dit Hadès d'un ton qui écrasa le cœur de Perséphone comme jamais, il était si serré qu'il peinait à battre.

– Je t'aime, dit-elle. Et je te connais.

Dès que la porte serait fermée, il la suivrait, et elle ne pouvait pas prendre ce risque. Sybil mourrait et Hadès passerait l'éternité à être pourchassé par Némésis.

Pas question que cela se produise.

Il écarquilla les yeux en entendant les paroles de Perséphone et d'énormes lianes noires surgirent du sol, s'enroulant sur ses chevilles et ses pieds. Leur poids l'ancra si fort au sol que celui-ci se plia sous ses pieds. Il se débattit contre les liens, contractant ses muscles, faisant jaillir toutes les veines de son corps, mais il ne put s'en libérer.

– Perséphone ! hurla-t-il, mais la porte se ferma en claquant, la cachant à sa vue.

Elle fut aussitôt accablée de culpabilité et ses yeux se remplirent de larmes. Elle se retrouva face à Thésée, qui souriait, le visage brillant de joie.

– Bien joué. Il ne te le pardonnera jamais.

TROISIÈME PARTIE

« Ah ! combien les hommes accusent les dieux !
Ils disent que leurs maux viennent de nous,
et, seuls, ils aggravent leur destinée par leur démence. »
Homère, *L'Odyssée*

CHAPITRE XXXVI

PERSÉPHONE

Thésée escorta Perséphone hors de la Tour Alexandria, vers un SUV qui les attendait et dont les vitres teintées l'empêchaient de voir l'extérieur. Thésée monta après elle et s'assit à ses côtés avant de tendre la main.

– Ta bague, dit-il.

– Ma… pourquoi ?

– Donne-moi ta bague ou je te coupe le doigt, à toi aussi.

Perséphone le fusilla du regard. Elle mourait d'envie d'utiliser sa magie contre le demi-dieu, mais elle ne le pouvait pas sans savoir que Sybil allait bien.

Elle retira sa bague et la lui donna avec l'impression qu'elle cédait un morceau de son cœur. Elle regarda Thésée la ranger dans sa poche.

– Tu m'emmènes où ? demanda-t-elle.

– On va à l'hôtel Diadème. Jusqu'à ce que je sois prêt à mettre en œuvre mon plan, grâce à toi.

– Et c'est quoi, ton plan ? s'enquit-elle d'une voix tremblante.

Il gloussa.

– Je ne compte pas te montrer ma main avant d'être prêt, reine Perséphone.

Elle ignora le fait qu'il l'appelle par son titre, c'était seulement un moyen de l'atteindre.

– Est-ce que Sybil sera là ? À l'hôtel ?

– Oui. Tu pourras la voir. Il le faudra, d'ailleurs, pour que tu te souviennes pourquoi tu dois mener ta mission à bien.

Perséphone laissa un silence s'installer.

– Tu travailles avec ma mère ?

– Nous avons un objectif commun, répondit-il.

– Vous voulez tous les deux renverser les dieux.

– Pas les renverser. Les détruire.

– Pourquoi ? Qu'est-ce que tu as contre les dieux ? C'est un dieu qui t'a donné naissance.

Même s'il le souhaitait, Thésée ne pouvait pas nier d'où il venait.

– Je ne déteste pas tous les dieux. Seulement ceux qui sont inflexibles.

– Tu veux dire ceux qui ne te laissent pas faire tout ce que tu veux ?

– Tu me fais passer pour un égoïste. N'ai-je pas toujours voulu le bien commun ?

– On sait tous les deux que c'est le pouvoir qui t'intéresse, Thésée. Tu ne fais que t'amuser à offrir aux mortels ce que les autres dieux refusent d'accorder.

Thésée sourit.

– Tu es toujours si sceptique, Lady Perséphone.

Elle ne sut combien de temps ils roulèrent, mais le véhicule finit par s'arrêter. Thésée se pencha vers elle et saisit son menton entre ses doigts, le serrant jusqu'à ce qu'elle le regarde dans les yeux.

– On va marcher, dit-il. Sache que je vais compter le nombre de fois où tu te comportes mal, et que pour chaque mauvaise conduite, je couperai un doigt de ton amie. Et si je manque de doigts, je passerai aux orteils.

Il la lâcha et elle le fusilla du regard.

– Je te fais confiance pour obéir.

La portière s'ouvrit et elle faillit tomber du véhicule, mais elle se rattrapa et sortit de l'habitacle avec autant de grâce que possible, l'esprit accaparé par la menace de Thésée.

L'hôtel Diadème était grandiose, il ressemblait à un palais qui s'étendait sur des centaines de mètres. Perséphone n'y était jamais entrée, mais elle savait que l'hôtel se vantait de plusieurs restaurants haut de gamme et que les locaux ainsi que les touristes venaient s'y évader.

Thésée fit le tour du SUV et prit le bras de Perséphone.

– Est-ce qu'Héra sait que tu te sers de son hôtel pour te livrer à de la haute trahison ?

Thésée éclata d'un rire que Perséphone trouva horrible malgré son ton chaleureux.

– De tous les dieux, c'est Héra qui est dans notre camp depuis le plus longtemps.

Ils entrèrent dans le lobby extravagant de l'hôtel. De grands lustres en cristal pendaient depuis le dôme vitré du septième étage. Il y avait plusieurs petits salons, beaucoup étaient occupés par des clients qui discutaient et buvaient.

Le lieu était magnifique. Et quelque part entre ces murs, Sybil se vidait de son sang.

En balayant l'entrée du regard, Perséphone remarqua que plusieurs personnes la regardaient. Elle n'aurait pas été surprise qu'on l'ait déjà prise en photo en train d'entrer dans un hôtel au bras de Thésée, sans sa bague. Les paparazzis adoraient ce genre de chose. Elle tourna la tête vers Thésée.

– Je pensais que tu serais plus discret, siffla-t-elle. Étant donné que tu enfreins la loi.

Il sourit et approcha sa bouche de son oreille. Les clients qui les observaient supposeraient qu'il lui chuchotait des mots doux, mais ses propos la mirent hors d'elle.

– C'est toi qui as enfreint la loi en te battant contre les dieux.

– Tu as kidnappé mon amie.

– Est-ce un crime si personne ne le sait ? demanda-t-il.

Elle le détestait.

– Ne te fatigue pas à réfléchir à la torture que tu m'infligeras quand je mourrai. Hadès s'est déjà attribué cet honneur.

Perséphone eut enfin une raison de rire.

– Oh, mais je ne te torturerai pas quand tu seras mort. Quand je te torturerai, tu seras encore vivant.

Thésée ne répondit pas, non pas que ses paroles aient semblé l'effrayer. Il n'avait peur de rien, et il avait raison, car c'était lui qui gagnait, pour l'instant.

Ils traversèrent le lobby en rasant les murs, marchant vers un escalier qui se séparait ensuite en deux. Ils prirent celui de droite et gravirent quatre étages. Les jambes de Perséphone se mirent à trembler, mais rien ne pouvait surpasser l'horrible appréhension qui nouait ses entrailles. Thésée l'emmena ensuite le long d'un couloir jusqu'à une porte qui se trouvait sur la gauche, la chambre 505. Il entra et lui tint la porte ouverte.

Perséphone ne quitta pas le demi-dieu des yeux en entrant. Ils se trouvaient dans une petite entrée qui donnait sur une pièce plus grande, gardée par un homme qu'elle n'avait jamais vu, il était massif et se tenait comme un soldat. Elle avança et son regard tomba sur Sybil. Perséphone sanglota en criant son prénom et courut pour s'agenouiller devant l'Oracle.

Son amie avait les jambes et les bras ligotés. Sa tête était penchée sur le côté, appuyée sur son épaule. Ses cheveux blonds couverts de sang tombaient sur son visage. Perséphone les coiffa en arrière et découvrit son œil au beurre noir, sa lèvre fendue et son nez ensanglanté. Ses yeux se remplirent de larmes et sa gorge se noua.

– Sybil, gémit Perséphone.

L'Oracle entrouvrit à peine les yeux, elle essaya de sourire, mais elle grimaça et geignit.

Perséphone se leva et se tourna vers Thésée, folle de rage, mais ses yeux se posèrent sur quelqu'un d'autre.

– Harmonie !

La déesse de l'Harmonie était dans le coin opposée, ligotée également, méchamment amochée, encore plus que le soir où Perséphone l'avait rencontrée chez Aphrodite. Du sang dégoulinait d'une plaie ouverte sur sa taille.

– Ah, oui, ricana Thésée. Celle-là était avec elle quand on s'est pointés. Elle a compliqué les choses, alors j'ai dû m'en occuper aussi.

Perséphone grinça des dents et serra les poings.

– Tu n'étais pas obligé de leur faire mal, cracha-t-elle.

– Mais si. Tu comprendras, un jour, les mesures qui sont nécessaires pour gagner une guerre, dit-il avant de désigner le garde d'un hochement de tête. Théo est ton garde du corps. Théo, gronda-t-il d'un ton autoritaire.

Le soldat dégaina un poignard et marcha vers Sybil pour prendre son poignet, la faisant gémir. Il colla la lame à son annulaire, à côté du majeur qu'il avait déjà coupé.

– Non ! cria Perséphone.

Elle commença à marcher vers eux, mais la voix de Thésée l'arrêta.

– Ah-ah-ah, chanta-t-il. Théo est le fils d'un boucher. C'est un charcutier expert. Il a reçu l'ordre de démembrer ton amie si tu te comportes mal. Pas d'un seul coup, bien sûr. Je reviens vite, promit le demi-dieu avant de partir.

Dans le silence qui suivit, Perséphone resta adossée au mur, face à l'homme qui tenait encore le poignet de Sybil. Elle se demanda s'il comptait rester là jusqu'à ce que Thésée revienne.

– Tu devrais avoir honte, cracha-t-elle. Si ce sont les dieux que tu détestes, tu t'es justement placé à leur niveau.

Théo ne répondit rien.

– N'essaie pas de le raisonner, Seph, dit Sybil d'une voix faible. Il leur a lavé le cerveau.

Théo serra plus fort la main de Sybil.

– Stop ! supplia-t-elle. (Les cris de Sybil lui lacéraient le cœur.) Stop, je t'en supplie, arrête !

Quand il lâcha enfin la main de Sybil, l'Oracle sanglotait.

Après cela, plus personne ne parla.

Perséphone s'assit sur le bord du lit et regarda son doigt. Le réconfort de sa bague lui manquait et elle s'inquiétait pour Hadès. Elle se demanda s'il avait échappé à ses lianes. Elle ferma les yeux pour oublier le souvenir de son visage, sa surprise, son désespoir. Il ne voulait pas qu'elle parte, mais elle l'avait fait quand même, avançant un pied après l'autre jusqu'à ce que la porte soit refermée. Elle s'était promis que ce ne serait pas long. « *On ne sera pas séparés longtemps.* » Il se libérerait et viendrait à elle.

Les minutes se changèrent en heures et elles restaient sans signe d'Hadès. Perséphone lutta contre le sommeil, refusant de se reposer alors que ses amies souffraient sous le regard de ses ennemis. Chaque fois qu'elle piquait du nez, elle avait l'impression de tomber et se réveillait en sursautant. Elle finit par se lever et faire les cent pas.

Elle ne sut combien de fois elle traversa la pièce ni combien d'heures elle resta enfermée dans la chambre d'hôtel, mais la porte finit par s'ouvrir sur Thésée et un autre homme qui aurait pu être le jumeau de Théo. Il passa devant Perséphone et marcha droit vers Sybil.

– Qu'est-ce que tu fais ?

– Tu comprendras bientôt pourquoi j'ai besoin de toi, dit Thésée.

Perséphone grinça des dents et le fusilla du regard. *Elle le détestait plus que quiconque.*

C'est alors que l'air changea d'une façon qu'elle eut du mal à reconnaître, mais elle sut que cela venait de Thésée, qui se crispa brusquement et se tourna vers la porte qui s'ouvrit avec fracas. Tout arriva si vite que Perséphone ne put que regarder la scène avec des yeux horrifiés. Le demi-dieu tendit le bras et sa magie crépita dans les airs comme un courant électrique plongé dans l'eau, et Zofie se figea alors qu'elle avait défoncé la porte d'un coup de pied, son épée à la main.

Perséphone vit ses yeux grands ouverts, sa bouche bée, et comprit qu'elle ne s'était pas attendue à affronter un tel pouvoir en venant la sauver. Thésée fit alors apparaître un poignard, qu'il tint comme une lance et propulsa sur Zofie, la frappant à la poitrine.

L'Amazone s'écroula dans l'entrée de la chambre.

Les cris de Perséphone furent étouffés par la main de Théo. Elle se débattit contre lui, des sanglots lui échappaient.

– Tais-toi ! aboya-t-il en saisissant son bras. Si tu ne veux pas que tes amies finissent comme elle, tais-toi !

Perséphone tremblait.

– Nettoie tout ça, ordonna Thésée en étudiant Zofie d'un air dégoûté.

Perséphone voulait la prendre dans ses bras, dégager les cheveux de son visage, lui dire quelle guerrière accomplie elle était, mais Thésée lui tenait toujours le bras.

– Allons-y !

Il la tira et ils sortirent de la chambre, passant devant le corps de Zofie, descendant les escaliers jusqu'au parking souterrain où une limousine les attendait. Thésée poussa Perséphone à l'intérieur et elle se retrouva face à sa mère. La voir fut comme affronter une bourrasque gelée et Perséphone grimaça.

Elle savait que sa mère percevrait ça comme une marque de faiblesse et qu'elle penserait qu'elle se recroquevillait de peur, mais ce n'était pas ça. C'était du dégoût. La déesse, la moissonneuse nourricière, avait le sang de milliers d'innocents sur les mains.

– Assieds-toi, ordonna Thésée en la poussant sur la banquette en face de sa mère.

Le demi-dieu s'installa à côté de Déméter, Sybil et Harmonie furent traînées jusqu'à la limousine et pratiquement jetées en face l'une de l'autre. Perséphone savait pourquoi il les gardait à part, il avait peur qu'Harmonie ne se téléporte avec Sybil. Cela dit, Perséphone ne pensait pas que la déesse de l'Harmonie ait assez d'énergie pour utiliser sa magie.

La portière se referma, et ils partirent à toute vitesse.

– Je t'emmène au Lac de Lerne, dit-il.

– C'est une des entrées des Enfers, dit Perséphone.

Elle ne l'avait jamais vu en personne, mais elle savait que c'était un accès ancien au royaume d'Hadès. Connaissant le dieu des Morts, elle n'osait pas imaginer quel genre de pièges il avait installé pour éviter qu'on y entre, mais elle supposait qu'ils étaient fatals.

– Oui, dit-il.

– Pourquoi ne pas passer par Nevernight ? demanda-t-elle.

– Parce que trop de gens essaieront de te protéger. Après tout, tu es leur reine.

Déméter grimaça.

– Ne dis pas ce genre de chose. Ça me donne la nausée.

Perséphone la fusilla du regard.

– Pourquoi vous voulez entrer aux Enfers ? Vous voulez récupérer une âme ?

– Je suis plus original que ça, répondit-il. Tu vas me mener à l'arsenal d'Hadès, et tu garantiras que j'y accède sans problème.

– Tu veux des armes ?

– Je veux une arme, dit Thésée. Le Casque de Kunée.

Perséphone eut du mal à déglutir.

– Tu veux mettre le casque d'Hadès, dit-elle. Et quoi ? Voler les autres armes ?

– Je n'aurai pas besoin de les voler. On me les donnera, répondit-il.

Elle aurait dû le deviner. Poséidon était son père, le gardien du trident, et Héra s'assurerait qu'il détienne le foudre de Zeus. C'étaient des armes de guerre, celles qui avaient aidé les Olympiens à vaincre les Titans. Il était logique que Thésée pense pouvoir les utiliser pour renverser les Olympiens.

– Ces armes ne t'aideront pas à gagner une guerre contre les Olympiens. Les dieux sont bien plus puissants aujourd'hui.

– Je ne compte jamais sur une seule méthode pour vaincre mon ennemi, répondit Thésée.

Elle ne fut pas surprise qu'il n'en dise pas plus. Thésée ne semblait pas du genre à s'étaler sur ses projets.

Maintenant qu'il lui avait fait part de sa mission, personne ne parla plus. Perséphone craignait de dire quoi que ce soit qui pousserait Thésée à se garer pour découper Sybil ou Harmonie.

Elle se concentra sur elles pour s'assurer qu'elles respiraient encore. Harmonie avait appuyé sa tête contre la vitre, Sybil était affalée sur le siège en cuir.

Le véhicule s'arrêta bientôt et les portières s'ouvrirent de chaque côté, ils étaient garés au bord du Lac de Lerne. Théo empoigna Perséphone, la tira dehors et garda sa lourde main sur son épaule pour la faire avancer sur le ponton délabré, où une barque les attendait. Une lanterne était suspendue à la proue, éclairant une minuscule partie du lac noir.

– Monte, ordonna Théo, poussant à nouveau Perséphone.

Elle lui lança un regard assassin et monta dans la barque, suivie par Thésée qui aida Déméter, puis Sybil et Harmonie. L'Oracle tremblait, mais elle parvint à descendre dans la barque sans mal. Elle se tourna alors vers Harmonie, qui était pâle et dont la plaie saignait encore.

– Ne la touche pas, ordonna Thésée. Déméter, ajouta-t-il.

La déesse de la Moisson tendit la main et saisit Harmonie par le bras pour l'attirer dans la barque. Perséphone se pencha en avant et parvint à rattraper la déesse avant qu'elle ne se cogne aux bords en bois.

– Je t'ai dit de ne pas la toucher, gronda Thésée.

Il voulut la frapper avec la rame, mais Perséphone se baissa pour l'éviter. Il essaya une seconde fois, mais elle saisit la rame et para son coup.

– Si tu veux ce casque, je suggère que tu commences à ramer, dit-elle. Tu n'as pas beaucoup de temps avant qu'Hadès ne brise mes lianes.

Ses paroles semblèrent amuser Thésée et il tira sur la rame pour s'en emparer.

– Comme tu voudras, reine des Enfers.

Thésée poussa contre la jetée avec la rame. L'eau était sombre et épaisse, comme si elle était faite de pétrole. Perséphone étudia la surface, percevant une présence dans les profondeurs du lac, quelque chose de monstrueux y vivait.

Ce n'est que quand ils approchèrent de l'autre rive du lac, face à l'entrée de la grotte, que ce qui y résidait se fit connaître en percutant la barque, les éclaboussant.

Thésée chercha le regard de Perséphone.

– Qu'est-ce que j'ai dit ?

Elle n'eut pas le temps de répondre car un cri horrible retentit dans la nuit et le bateau chavira. Perséphone tomba dans l'eau, mais elle ressortit aussitôt la tête et vit Sybil qui se démenait pour tenir Harmonie.

– Sybil ! cria-t-elle.

Elle se mit à nager vers elle quand une décharge de pouvoir les fit voler en arrière. Perséphone lutta contre les vagues, mais une créature jaillit de l'eau en rugissant, suivie par Déméter qui se tenait au sommet d'une colonne d'eau. Perséphone ne reconnut pas le monstre. C'était une déesse avec de grosses cornes courbées vers le bas de chaque côté de la tête. Elle avait de longs cheveux qui tombaient sur ses épaules et ses seins, et jusqu'à ses tentacules, dont elle se servait pour emprisonner Thésée.

– Céto, dit Déméter. Je n'hésiterai pas à couper tes tentacules.

– Tu peux essayer, redoutable Déméter. Mais vous n'êtes pas bienvenus ici.

Sa mère invoqua une épée et sauta, se déplaçant à la vitesse de l'éclair. L'instant d'après, le tentacule qui détenait Thésée fut tranché et tomba dans le lac en contrebas. Céto rugit et fouetta Déméter, qui vola dans les airs. Dans sa rage, les vagues s'élevèrent, immenses et rapides, plongeant à nouveau Perséphone, Sybil et Harmonie sous l'eau.

– Stop ! cria Perséphone en avalant de l'eau.

Les deux déesses continuèrent de s'affronter, répandant le chaos autour d'elles. Les tentacules de Céto s'étendirent, attrapant Perséphone pour la tirer hors de l'eau.

– Céto ! cria-t-elle malgré ses poumons en feu et l'eau qu'elle recrachait, je t'ordonne d'arrêter !

La déesse se figea et tourna la tête vers Perséphone en ouvrant grand les yeux.

– Milady, dit-elle en posant une main sur sa poitrine et en inclinant la tête, pardonne-moi, je n'avais pas perçu ta présence.

Perséphone s'apprêtait à répondre quand elle sentit la magie de sa mère surgir. Elle tourna la tête vers elle à temps pour voir la déesse brandir son épée.

– Non, gronda-t-elle, et sa mère se figea, le regard furieux, les sourcils froncés.

Perséphone s'adressa de nouveau à Céto.

– Mes amies sont dans ce lac. Tu peux les trouver ?

– Bien sûr, ma reine, répondit-elle avant d'observer Déméter, qui était encore suspendue dans les airs.

– Elle ne t'importunera plus.

Céto posa Perséphone sur le rivage, devant l'entrée de la caverne des Enfers, puis elle plongea sous l'eau. Elle revint bientôt avec Sybil et Harmonie, qu'elle déposa sur le sable. Les deux femmes s'effondrèrent, épuisées d'avoir lutté contre le courant surnaturel du lac. Sybil se mit à quatre pattes et rampa jusqu'à Harmonie, qui était si pâle que sa peau était presque bleue. Perséphone courut et se jeta à ses côtés.

– Harmonie ! Ouvre les yeux ! supplia-t-elle. Harmonie !

Mais la déesse ne répondait pas. Perséphone étudia son visage et sa poitrine, percevant de minuscules pulsations de vie, qui diminuaient rapidement.

– Sybil, bouge ! ordonna Perséphone en poussant l'Oracle.

Elle posa ses mains sur la poitrine de la déesse et ferma les yeux, cherchant la vie qui persistait en elle et, lorsqu'elle la trouva, son corps commença à se réchauffer, comme le sien lorsqu'elle se guérissait. Elle infusa cette chaleur dans le corps d'Harmonie et, au bout d'un moment, son estomac se souleva. Perséphone recula et se tourna sur le côté pour vomir dans le sable. Ce n'était que de l'eau, mais elle lui brûlait la gorge et coulait de son nez. À peine Perséphone eut-elle fini de vomir qu'Harmonie prit une grande inspiration.

Elles s'étaient tout juste remises quand Thésée apparut, tirant Sybil par les cheveux, un poignard contre sa gorge.

– Non, s'il te plaît ! Non ! supplia Perséphone, à quatre pattes devant le demi-dieu, paniquée.

– Je t'ai demandé de me faire passer en sécurité, aboya-t-il.

– Je ne savais pas ! hurla-t-elle d'une voix rauque.

– Peu importe ce que tu sais ou pas, rétorqua-t-il. Elle souffrira pour ton ignorance.

Il lâcha les cheveux de l'Oracle et saisit sa main pour lui couper un second doigt, qu'il jeta aux pieds de Perséphone. Sybil hurla, Harmonie sanglota et Perséphone devint folle de rage.

Thésée sembla alors se calmer.

– Lève-toi ! ordonna-t-il.

Il se tourna vers Déméter, qui était encore suspendue dans les airs.

– Libère-la !

Perséphone obéit et la déesse tomba dans l'eau. Il fallut quelques minutes pour qu'elle les rejoigne sur le rivage, les yeux brillant de la même rage que celle que ressentait Perséphone.

– Emmène-nous aux Enfers ! gronda Thésée.

CHAPITRE XXXVII

HADÈS

Cet enfoiré de Thésée !

Une éternité au Tartare ne suffirait pas, Hadès ne serait pas satisfait avant que son neveu n'ait cessé d'exister. Il briserait son âme, couperait son fil en mille morceaux et les consumerait. Ce serait le repas le plus succulent de sa vie.

Putain de Faveur !

Putain de Moires !

Il se débattit contre les liens de Perséphone et ses muscles tremblèrent en se crispant, mais les lianes refusaient de céder.

Putain, putain, putain !

Perséphone était puissante, et il aurait ressenti une grande fierté si elle n'était pas partie avec cet enfoiré de demi-dieu. Il savait pourquoi elle l'avait fait. Elle avait voulu le protéger, et cette pensée le tirailla, comprimant douloureusement sa poitrine. Il l'aimait tant et il ne supportait pas qu'elle se mette ainsi en danger, même s'il le comprenait.

Qu'allait lui faire Thésée ?

Sa peur déclencha une nouvelle vague de rage en lui et il se débattit à nouveau contre les lianes de Perséphone. Cette fois, il en entendit une craquer et l'un de ses pieds fut libéré. Il poussa avec son bras, faisant gonfler ses veines sous sa peau, et le lierre lui écorcha le poignet jusqu'à céder. Après cela, il arracha le reste et dès qu'il fut libre, il se téléporta.

Perséphone avait le coup de main pour cacher sa propre signature énergétique. Il n'avait pas encore découvert si cela faisait partie de ses pouvoirs ou si c'était dû au fait que ceux-ci étaient restés dormants pendant si longtemps. Quoi qu'il en soit, cela rendait sa localisation impossible, sauf quand elle portait sa bague. Il se concentra sur l'énergie unique des pierres, la pureté de la tourmaline et la douce caresse de la dioptase. Il n'avait pas prévu de s'en servir pour la traquer quand il la lui avait offerte, il était capable de retrouver n'importe quel métal ou joyau avec lequel il s'était familiarisé.

Il se manifesta au milieu de ruines.

Il ne lui fallut pas longtemps pour reconnaître où il était : au Palais de Cnossos. Dans la nuit, il était impossible de discerner le détail des fresques colorées qui recouvraient ce qui restait de l'ancienne muraille ni de voir son envergure, mais Hadès le connaissait bien car il y était venu durant son heure de gloire et au cours de son inévitable destruction.

C'était ici qu'il avait perçu la bague de Perséphone, mais faiblement. Il savait que ces ruines s'enfonçaient dans les entrailles de la Terre, dans un labyrinthe dont le dessein était de perdre les visiteurs. Il imagina Perséphone quelque part dans le palais et sa colère le poussa à entrer.

Il avait beau y faire noir, ses yeux s'acclimatèrent vite et il traversa le sol en mosaïque brisée jusqu'à un large trou, où le sol semblait s'être effondré. Il s'adressa à ses spectres et leur ordonna de descendre. Il les observa, le trou révéla un autre étage du palais, puis un autre encore, plus profond.

Hadès sauta et atterrit sur un autre sol en mosaïque. Ici, le palais était moins abîmé, ses colonnes et ses pièces étaient plus visibles. Hadès les traversa, en suivant les énergies de la bague de Perséphone, mais un malaise s'empara de lui. Il percevait la vie, une vie ancienne, ainsi que la mort. Ce n'était pas inhabituel, étant donné que le site datait de l'Antiquité, des centaines de personnes étaient mortes ici. Mais cette mort était en partie récente, frappante, aiguë et acide.

Hadès continua de descendre pour arriver au bord d'un autre trou béant. L'odeur de mort y était encore plus forte, tout comme l'énergie de la bague de Perséphone. La rage et la peur d'Hadès parcourent son corps, une crainte épaisse et horrifiante lui noua la gorge. Il se rappela le soir où il l'avait trouvée dans le sous-sol du Club Aphrodisia et, l'espace d'un instant, il se retrouva là-bas, avec Perséphone dans ses bras, brisée. Il sentit à nouveau l'odeur de son sang, et son esprit s'échappa dans un lieu sombre et rempli de violence. C'était justement le genre de colère dont il avait besoin, la poussée d'adrénaline l'aiderait à réduire le monde en cendres s'il la trouvait blessée.

Il sauta dans l'abîme et cette fois, lorsqu'il atterrit, le sol trembla. Il se redressa et découvrit qu'il était face à plusieurs couloirs étroits.

Un labyrinthe.

Il était familier de ce genre de savoir-faire, et reconnut le travail de Dédale, un inventeur et architecte ancien, connu pour ses innovations. C'était d'ailleurs l'une de celles-ci qui avait causé la mort de son fils.

Merde, pensa Hadès en tournant sur lui-même, étudiant chaque chemin. Il faisait plus froid ici, et l'air était plein de poussière, il était sale et étouffant. Il parvint toutefois à sentir l'énergie de la bague et elle était encore plus forte dans le couloir de droite. Il s'avança ainsi dans le noir et remarqua que des parties du tunnel étaient démolies, comme si les murs avaient été frappés par un objet très lourd.

Une chose monstrueuse avait vécu ici.

Peut-être y était-elle encore ?

Hadès rassembla ses spectres autour de lui et les envoya dans le couloir, mais ils revinrent, désorientés, avant de se dissiper dans la nuit. Leur comportement étrange fit se hérisser les poils de sa nuque. Il y avait quelque chose d'anormal dans ce labyrinthe, qui ne lui plaisait pas.

Soudain, le sol explosa sous ses pieds et il vola contre le mur opposé. Quand il reposa les pieds par terre, il se trouva face à un taureau, du moins, à sa tête. Le reste de son corps était humain.

Le Minotaure.

Le monstre rugit et frappa le sol de son sabot, il était armé d'une double hache qui était ébréchée et couverte de sang sec. Hadès supposa que la créature avait dû s'en servir en étant emprisonnée ici, ce qui vu son état, ses cheveux gras et compacts, sa peau répugnante et ses yeux vitreux, devait dater de très longtemps.

Le monstre meugla et balança sa hache. Hadès poussa contre le mur avec ses mains et se baissa en propulsant ses spectres sur la bête. Face à n'importe quelle autre créature, sa magie aurait frappé son âme et elle aurait été désorientée. Pourtant, les ombres traversèrent le Minotaure, et il sembla s'énerver de plus belle, ne perdant l'équilibre que quelques secondes.

Hadès fonça sur la créature. Ils volèrent en arrière, traversant un mur après l'autre. Ils finirent par atterrir sur un amas de gravats et Hadès roula pour s'éloigner autant que possible de la bête.

Le Minotaure fut aussi rapide que lui et se dressa sur ses sabots. Il ne possédait pas de magie, mais il était rapide et semblait puiser sa force dans un puits sans fin. Il rugit et chargea à nouveau, baissant cette fois la tête pour faire montre de ses cornes. Hadès croisa les bras et créa un champ magnétique qui fit voler la créature dans les airs.

Si elle percuta le mur avec force, elle se releva tout aussi vite et, cette fois, son grognement fut assourdissant de rage. Elle jeta sa hache, qui fendit les airs avec un sifflement aigu. Elle se précipita en même temps sur Hadès et le dieu se prépara à affronter l'impact. Quand la créature le percuta, Hadès invoqua sa magie et planta ses longues griffes dans la nuque du Minotaure. Il rugit, mais continua de courir à toute vitesse, traversant les murs du labyrinthe. Les impacts répétés sur le dos d'Hadès commencèrent à se faire sentir. Il crispa sa mâchoire et continua de planter ses griffes dans le cou de la bête, encore et encore.

Hadès commença à sentir l'énergie du monstre faiblir. Il ralentit et son souffle devint rauque, des traînées de sang coulaient de sa bouche et de son nez. Hadès était sur le point de le lâcher quand le Minotaure vacilla et chuta avec lui dans un autre trou. Celui rétrécissait vite et Hadès rebondissait contre les parois comme une balle, ce qui lui coupait le souffle à chaque fois. Ils tournoyèrent l'un autour de l'autre jusqu'à être tous deux projetés dans une salle plus grande. Le monstre atterrit le premier et Hadès frappa une paroi qui ne céda pas, lui indiquant que ce n'était ni du béton ni de la pierre.

De l'adamantine, comprit Hadès.

L'adamantine était un matériau qui avait été utilisé pour fabriquer de nombreuses armes anciennes. C'était également le seul métal qui pouvait neutraliser les dieux.

Hadès se leva d'un bond, prêt à continuer de se battre contre le Minotaure, mais celui-ci ne se releva pas.

Il était mort.

Hadès s'habitua à cette nouvelle pénombre. Elle était étrangement plus épaisse. Peut-être était-ce à cause de la profondeur à laquelle il était, peut-être à cause de l'adamantine.

Quoi qu'il en soit, la cellule était simple, une petite pièce carrée avec un sol sablonneux. À première vue, il n'y avait pas d'issue, mais il continuerait de chercher. Pour l'instant, il se concentra sur la présence de Perséphone, qui était très forte ici, comme si son cœur battait dans les murs de cette cellule. C'est à ce moment-là qu'il le vit, l'éclat de l'un des joyeux de sa bague.

Si sa bague était ici, où était-elle ? Qu'avait fait Thésée ?

Il la fixait toujours quand un bruit mécanique retentit, il leva la tête au moment où un filet tomba du plafond et le plaqua au sol. Il percuta le sable dans un craquement sonore et essaya d'invoquer sa magie, mais il se mit à convulser, le filet le paralysait.

Jamais il ne s'était senti aussi impuissant, et cela le mit hors de lui.

Il se débattit et jura, en vain. Il finit par ne plus bouger, non pas parce qu'il ne voulait plus se battre mais parce qu'il était trop épuisé pour le faire. Il ferma les yeux un instant. Quand il les rouvrit, il eut la sensation de s'être endormi. Il lui fallut un moment pour s'adapter à la pénombre. Allongé sur le sol, le souffle court, il remarqua un minuscule éclat à quelques pas de lui.

La bague de Perséphone.

Il voulut la saisir, mais le filet immobilisait son bras. Son front se couvrit de sueur et son corps perdit encore de la force. Encore une fois, il ferma les yeux. Le sable recouvrit sa bouche et sa langue.

– Perséphone, chuchota-t-il.

Sa femme, sa reine.

Il pensa à combien elle avait été sublime, vêtue de blanc, quand elle avait marché jusqu'à lui dans la clairière, entourée des âmes et des dieux qui l'aimaient. Il se rappela que son sourire avait fait battre son cœur plus fort et se souvint de ses yeux émeraude brillant de joie, et sa poitrine se comprima de fierté. Il pensa à tout ce qu'ils avaient enduré, tout ce pour quoi ils s'étaient battus, aux promesses qu'ils s'étaient faites de brûler les mondes et de s'aimer pour toujours. Mais Hadès se retrouvait ici, sans elle, sans savoir si elle était en sécurité.

Il contracta sa mâchoire, une nouvelle vague de colère parcourut ses veines. Il se força à ouvrir les yeux et tendit à nouveau la main vers la bague. Cette fois, même si sa main trembla, il parvint à lutter et à saisir une poignée de sable, qu'il laissa couler entre ses doigts pour n'avoir plus que la bague dans sa paume.

À bout de souffle, tremblant de tout son corps, il porta le bijou à sa bouche puis le serra dans sa main, contre son cœur, avant de sombrer à nouveau dans les ténèbres.

CHAPITRE XXXVIII

PERSÉPHONE

Perséphone entra dans la caverne la première. Thésée était resté près de Sybil, une main sur son avant-bras, rappelant à Perséphone que son amie subirait les conséquences de ses échecs.

La grotte était grande et chaque reniflement, chaque gémissement, chaque sanglot résonnait dans les oreilles de Perséphone, alimentant sa colère. Elle devait établir un plan, elle se demanda si cette entrée aux Enfers était comme celle de Nevernight. Était-ce un portail qui la mènerait à n'importe quel lieu qu'elle viserait ?

Ils marchèrent jusqu'à un mur de roche qui semblait bloquer l'entrée.

– Qu'est-ce que c'est ? demanda Thésée.

– C'est l'entrée des Enfers, s'empressa d'expliquer Perséphone.

Elle tendit le bras et sa main s'enfonça dans le mur. Le portail était froid et la magie qui s'enroula sur sa peau était comme des dizaines de petites ailes. Elle lui était agréable, car c'était la magie d'Hadès, et sa poitrine se comprima.

Où était-il ? Elle l'avait seulement ligoté dans le monde des vivants pour qu'il n'enfreigne pas la Faveur qu'il devait à Thésée, or son contrat avait été rempli dès qu'elle était sortie de la Tour Alexandria.

Peut-être nous attend-il aux Enfers, se dit-elle.

– Je passe la première, déclara-t-elle.

– Non, ordonna Thésée. Déméter y va d'abord.

– C'est risqué, rétorqua Perséphone. Des monstres protègent l'entrée.

– Tu t'inquiètes pour moi, ma fleur ? demanda Déméter d'un ton dégoulinant de sarcasme.

– Non, répondit Perséphone. Je m'inquiète pour mes monstres.

Pour Cerbère, Typhon et Orthos en particulier.

– Je ne prendrai pas le risque que Sybil souffre, ajouta-t-elle. Vous n'avez pas à vous inquiéter de quoi que ce soit venant de moi.

– Très bien, dit Thésée. Mais n'oublie pas que je commence à me lasser de couper des doigts.

Sur ce, Perséphone passa le portail. Elle eut l'impression de marcher dans l'eau et ses mouvements étaient lents, mais elle savoura la magie d'Hadès sur sa peau. Elle apparut dans la clairière d'Hécate. La lumière l'aveugla.

– Perséphone, dit Hécate. Qu'est-ce qui ne va pas ?

Elle cligna des yeux en se tournant vers la déesse de la Sorcellerie, qui était vêtue de robes noires, avec Néphélé à ses côtés.

– Hécate, commença Perséphone avant de refermer brusquement la bouche car Thésée, Sybil, Déméter et Harmonie entraient derrière elle.

Quand ils apparurent, un grognement mortel surgit derrière eux, c'était Néphélé, Cerbère, Typhon et Orthos qui sortaient de derrière les arbres.

– Cerbère, non ! ordonna Perséphone.

Les chiens se figèrent, prêts à attaquer, mais ils ne grognèrent plus.

– C'est quoi ce truc ? demanda Thésée. Un piège ?

– Non ! s'exclama Perséphone. Non, ce n'est pas un piège !

Elle regarda Hécate avec de grands yeux paniqués et désespérés, lui communiquant ce qu'elle pouvait, consciente qu'Hécate pouvait lire dans ses pensées. Elle lui montra ce qui s'était passé au cours des dernières heures, depuis la disparition de Sybil, son doigt coupé, l'avalanche, la bataille entre Olympiens, la Faveur de Thésée.

Perséphone se tourna vers le demi-dieu.

– Hécate est mon amie. Elle est seulement venue pour s'assurer que je vais bien.

– Oui, bien sûr, répondit la sorcière en souriant, avant de regarder Déméter. Quel honneur ! La déesse de la Moisson dans le royaume des Morts. Tu es venue saluer la mémoire des centaines de mortels que tu as assassinés au cours du dernier mois ?

Déméter lui sourit froidement.

– Je n'ai aucune envie de m'attarder sur le passé.

– Si seulement c'était vrai ! répondit Hécate. N'es-tu pas ici à cause du passé, justement ?

Déméter eut un regard assassin et s'adressa à Thésée.

– C'est une déesse puissante, tu devrais peut-être couper un bras à la mortelle pour que Perséphone reste sage.

– Non, gronda Perséphone d'une voix menaçante. Hécate ne nous importunera pas, n'est-ce pas Hécate ? Elle restera dans sa clairière pendant que nous allons au palais.

– Bien sûr, je ferai ce que m'ordonne ma reine, répondit Hécate. Mais vous iriez plus vite en vous téléportant.

– C'est hors de question, dit Thésée. On risquerait d'atterrir au mauvais endroit.

– Si Milady me l'ordonne, vous pouvez me faire confiance pour vous emmener exactement où vous le souhaitez, proposa

Hécate d'un ton plaisant dans lequel Perséphone décela un courant lugubre.

Perséphone interrogea Thésée du regard. Il hésitait.

– Ne fais pas confiance à la magie de cette déesse. Elle est maléfique, dit Déméter.

– Tais-toi ! ordonna-t-il.

Déméter plissa les yeux.

– Ordonne-lui, dit-il. Mais souviens-toi que la vie de ton amie est entre mes mains.

– Hécate, emmène-nous à l'arsenal d'Hadès.

La magie d'Hécate les enveloppa et Perséphone frissonna en se rappelant s'être battue contre elle dans cette même clairière, et avoir senti l'ancienneté et la force de ses pouvoirs. Sa magie avait laissé une ombre sur son cœur dont il lui était difficile de se débarrasser, mais en cet instant, Perséphone en tira du réconfort, parce qu'elle savait qu'Hécate se battrait et que le résultat serait la mort.

Ils apparurent devant l'arsenal. La porte du coffre-fort était ronde et faite d'or ainsi que d'une vitre qui révélait tous les verrous et les loquets qui la maintenaient fermée.

Thésée fit face à Perséphone et Hécate, serrant le bras de Sybil dans sa main.

– Je croyais que tu nous emmenais à l'arsenal.

– C'est le cas, répondit calmement Hécate. Mais je ne peux pas me téléporter à l'intérieur. Seuls la reine et le roi peuvent ouvrir le coffre-fort.

Perséphone s'apprêtait à protester quand Thésée menaça à nouveau Sybil.

– Ouvre-le ! hurla-t-il, furieux à nouveau.

Il était si près de son but qu'il ne parvenait pas à contenir ses émotions.

Perséphone regarda Hécate d'un air désespéré.

Je ne sais pas comment.

Tu n'as pas besoin de le savoir, répondit la déesse de la Magie.

Perséphone avança et posa sa main sur un pavé tactile placé sur le mur. Dès que son empreinte fut scannée, la porte se mit à vrombir, s'ouvrant comme une roue pour révéler l'arsenal d'Hadès. Perséphone entra dans la pièce circulaire dont les murs étaient couverts d'armes. Mais son regard, comme celui de Thésée, se posa sur le Casque de Kunée placé aux pieds de l'armure d'Hadès.

Thésée poussa Sybil vers Déméter en entrant dans la pièce.

– Tiens-la ! aboya-t-il.

Hécate resta près d'Harmonie.

– Il est encore plus magnifique que je l'avais imaginé, dit Thésée en avançant vers l'armure.

Perséphone regarda Hécate dans les yeux.

Sors-les d'ici, la supplia-t-elle.

Bien sûr, dit la déesse.

Lorsque Thésée toucha le casque, la magie d'Hécate jaillit, évacuant Harmonie et Sybil de l'arsenal. La main de Thésée glissa et le casque d'Hadès tomba de son piédestal, roulant au sol dans un craquement sonore.

– Non ! rugit Thésée.

La magie de Perséphone surgit et des épines transpercèrent le marbre, bloquant la sortie. Un sourire horrible et machiavélique s'étira sur le visage de Déméter.

– Je vais t'apprendre une dernière leçon, ma fille. Peut-être que ça t'aidera à obéir.

Si la magie était un langage, celle de Déméter révélait sa haine. Ses pouvoirs émergèrent dans une vague d'énergie féroce qui propulsa Perséphone contre le mur qui s'effrita sous son poids. Elle atterrit sur ses pieds et se retrouva face à Thésée, armé d'une des épées d'Hadès.

– Putain de garce ! hurla-t-il en fendant l'air avec.

Perséphone fit pousser des lames noires au bout de ses doigts et les propulsa comme des balles dans le torse du demi-dieu. Il tituba en arrière et sa chemise se couvrit de sang, ses yeux brillèrent d'une lumière surnaturelle. Il frappa le sol avec son poing et celui-ci se mit à trembler, faisant tomber les armes des murs et perdre l'équilibre à Perséphone.

En même temps, Déméter invoqua une nouvelle explosion d'énergie qui percuta la jeune déesse et la fit voler en arrière encore une fois. Quand elle atterrit, Thésée brandit son épée au-dessus de sa tête pour la frapper. Perséphone leva les mains et quand la lame rencontra l'énergie qu'elle avait assemblée dans ses paumes, le demi-dieu vola contre l'armure d'Hadès. Perséphone invoqua des lianes et le ligota à l'endroit où il avait atterri.

Perséphone put alors se concentrer sur Déméter. Leurs magies se heurtèrent, chaque éruption de magie explosait en rencontrant l'autre, chaque liane et chaque épine s'entremêlaient et s'effritaient. La déesse de la Moisson déclencha une nouvelle détonation et celle-ci agita l'air, faisant voler les cheveux et les vêtements de Perséphone. Déméter s'empara de l'épée de Thésée et voulut frapper Perséphone avec, mais celle-ci la contra avec sa magie, avec tout ce qu'elle pouvait invoquer rapidement.

– Les dieux te détruiront, dit Déméter. Je t'aurais protégée !

– À quoi ça sert d'être protégé quand le reste du monde est menacé ?

– Le reste du monde n'a aucune importance ! siffla Déméter.

C'était la première fois que Perséphone voyait la véritable peur de sa mère et, durant une minuscule seconde, elles cessèrent de se battre. Elles se dévisagèrent, à cran, mais les paroles qui sortirent de la bouche de Déméter étaient brisées et elles anéantirent Perséphone.

– Il n'y a que toi qui comptes. Tu es ma fille. J'ai supplié de t'avoir.

Ses propos contenaient une part de vérité, et si Perséphone pouvait comprendre les actes de sa mère jusqu'à un point, il y avait des choses sur lesquelles elle ne serait jamais d'accord. Hadès avait supplié de l'avoir, lui aussi. Hadès avait également voulu la protéger, mais il était prêt à la laisser se battre, à la laisser souffrir si cela lui permettait de s'accomplir.

– Maman, dit-elle en secouant la tête.

– Pars avec moi, dit Déméter d'un ton désespéré. Pars avec moi et on oubliera tout ce qui s'est passé.

Perséphone secouait toujours la tête.

– Je ne peux pas.

La proposition de sa mère était absurde, mais Perséphone avait peu à peu compris quelque chose au sujet de la déesse : malgré toutes les années qu'elle avait vécues, Déméter n'allait pas bien. Elle était brisée, et elle ne serait plus jamais entière.

Les traits de Déméter se durcirent et elle tendit le bras, projetant une boule d'énergie sur Perséphone tout en levant l'épée. Perséphone bloqua la magie et invoqua la sienne, appelant les ténèbres qui se manifestèrent sous la forme d'ombres. Les spectres chargèrent Déméter et quand elles la transpercèrent, sa mère tituba et tomba à genoux.

Quand Déméter releva la tête vers Perséphone, ses yeux étaient luisants. Elle se remit debout et hurla toute sa colère, rassemblant sa magie comme un ouragan.

– Tu avais raison à propos d'une chose, mère, dit Perséphone.

– Ah, à propos de quoi ?

– La vengeance est délicieuse.

L'instant d'après, les armes les plus aiguisées et les plus tranchantes s'élevèrent à l'appel de Perséphone, les lances, les poignards, les épées s'abattirent sur Déméter, la clouant au sol.

Un horrible silence suivit et le vent retomba brusquement. Perséphone tomba à genoux, le souffle rapide.

– Maman, siffla-t-elle en rampant vers elle.

Déméter ne bougeait pas, ne disait rien. Elle était allongée, l'épée entre les mains. Ses yeux étaient grands ouverts, comme si elle était sous le choc, et du sang coulait de sa bouche.

– Maman, gémit Perséphone.

Elle se releva et commença à retirer toutes les lames du corps de sa mère. Quand elle eut fini, elle s'assit sur le marbre froid à côté d'elle, attendant qu'elle guérisse.

Mais elle ne bougeait toujours pas.

– Maman ! paniqua Perséphone en se mettant à genoux pour secouer la déesse.

Elle avait voulu beaucoup de choses pour Déméter, elle avait voulu qu'elle change, qu'elle soit une mère, qu'elle la laisse vivre, mais elle n'avait jamais voulu sa mort. Elle n'avait jamais voulu ça.

Elle se souvint alors de ce qu'Hadès avait dit au sujet des armes qui étaient ici, certaines étaient des reliques, qui empêcheraient donc un dieu de guérir.

– Maman, réveille-toi !

– Viens, Perséphone, dit Hécate en apparaissant derrière elle.

Perséphone ne l'avait pas sentie approcher.

– Réveille-la ! supplia Perséphone.

Elle posa ses mains sur son corps qui refroidissait, essayant d'utiliser sa propre magie, suppliant sa mère de respirer à nouveau, mais rien ne marchait.

– Son fil est coupé, Perséphone. Déméter ne reviendra pas.

– Ce n'est pas ce que je voulais ! pleura Perséphone.

Hécate posa ses mains sur le visage de Perséphone et l'obligea à la regarder.

– Tu reverras Déméter. Tous les morts viennent aux Enfers, Perséphone. Mais pour l'instant, Sybil et Harmonie ont besoin de toi.

Perséphone prit plusieurs grandes inspirations, les larmes aux yeux. Elle finit par acquiescer et laissa Hécate l'aider à se relever, mais au moment où elle se tournait vers la porte, elle s'arrêta.

– Thésée !

Elle regarda à l'endroit où elle l'avait ligoté, mais il n'y était plus.

– Le casque !

Les deux déesses commencèrent à fouiller l'arsenal, mais les Enfers se mirent soudain à trembler et il y eut un terrible craquement.

Le cœur de Perséphone battait la chamade et quand elle regarda Hécate, elle découvrit son visage pâle.

– Qu'est-ce que c'était ? chuchota Perséphone.

– Ça, dit Hécate, c'est le bruit de Thésée qui libère les Titans.

BONUS

Les scènes suivantes ont été
soit supprimées du livre,
soit retravaillées pour y figurer.

CRÉMAILLÈRE

– Comment on appelle ça, déjà ? demanda Hadès pendant qu'ils attendaient.

– Ça s'appelle une pendaison de crémaillère, dit-elle.

Il étudia la boîte entre ses mains.

– Et tu as apporté des cupcakes plutôt que du bois ?

Perséphone se retint de rire, parce que c'était la deuxième fois qu'on lui posait la question.

– Pourquoi j'apporterais du bois, Hadès ?

– Pour le feu sous la marmite.

Cette fois, elle ne put s'empêcher de glousser.

– Tu es tellement vieux !

Hadès haussa un sourcil et elle sut qu'elle paierait sa remarque plus tard.

– On ne pend plus les marmites aux crémaillères, Hadès. On apporte juste des cadeaux ou de l'alcool pour fêter le déménagement. On picole et on fait des jeux.

– Et nous ? On va picoler et jouer ?

Hadès buvait depuis le lever du soleil et il était encore parfaitement sobre. Elle était persuadée qu'il ne pouvait plus être soûl et qu'il était très certainement alcoolique.

Elle le dévisagea.

– Tu ne vas piéger personne dans un contrat, n'est-ce pas ?

Il plissa les yeux et esquissa un sourire narquois.

– Je ne promets rien.

– Hadès… gronda Perséphone d'un ton menaçant en se tournant vers lui.

Il la prit de court en prenant son visage dans ses mains pour l'embrasser.

– Mon comportement sera exemplaire, dit-il.

– Voilà qui est rassurant, ricana-t-elle.

UNE SCÈNE DE DOUCHE

Quand le jet d'eau frappa sa peau, Perséphone grogna et Hadès en profita pour l'embrasser plus profondément encore, empoignant ses seins pour titiller ses tétons durcis. La déesse tendit la main pour caresser sa verge épaisse. Elle avait envie de la prendre dans sa bouche, mais Hadès saisit son cou pour explorer sa bouche avec sa langue.

Il recula brusquement et Perséphone grogna.

– Un instant, chérie, gloussa Hadès. Tu es couverte de sang.

– Ça n'avait pourtant pas l'air de te déranger, remarqua-t-elle.

– Ça ne me dérange pas, mais je vais en profiter pour te laver et te toucher partout.

Ils sortirent de sous le jet et il prit le savon ainsi qu'un gant mouillé. Il commença par son épaule couverte de sang. Il passa ensuite à ses seins, qu'il palpa et serra, titillant chaque globe avant de descendre sur son ventre et sa taille, puis ses cuisses et ses mollets.

– Tourne-toi, ordonna-t-il, à genoux devant elle.

Elle obéit et posa ses mains sur le carrelage pendant qu'il remontait sur son corps. Il prit son temps pour la laver entre les cuisses, écartant sa chair pour taquiner son clitoris et glisser ses doigts en elle, pressant sa verge contre ses fesses en s'emparant à nouveau de ses seins.

– Combien tu me veux ? demanda-t-il tout contre son oreille.

Elle tourna la tête vers lui, sentant sa barbe contre sa joue, et elle se cambra pour presser ses fesses à sa verge.

– Plus que tout, répondit-elle.

Hadès tourna sa tête vers lui et captura sa bouche dans un baiser ardent. Il la libéra, écarta ses jambes avec son pied et s'enfouit en elle. Perséphone appuya son front contre ses mains plaquées sur le carrelage, pendant qu'il s'enfonçait en elle, la remplissant et l'écartant dans un geste délicieusement brûlant.

– Je resterais enfoui en toi pour l'éternité si je le pouvais, dit-il en saisissant ses hanches.

Il avança le bassin et elle sentit ses testicules frapper ses fesses.

– Dis-moi comment tu me sens, gronda-t-il.

Il y avait trop de mots, tant de choses divines à dire, mais elle alla au plus simple.

– C'est bon, répondit-elle.

Hadès plongea ses doigts dans ses cheveux pour les empoigner.

– Je veux te sentir jouir sur ma queue, dit-il dans son oreille. Tu peux faire ça ? Tu peux jouir pour moi ?

Hadès ne lui avait jamais parlé ainsi. Il avait toujours été très sexuel, mais ces propos étaient brusques, primitifs et sombres, et elle voulait que ça continue

Elle voulait ses ténèbres.

– Je vais jouir pour toi, gémit-elle.

Cette fois, Hadès grogna d'un son guttural qu'elle sentit jusque dans ses entrailles. Il posa sa main sur son clitoris et le caressa avec son pouce. Perséphone se cambra davantage, sentant sa verge s'enfoncer plus loin en elle. Sa bouche était partout, suçant son oreille, sa gorge, mordillant son épaule.

– Tu es incroyable, putain, dit-il. Et tu es à moi.

L'orgasme de Perséphone fut féroce, ses jambes tremblèrent si violemment qu'elle faillit tomber, mais Hadès la maintint debout, s'appuyant d'une main contre le mur pour se tenir.

– Jouis en moi, ordonna-t-elle. Si je suis à toi, jouis.

Hadès parvint à rire d'une voix rauque.

– Tout ce que tu voudras, ma reine.

Ses derniers va-et-vient furent brusques, profonds et rapides, mais elle le sentit bientôt pulser en elle.

Ils restèrent un moment dans cette position, leurs corps collés l'un à l'autre, appuyés contre les carreaux du mur alors que le jet d'eau devenait froid. Hadès se retira, Perséphone se tourna et se laissa glisser par terre contre le mur, trop épuisée pour rester debout.

Hadès s'agenouilla devant elle.

– Tu vas bien ? demanda-t-il.

– Oui, répondit-elle en souriant, les paupières lourdes. J'ai juste besoin d'une minute.

UNE LYRE

– C'est atroce, dit Apollon.

Perséphone arrêta de pincer les cordes de la lyre que le dieu de la Musique lui avait offerte et elle le fusilla du regard.

– Je fais exactement ce que tu m'as dit. C'est le prof, le problème.

– Si tu faisais exactement ce que j'ai dit, ton air ressemblerait à ça, répondit-il avant de gratter les cordes pour jouer quelques jolies notes.

– On n'est pas tous dieu de la Musique, Apollon.

– Ça me semble évident, rétorqua-t-il en haussant les sourcils.

– Tu es de mauvais poil, aujourd'hui. Encore plus que d'habitude.

Ce fut Apollon qui l'assassina du regard cette fois, et Perséphone posa sa lyre.

– Qu'est-ce qui ne va pas ? C'est à cause d'Ajax, c'est ça ?

La bouche d'Apollon se pinça.

– Pourquoi je serais affecté par un mortel ?

– Tu n'avais pas l'air ravi qu'Hector l'attaque, l'autre jour.

– Je me faisais du souci pour mon héros, aboya Apollon.

– Alors tu ne penses pas qu'Hector a une chance de gagner contre Ajax, aux Jeux ?

Apollon ouvrit la bouche et la referma aussitôt.

– Tu l'observes, dit Perséphone. Tu avais son odeur quand tu m'as amenée à la Palestre, l'autre jour.

Apollon contracta sa mâchoire et ne dit rien.

– Eh bien, si tu ne veux pas parler… dit la déesse en reprenant la lyre pour en jouer.

C'était horrible.

– Arrête ! Tu me tortures pour que je réponde ?

– Est-ce que ça marche ?

Il lui lança un regard noir en soupirant, et il eut soudain l'air épuisé.

– La dernière fois que je suis tombé amoureux, ça a fini dans un bain de sang. Ça finit toujours comme ça.

– La mort de Hyacinthe n'était pas de ta faute, Apollon.

– Si. Je n'étais pas le seul dieu à aimer Hyacinthe, et quand il m'a choisi, Zéphyr, le dieu du Vent d'Ouest, est devenu jaloux. C'est son vent qui a changé la trajectoire de mon lancer, son vent qui a causé la mort de Hyacinthe.

– Alors sa mort est la faute de Zéphyr, dit Perséphone.

Apollon secoua la tête.

– Tu ne comprends pas. Et maintenant, je vois la même chose se produire avec Ajax. Hector devient chaque jour un peu plus jaloux. L'autre jour, ce n'était pas la première fois qu'il provoquait un combat.

– Et si tu plais à Ajax ? demanda Perséphone. Tu vas t'empêcher de le séduire par peur ?

– Ce n'est pas de la peur… commença Apollon avant de détourner le regard.

– Alors c'est quoi ?

– Je ne veux pas tout gâcher. Je ne suis déjà pas... quelqu'un de bien. Il se passera quoi si je perds encore quelqu'un ? Est-ce que je deviendrai... horrible ?

– Apollon, susurra Perséphone d'une voix douce. Si tu t'inquiètes de devenir horrible, alors tu as plus d'humanité en toi que tu ne le penses.

Apollon la regarda d'un air dubitatif.

– Tu devrais parler à Ajax.

– De quoi ? On n'est pas en couple.

– Tu sentais pourtant son odeur, remarqua Perséphone.

– Et ?

– Ben, ça me laisse penser que vous avez eu a minima... un contact physique.

Apollon leva les yeux au ciel.

– Je n'ai pas couché avec lui, si c'est ce que tu me demandes.

– Ce n'était pas une question.

– Mais c'était sous-entendu, rétorqua-t-il. On... s'est embrassés.

– Et ? Tu as ressenti quoi quand il t'a embrassé ?

Apollon soupira et se frotta le visage.

– C'était comme... respirer et se noyer en même temps. Ça paraît... idiot, non ?

– Non, pas du tout. Il me semble plutôt que ça vaut le coup d'explorer ce qu'il y a entre vous.

– Même si ça se termine en désastre ?

– Oui. Regarde ce que ma mère fait au monde des vivants parce que j'ai choisi d'épouser Hadès.

– Tu dois avoir des regrets, dit Apollon. Je sais la compassion que tu as pour l'humanité.

– Je regrette qu'elle ait choisi cette voie, dit Perséphone. Parce que ça m'oblige à l'anéantir.

NOTE DE L'AUTEURE

Dieux ! Par où commencer, cette fois ?

Tout d'abord, je souhaite remercier mes lecteurs. Vous êtes si nombreux, et je vous apprécie tous pour tout ce que vous faites, vos commentaires, vos partages, vos messages. C'est vous qui me poussez à continuer à écrire. C'est grâce à vous que j'ai pu devenir auteure à plein temps, et c'est grâce à vous que je peux continuer de faire ce que j'aime.

Je souhaite également dire un grand merci à ma Street Team. Je n'aurais pas pu rêver d'une meilleure publicité. J'apprécie tout le temps que vous passez à investir dans mes livres et moi. Vous êtes les meilleurs.

À propos du livre

Écrire ce livre a été un véritable tourbillon – un mélange confus d'épuisement, d'agonie et de tristesse, ainsi qu'un espoir que tout s'arrangerait. En repensant au processus d'écriture, je suis incapable de dire comment j'en suis arrivée ici, mais je suis ravie que ce soit le cas. Je suis très fière de ce livre, on ne peut plus fière. Je sais qu'on a tous notre avis sur *A touch of Ruin*, mais j'espère que vous comprendrez pourquoi nous avons souffert, pourquoi le parcours était si important. C'était pour arriver ici. Au pouvoir de *A touch of Malice*. En regardant en arrière, à celle qu'était Perséphone dans *A touch of Darkness*, aux épreuves qu'elle a affrontées dans *A touch of Ruin*, et à celle qu'elle est à la fin de ce livre, je ressens une immense fierté. Son parcours me remplit d'espoir sur le fait que les difficultés, les traumatismes et les deuils nous rendent puissants.

Le reste

Comme vous le savez, je joue avec les mythes et j'aime revenir dessus pour expliquer comment je les ai adaptés ou changés dans mes livres. Commençons par la Titanomachie :

La Titanomachie : la guerre de dix ans

La principale question que je me suis posée en me préparant à *A touch of Malice* était : qu'est-ce qui provoquerait une nouvelle Titanomachie ? Nous savons déjà que les dieux vivent ce cycle : les Primordiaux ont été renversés par les Titans, et les Titans ont été évincés par les Olympiens.

Si vous vous renseignez sur la Titanomachie, et surtout sur le rôle de Zeus, vous verrez combien il est charismatique, ce qui est très perturbant car on ne souhaite pas le voir comme un dieu charmant. Toutefois, il a compris comment s'y prendre pour renverser les Titans, et il a promis à ceux qui le soutiendraient, ainsi qu'aux Olympiens, qu'il les récompenserait en leur permettant de garder leur statut et leur pouvoir. Hécate et Hélios sont deux Titans qui ont rejoint ses rangs. On apprend aussi que Zeus a une grande estime pour Hécate, c'est pour cela qu'elle est la seule à pouvoir le remettre à sa place. C'est pour cela que j'ai décidé qu'elle serait capable de le castrer. J'ai choisi la castration comme châtiment, car Cronos a également castré son père, Ouranos (avec la faux qui sert à tuer Adonis).

J'ai aussi pensé que la tempête de neige de Déméter créerait un contexte de troubles qui contribuerait à une nouvelle Titanomachie. Dans le mythe, quand Perséphone est enlevée par Hadès aux Enfers, la déesse de la Moisson se contente de négliger le monde, et celui-ci affronte une terrible sécheresse. J'ai pensé que si une sécheresse était dure, la technologie moderne s'en défendrait mieux que contre une tempête de neige. Je crois que j'ai pensé cela parce que j'habite dans l'Oklahoma et que nous souffrons beaucoup durant les tempêtes de neige parce que nos infrastructures ne peuvent pas les affronter. Ainsi, comme Déméter peut contrôler la météo, pourquoi ne pas la faire déclencher une tempête de glace sur Nouvelle Athènes ? Cela m'a permis d'établir un contexte de troubles pour les mortels, encouragés par la Triade.

À propos de Déméter : quand Perséphone est enlevée, dans le mythe, elle arpente le monde dans une sorte de dépression. Elle va voir Céléos, déguisée en vieille femme prénommée Doso (d'où son nom dans *A touch of Malice*). Pendant qu'elle est avec le roi, elle s'occupe de ses deux enfants, et elle est surprise alors qu'elle essaie de rendre l'un d'eux immortel en le mettant dans les flammes, trahissant son statut de déesse. Elle est hors d'elle et elle oblige le roi et son peuple à bâtir un temple en son honneur.

J'ai eu du mal à trouver la façon dont les dieux allaient réagir face à la course folle de Déméter, mais j'ai essayé de rester proche du mythe, c'est-à-dire que les dieux l'ont laissée faire pendant longtemps, jusqu'à ce qu'ils soient face à l'extinction de la race humaine et, donc, au manque de fidèles. Zeus a d'abord utilisé la parole pour calmer la déesse. Il a également envoyé d'autres dieux pour la convaincre de revenir à Olympe, mais elle a refusé. En dernier recours, Zeus a envoyé Hermès récupérer Perséphone aux Enfers. Dans ce livre, je me suis donc servie de la lenteur et de la fainéantise dans la prise de décision de Zeus. Le roi des dieux a peut-être besoin de fidèles, mais il n'a pas peur de perdre son pouvoir, alors il ne réagit pas vite.

À propos de Déméter

Je mentionne le viol de Déméter dans ce livre. En fait, Poséidon viole Déméter pendant qu'elle cherche Perséphone, mais j'ai pensé qu'il fallait que cela se produise avant la naissance de Perséphone, cela donnerait une raison supplémentaire à Déméter de se retirer du monde et de vouloir protéger sa fille des Trois.

Hermès et Pan

Je voulais simplement mentionner Pan, le dieu de la Nature, que j'ai décrit comme un fils d'Hermès, ce qui peut être vrai ou pas, étant donné la complexité des liens de parenté mythologiques. J'aimerais pourtant prendre le temps de dire que de tous les dieux grecs, Pan est le seul à mourir. Sa mort n'est pas détaillée, d'ailleurs, personne ne sait comment il décède. En gros, c'était un jeu de téléphone arabe qui a fini par atteindre la population. Quoi qu'il en soit, l'idée est qu'avec la naissance du Christ, Pan a dû mourir.

Désolée, je ne fais que lire la mythologie.

Apollon, Ajax et Hector

Je ne sais pas pourquoi j'ai décidé de caser Apollon avec Ajax, mais comme Ajax et Hector s'affrontent durant la Guerre de Troie, j'ai pensé que la dynamique serait intéressante. Dans le mythe, Hector est le favori d'Apollon parce que celui-ci soutient les Troyens alors qu'Ajax se bat pour les Grecs.

J'ai également décidé qu'Ajax, décrit comme colossal et fort, serait sourd, parce que je voulais montrer que la surdité n'implique pas d'être moins capable. Cela dit, je ne voulais pas qu'Ajax ait des pouvoirs de super-héros en dehors de ceux qu'il possède dans le mythe : sa force, sa taille et ses réflexes. Je ne pense pas que sa surdité devrait l'empêcher de s'entraîner comme les guerriers entendants qui l'entourent.

Aphrodite et Harmonie

Dans la mythologie, Harmonie est la fille d'Arès et d'Aphrodite, ou bien de Zeus et d'Électre. Comme l'idée qu'Aphrodite et Arès soient ensemble ne me plaisait pas, j'ai choisi la deuxième option, et j'ai fait d'Harmonie la sœur d'Aphrodite. Harmonie a été mariée à Cadmos et je crois qu'elle l'aimait sincèrement, parce que quand il a été changé en serpent, elle a plus ou moins perdu la tête et a également été changée en serpent, je ne suis pas certaine de l'inclure dans mes livres, donc j'ai tenu à en parler ici.

Dans ma version, Harmonie est pansexuelle. J'ai également voulu inclure que si Sybil n'a jamais envisagé d'être avec une femme, elle ne peut s'empêcher de tomber amoureuse d'Harmonie en la rencontrant, et j'ai trouvé ça très très mignon.

La Palais de Cnossos et le Minotaure

Tout d'abord, voici un article génial sur le Palais de Cnossos et pourquoi l'on suppose que c'était le labyrinthe : https://www.livescience.com/27955-knossos-palace-of-the-minoans.html

Je l'ajoute ici parce qu'on a pensé, à l'origine, que le labyrinthe était une sorte de palais construit par Dédale.

J'ai ajouté l'histoire du Minotaure à cause de Thésée qui, comme on le sait, a été envoyé pour tuer le Minotaure. Il y réussit avec l'aide d'Ariane, qui lui donne une pelote de fil pour ressortir du labyrinthe une fois qu'il a tué le monstre.

Thésée et Hélène

Certains d'entre vous êtes surpris par la trajectoire d'Hélène, donc je vais l'expliquer ici. Il existe un mythe dans lequel Thésée et Pirithoos enlèvent les filles de Zeus. Thésée choisit Hélène de Troie tandis que Pirithoos, comme on le sait, choisit Perséphone. L'autre mythe célèbre est celui où Pâris tombe amoureux d'Hélène et l'enlève à Sparte pour l'emmener à Troie, ce qui déclenche la guerre.

Selon les lectures et les interprétations du mythe, j'en suis venue à penser qu'Hélène cherchait peut-être le meilleur moyen de gravir les échelons. Après tout, c'est une Spartiate. Elle est forte, capable et intelligente. Sa beauté et son esprit sont des armes dont elle se sert souvent. C'est cette impression qui m'a poussée à lui attribuer le parcours qu'elle a dans *A touch of Malice*.

Les monstres

On trouve beaucoup de monstres dans ce livre, en plus du Minotaure : l'Hydre, Lamia, Céto et Arachné. Je voulais prendre le temps de présenter chacun d'eux.

L'Hydre de Lerne résidait dans le lac du même nom, que vous reconnaîtrez comme l'une des entrées aux Enfers. J'ai choisi de placer ce monstre aux Enfers parce qu'il est très venimeux. Il a par ailleurs été tué par Héraclès dans l'un de ses travaux.

Lamia était la reine de Libye. Comme je le dis dans le livre, elle a une liaison avec Zeus qui a pour résultat qu'elle est condamnée par Héra à perdre tous ses enfants. Les versions diffèrent, ces enfants sont parfois tués, parfois kidnappés, et selon certaines, elle en vient à les manger. Quoi qu'il en soit, elle devient folle et enlève et dévore les enfants. Zeus lui donne le pouvoir de retirer ses propres yeux, apparemment, c'est pour pallier le fait qu'elle ne dort pas, car Héra l'a aussi condamnée à être insomniaque. Zeus lui donne également le don de prophétie, ce qui est, je suppose, un cadeau que tous les monstres mangeurs d'enfants méritent !

Céto est une divinité marine primordiale et reine des Monstres marins. Elle a aussi donné naissance à beaucoup de monstres, dont les Gorgones et les Grées, qui étaient trois sœurs qui partageaient un seul œil et une seule dent entre elles.

J'en viens à Arachné. Elle apparaît dans les *Métamorphoses* d'Ovide, que je cite au début de ce livre. C'est une femme qu'Athéna a défiée à un concours de tissage. La raison pour laquelle je voulais en parler est qu'Arachné choisit de tisser des scènes qui illustrent les méfaits des dieux, comme je le fais dans ces livres. Bref, le reste de l'histoire est que le tissage d'Arachné est parfait et que cela met Athéna hors d'elle. Selon les versions, Arachné n'est pas toujours transformée de la même façon, mais elle est bel et bien toujours changée en araignée. Dans le livre, je parle de la fosse d'Arachné, car j'aime l'idée que ce soit une forme de châtiment au Tartare.

Divers

Okéanos et son frère jumeau Sandros sont des demi-dieux « modernes » que j'ai inventés, mais ils sont inspirés d'autres fils jumeaux de Zeus, Amphion et Zéthos. Je n'ai pas utilisé Amphion et Zéthos car j'ai déjà fait référence à un mythe qui les concerne plus ou moins et qui leur arrive dans l'Antiquité : la mort des enfants d'Amphion et Niobé, causée par Apollon et Artémis.

Apéliote est un véritable dieu, le dieu du Vent du Sud-Est. C'est assez drôle parce qu'il est réputé pour apporter une pluie rafraîchissante. En revanche, j'ai inventé ses deux enfants, Thalès et Callista.

Je mentionne brièvement **Hécube**, qui était l'épouse du roi Priam. Quelques mythes parlent d'elle et elle finit toujours changée en chien, l'un des symboles d'Hécate. Dans le livre, Hécube est prête à reposer comme âme aux Enfers, donc Hécate crée Néphélé, qu'elle décrit comme une femme qui l'a suppliée de lui retirer sa souffrance après qu'elle a perdu un être cher. C'est une référence directe à l'un des mythes d'Hécube, dans lequel elle regarde son fils mourir, ce qui la rend folle. Après ça, elle est changée en chien.